寻找央金拉姆

何延华　著

作家出版社

目 录 CONTENTS

序

浪漫的当代童话——《寻找央金拉姆》

兰州大学　袁洪庚

何延华的中篇小说集《寻找央金拉姆》，反映出作者独特的美学追求。

"80后"藏族小说家、诗人何延华出生于文化积淀厚重的积石山下，传说中大禹治水之处。"导河积石，至于龙门……入于海。"（《尚书·禹贡》）禹一改他父亲的做法，凿通积石山，引黄河水向东流去。秀美的自然景观，浪漫的神话传说，耳濡目染之下，自年幼时何延华便与文学结下不解之缘。文学本科，文学硕士，文学博士……与学业齐头并进，她的创作也渐入佳境。譬如这本集子中的多篇中篇小说荣获首届青稞文学奖、首届梁晓声青年文学奖、第七届甘肃黄河文学奖、第六届甘肃少数民族文学奖、第二十四届和第二十六届全国梁斌小说中篇小说奖等。

我喜欢集子里的所有作品。囿于篇幅，我在此仅言及《寻找央金拉姆》与《狼虎滩》，抒发一得之见。

在德国的格林兄弟出版他们汇集的童话集（*Household Tales*,

1812）之前，童话仅是口头流传、内容不完全确定的民间故事。最常见的两种童话情节范式便是逆境中英雄的顽强奋斗与男女主人公的爱情历程，故事不乏超自然或神秘因素的干预。最后结局为英雄崛起，恋人终成眷属，花好月圆，直到永远。恶人则因作恶多端陷入令人扼腕叹息的悲怆境地，万劫不复。童话反映人类对自然、社会现象的认识，虽然其中明示或隐含的美好愿望可能与现实相距甚远。

　　选集中的《寻找央金拉姆》是一篇当代童话，叙述人无能为力的难题被得道者最终破解。一个无名小女孩年幼时发高烧，因未及时得到治疗说不出话来。她的父母带她"几乎把医院的门槛踏断了。可是大夫们都说，无能为力"。小女孩渴望像其他孩子一样上学读书，她的父亲多方打听给女孩治病的路径。后来，他听说安多藏区的桑科草原上有一位女歌手央金拉姆，她有医治此种病患的秘方。不过这仅仅是一个传说，从来没有人见过这位来无影去无踪的央金拉姆，也不知道她身处何方。有人餐风宿露，在草原上跋涉多日，亦不得见。父亲带着小女孩骑着一匹名为"黑金"的骏马，一路前行，跨越高山大川，历尽艰辛。小女孩怀有坚定的信念，深信自己一定能够找到这位圣女般的医生。于是父女俩在绮丽山水的怀抱中一路前行，几经波折奇迹终于发生。置身于旖旎风光中，小女孩灵性勃发，先学会发声歌唱，随即恢复了言语能力。感恩之际，无名小女孩恳求父亲为她起名"央金拉姆"（藏文意为妙音天女，代表智慧与艺术的女神，她的声音优美动听，歌声婉转空灵，所以又叫美音天、妙音天）。

　　　"爸爸，我想请求您一件事。"

　　　"你说吧，好孩子。"

　　　"等我上学之后，能否把我的名字……唔……写成……央金拉姆？"

"为什么？"

"这是个小秘密，爸爸。"

"不用等上学，你现在就可以叫央金拉姆！"

因信得救，这是基本的教义，不足为训。但是，拯救者与被拯救者是同一人则意味深长。英国小说家毛姆在他的作品《刀锋》扉页上引用《迦陀奥义书》中的警句："剃刀锋利，越之不易；智者有云，得渡人稀。"剃刀将此在与彼在截然分离开来，世上聪明人甚多，通透两界的人却少之又少。无名小女孩在远离尘嚣的自然中心灵得到净化，被病魔遮蔽的发声器官重见天日，焕发生机。作品的浪漫情怀合情入理，根本无需借助往昔童话中几乎须臾不可不在场的超自然力量。

身体，自然首先是实在的、生理意义上人的身体，但它同时也是抽象的社会学概念。作为一个能指，人的身体引导人联想到人置身于其中的社会。福柯认为发育匀称、健康的身体"是权力的对象和目标"，可以"被操纵、塑造、规训"，譬如囚犯、士兵等驯顺、健壮的身体。文学中的身体问题，譬如器官的残缺、疾病，等等，是死亡的先驱，因此为生命所不容。

器官问题，也就是身体问题。小姑娘的发声器官失而复得，预示着她的生命力顽强。反之，器官的丧失与残缺的身体则表明天道或神灵对其邪恶主人的惩处，譬如广泛流传在各个民族中的"灰姑娘"传说。"古代世界对疾病的思考，大多把疾病当作上天降罪的工具，要么降临于一个群体，要么降临于某个单独的人……"（苏珊·桑塔格：《疾病的隐喻》）

收入格林童话中的《灰姑娘》迄今已有一百多个版本，足见其普适性。灰姑娘在妈妈死后受到种种虐待，后母与后母的女儿无所不用其极地迫害她。她牢记妈妈临终前的告诫："做好人，虔诚敬神。"隐忍中她终于得到神的眷顾，出席王子的舞会。耐人寻味的是，王子捡到灰姑娘遗下的一只小巧金舞鞋后四处寻访鞋的主人，预备迎娶她为王后。后母带来的两个女儿脚太大，无法穿上金鞋。"待你成为王后，你便不用自己走路啦。"在母亲的怂恿下，她们一个切掉自己的大拇指，一个砍去自己的脚踵，以"削足适履"。伎俩被王子识破，她们被王子送回家里。在王子与灰姑娘的婚礼上，姊妹俩的眼珠被一直在呵护灰姑娘的两只鸽子啄去，"她们受到终生失明的惩罚"。

《寻找央金拉姆》的显性主题是信念，坚定的信念使小女孩重塑自我。在这个显性主题之下存在着一个更深邃的母题，即"寻觅"的母题。"寻觅"是文学中的传统母题，而"寻觅"过程中应运而生的"认知英雄"（the cognitive hero）则是万众景仰的人物。英雄们或寻找具体的、富含象征意蕴的物件，或追索真相，或发掘自己内心深处处于无意识层次的知觉。"灰姑娘"中王子对金舞鞋主人的寻访，唐僧师徒历经艰险往西天取经，哈姆雷特对其父暴死真相的调查，陀思妥耶夫斯基的小说《罪与罚》则描写穷困大学生拉斯柯尔尼科夫试图探究自己灵魂深处的罪恶感……"寻觅"的确是积极进取的人生中不可回避的挑战，也自然成为文学的母题。古往今来认知英雄们的业绩均在以"认识自己"，也包括认识自己侧身于其中的客观世界，小女孩亦是如此。在寻找央金拉姆的过程中，小女孩"觉今是而昨非"，于是重新发现自我，重塑自我。她借助的神秘力量最终成为自己的力量。她就是自己一直在寻找的央金拉姆、妙音天女。

另一给我留下深刻印象的作品是《狼虎滩》，一篇富有生活气息又不乏哲理的中篇小说。

菩萨保打算去县城卖掉价值近二十万元的虫草，再用这笔钱买一辆车，届时送妻子明珠去县医院分娩。不料菩萨保正要上路时他偏瘫的父亲德昆不慎从两米多高的檐台上摔下受伤。于是菩萨保带着虫草，驾着一辆破旧的农用三轮车送父亲上医院救治。德昆的老相好金花奶奶、接骨匠王有成、单身汉尕让等也上车一路同行，照料德昆。公路不通，菩萨保只好取道荒僻凶险的沼泽地狼虎滩。路上，菩萨保发现一头鬣羚陷入沼泽，奄奄一息。曾经当过猎人的德昆，出于赎罪的心理，最终同意菩萨保下沼泽去救被当地人称为"天马"的珍贵濒危动物鬣羚。菩萨保的善意消除了怀孕"天马"的敌意，也使菩萨保想起自己的妈妈生他时难产而死。他感受到超凡的母爱，便认"天马"为妈妈，泪流满面地喊了一声"阿妈"。他救出了"天马"，却把血汗换来的虫草遗失在沼泽中。明珠得知丈夫丢失虫草，急火攻心，要早产了。菩萨保与众人正要驾车驶向县城时，听到身后传来砰砰两声枪响。结局是冷酷的，倒也符合祸福相依的基本生活逻辑。纵然有菩萨保一类的好人扶持，逃离沼泽，遁入山林的"天马"最终死于邪恶的偷猎者之手。毋庸讳言，恶是一种永恒的存在。

作者以诗意的笔法宣泄对"天马"引起的母爱联想，天人合一在不同物种的理解中实现。

母天马肚子里的两只小天马开始闹腾起来了。当他看到它如鼓的肚子此起彼伏，滑稽地动个不停时，被一种强烈的喜悦和感动击中了。他想起自己的妻子和她肚子里的孩子，想起生自己时难产去世、未谋一面的母亲，心里沉沉荡起一首凄凉而温暖的母爱之歌。

在现实生活与文学作品中，动物与人类的种种纠葛是一个永恒的题材。读者在古代文学中经常读到以动物喻人的故事，譬如中外寓言中狐狸代表狡诈的人，狼则象征恶人。后来人与动物近距离接触，描写它们的生活以及与人类各种交集的文学作品出现，它们或被赋予人性，或成为具有主体意识的配角。英国小说家乔纳森·斯威夫特（1667—1745）的《格列佛游记》记述格列佛在慧骃国里的传奇经历，他极力褒扬智马在这个遥远的国度里过着令人类羡慕的理性生活。莎士比亚在其剧作《安东尼与克莉奥佩特拉》中描写埃及艳后克莉奥佩特拉借助一条从尼罗河里捉来，"像香膏一样甜蜜，像微风一样温柔"的毒蛇自杀。二十世纪发轫的大地伦理学与生态主义则使现当代文学作品中的动物面目一新，使它们成为生灵大家庭中与人类亲密相处的平等成员。自此道德伦理不再仅仅约束人类，也限制人类对动物的态度与行为。人们终于意识到虐待与虐杀动物会破坏整个生态共同体的平衡与完整，最终危及人类。

虽然人类智力远远超出其他生灵，动物在广阔的自然界中仍领有一席之地。从前人们认为自然界或整个生态系统是上苍赋予人类的完美的空间，可以在其中统御万物，造出种种实在的物体和虚无的概念。现代化的恶果之一是人类极大地侵害其他物种的利益，甚至威胁到它们的存在。《狼虎滩》借被猎杀的"天马"表现出生态危机意识，其中隐含的怀旧情怀亦是浪漫主义的余响，因此作品不仅可归入甚为前卫的生态文学，也是一个预示人类前景的寓言。人类中心主义并非人本主义，人类如果不再敬畏自然，像小说中伤害稀有动物的偷猎者那样恣意破坏自然，人类的未来将是黯淡的。

作者运用开放式的结尾引导读者填充空白，这种现代小说技法促使读者积极思考小说发人深省的主题。

恍惚间，他隐约听到有人朝他喊："你放心去医院吧，你的虫草我们帮——"几乎同时，被太阳晒得懒洋洋的破车好像知道自己的使命一样向前冲去。他们刚刚冲出几米远，就清清楚楚地听见山林里"砰！砰！"，传来两声尖锐而激烈的枪响。

德昆伤势是否无碍？

产妇母子是否平安？

虫草能够找回来吗？

"天马"性命不保？

何延华作品中的人物多出自家境普通甚至拮据的农牧民，他们无法掌控自己的命运，似乎总是被冥冥之中某种无法理解的神秘力量掌控。此类作品情节发展难以预测，犹如断线风筝，全然失去方向感。《狼虎滩》的开放式结尾再次彰显作品的浪漫童话性质。在何延华的小说中，有的在尝试运用一些现代小说技法。

《狼虎滩》的情节铺陈十分简单，可以用一句话概括，就是主人公在即将进入快乐境地时与快乐失之交臂，懊恼却领悟到自己已经以另一种方式获得快乐。起初，"快乐"的代码本在计划中由"虫草→金钱→汽车"的逐次转换得来。后来，这个代码由物质的满足升华为精神的愉悦，即拯救"天马"后被"天马"拯救的大彻大悟。万物皆有灵性，菩萨保的侠义之举换得这山林间灵异之兽的理解与善报。小说情节上的极简主义利于传达细腻情感，引起读者共鸣。留白之中包蕴密集情思，至简之作或可以至臻。

作者擅长在极简主义统御的情节中寄托深沉情思与哲理，在她的作品中，无论是捕捉人性之凄美，还是描写自然之伟岸，皆以简驭繁，让读者直面她想表达的主旨。留给读者一些空白或许比密集的表述效果更佳，那是主客双方心灵的潜对话。

自从文学出现之日起，它的母题便已基本确定。亘古以来，文学并没有发生根本改变，改变的只是文学的呈现方式。文学，一如大千世界中的万事万物，循着自身的规律适应环境，在平淡中呈现精彩纷呈姿态。

有论者将何延华归于"新新时期"的新生代藏族现实主义作家，因为她在生活中寻找素材，其作品客观反映深受现代社会进程影响下的藏族聚居区的生活。我认为，作为文学艺术术语的"现实主义"无法准确描述某一作家的创作个性，而更经常地指向作为群体的贴近社会生活的流派、思潮与作家个人的表现方法。法国画家居斯塔夫·库尔贝（1819—1877）是首位自称现实主义者的艺术家，主张在创作中体验生活，观察现实，研究现实。回眸以往的文学演变，摹写日常生活的现实主义表现技法实为作家须臾不可缺席的创作技能。但是，这种摹写一旦落入照相式逼真的窠臼，势必限制文学的功能。概括亚里士多德等先哲的思想，我们已经意识到文学艺术中的现实主义并不局限于逼真地描述已发生的事件，亦应包括情理之中、想象力可及的事件，虽然它们尚未发生，甚至不会发生。

在何延华的小说创作中，现实主义的深层叙事特性是在个体生命体验的激情书写中实现的。浪漫主义源于培植于艺术家心灵深处的情怀，而现实主义则只是她不时选择的表现技法。艺术家的本性应是浪漫的，否则他无法感动自己，创作出真正能够撼动读者的作品。

仰望夜空中的月亮时不忘脚下的六便士，何延华就是这样一位艺术家。她已届不惑之年，深谙生活的惨烈，人性的幽暗，但她执拗地在浪漫的成人童话里呈现给人间脉脉温情，以感人的文字给读者些许慰藉。

昔日，我曾忝列延华君的博士学业指导教师。今朝，她成就甚多，进步甚快，令我目不暇接。

我殷切期望拜读她的新作。

是为序。

2023 年 5 月 20 日于梦蝶斋

序

暖意融融的生活图景

次仁罗布

何延华是一位具有丰富生活经历的人,这种印象源自于她所创作的这些文学作品。

如果一个作家游离于生活,游离于时代,他所创作出来的文学作品很难触动人心,很难有真情实感流露,更难有对生活细节细腻的描摹。中篇小说集《寻找央金拉姆》,给我最强烈的感受就是作者对生活的熟稔和深刻的体悟。记得去年,何延华把她的一个中篇小说发给我,向《西藏文学》投稿,这篇名为《深秋》的作品,让我一口气读完,心里充满阅读的快乐和遐想。有相当长的一段时间里,我在编辑小说过程中没有过这样的体验了。执行编辑在校对这篇稿件时,也被作品的内容所深深吸引,在编辑部对我激动地说,好久没有读到这样的好作品!诚然,好的作品会让大家产生共鸣,触及心灵隐秘的那根琴弦。

对于编辑这样的反应,我并不会感到惊讶。因为何延华在我心中是一位优秀的女作家,在甘肃作家群里也是一位具有很高辨识度的作家。她在当代藏族女性作家群里,也是一位卓有成就的作家。收录于这部小说集的何延华的中篇作品《寂静的雪山》获得了首届青稞文学奖和第六届甘肃省少数民族文学奖,《拉姆措和拴牢》获得了首届梁晓声青年文学奖,《寻找央金拉姆》获得了第二十六届全国梁斌小说中篇小说三等奖和第七届甘肃黄河文学奖,她的其他中篇小说还获得过第二十四届梁斌小说奖、第二届《飞天》十年文学奖等,其实力和品质无需我再用语言赘述。

　　《寻找央金拉姆》是由《寂静的雪山》《拉姆措和拴牢》《狼虎滩》《三月之光》《酸卓玛和甜扎西》等六篇中篇组成,讲述的是甘肃藏地发生的故事,具有鲜明的时代感和地域感,呈现出人们面对现代化进程、面对生活变迁时,如何固守内心的信仰,保持住那份善良和纯真。这种难能可贵的高贵精神,被作家赋予笔下的每个人物,从他们的身上折射出人性的良善和坚韧,以及承受一切苦难的坚强心灵。这与传统藏族文学的精神是一脉相承的,但在何延华的笔下,这种精神又有了一个提升,那就是直面现实生活,让内心在苦难中得到升华与淬炼。传统的藏族文学倡导的最终归宿是让人逃离现实,皈依宗教,导致文学作品最终成为一种说教。何延华的这些作品却冲破了这种桎梏,因而她的作品更具冲击力和震撼力。《寻找央金拉姆》中,幼时因高烧致哑的小女孩为了能够上学求知,和父亲骑马去桑科草原寻找传说中的民间神医兼歌手"央金拉姆",在大自然的启发下学会说话,实现了上学的梦想。她从寄希望于他者的力量实现自我的救赎,到完全凭借自己的信念和努力完成涅槃,依靠的就是不愿认命的朴素愿望。《三月之光》中"我"的母亲,是一位有理想、有抱负、勤劳、执着的女性,当家庭一次次陷入失败和痛苦时,她总能以藏族女性特有的坚韧和顽强支撑过来,并最终以艰苦的奋斗收获了饭馆生意的成功,和丈夫一起带领全家人走上了勤劳致富的康庄大道。《拉姆措和拴牢》中,弟媳妇拉姆措十几年如一日,照顾"控制不住"自己屎尿的"傻"姑姐拴牢，艰辛的生活使她难免有怨言："我把我美好的青春，全牺牲在照顾你上……"但她依然把拴牢当做亲人，也从未放弃过从根本上救治她，她带着她去工地干活，就是为了能挣些钱，给她治病。《寂静的雪山》中，因为心疼收获的花椒，心疼儿媳妇采珠的劳累，也为了使自己不成为"废人"，瘫痪状态的金梅奶奶拼尽全力从炕上滚下来，爬到院中干活，不久竟奇迹般地站起来走路了。这种不屈服于命运的宝贵精神，令人感动。

温暖的生活图景在这部小说集中随处可见。《狼虎滩》里，菩萨保偏瘫的父亲德昆老人为了喂一只流浪狗，不慎从檐台跌落。由于借不到车，菩萨保和他已到预产期的妻子明珠、德昆的老相好金花阿妈、接骨匠王有成、单身汉尕让等人将他抬进一辆破旧不堪的农用三轮车紧急送医。由于公路落石抢修，他们只好取道荒僻凶险、曾经吞噬过不少野生动物甚至人类的沼泽地狼虎滩。途中，菩萨保发现沼泽里有一匹被困的、奄奄一息的鬣羚，也就是国家珍稀保护动物天马。在救与不救这个问题上，片刻的犹豫之后，菩萨保父子马上达成共识，人性的善占据了主导，菩萨保和王有成、尕让到沼泽地里去搭救天马。这是一场争分夺秒、瞬息万变而又九死一生的救援：沼泽地像一个血盆大口，随时都有吞噬菩萨保和天马的可能。救援过程中，菩萨保用自己的善意消除了天马的敌意，获得了它的信任，发现它竟然怀了两只小天马。想到自己也即将为人父，又想到母亲生他时难产而死，菩萨保瞬间感受到了母爱的伟大。和沼泽的殊死搏斗中，菩萨保和充满灵性的天马相互拯救，终于，菩萨保救出了天马。但不幸的是，他绑在腰间的宝贝虫草却遗落在了泥淖里。那是菩萨保辛苦两年才挖到的，价值近二十万元，他本来想购买一辆梦寐以求的小轿车，好送他随时都会临盆的妻子去县医院生产。他的希望和梦想在这一刻被彻底击碎，但他没有丝毫怨恨。他的父亲作为曾经的猎人，心灵更是得到了救赎。一旁观看的人们得知菩萨保丢掉了虫草，让他赶紧送父亲和妻子去医院，答应帮他找回那袋虫草。这是一篇温暖人心的小说，每个人都在这里展现善的一面，用真情涤荡我们的心灵，这个时代需要这种大爱。

《寂静的雪山》讲述金梅奶奶的老伴去世，她和老三媳妇采珠一同生活。在一起过日子中，采珠由于之前在城里打工，对农活很生疏，一心想着到城里去经营自家服装店，也一心想当个城里人。金梅奶奶对她所做的一切保持着一种包容，从不埋怨责怪。但是当采珠犯了一些农民无法原谅的错误，譬如没有及时收割两亩熟透的麦子而使麦粒被雷雨打光、自作主张卖了家里的羊去救济城里的服装店、没把花椒卖个好价钱时，她的心里也产生了一些怨尤，对这个家的前途充满担忧。但是这些怨尤和担忧在她目睹采珠一天天变得诚实、一天天变得热爱劳动的过程中烟消云散，甚至对儿媳产生了信任和疼爱的感情。而采珠经过收麦子、采摘花椒、挖洋芋、掰包谷等农事，终于理解了农民对土地的那份感情，也暗自敬佩、怜惜着坚强的婆婆。不久，因为城里开的服装店经营不善，最终采珠和丈夫回归到农村，靠着土地发家致富。此篇小说，最令人动容的是金梅奶奶对采珠的宽厚态度，以及对土地的那份挚爱。我们从这些最普通的人的身上，看到了人性的光辉。《三月之光》《寻找央金拉姆》等小说也无不闪耀着这种伟大的精神。

这部小说集的另外一个特色，就是对场景描写得恰到好处。很多时候这种描写不仅渲染了气氛，更成为了故事的铺垫，起到了相得益彰的作用。《狼虎滩》把故事场景集中在人迹罕至、凶险的沼泽地中，将人物和故事情节一并推向危险、善变的气氛中，让读者在一种紧张、悬念的感情中读完小说，在善与恶的冲突、荡涤中升华情感，并对小说的开放式结尾产生无限联想和意犹未尽之感。《寻找央金拉姆》对田野、森林、河流、草原等大自然的场景描写得优美动人，对各种鸟鸣、水声、风声、松涛声的描摹惟妙惟肖，这些都是启发和引导小女孩学会说话的"央金拉姆"，也是使她学会爱与成长的"自然之母"。《酸卓玛和甜扎西》中，盛夏美丽的草原见证了一对青年男女甜蜜的爱情，草原的天气就像他们的心情一样多变、曲折。《寂静的雪山》对采珠在雪山下辛苦挖洋芋场景的描写，既交代了她在城里打工时不堪回首的辛酸往事，又给她接下来深深爱上土地和劳动做了铺垫和过渡。《三月之光》对"我"父母的"岔路饭馆"在激烈的市场竞争中沦为酒场和麻将馆后鬼鬼祟祟、小心翼翼地彻夜营业的场景的描写，为后来发生的悲剧做了伏笔。其他小说亦如是，在场景描写令人身临其境的同时，不知不觉中将故事推向了一个新的台阶或高潮。

从另外一点来讲，这种对场景的精妙描写也彰显出了何延华的写作能力和文字驾驭能力。

《寻找央金拉姆》这部小说集，是一部集中反映最底层人的作品，但作家在字里行间倾注了满腔的爱，从而使它具有了温度与厚度。

寻找央金拉姆

1

一次漫长而可怕的高烧过后，金匠家四岁小女孩的喉咙，再也发不出小鸟般清脆悦耳的声音了。对此，她并不觉得悲伤，因为还小；可是三年后，她七岁了，到了上学的年龄，别的小孩都被父母送进了学堂，而她的父母却像忘了这件事似的，她这才懵懵懂懂，觉察到自己与别人的不同。她缠着父母又是哭闹又是哀求，爸爸只好把她放到马背上，驮到学校里。一个瘦弱、驼背的男老师，看起来五十多岁了，既是校长又是唯一的老师，右手捏着半截白色粉笔，左手拿着一根粗长的沙柳条，站在教室门前接待了他们。在他和爸爸说话的时候，破烂不堪的教室窗户上挤出二十多个又黑又红的小脸蛋，那是全校所有的学生了。

有两个小脸蛋在见到小女孩和爸爸的一瞬间，倏地消失了：那是小女孩的哥哥和姐姐。他们为自己不会说话的妹妹感到丢脸。小女孩没有听校长和爸爸之间的谈话，一门心思等待哥哥姐姐再次露脸。她甚至没来得及朝他们笑一下呢，他们就不见了。在学校里见到他们，真是一种奇妙的感觉。想到马上就要和他们坐在一起学习了，小女孩激动得心都跳起来了。

可是哥哥姐姐没有再露面。只有那些熟悉的、陌生的小脸蛋齐刷刷地望着她。他们年龄参差不齐，有的上嘴唇长出了淡淡的绒毛，有的豁着门牙，有的鼻涕还挂在嘴唇上，随着主人的动作左右跳舞。他们的笑声一度盖过了校长和爸爸的谈话，于是校长转过身去，还没来得及把手中的沙柳条扬起，他们就全消失了；他刚转过身，他们又把脸蛋密不透风地排列在窗户上了。

这种情绪感染了小女孩，她把身体藏到了爸爸身后。她也有点害怕眼前这个又瘦又小，还戴着一副又旧又厚的眼镜的校长了。

"你叫什么名字？"校长用试探性的口气，带着又怜爱又惋惜的表情，问小女孩道。

可怜的小女孩张了张嘴，什么也说不出来。

"好……你能从一数到一百吗？"校长换了个问题。

小女孩又张了张嘴，还是什么也说不出来。

"好……从一数到十呢？"

小女孩快急哭了。她把头埋在爸爸后背，只朝校长露出两只乞求的大眼睛。

"好……"校长叹了口气，把捏在右手的粉笔放到左手，抚摸了一下小女孩梳着两条小羊角辫的头，用悲伤的语气说：

"你不会说话，让我怎么教你呢？"

2

小女孩骑在马背上，顶着一头白花花的粉笔灰，在哒哒哒的马蹄声和爸爸沉闷的叹息声中，回家了。

这次经历，使小女孩明白，不是父母不想让她上学，而是她自己不会说话，不能上学。于是活泼开朗的小女孩，有了心事，变得闷闷不乐、郁郁寡欢了。

可是命运之神不会抛下这么可爱的小姑娘不管。一年后，有一天，家里来了一位收购牛羊的商人，他走南闯北，见多识广，很快就发现了小女孩和她兄弟姐妹的不同之处。于是他把黑乎乎的手伸进口袋，掏出一张一元纸币和一块包着锡纸的糖，塞进她的小手。

小女孩把糖放进嘴里，尽量均匀地咬成五份，给小弟和小妹各分了一份；哥哥姐姐的那一份，吐出来放在干净的面柜上，等他们放学回来再吃。

在"嘎嘣、嘎嘣"咬糖的过程中，她算出来，一块钱，总共十角；马路边白胡子爷爷卖的糖一角钱八颗，一块钱，能买八十颗糖。八十颗糖，够吃妈妈说的一辈子了！

商人一边喝茶，一边和小女孩的父母拉家常。

"这么说，这孩子不能上学了吗？"商人看着小女孩，问。

"是的。"爸爸答。

"没看大夫吗？还有没有治好的可能？"商人又问。

"这几年，几乎把医院的门槛踏断了。可是大夫们都说，无能为力。"

"可是，孩子不能读书，一辈子多么遗憾！就像我，只能和牛羊打交道。总得想想法子。"

"谁说不是呢！可是……"妈妈说，两串泪水涌出她的眼眶。

"这个也许能治好。我常年在安多地区转来转去，做生意。我知道桑科草原有个歌唱家，名叫央金拉姆。她唱的歌，美妙极了，就像清风吹过树林，泉水滴落青石，好似妙音天女下凡到人间。此外，传说她会熬制一种独特的草药，那种草药，不仅能医治各种喉咙方面的疾病，而且还能使嗓音美如天籁。当然我只是听说……但是好像确实，有这么一个人。"

父母的眼里，发出惊喜的光芒。

商人接着说："那个央金拉姆，还生着一副菩萨心肠，草原上流传着许多关于她帮助穷人的善事善行。如果能把你们的女儿带到桑科草原，找到她，请她用她的秘方疗治，也许孩子就能够说话了。"

"真的吗？"父母问道。

"我不敢肯定……"商人答道，言辞闪烁，"因为这个央金拉姆，就像草原上的白云一样行踪不定；尤其是这几年，很少有人见到她了……但是只要心意真诚，说不定就能碰上她。"

"那我该怎么做呢？"爸爸问。

"骑上你的马，带着你的女儿，去桑科草原，寻找她吧！"

"可是，桑科草原那么大……"

"她的歌声就像草原上的溪水，到处流淌；她的故事就像草原上的鲜花，到处开放。去吧，不要犹豫，这是唯一的机会了。"

3

几天后的一个黎明，一阵哒哒哒的马蹄声，踏破了夜的宁静。一匹健壮的黑马，驮着小女孩和她的爸爸，出了村庄。

小女孩当然知道他们此行的目的。她高兴极了，暗暗下定决心，不管遇到什么困难，都要找到央金拉姆。

小女孩健康而开朗。虽然不能上学使她幼小的心灵充满了忧愁，但本质上她是一个活泼乐观的孩子。她圆圆的脸庞，脸蛋黑红，一双明亮的大眼睛，闪烁着聪颖倔强的光芒。她的身材，比八岁的年龄要小很多，看起来不过六岁的样子，但是她的身上，透着一股天生愉快而不服输的气质。她的爸爸，体格魁梧，长着一脸的络腮胡子，五个孩子的家庭重担，加上为眼前这个不会说话的小女孩日夜操心，使他看起来比实际年龄要苍老许多。

这是小女孩第一次跟着爸爸出远门。以前，爸爸也曾多次带她寻医问药，但那都是在离家很近的地方，那些医生和巫婆，见了她，都把头摇得像拨浪鼓，这一次，路途遥遥，会有什么意外的收获吗？听起来，这个央金拉姆，比以往那些医生和巫婆强很多，起码，她美如天籁的嗓音、秘制的草药、神秘的行踪，对有求于她的父女俩来说，充满了强烈的吸引力。不用说，马背上的父女俩各自在心里展开了对她的想象，对这趟旅途充满了期待。

"爸爸，"小女孩用手语，无声地和父亲交流，"那个央金拉姆是真的吗？"

"当然是真的。"爸爸用很大的声音对她说，"人怎么能是假的呢！"

"我们能找到她吗？"

"一定能，我的孩子。"

他们经过一座红色的小山，那座山名叫红朵朵，山脚下就是小女孩日思夜想的小学。她瞧了瞧长着旺盛野草的泥巴围墙，瞧了瞧迎风招展的五星红旗，用手语对爸爸说：

"爸爸，等找到了央金拉姆，我就可以上学了，是吗？"

爸爸并没有马上回答，他沉思了一会儿，才含含糊糊地说："唔……也许吧，也许。"

本来愉快的谈话蒙上了一层阴影。小女孩很不满意这个回答。爸爸应该这么回答："嗯，是的，是的！等找到了她，请求她给你喝下她秘制的草药，你就能开口说话，就能上学了！"

"爸爸，你不能让黑金走慢点吗？"小女孩转过身，朝爸爸打手势。

爸爸赶紧扯扯缰绳。

名叫黑金的骏马放慢了脚步。过了一会儿——

"爸爸，你不能让黑金走快点吗？"

爸爸赶紧夹了夹马肚子。又过了一会儿——

"爸爸，你老是用马镫踢黑金的肚子，你会把它弄疼的！"

爸爸赶紧松开双脚。

爸爸终于说："等找到了央金拉姆，你就能上学了！"

小女孩对这句话非常满意。于是，旅途又充满了轻松和快乐。

4

远山在晨曦中若隐若现，苍茫无际。近处的大河，像一条银色的绸缎。秋收刚刚开始，被麦根带出来的泥土，散发出成熟的大地气息。一些收割后的麦茬地凌乱不堪，显示出人们收割时的兴奋和急迫，就像有人在后面敲锣打鼓，撵着他们。瞧，玉米在晨风里摇着它纤细修长的胳膊，仿佛在问父女俩：你们骑着马儿，这是要到哪里去呀？可是不等小女孩回答，它们轻盈的身影，就被马儿甩在后面了。

小女孩想起昨天，自己还挎着箩箩，去玉米地掰玉米棒子的情景，可是此时此刻，她却骑在马背上，去那遥远的桑科草原，寻找传说中的央金拉姆。这是多么奇怪的一件事啊！

小女孩坐在马背前面，依偎在爸爸怀里。从爸爸的沉默里，她能感觉到爸爸心事重重。他在想什么呢？小女孩不知道。

不多时，他们来到了集市上。离太阳出来还早，可是做生意的人，已经在马路两边摆开了他们的商品：惊恐地趴在地上悄无声息的公鸡母鸡，因为察觉了主人即将出卖自己的意图而狂躁不安的牛羊，用山里的新竹子捆扎的扫帚，针头线脑，花花绿绿的糖果……有几个卖东西的女人,看见马背上的小女孩,眼睛里放出了亮光。小女孩知道,那是她们看见了自己的新衣服和花书包。新衣服是实实在在的,可是花书包,只是个样子。

这时她看见集市一角,蹲着两个衣衫褴褛、骨瘦如柴的男孩子。两人面前,摊开放着一本厚而发黄的书,看见父女俩经过,大一点的男孩站起来,立正,背搭双手,摇头晃脑,诵道:

> ……那猴道:"你可是东土大王差往西天取经去的么?"三藏道:"我正是,你问怎么?"那猴道:"我是五百年前大闹天宫的齐天大圣,只因犯了诳上之罪,被佛祖压于此处。前者有个观音菩萨,领佛旨意,上东土寻取经人……我愿保你取经,与你做个徒弟。"……

小女孩听得呆了。她觉得自己从未听过这么美好的声音,这么美好的语言。她对爸爸打手势道:

"爸爸,我听明白了。"

爸爸心里一动,说:"他们讲了些什么?我可什么也没听明白。"

小女孩得意扬扬,比画道:"你真笨。他们讲的是,一只猴子,被人救了,他要和师父,去西方取经了。"

"哦,和我们一样。"爸爸笑着说。

5

黑金驮着父女俩,出了集市。抬眼望去,到处都散落着大大小小的村庄。在一个村庄边上,迎面走来一群流浪狗。它们瘦骨嶙峋,毛发稀疏,用绝望而忧伤的声音,发出低沉的呜咽。小女孩可怜它们，从爸爸的褡裢里摸出一块馍馍，抛给边上最瘦弱的一只小狗，于是狗群全都狂叫着追上来，吓得黑金一阵狂奔……小女孩紧紧地抓着马鬃，生怕自己被颠下马背。等狗叫声渐渐消失，她张了张嘴——狗叫声真是又恐怖又难听！

六月的太阳，一路追随着他们，摆出一副要跟他们去一趟桑科草原的架势。走过了不知多少个小河边的、山脚下的、大路旁的、山坡上的、洼地里的……小小村庄后，黑金驮着父女俩，来到了乩藏山梁下。"吁——"，在一处野草茂盛、树木成荫的山坡边，爸爸勒住黑金。他把黑金的缰绳解开，让它自由自在地在山坡上吃草。小女孩把褡裢里的吃食拿出几样，摆在草地上。一个白色的大塑料桶里，装着妈妈早早起来煮的茶水，现在，茶水还是温热的。爸爸把深褐色的茶水，倒进两只小龙碗，咕噜咕噜，喝起来。一碗茶水，在他的喉咙里滚动几下，就不见了。很快，茶水变成六月的汗珠，在他的额头和鬓角闪闪发光。小女孩喝不下也吃不下，她一门心思，只想着央金拉姆。

歇息了一会儿，父女俩重新爬上马背。

黑金开始爬坡。它吃饱喝足，有的是力气。

乩藏山梁上到处都是树。大大小小的白杨，榆柳，各种果树，灌木，长得虽然算不上俊俏挺拔，却也像模像样，没有一棵显出衰败猥琐的样子。山上虽然也有凉风，但它总是轻轻吹一下，就跑走了。

远处出现了一个小白点。那小白点越变越大，越变越大，终于变成了一匹漂亮但憔悴的白马，拉着一辆车轮都嘎吱作响的马车，来到了父女俩面前。白马耳朵软塌塌，鼻子不停地喷着粗气，嘴边堆着一层白沫。显然，它拉着马车远道而来。坐在车前的两个人，本来无精打采，看见父女俩，就抬起头，挺了一下身子。这是一老一少父子俩，两个人都显得忧伤、疲惫，好像他们不是坐着马车，而是长途跋涉走来的。父女两人发现，马车里躺着一位老奶奶。她盖着一床厚厚的棉被，脸埋在被子里，只露出一把乱糟糟的白发。爸爸露出关切的神色，俯身问道：

"老人家，恕我冒昧，这是怎么了？"

老人抬起头，像个孩子似的蠕动了一下嘴唇，还没说话，两串浑浊的泪水就滚下了脸庞：

"这是我的老伴，久病不愈，听说桑科草原上有位名医，就前去寻找。可是整整找了半个月，也没找见。"

"整整半个月，也没找见吗？"爸爸一听"桑科草原"和"名医"，急忙问道。

"是啊，连医生的影子也没找见。没办法，眼看病人病情一天天加重，我们只好回来了。"

"您老伴得的是什么病？"

"这儿，"老人指指自己黝黑松弛的脖子上尖突的喉结。这时马车已顺着下坡，拐进了一个山弯。

"你们寻找的医生，叫什么名字？"爸爸对着从山弯里传出来的马铃声，大声喊道。

山弯深处，热风隐隐约约送来几个含混不清的字。

随后，就连马铃声也听不到了。

6

黑金自信地往前走着。在它的生命中，经受过哪些磨难呢？瞧，它孤零零，一个人。它的父母呢？儿女呢？小女孩从来没有见过。她仔细观察了黑金飘逸潇洒的鬃毛和聪颖好看的头部、钉着铁掌的四蹄、强有力的四肢、漂亮的长尾巴和俊美健朗的身体，不知怎么，她觉得这匹马儿大概很不幸。看着它奋力前行的样子，她从心底里心疼它，可怜它，很想下地走到它跟前，把头贴在它脸上，对它说几句温柔体贴的话。

可是央金拉姆！这位神秘的歌唱家，治疗喉咙疾病的神医，时时钻进她的脑海，打断她的思绪。她之所以观察黑金，思索它的人生，就是为了把占据脑海的央金拉姆赶跑。她想，那位老爷爷和他的儿子，整整找了半个月也没有找见的医生，就是她和爸爸要找的央金拉姆吗？如果真的是她，他们找了半个月没有找见，自己和爸爸，能找见她吗？

显然爸爸也在思考这件事情。只听他说：

"这么巧……我敢断定他们找的就是央金拉姆。难道这是佛祖在提醒我们，让我们不要怀抱希望，回去吗？"

黑金绕过了一道又一道山弯，慢慢地，它的步伐越来越缓慢，呼吸声越来越粗重。爸爸跳下马背自己走路，给它减轻负担。马背上少了一个人，黑金轻松了很多，步伐轻快起来了。

天气闷热极了。山梁、树木、花草，都蔫巴巴的，懒得动一下身子，抬一下头颅。空气停滞了，半天也没有一丝风吹来。溽暑考验着万物。有只鸟儿，仿佛万物选出的代表，它有气无力地替大家叫道：

"苦苦——苦呀！苦苦——苦呀！苦苦——苦呀！"

另一只补充道：

"气嘟嘟——嘟！气嘟嘟——嘟！气嘟嘟——嘟！"

于是小草好像抬了一下头，树叶好像摇了一下手，仿佛这么一抱怨，万物的心里，舒服了好多。

山梁两边到处都是树。小女孩很想知道，这些树，是谁种的。好像猜着了她的心思，爸爸说：

"瞧，这些树，大自然把它们种植在这片山梁上。秋天，树籽落地，风把它们吹到很远的地方，鸟儿把它们带到更远的地方。雨水滋润它们，土壤养育它们。它们吸收日月精华，吐纳地泉芳郁……大自然，啧啧，神奇的、独一无二的大自然呀！”

在这之前，小女孩从未听说过“大自然”这三个字，可是如今听说了，并不觉得陌生，反而很亲切。她沉思了一会儿，恍然大悟，世界在她的眼前变得清晰起来，原来如此，原来如此……一个明亮的微笑像一朵小花，盛开在她的脸上：啊！大自然，神奇的大自然，这就是神奇的大自然！不光树木，还有山川、河流、小鸟、虫儿、草儿……一切的一切，都是大自然！

这个发现让她惊喜不已。回头再看身边的事物，觉得有了别样的意味，就连最弱小的青草，也给她一种沉重的感觉——它的身上，也有沸腾的热血，也有一颗和人一样多愁善感的心灵！

树林里的鸟儿们，好像知道了小女孩这个了不起的发现，为了表扬她，感谢她对大自然的理解，而唱起了赞歌……一只鸟儿赞叹道：

“啧啧！啧啧！啧啧！”

另一只应和：

“啊呀！啊呀！啊呀！”

小女孩也觉得这是鸟儿在夸赞她，不禁噘起嘴巴，学了一下鸟叫，想给它们一声回音。可是她什么声音也没有发出来。她又试了一下，还是没有发出声来。

这时候，一只鸟儿急切地叫道：

“舅舅！舅舅！舅舅！”

好像在邀请舅舅到家里做客，可是另一只鸟——也许是它的舅舅，却慢吞吞地答道：

“不——啦！不——啦！不——啦！”接着就噗噜噜飞走了，边飞边叫：“不——啦！不——啦！不——啦！”好像害怕外甥会追上来似的。小女孩想起自己的舅舅，拍着小手笑了。

"你听见了吗？爸爸？"她用手语，对爸爸说。

"听见什么？"

"小鸟叫声。"

"没有。"

"舅舅！舅舅！不——啦！不——啦！没听见吗？"

"嗯，我什么也没听见。"

父女俩这样交谈的时候，小女孩惊奇地发现，这一回，她竟然无意中发出了两只小鸟的叫声，虽然很小，小到她自己也不能确定是不是真的出声了，但她深信，"舅舅"和"不啦"，真的从她的喉咙深处，发出来了。她惊喜极了，低头沉思了一阵，好像在探寻那两个美妙的词语从她喉咙里蹦出来后躲在哪里了；然后，她伸长嘴唇，努力抬起舌头，想再次发出"舅舅"这个词语，但是喉咙就像一个寂静的、无底的深渊，任凭她怎么努力，也发不出任何声音。她又鼓起鲜红的腮帮，嘟起嘴唇，想发出"不啦"这个词语，也失败了。她不甘心，一次又一次地尝试，急得额头和鼻尖上冒出了汗珠。

可她还是一次又一次地失败了。

7

不知过了多久，黑金终于翻过了乩藏山梁。爸爸这才跨上了马背。

太阳不知何时，已经掉转了步伐，与父女俩背道而驰了。它挂在西天，放射出耀眼的金光，摇摇欲坠。黑金迎着夕阳送来的清风，轻快地往山下奔跑。日落时分，眼前的马路逐渐变窄，原本由马路隔开的山梁两边的密林，这时越逼越近，好像它们都想跨过这条小路，走到对方那一面去。古老的树木枝条交错，覆盖着整条小路，置身其中，光线幽暗，仿佛进入了另一个世界。不久，游荡在树梢上的光束，慢慢溜到树身和树根上，树林里却还明亮。即使抬头，也看不见天空，但是能感觉到天空布满了六月傍晚那种特有的清新透明、让人心旷神怡的气息。鸟声鞭炮似的一阵阵炸响，好像鸟类们正在操办什么喜事。它们的叫声很有规律，通常由一只鸟儿起头，一鸣百应，虽然参差不齐，但众鸟都奋力发出自己最高亢最动听的叫声，并且在一定时间内，将合唱推向高潮，再集体戛然而止，由一两只鸟儿收尾。它们真是天底下最伟大的歌唱家！也许它们的歌声振奋了万物的精神，青草挺直了身体，浑身上下闪烁着绿宝石般的亮光；树木枝条婆娑，轻歌曼舞，仿佛在说："真好呀！闷热的一天，终于过去了！"就连路边的石头，也湿漉漉的，饱含情意和水分。树林里渐渐昏暗下来，白天被热烈的太阳味道掩盖了的各种植物和林中动物的气味，此时被温暖的湿气所蒸发，东一股，西一股，刺激着马背上旅人的鼻子。鸟叫声渐渐稀疏，不久，最后一只鸟儿，也沉入了梦乡。只有黑夜的御用歌唱家夜莺，用美妙的歌喉，赞颂着黑暗……是啊，万事万物都在向往、歌颂着白天；总得有人，也为黑夜唱一支赞歌，陪伴它度过也许它也不愿意独自面对的漫漫长夜……四周黑乎乎的，看不见黑金的踪影，只听见它钉着铁掌的马蹄，均匀而响亮地响着。

今晚，将在哪里睡觉呢？小女孩想。她很困，睡意一阵阵袭来；可是在没有走出这片黑乎乎的树林之前，她强撑着不敢睡去，万一爸爸不留神，让魔鬼把她捉去，该怎么办呀！

好在爸爸点亮了马灯。眼前的世界，一下子亮了起来。首先看到的是掌灯的爸爸，接着看见黑金强壮的身影，不偏不倚地向前走着，好像这条密林小路，它已经走过千百遍。既然灯亮了，也就不用怕魔鬼了。小女孩依偎在爸爸怀里，放心地睡着了。

不知过了多久，她被爸爸摇醒。他用有力的双手，抱她下了马背，抱在他的怀里，深一脚浅一脚地朝前走去。显然，这是一个村子，狗听到陌生的脚步声，不论大小，从村子的各个角落，狂吠起来。父女俩就在不友好的狗叫声中来到村边上第一户人家，爸爸彬彬有礼地敲了几下那家人的门扉。

屋里先是亮起了灯光，接着，为了表示屋里有人，而响起一串大声的咳嗽，"喂，门外是什么人？"一个沙哑的女声，喊道。

"是我，乔庄的金匠，和我的女儿。麻烦好乡亲，给我们借宿一晚。"

门无声无息地开了。马灯下出现一个高大丰满的中年女子。她警惕而狐疑地上下打量了爸爸好一会儿，才低声说：

"我家男人不在家……"

爸爸向后退了一步。"打搅了。我去别的人家问问吧！"他说。

"别的人家，今晚都去王家守丧了。进来吧。"

这是一所非常漂亮考究的屋子。女主人给父女俩倒了茶，又端来馒头、烙饼、煮洋芋和鸡蛋。父女俩吃起来。吃到一半，爸爸请求女主人，能否给他的马儿一点草料和清水。

"当然了，"女主人说，"谁能忍心让牲口挨饿呢！"

小女孩觉得，这个女主人虽然面容看起来有点愁苦，但是心肠真是好极了。好极了的心肠使她别有一种美。

父女俩吃饱喝足，黑金也在院中发出几声满意的嘶鸣。

女主人带着小女孩，来到隔壁一个房间。

这个房间很乱，里面有一股小女孩熟悉的小孩的尿骚味儿。一铺很大的炕，几乎占据了房间的大部分空间，炕上隆起一个个小身子，一颗颗黑油油的头，整齐地排列在枕头上。女主人上了炕，揭起被角，让小女孩睡在自己旁边。

"可怜的孩子！"女主人说，充满同情与怜爱地看着她，"我已经看出来了。唉，可怜的……"

小女孩不晓得，她看出来了什么，她也懒得去思索。

女主人不住地唉声叹气。

"你的妈妈，该怎样地伤心，怎样地哭哟！一个多好的孩子呀！却是个哑巴。哎哟！"

"谢天谢地，我的孩子们都很健康！"

这时，宽大的被子颤动起来，一个小孩抬起头，两只眼睛睡意惺忪，惊讶地望着小女孩。他的母亲说：

"睡吧，乖乖，明天还要上学呢。"

于是那颗头落到枕头上，闭上了眼睛。

可是另一颗黑油油的脑袋从被底下探出来，望着她。接着又探出第三个、第四个、第五个、第六个，总共探出了六颗黑油油的头颅。六双大大的眼睛，一眨不眨地望着床上陌生的小女孩。有两个看了一会儿哭了，有三个吵起架来，只有最大的那个女孩，平静地望着她，问：

"你叫什么名字？"

"……"

"你几岁了？"

"……"

"你几年级了？"

"……"

"你为什么不说话？"

"……"

小女孩再也不能望着她了。她几乎要哭了。可是她没哭。她用摇头代替回答。

"原来是个哑巴！真可怜。我十二岁，四年级了。"

于是她带着大人般怜悯的表情，不眨眼地望着小女孩。小女孩低下头，默默地转过身，闭上眼睛。

房间里很快响起了均匀的呼吸声，可是小女孩，却久久难以入眠。她多么难过……瞧这一群孩子，都会说话，连最小的那个，顶多只有三岁，也能哭喊着和姐姐吵架，可是为什么只有自己不会说话呢？这是为什么？为什么这个世界上，只有自己不会说话，不能上学？她越想越伤心，把头埋在被子底下，偷偷地哭了。

哭了一会儿，她又操心起这趟征程能否找到央金拉姆。啊，央金拉姆……什么时候才能找到她呢？找不到该怎么办？啊！找不到……小女孩用牙紧紧咬住被子，泪珠又雨水般滚落脸颊，她不敢再想下去，找不到央金拉姆，自己该怎么办。

但是她忍不住不想。她小心翼翼地换了个方向，认为她和爸爸，一定能找到央金拉姆。是的，一定能。既然一定能找到，那么，也许是明天，也许是后天……小女孩想到这里，破涕为笑了。很快，一直徘徊在她身边的睡神得到了机会，它把手轻轻一挥，小女孩就沉沉睡去了。

第二天，天还没亮，小女孩就从睡梦中被爸爸抱到马背上，上路了。

8

深灰色的天空，布满了星星。现在是什么时候了？小女孩不知道。她只知道，新的一天开始了。潮湿凉爽的空气，伴随着阵阵清风，让人感觉非常舒适、惬意。如果仔细聆听，还能听到夜的轻声细语，那是早起的鸟虫们，在互相问安。树木影影绰绰，站在那里，挥舞着各自的手臂。经过一夜的歇息，黑金精神抖擞，喷着响鼻，气派地向前走着，步态雍容华贵。一只受惊的白兔，飞快地从它面前逃进旁边的树林。玉米地一片连着一片，千万棵玉米树，在星空下散发出甘甜的清香。玉米地消失后，出现一排排篱笆，篱笆背后，平和地躺着一个小村庄。偶尔从某个农家院落传出一两声狗叫，也显得非常平和、宽容，甚至还有点早起后向主人撒娇的味道。有时候，马会经过一片池塘或者水洼，马蹄声惊起一两只青蛙，它们便抱怨地呱呱叫起来，每一声"呱"，都好像被六月清晨的空气粘住了，停留一阵才消失。黑金走过了田野、村庄、河流、小山丘……空气里似乎开始出现雾气，一切都变得雾蒙蒙的。一条小溪出现在眼前，叮叮咚咚，发出清脆悦耳的声响。多么好听的声音！小女孩情不自禁，又把舌头卷起，模仿溪水的声音。"叮……"她喊道，感觉到平展的舌头抵住了上颚的牙齿，但是声音却不知藏在哪里。她又使劲咧开嘴唇，重复这个动作，声音依旧无影无踪。但她没有气馁。她接着发"咚"这个音。它藏得更深。"咚——"她深吸一口气，以自己心目中最大的声音喊道，而且比前几次更加用力，舌尖抵住上颚，从腹腔深处送出一口气，然后侧耳倾听，但是就像上几回一样，她什么也没有听见。

她想，是不是自己发出的声音，被风刮跑了呢？

她好想知道自己的声音，是什么样的啊！

这个想法激励着她，她又模仿起青蛙的叫声"呱，呱，呱"，每模仿一遍，就像男孩子点燃鞭炮，跑到一边听响声一样，又兴奋又紧张地倾听，但是她心目中发出的"呱呱"声，仿佛被魔鬼紧紧攥在手心……小女孩非常失落，却不肯停下。光是这样张着嘴练习，也是非常激动人心的一种体验。

黑金毫不犹豫地踏进一条小溪，"啪，啪，啪"，"哗，哗，哗"，马蹄儿响亮地拍打着溪流，搅起一阵悦耳的水声。小女孩急忙换了声调，"啪，啪，啪"，"哗，哗，哗"，无声地模仿着。

等过了小溪，爬上一道几乎没有坡度的丘梁，雾越变越浓了，眼前一寸一寸，黯淡下来。抬头看天时，发现天边不知不觉，也暗下去了。树林里的鸟儿们，用歌唱迎接新的一天。光从歌声上判断，就知道那是些乌鸦、麻雀、喜鹊、斑鸠、白头翁……它们有的伫立在树枝上，有的跳跃在草丛中，用各自不同的音调，你一声我一声地唱着。也许它们在彼此诉说昨夜的梦境，也许它们在商议今晨的早餐，也许在讨论下午的聚会，也许在夸赞自己的伴侣……谁知道呢！小女孩嘟着嘴唇，翘着舌尖，又忙着学习鸟儿的叫声了。她不光学习鸟叫，还把里面的感情色彩，"啼叫"得动人婉转……

雾气逐渐变淡了。过了不久，就变得似有若无，山川河流，树木草地，仿佛笼罩着一层薄而透明的轻纱，只需手指那么轻轻一揭，就可以把它撕掉似的。不久，这层薄纱终于消散了，天空也逐渐泛红，明亮了。满天繁星，什么时候消失的呢？小女孩一抬头，就发现它们不见了，只剩下几颗明亮的星星，还恋恋不舍地挂在清蓝碧透的天幕。她想，它们可能是趁自己学习鸟叫的时候，踮着脚尖，一起跳进天幕里的。星星也有它们的声音。它们挂在天上，并不是悄无声息的，它们肯定也在歌唱，就像小鸟一样，只不过它们离大地太远，人们听不到而已。它们的歌声是怎样的呢？小女孩想。也许这样："咿——"。她平展舌头叫了一声。不对。应该这样："嘘——"或者"唏——"。噢，不，不是这样，她沉思着摇摇头——应该是一种非常微弱、细小，而又整齐、甜美的声音，在繁星如宝石一样挂满碧空的夜晚，所有的星星一起歌唱，它们的声音聚拢到一起，合成类似于风吹树叶时"沙，沙，沙"的乐声，在温柔的小湖里游泳时"泠，泠，泠"的水声，或者在夏夜寂静的晴空下，千万棵玉米一起拔节抽穗时"嚓，嚓，嚓"的轻响，以及微风拂过金黄的麦浪时"簌，簌，簌"的悠响……

小女孩想得入神。

马铃叮当响……在这悦耳的声音中，云儿一片片变白了，风儿一丝丝变轻了，田野一垄垄变绿了。这时候，太阳和他们一样，也在赶路；它刚爬到东山的半山腰，可是它的光芒，却已抵达山顶。不久，朝霞满天，金光万道，让人神清气爽，心旷神怡。云雀响亮地叫起来，好像在为这灿烂的朝霞，唱一支赞歌。伴着霞光，四周腾起一股六月清晨的潮润朗洁之气，万物汇聚的精华，把一轮红日徐徐托上山顶……那轮举世无双的红日，闪烁着，火焰一样跳跃着……不多时，金灿灿的阳光如山洪暴发，突然席卷了山川大地。在旭日的照耀下，眼前的世界多么明亮、年轻、新鲜、欢快、蓬勃、可爱！多么磅礴、自由、奔放、活泼、迷人！

不知不觉，黑金驮着父女俩，来到了黄河岸边一个古老的渡口。

9

多么雄伟壮观的景象呀！一条河狂欢狂怒，前不见首，后不见尾，在清晨灿烂的阳光下，发出沉甸甸的金光。那些金光随着激烈的水流，跳跃，迸溅，形成千万颗金珠，倏忽飞起，倏忽溅落，汇入河水，又再度变幻成数不清的金珠……很多水鸟，在这些金珠间嬉戏觅食，从容不迫。"哗——哗——哗——"，水声喧天，东流而去。顺着黄河水望去，近处村落成群，良田万顷，远处群山肃穆，与雄浑的黄河遥相呼应，相得益彰。

这么大的黄河，渡口却小得可怜。但是它有一个好听的名字，叫作"莲花古渡"。只见渡口停泊着十几艘大大小小的木船。爸爸挑了最结实宽敞的一艘，带着黑金和小女孩上了船。

黄河水奔腾跳跃，振聋发聩，咆哮，激荡，令人惊惧。船儿随着强劲的急流，不用船家划桨，自顾自地在水面上漂着。它忽上忽下，忽左忽右，或涡旋或俯冲，或摇摆或颤抖，跳着舞蹈。小女孩觉得自己不像是漂在河面上，倒像是飘在疾如闪电、雷雨翻滚的乌云里。她感觉眩晕、恶心，但是滔天的水声勃勃澎澎，气势恢宏，令她激动不已。看哪！河水群飞，巨浪滔天，壮丽得让人无法相信这是真的。成群的野鸭子，一会儿被巨浪的大口吞进腹中，一会儿又被它吐出来，看得人惊心动魄。一些不知名的水鸟，或俯冲，或盘旋，或滑翔，或把头深深地扎进水里，好大一会儿才钻出水面，长嘴巴上叼着一只头尾剧烈摆动的小鱼。阳光照在水面上，到处金光闪闪，像铺满了钻石。小女孩从来没见过这么汹涌澎湃、让人心惊胆战的河水，这么多美丽勇敢、自由自在的鸟儿，她突然很想唱一首歌。

"呼——"歌儿唱不出，她努力模仿着水声。但是声音仍藏在她的身体深处，不肯出来。

"大哥，你们骑着马儿，这是要去哪里？"船家问爸爸。

"去桑科草原。"

"去那里干什么？"

"寻找央金拉姆。"

"哦。"船家沉吟半晌，"就是那个有名的歌手？"

"你怎么知道？"

"我从小在安多地区长大。我是听着她的拉伊长大的。"

"这么说，你认识她？"

"不，我只听过她的歌。你们找她有什么事？"

"我们……呃，想请她帮个忙。"

"我劝你们还是回去吧！据我所知，她已经于几年前去世了。"

"啊！"爸爸惊得张大了嘴巴。

小女孩几乎不相信自己的耳朵。天哪，这个船家，他在胡说什么！

"那么，"船家停下手中的船桨，问，"是掉头还是继续往前走？"

"往前走。"爸爸说。

这么说，央金拉姆，她真的不在人世了吗？这是真的吗？将来说话和上学的希望，就这样破灭了吗？小女孩头落胸前，哭泣起来。

就在这时，船撞上了河里的巨石，突然一个趔趄，几乎把船上的人马掀进河里。等船剧烈地旋转几圈后平稳下来，大家看见，船底破了一个洞，一股手腕粗的河水，正咕嘟嘟往船舱里冒。

爸爸和船家手忙脚乱，寻找东西堵窟窿。可是船上除了一条又粗又糟的缆绳和一张千疮百孔的渔网之外，什么也没有。幸亏爸爸急中生智，使劲掰下一块船帮上的朽木，这才将窟窿堵住。两人又齐心协力，把船上的水舀出去，还给黄河。末了，爸爸直起腰，心有余悸但不无庆幸地说：

"好险哪！幸亏我女儿没事！"

可是他的话音未落，突然，受惊的黑金长嘶一声，一跃而起。船身失去平衡，坐在船边上的小女孩"啪"的一声，掉进了黄河。

船家见状，没有任何迟疑，"咚！"跳下了水。

一切就像发生在梦里……小女孩在水里挣扎扑腾，爸爸在船上失声疾呼……所幸船家很快就游到她的身旁，抓起了她的一只胳膊……他把可怜的小女孩救上了船。

10

由于抢救及时，小女孩除呛了几口水之外，没什么大碍。

等船靠了岸，父女俩来到不远处的城里，住在了一个小旅馆。

小女孩一躺到床上，便沉睡过去了。爸爸却惊吓过度，久久无法入睡。他望着女儿苍白的小脸，想，这趟旅途遥远而危险，不如先让她搭车到佛塔村自己姑姑家，让她在那里等着，过几天自己骑马赶来，再和她会合，一起前往桑科草原，寻找央金拉姆。姑姑家就在大路边上，去桑科草原必须经过那个地方。他觉得最好这样。

第二天一早，爸爸把自己的想法告诉了女儿。经过一夜酣睡，小女孩脸红扑扑的，已经完全恢复了原来活泼开朗的样子。她一听爸爸的决定，欢快的小脸蒙上了一层乌云，打着手势问：

"爸爸，要是我不小心丢了呢？"

"怎么会呢，我的孩子？你姑奶奶家就在大路边上，一下车，走进那个大核桃树底下的木门就是了。你甚至连半分钟都花不到，就能坐在她家炕上喝茶了。我给司机说好，他一定会把你放在佛塔村那棵大核桃树底下。"

"不，爸爸，我害怕。"

"有什么害怕的呢？大家都用这种方法送小孩出门走亲戚。再说，你已经八岁啦！"

说不准是这里面的哪句话起了作用，小女孩擦掉眼泪，点头同意了。

父女俩离开旅馆，在一家牛肉面馆吃了一碗热腾腾的牛肉面，然后骑着马，来到前往桑科草原方向的路口上等汽车。可是等了差不多一个小时，也不见尘土飞扬的马路上过来一辆汽车。小女孩一面暗暗希望汽车不要来，一面对爸爸"说"道："爸爸，你看，没有汽车。我还是跟你骑马走吧。"

"不，再等等。骑在马上会把你累坏的。"

父女俩说话间，一辆突突突发出巨大声响、咕咕咕冒出一股股黑烟的红色铁疙瘩，朝他俩驰来。爸爸跳下马背，远远地伸出手臂拦住了它。这是一辆结实、崭新的拖拉机。只有家境非常殷实、勤奋能干的人家，才会有这样的拖拉机。拖拉机手是个四十多岁的中年人，他看起来多么硬朗魁梧！和他的拖拉机非常般配。

爸爸踮着脚，大声问拖拉机手："师傅，你这是要去哪里？"

"啊？"拖拉机手侧耳俯身，但高亢的拖拉机声使他听不清爸爸的问话。

"我说，"爸爸更加高声喊道，"你要去哪里？"

"我要去黑措，你们要去哪里？"

"我们要去桑科草原，能不能麻烦你，把我的女儿拉到佛塔村？"

"哪个村？"

"佛塔村。"

"啊？"

"佛塔村！听清楚了吗？"

拖拉机手含含糊糊地点点头。

"佛塔村村口有棵大核桃树，核桃树下有户人家，主人名叫丹巴。丹巴长头发，短胡须，是个美男子……麻烦你把她带到丹巴家，告诉他们，这是乔庄金匠的女儿，他们就知道了……"

拖拉机手看看天空，不耐烦地打断爸爸的话："好的……我得赶紧赶路，要不然我的梨子就要烂了。"接着，他示意马背上的小女孩快上车。

爸爸把小女孩抱下马背，放进车厢。小女孩挑了一个垫着麦草袋的竹筐，小心翼翼地坐到上面。透过尺把宽的绿竹条，可以看见里面装满了大而嫩的早熟梨。

“这是车费。我拜托你啦——”

不等爸爸把话说完，这个铁疙瘩“嘭噔噔”上路了。

小女孩哭了。她站起来，朝爸爸招手。

爸爸跨上马背，一边策马前行，好像打算追上他们；一边朝女儿挥手，晨风送来他的嘱咐：

“我的好女儿，不要害怕，在佛塔村你姑奶奶家等着我，我们一定能找到央金拉姆！”

爸爸和黑金的身影越来越小，终于被晨光遮住，看不见了。小女孩坐到草垫上，感觉自己就像被抛进了无人的旷野那样孤独。

11

拖拉机狂叫着奔驰，把车厢里的水果筐颠得直跳舞；小女孩也像个可爱的不倒翁，一会儿弹起，一会儿落下，她得紧紧抓住水果筐的竹条，或者车沿，才能让自己在阵阵袭来的突然跳跃中稳住身子。拖拉机手在车头颠簸着，他用力扶着车把，强壮的背部前倾，把全身的力气都倾注在双手上，仿佛手底下镇压着一只凶恶的老虎。沙土路坑坑洼洼，崎岖不平，好像被人和车马践踏了千百年，但是路两边的庄稼地，却像玻璃一样平展——农民在那里洒了多少汗水呀！

这会儿，太阳还没有出来，空气凉爽而清透。沿途的景物，什么山啦，河啦，树啦，小桥啦，电站啦，庄稼地啦，牛羊啦……都在拖拉机震耳欲聋的突突声中快速地倒退，好像疾驰的不是拖拉机，而是它们。小女孩听着耳边的轰鸣，嘴唇自然噘起，舌尖轻轻地碰了一下上齿，"突，"她"喊"道，这个简单而无声的发音游戏，很快就减轻了她和爸爸分离的痛苦。"突，突，突"，铁疙瘩飞驰，她尽情地"喊"着。

可是过了一会儿，她觉得这种无声的发音游戏无聊而且糟糕。她又想起爸爸，想到他孤零零一个人，骑着黑金，这会儿正走在这条路上，追赶着他们，心里又难过又高兴。自从记事起，她就一直在爸爸身边。可是今天，在这陌生的旅途，他们分别了，分别了……

小女孩哭了，可是一点儿声音也没有。她多么希望，即便是哭泣，她也能发出声音！那样，她就可以上学了！

尽管在哭泣，小女孩还是注意到，沿途的景色渐渐发生了变化。眼下，这辆红色的、漂亮的、闪闪发光的铁疙瘩正奔驰在一道迂回美丽的山路上……山路两边的村庄，被浓荫覆盖，一条水色浅碧的水渠，清波溶溶曳曳，一路婉转叮咚，为拖拉机雄壮的轰鸣，做可怜的伴奏。清风拂面，凉爽的感觉不像是夏天，倒像秋天。两边平畴、浅岗上，已经成熟但还没有收割的大麦和小麦，郁郁离离，麦田外成排成行的柳树，亭亭如盖，看起来美丽优雅。可是前面一列列遥远而高耸的山峦，显示出一派乌黑苍茫、庄严肃穆的景象，好像它立在那里，是为了阻挡什么神秘可怕的怪物冲过来危害人类似的。刚刚还在陪伴她的风景，不知为何，很快就变得陌生了……整个山川原野变幻不定，令人捉摸不透……就像那个央金拉姆。

拖拉机又蹦又跳，轰鸣向前。晨光越来越强烈，太阳快要出来了。路上一片寂静，好像这地方没有住人。这时候，前方的一座山上出现一座孤零零但很庄严肃穆的寺院，寺院旁边，还有一座洁白的佛塔。这是谁修建的？为什么把它修建在山顶？夏天，会有很多人放下手中的活儿，来寺院朝佛吗？冬天，人们会把自家储存的粮食，奉献给里面的僧侣吗？……过了那座寺院，山势逐渐平缓，那些山，竟然变成了一片片草原，真是不可思议。丰美的、六月的草原啊！盛大，吉祥，安宁，辽阔。难道这就是桑科草原吗？小女孩心想。她很想问问开车的叔叔，可惜自己不会说话。她又想起爸爸。要是爸爸在身边，这时候准会对她说："快看！这就是桑科草原！"或者说："桑科草原就快到啦；你仔细瞧着两边，说不定就能看见央金拉姆！"可惜爸爸不在身旁。她站起身来，认真地眺望着草原，生怕忽略哪怕一处景物。在她的心里，美若天仙的央金拉姆穿着鲜艳的衣裙，飘着长长的头发，正唱着歌，迎着朝阳，娴静，优雅，游荡在附近的草原上。

可是草原上除了黑云一样涌动的牛群，和白云一样飘逸的羊群，什么也没有。连牧人都不知道去了哪里。偶尔出现几顶黑帐篷，在绿油油的草原上黑蘑菇一样盛开，但是很快，它们也被轰鸣的拖拉机抛在身后了。长空万里无云，清蓝碧透，一只苍鹰，展开巨大的翅膀，盘旋在前方的高空，仿佛在为拖拉机领路。老瞧着它怪腻味的，仿佛永远也追赶不上它，又仿佛它在和拖拉机捉迷藏，就在这个铁疙瘩怒吼着要追赶上它的时候，它扶摇直上，往更远处飞去了。沉闷，枯燥，漫长，空旷，孤独……小女孩想，这样的旅途最适合唱歌。可是，唱什么歌好呢？她什么声音也发不出来……

草原渐渐退却，眼前又出现了一列列山脉……小女孩发现，这会儿，拖拉机带着她，轰隆隆驶进了一条又深又窄的峡谷。奇怪的是峡谷里竟然散落着不少人家。割下来的燕麦、杂草、黑麦，被捆成一束束，倒挂在一根根专门用来晒草的木架上，本来它们离开了泥土，被晒得干枯，但是夏天随时到来的雨水，滋润着它们，充沛的阳光，照耀着它们，于是它们又活转过来，枯茎上发出新芽，又要重新开花了。一群群麻雀，轻盈地在上面跳来跳去，啄食没有破苞掉到地上的籽实。一些散落在山上的黑牦牛听到拖拉机声，停止吃草，抬起头雕塑一样目送这只庞大的怪物蹦蹦跳跳地奔向远方。胖乎乎的旱獭快活地奔忙，人一样伫立在洞口瞧着迎面驶来的大家伙。一只隐藏在灌木丛中的野鸡被车声惊动，尖声叫着"咕咕咕"，向它认为安全的地方飞去。飞鸟、苍蝇、蟋蟀、知了，在山坡上发出各自单调的乐声。强烈的阳光被堵在峡谷里，闷热难耐，还好飞驰的拖拉机，带来一股股持续不断的凉意。一些新事物依次出现，比如电线杆啦，小河啦，水车啦，磨坊啦，松树啦……可是麻雀、牦牛、野鸡、旱獭……全不见了。愁闷的旅途啊！

啊，央金拉姆，你在哪里呢？

12

过了很久很久，"突突突"，拖拉机停了。开拖拉机的叔叔下了车，来到车厢前，对小女孩说：

"喂，小姑娘，怎么样，颠不颠？"

小女孩摇摇头。叔叔笑了。

"你是哪里人？"

小女孩指指他们来时的路。

"你几岁了？"

小女孩做出八岁的手势。

叔叔粗犷的脸上浮上一层疑云。

"这么说……你不会说话？"

小女孩低下头。

"可怜的孩子！"叔叔重重地叹口气，久久地凝望着她的小脸，好像在求证，又好像在惋惜。然后，他把手伸进车厢，打开一个水果筐，挑了一个大大的梨，塞进小女孩的手中："吃吧！可怜的孩子！这一路上，你就没想到自己拿一个梨吃吗？"

小女孩点点头。

"真是个好孩子。"叔叔伸手揉揉她乱蓬蓬的小毛辫，说，"我也有过一个像你这样的女儿，珍珠宝石一样的女儿……可是很不幸，她得了先天性心脏病。医生说她活不过十二岁，我整天提心吊胆，夜不成寐……果然，她十二岁那年秋天，我们正在地里收青稞，她就孤零零一个人，躺在房顶上死去了，手里还拿着一双正在为我编织的棉袜。哎呀，我的心哟！"

小女孩第一次听见"死"这个字，第一次听见有人说另一个人的死。而且死去的那个人，竟然和她一样，是个小女孩。但是，"死"是什么呢？她并不真的知道。只是朦朦胧胧地觉得，死是一件很可怕的事情，可怕到即便现在太阳照在头顶，眼前有这么一位高大魁梧的叔叔在和她说话，她也觉得周围的一切可怕极了，到处都潜伏着难以名状的危险。

可是叔叔并不知道小女孩心中骤起的波涛。他说完，自顾自跳上拖拉机头，于是，这个冰凉的大铁疙瘩，又唱着歌跳着舞，上路了。

然而对于小女孩来说，旅途已经改变。疾驰而过的山川、河流、草原、树木、牛羊、虫鸟，甚至偶尔出现的一两个人，都不再清新、明媚，而像是披着一层美丽外壳的怪物了。所有的一切，都烙上了那个早夭的小女孩的影子，虽然她没见过她，她的爸爸，也没对她描述过她，但是，那个小女孩的魅影，一直浮现在她的眼前，怎么也摆脱不了。她只好死死地盯着开拖拉机的叔叔的后脑勺……但是她又害怕，这个长着乌黑、卷曲头发的脑袋，会突然变成一只可怕的怪兽，跳进车厢，抓住她……

天啊！怎么办？唱歌吧！

小女孩真的"唱"起歌来。"唱"的内容，全是她一路上听来的各种各样来自大自然的天籁。在她的心目中，大自然的一切都有声音，包括太阳和空气。她用心体会、模仿着大自然的万千声响，心灵被一种奇妙的感觉包围，好像自己的喉咙，真的发出了各种美妙的声音。"唱"着"唱"着，小女孩渐渐放松下来，忘记了死亡，忘记了恐惧，沉浸在自己的"歌声"中。在"歌声"的荡涤下，世界，在她的眼里，又变得清新明媚、安全踏实了。

13

直到"唱"得口干舌燥，小女孩才渐渐地停下来。

她大口大口吃完了叔叔给她的那颗梨。甘甜的汁水滋润了干燥的喉咙，小女孩觉得，自己的喉咙，就像一颗种子，已经发出了翠嫩的绿芽。

是的，翠嫩的绿芽，正在探头探脑，向上生长的绿芽。

小女孩吃完梨，心里又踏实又惬意，甚至还带着一丝幸福的惶恐。她满意地躺在水果筐上，任这个铁疙瘩怎么奔腾、跳跃，也不害怕了，她已经摸着了这家伙的脾气，放心地睡着了……

"小姑娘，醒醒！小姑娘，醒醒！"

朦朦胧胧中，小女孩听见有人在喊她。她睁开眼睛。

是那位开拖拉机的叔叔，站在车厢旁，像一个做错了事的孩子，一脸讪笑地望着她。

"我说，你听了可不要哭……我死活也想不起来，你爸爸，让我把你放在哪个村？"

小女孩从梨筐上爬起来。她被叫醒，大脑还未清醒过来，甚至没听清他在说什么。

"我说，你爸爸……让我把你放在哪个村？"

这回听清楚了。小女孩想告诉他，是"佛塔村"，可是她不会说话，只好静静地望着他。

"你也不知道吗？"叔叔好像忘了眼前的小女孩不会说话，焦急地问道。

小女孩摇摇头，指指自己的嘴巴。

"糟了！"叔叔恍然大悟，拍了一下脑门，喊道，"这该怎么办呢？瞧我干的好事！"

此时夕阳西沉，眼前是一列列长满青松、连绵起伏的山峦，夕阳的余晖落在山腰，为千万棵苍翠挺拔的松树，穿上了一件件金色的长裙。这是在哪儿？真是美丽极了！

但是这美丽的景色，和自己有什么关系呢？小女孩心想。她知道，这位粗心大意的叔叔，把自己弄丢了。

两串泪珠，就像清晨树叶上的雨滴一样滚下她黑红黑红的小脸蛋。她刚用新衣服的袖口抹去，两串新的泪珠又滚下来，落在崭新的、空瘪的、牢牢地斜挎在小肚子前的花书包上。她想到爸爸和黑金，觉得他们就像在天边那样遥远。

叔叔看见她哭，急了。他一边伸出大手为她擦眼泪，一边满含歉意地安慰她：

"小姑娘，你放心，我一定会想起你爸爸交代的那个村，把你交到你家亲戚手里。放心吧，来，再吃颗梨子！"

小女孩哪还有吃梨的心情——这比中午听到那个小女孩的死更糟糕——简直太糟糕了。

"只能这样了……我先带你到我家，等我想起来，再把你送到那个村。你爸爸骑着马，不花三四天工夫，是到不了那里的。你尽管放心，三四天工夫，我就是把脑袋敲破，也能想起他说的那个村子。"

见他如此信誓旦旦，小女孩终于有了一丝安慰。于是，她将信将疑，就着泪水，咬了一口梨子。

拖拉机突突突，怒吼着，上路了。

14

穿在松林上的裙子，一点点褪色、变短，终于完全消失了。晚风吹过松林，传来一阵阵"哗，哗，哗"，"沙，沙，沙"的响声。一种辽阔、深远、奔放、粗犷、不羁、雄伟、强壮的东西，沿着群山和松林弥漫开来，一直伸向远方……央金拉姆，小女孩再也不愿意想她了，甚至有些恨她。这个该死的女人、巫婆，躲在不知什么地方，让她失去了爸爸……是的，这个巫婆！

现在充斥小女孩脑海的，全是自己骑着那匹黑马的爸爸。要是这位开拖拉机的叔叔想不起佛塔村，该怎么办呢？那她是不是永远见不到爸爸了？爸爸到达佛塔村姑奶奶家，找不到自己，会多么着急、伤心啊！

拖拉机心事重重地往前走着，速度比之前慢了许多。那位叔叔的后脑勺和脊背，笼罩着一层灰光，也好像装满了心事。终于，拖拉机慢吞吞地，停在了一处开满各色野花，野花背后是一大片茁壮青稞的路上。

世界一下子变得静谧而优雅。扑面而来的，除了花香，还有各种各样美妙的、来自大自然的声响。小女孩又开始"唱歌"了。

"咱们就在这里煮饭，过夜吧！"

叔叔跳下车，面对着葱郁的松林，对小女孩说。

叔叔要去对面的松林中捡柴火，小女孩也要跟着去。叔叔告诉她，车厢里的梨，需要她留下来看护，可是小女孩怎么敢呢？叔叔那个死去的女儿，似乎潜藏在每一朵野花、每一株青稞、每一个阴影里面，随时都会跳出来，把她吃掉。

她坚决地跟在叔叔身后。

他们跨过一条叮叮咚咚、清澈见底的小溪，松脂油的清香越来越浓。快到松林边缘，脚下经年的松枝和松针，越来越厚，踩在上面，沙沙作响。叔叔忙着捡柴火，小女孩扬起脖子，出神地凝望着郁郁葱葱的松林，只见它们每一棵都挺拔秀颀，一阵清风吹来，松干纹丝不动，松枝轻轻荡漾，丝乐般的响声波浪一样，一波一波传到小女孩的耳膜。小女孩屏息凝神，感觉那乐声有时像千军万马奔腾，有时像黄河水声震耳欲聋，有时像数不清的鸽子同时展翅飞向远方，有时像温柔的春潮随风涌过大地……虽然小女孩不懂音乐和舞蹈，但是她感觉到整座松山都在奏乐，舞动，伴随着阵阵清风，变幻着音律和舞步。这是一种令人震撼的视听冲击，是小女孩见识过黄河的壮阔雄伟之后，享受到的又一次心灵盛宴……很快，叔叔就捡了一大捆干柴，小女孩的手里，却只拿着一根刚到松林边缘时随手捡起的枯枝。

两人兴高采烈，满载而归。

路上，叔叔唱起了一首藏族民谣：

> 你要喜欢我，
> 我也喜欢你，
> 那我俩欢欢喜喜，
> 好好生活在一起。
>
> 你不喜欢我，
> 我不喜欢你，

那我俩客客气气，
谁也别生谁的气。

叔叔唱得多么好听！他的声音高亢、嘹亮、自由、奔放，从这歌声里，似乎能看到他天真欢快、无拘无束的童年时代，朝气蓬勃、热烈无羁的青年时代，以及英气勃发但又充满悲伤忧郁的中年时光……

小女孩也"唱"起了歌。这一次，她"唱"的是刚才听到的松涛声。她正"唱"得投入，叔叔转过头来，带着非常惊讶的表情问：

"你也会唱歌吗？"

小女孩大吃一惊。她停住脚步，困惑地四下望望，以为叔叔在和别人说话。

可是他俯身询问的，正是自己。

小女孩正要回答，叔叔笑了：

"哈哈，可能是我听错了。"

可是小女孩的心，咚，咚，咚，大声地跳了起来。

15

六月的夜晚，总是来得很迟。时间大概已到晚上七点，可是天空还很明亮。晚风中，野花摇摆，青稞点头，归巢的鸟虫发出疲倦而满足的啼叫。有声音的世界真是美妙极了。

叔叔用三块扁圆的石头垒起一个简单的灶台，在上面安上一口被烟熏得乌黑的小铝锅，点燃篝火。趁水还没烧开，他在周围采了些苦苦菜和野苜蓿，拿去小溪边清洗。其间，小女孩一直想着刚才叔叔突然转过身来，问她是否会唱歌的事。

那么，是自己真的发出声音来了吗？

验证这一问题最好的方法，就是马上尝试，再"唱"一支随便什么溪水之歌、松林之歌、鸟之歌、虫之歌……可是这一次，小女孩害怕极了，生怕自己"咏唱"时，喉咙里仍一片寂静，什么声音也没有。为了防止自己情不自禁"唱"起来，她下意识地咬紧了下嘴唇。

腾腾的火苗，淹没了小小的铝锅，锅里的水，顶得坑坑洼洼的小锅盖，啪啪嚓嚓跳起了舞蹈。叔叔还不见踪影。爸爸、黑金、央金拉姆、那个死去的小女孩，还有刚才自己是否真的发出了声音，交替在小女孩的头脑中闪现……就在这时，她看见大路边，不知何时，出现了几个高高低低、磕长头行进的身影。等他们走近，她发现他们总共四个人：一对中年夫妇、一个十五六岁的男孩和一个十二三岁的小女孩。他们都穿着朴素的藏服，前身系着一条沾满尘土的皮裙，双手套着两块厚厚的木板，匍匐在地，双手向前伸直，磕头后站起，往前走三步，又重复相同的动作。他们几乎和洗菜回来的叔叔一起到达拖拉机旁。

这显然是一家四口。只见他们的额头，都鼓着一个血包，脸上布满了风尘和汗珠，但他们的眼睛，纯净、安详、平和、喜悦，让人从心底里对他们肃然起敬。

"唵嘛呢叭咪吽！"叔叔双手合十，恭恭敬敬地诵道。接着，他问男人道："你们这是去拉卜楞寺朝佛吗？"

"是的。"男人边磕头边回答，嘴里不住地念诵着六字真言。

两个孩子经过小女孩身旁。男孩子对她不屑一顾，可是他的妹妹，小脸蛋又热又红，眼睛又大又黑，对小女孩好奇而又热情地一笑，仿佛在问："瞧，我们在磕长头，你在这里做什么？"但是很快，她也赶到前面去了。

小女孩觉得，这个小姐姐真是亲切极了。她恋恋不舍地看她和家人一步步消失在眼前。叔叔也望着他们虔诚的身影，脸上的表情感慨万千：

"我也曾经带着家人，从黑措一直磕长头到拉卜楞寺，祈求佛祖保佑我那可怜的女儿……唵嘛呢叭咪吽！"

说完，叔叔往锅里放了一把挂面。等挂面在沸腾的锅里变软，他又把洗好的野菜全部放进去，一顿简单的晚餐，就做成了。

小女孩吃了平生以来最香甜的一顿晚饭。对于她来说，光是在篝火上做饭，看叔叔把饭菜倒进一只小木碗，再递给她一只木头做的小勺子，她就已经觉得非常新奇，而且开心了。她一口气吃了三碗。叔叔呢？他端起小铝锅，把最后一口汤也喝得干干净净。

此时夜幕降临。星星一颗一颗，跳上了天幕。

两个人吃饱喝足。小女孩想起了爸爸和他的黑骏马。爸爸吃晚饭了吗？他吃的什么？今晚他会睡在哪里？他会像自己牵挂他一样，牵挂她吗？

不远处亮起了篝火。那肯定是刚才磕长头的那家人，准备在那里吃饭、过夜了。正如小女孩心里暗暗希望的那样，叔叔见状，就灭掉篝火，收拾好锅碗，发动拖拉机，"嘭噔噔"，载着小女孩朝他们驶去。

16

那家人已经搭起了帐篷，煮好了奶茶，每人手里捧着一碗糌粑，正吃得津津有味。篝火把他们沾满灰尘的脸映得又红又亮，额头上的血包，给他们增添了一种吉祥的光彩。

叔叔跳下车，从车厢里取出十多颗梨子，放在篝火边。

两个男人握了握手，简单寒暄了几句。小姐姐的妈妈一边道谢，一边给萍水相逢的两位客人倒了一碗奶茶。于是大家就像在家里一样，围着篝火拉起了家常。

"你们这是要去哪里？"

"我要去黑措。可是这个小姑娘，还不知道要去哪里。"

"哦。她不是你女儿吗？"

于是，叔叔把事情的来龙去脉说了一遍。

"啊！菩萨保佑！"听叔叔说完，一家人的目光一起投向小女孩，眼神充满了同情和怜爱。

"我们磕长头去拉卜楞寺，是为我们全家人和众生祈求平安幸福。明天启程，我们会特意给这个小姑娘祈求平安幸福。唵嘛呢叭咪吽！"男人说。

小女孩感动极了。她很想说声谢谢，可惜她不会说话。

"你不用感谢。"那个小姐姐仿佛看穿了她的心思，说道。

她把她从母亲的怀里拉起来，两个人来到花丛中。

"你叫什么名字？"

小女孩指指自己的嘴唇，悲伤地摇摇头。

"我叫才让吉。你不必难过。佛祖不让你说话，是有道理的。也许不久你就会说话了。这也是有道理的。"

小女孩点点头。

"你会唱歌吗？我在家的时候，天天唱歌，等朝完佛回家，我还要接着唱。哎呀！我快等不及了！"

小女孩完全理解这种心情。

"我的梦想是当个歌唱家，像央金拉姆一样。"

小女孩惊奇地睁大了眼睛。她竟然也知道央金拉姆！

"可是，我不要像她那样悲苦。"她接着说，"听妈妈说，她命运坎坷，为了唱歌，付出了一切……"

小女孩屏息凝神，生怕错过任何一个字。

"听说以前，她比格桑花还要漂亮，可是如今她很老了，再也没有人见过她了。"

小女孩的心里又充满了悲伤。可怜的央金拉姆！

"而且，妈妈还说，她晚年，不知为何，嗓子突然坏了，声音就像乌鸦一样沙哑粗糙，再也不能唱歌了。唉，可怜的央金拉姆呀！"

小女孩震惊极了。不是说她会熬制一种特别的草药，使嗓音保持如天籁吗？

"可我还是要唱歌。我要大声地唱，大声地唱，大声地唱！我要在家里唱，在草原上唱，还要在舞台上唱！像小鸟那样，让歌声到处飞翔！这就是我的梦想！"

啊！梦想！小女孩第一次听到这个犹如天上的白云、地上的花朵一样美好的词语。虽然第一次听到，但是就像第一次听到"大自然"这个词语时一样，她对这个新的名词，内心深处充满了理解，并且，在一刹那间，联想到了自己渴望学会说话、渴望上学、渴望知识甘霖的深切愿望。啊！梦想！啊！美丽的梦想！是你，正是你带着我，跋涉在寻找央金拉姆的路上！

"你知道吗？"小姐姐骄傲地笑笑，"我本来念到了五年级，可是我家牛羊多，妈妈需要帮手，爸爸就不让我上学了。我多么难过啊！我天天哭，天天向佛祖祈祷。如今，爸爸想通了，因为他看我唱得这么好……他说，等这次朝佛回来，他就送我去上学。我知道，只有上学，学了知识和乐谱，才能成为真正的歌唱家！"

小女孩对她竖起了大拇指。

小姐姐望着她，忽然叹了口气：

"可怜的妹妹，如果你能说话，该多好啊！你爸爸也会送你去上学，你也会爱上唱歌的。"

这话正说到小女孩的心坎上，她抹着眼睛哭了。

"不要哭，小妹妹。"小姐姐说，"我一路上会为你祈祷的。来，咱们到前面去。"

两个小女孩走出花丛，悄悄地往小溪边走去。大人们还在篝火旁聊天。不等那团熊熊燃烧的篝火烧完，他们是不会钻进帐篷里睡觉的。

夏天的夜色清丽而又浪漫，迷人而又使人忧伤。湿气在大地和青草上弥漫，两个小女孩的鞋子和裤脚，很快变湿了。那轮明镜似的圆月，悠然倾泻出如水的清辉，一路上蛙鸣虫啁，树影婆娑，如梦如幻。习习凉风，把白昼的芬芳播撒开来，吸进鼻腔的每一口空气，都馥郁甘甜，像是大自然精心发酵的麦酒。叮叮咚咚的小溪声渐渐清晰，天上的繁星调皮地眨着眼睛。两个小女孩，在小溪边站定。

"你听，溪水流淌的声音多么好听！我给你唱一首歌吧！"小姐姐说。月光下，她的眼睛清澈而明亮。

小女孩拍拍手。

"唱什么好呢？就唱《美丽的藏红花》吧！"

有一个美丽的小女孩
名叫藏红花
她在雪山里出生
马背上长大
……
所有爱唱歌的女孩
都夸赞藏红花
她有百灵的嗓子
和云雀对话
弦子上

弹出她心灵的歌声

啊！可爱的藏红花

　　小姐姐唱得多么动听！她的声音清脆悦耳，就像一只小夜莺
在婉转地啼鸣。小女孩深深地陶醉在她天籁般的歌声中，心想，
要是自己有这样甜美的嗓音和动人的歌喉，该多好啊！

　　"小妹妹，你也跟着我唱吧！"

　　小女孩自卑地摇摇头。

　　"不，你要大声唱，大声唱，拼尽全力地唱！就算发不出声音，
你也要拼尽全力地唱！这样，说不定你就能说话了。你听，山上的
松涛声多么好听！来吧，就像松涛那样，大声地唱，尽情地唱！"

　　小女孩受到鼓舞，感觉身心振奋，她拉住小姐姐的手，面对
松山和小溪，用全身力气，"大声"地"唱"起来：

有一个美丽的小女孩

名叫藏红花

……

17

　　帐篷边的篝火微弱下去了。两个小女孩愉快地跑回了帐篷。
入睡前，小姐姐说：

　　"你就像我的妹妹，认识你真高兴。明天一上路，我就为你祈
祷，祈祷佛祖慈悲，尽快让你开口说话！"

　　她说完，沉入了梦乡。

　　叔叔进来看小女孩睡在帐篷里，就自己上车厢睡了。小姐姐

的父母和哥哥也进了帐篷。几乎在他们躺倒的一瞬间，帐篷里就响起了一片深沉的呼吸声。

小女孩睡不着。小河边和小姐姐一起"唱歌"的情景，仍激荡着她幼小的心灵。刚才，她发出声音了吗？是的！是的！她清晰地听见有那么几次，自己的声音滑过耳旁，尽管那声音小到连最微弱的风，都能把它带走，但是确实，她听到了自己的声音，自己的！

小女孩悄悄地起身，钻出帐篷，朝小溪边走去。

空荡荡的花书包，还背在她稚嫩的肩膀上。

夜气湿重。沉睡的夜晚充满了神秘而遥远的声响。开拖拉机叔叔那早夭的女儿，月光下各种形状模糊的黑影，甚至妈妈讲的吃人婆婆的故事，都没有让小女孩因为害怕而停下脚步。这些可怕的事物，在她刚钻出帐篷的时候，就一齐在她眼前和脑海里跳舞，但很快，满心只想到小溪边唱歌的念头将它们挤到了九霄云外，她想，赶紧到小溪边唱歌！一定要发出声音，一定要学会说话，只有那样，才能上学，才能和哥哥姐姐一起，背着装满书本的花书包，去到红朵朵小学，学习知识，茁壮成长！

啊！小溪到了，我要放开喉咙，唱歌了！

小溪欢快地向前流淌；藏身在溪边水草丛中的青蛙，声音雄伟、洪亮，叫声此起彼伏；夜莺在不知哪棵树上婉转动听地唱着赞歌；松林在不远处发出整齐而悠扬的合唱，还有很多很多说不清来路的声音，以各自的音调和音色，在沉寂的夜里动人心弦地响着。小女孩认真地聆听了一会儿，开口"唱"道：

有——

有——

有——

有—— 一

有——一 ——个——

　　小溪收起了自己细碎清脆的水声，青蛙闭上了嘴，夜莺停止了歌咏，松林陷入了沉默，大自然的万千声响全都噤声竖耳，屏气凝神，听小女孩唱歌：

有——一 ——个——美——
有——一 ——个——美——丽——
有——一 ——个——美——丽——的——
有——一 ——个——美——丽——的——小——
　　有—— 一 ——个——美——丽——的——小——
女——
　　有——一 ——个——美——丽——的——小——
女——孩——

　　每"唱"出一个字，小女孩都在留心倾听，声音从自己的喉咙里发出来了没有。可是她一个字也没听见。她无声地哭了。热乎乎的泪水顺着她冰凉的小脸滚落下来，滴落在小肚子前的花书包上。啊！爸爸！啊！妈妈！啊！央金拉姆！快帮帮我！快帮帮我！我还是发不出声音！
　　为了安慰伤心的小女孩，"叮铃铃……"小溪发出了几声脆响，仿佛在说："孩子，放松，发声的时候不要紧张，就像我日日夜夜不慌不忙地流淌一样，你要轻快自由地把你的声音，从丹田深处送出来，明白吗，孩子？"
　　小女孩含着泪，点点头。
　　"呱呱呱……"青蛙接着小溪的话鼓励她，"孩子，小溪姐姐说的话一点没错，可是，我也有几句话要送给你。发声的时候，你一定要像我一样，鼓起两腮，让喉咙和口腔里面充满空气，然后深吸一口气，收拢双唇，将这口气用力吐出去。只要这样做了，你的声音就会像我的一样深广、嘹亮，迷人而且富有磁性……记住了吗，孩子？"

小女孩含着泪，点点头。

"啾啾啾……"夜莺随口哼了几个音符，打断了青蛙的话，"青蛙先生，瞧你，又在吹牛了。孩子，"她对小女孩说，"作为世界上歌声最优美动听的鸟类，我的经验或许更适合你。发声的时候，你一定要从喉咙深处震动声带，在每一个音节上倾注最饱满的情感，这样，你就能发出更多动人的音符和复杂的曲调。只要你坚持不懈地这样练习，你就会拥有美妙的音色和宽广的音域，那样，就连最棒的歌唱家也会羡慕不已……我就是这样享誉世界的。你会像我说的这样做吗，孩子？"

小女孩含着泪，点点头。

"哗哗哗……"松林起了一阵涛声，它说："孩子呀，我们在这座山上随风合唱，已经上千年了。每天每夜，每时每刻，只要有风吹过，不论是小到无法感知的微风，还是呼啸狂奔的强风，我们都随风歌唱，没有一棵树，会想到偷懒。为什么？因为我们发自内心地热爱歌唱，就像热爱我们的生命。我们骄傲挺拔，纹丝不动地站在这里，除了给人们展示高洁的骨气之外，还有我们自身对生命的理解：只要有风，只要活着，就要用尽全力，倾情歌唱。你一定要记住，只有从心灵深处热爱歌唱，你才能真正学会它，才能成为一个有勇气、有思想、有追求、有恒心的人……你记住了吗，我的孩子？"

小女孩含着泪，点点头。

"簌簌簌……"大自然的万千声音一起说，"亲爱的孩子，像热爱生命一样热爱唱歌吧！像赞颂黑夜一样赞颂声音之神吧！像赞颂太阳一样赞颂妙音天女吧！加油，不要气馁，我们都在你身边，倾听你发出天籁之声！"

小女孩含着泪，用力地点着头，仿佛听懂了大自然对自己的鼓励和期待。她擦掉眼泪，微笑着，深吸一口气，垂手站立，从心灵深处高"唱"起来：

有一个美丽的小女孩……

这一回，奇迹发生了，她真的发出了声音！那无与伦比的、在她自己听来就像和大自然中的一切声响一样美好的声音，真的从她沉寂的喉咙深处迸发了出来！每一个字，每一个音，都那么清晰、准确、悦耳、动听！都那么自然、和谐、圆润、流畅！天哪！爸爸！天哪！妈妈！天哪！央金拉姆！我能说话了，我能上学了！

小溪、青蛙、夜莺、松林、大自然中的一切，一起见证了小女孩创造的奇迹。一时间，"哗啦啦……"大自然发出一阵长久的欢笑，这欢笑汇成一股强大激昂的乐音，仿佛在为她的胜利喝彩鼓掌。

18

小女孩站在小溪边唱呀，唱呀，越唱越流利，越唱越动听，不知过了多久，直到月亮沉下，大地一片黑暗，她才感觉到一阵恐惧，飞快地跑回了帐篷。

她紧紧地挨着小姐姐睡下。她兴奋极了，真想摇醒小姐姐，把自己创造的奇迹告诉她。可是她睡得多么香甜！是啊，她太累了，明天一大早还要上路。还是不打扰她了，等早上她醒来再告诉她也不迟。这样想着，小女孩很快沉睡过去。

"小妹妹，我要走啦。我现在就为你祈祷。"第二天清晨，朦朦胧胧中，小女孩听见小姐姐在她耳边轻声说。她很想睁开眼睛跟她道别，但是睡眠就像一块沉重的石头，死死地压住了她。

等她被一阵强烈的阳光照醒，只见自己睡在草地上，帐篷和小姐姐一家已经不见了。

没和小姐姐道别，没告诉她自己学会说话和唱歌的事儿，小女孩觉得非常难过和遗憾。

叔叔正在篝火旁煮早茶。

"他们走了。起来吧，小姑娘。你可真能睡。"他说。

小女孩站起来，懒懒地伸个懒腰。眼前的世界青春、明亮，充满了生命力。她甜蜜地发愁，该怎么对叔叔开口说第一句话呢？

"我不忍心叫醒你，要不然，这时候我们也在路上了。咱们先到黑措我家里，等我想起……"

小女孩觉得很好笑。瞧，眼前这位粗心大意、把爸爸的嘱咐丢到路上的叔叔，还想带着她继续往前赶路呢！这会儿，要是自己对他说出"佛塔村，路边大核桃树下丹巴家"这两句话时，他会怎样的震惊、不可思议呢？没准儿，他会不小心把茶壶翻倒在火堆里；没准儿，他会被火苗烫伤手指；没准儿，他会像妈妈遇到什么令她震惊的事情时常做的那样，一手捂着嘴巴，一手扶着腰肢，一遍遍地惊叹："阿妈哟！阿妈哟！真是……阿妈哟！"

于是，小女孩满脸庄严地来到他身后，轻轻地叫道：

"叔叔——"

可是，她并没有看到叔叔震惊地转过身来的景象，倒是她自己，吃惊地呆立在那里。她的声音在哪里呢？她什么声音也没发出来。

她提高音量，又叫了一声，还是什么声音也没发出来。

她用双手捂住小嘴，向后退了几步。

"天气真不错。咱们喝了早茶，就赶紧上路……"叔叔一边往木碗里倒茶，一边头也不回地说道。

小女孩咬紧了嘴唇。她回过神来，原来昨天晚上发生在小溪边的一切，不是真的，而是自己做的一场梦。

一场梦！一场梦！

——一——场——梦！

小女孩伤心欲绝，她跌倒在叔叔身边，大颗的泪珠，掉进青草丛里。

"又怎么啦？小姑娘？"叔叔意识到身后的小女孩有些不对劲，转过身来，小心翼翼地问。

小女孩只是哭。

叔叔料想，肯定是自己忘记了她爸爸嘱咐的话，才让她伤心害怕，不由又愧疚，又疼怜，可是又束手无策。

"对了，昨天晚上，我一直听见帐篷里面，有人在使劲唱歌……虽然声音不大，但我确信有人在唱……唱什么'有一个美丽的小女孩'，断断续续，反反复复只这一句。起初唱得难听极了，可是后来，越唱越动听，越唱越优美……那么执着，那么感人，听得我想起了我那苦命的女儿……我想，是那个磕长头的小姑娘在唱吧？可是，音调间磕磕绊绊的感觉又不像。咦，奇怪！"

小女孩从篝火上移开目光，死死地盯住叔叔的脸。他说的是真的吗？如果是真的，那么，是不是自己在梦中唱的？是不是呢？

叔叔这时也若有所悟，他转过脸来和小女孩久久地对视，两人震惊的神色，都在向对方求证一个似乎不可能的事实……突然，叔叔大叫起来：

"啊呀！小姑娘，那是你在唱歌！"

小女孩拍着小手，也像他一样大叫起来：

"啊呀！没错，叔叔，那是我！那是我在唱歌！"

这一次，准确无误，坐在篝火旁的叔叔，听见了小女孩虽然有些沙哑但仍然甜美纯真、似水如歌的声音。

19

"嘭噔噔，嘭噔噔……"冰凉的红铁疙瘩冒着黑烟，一路欢呼着奔向昨天来时的方向。车头上，正当壮年的拖拉机手，一边用力扶着跳跃的车把，一边吹着欢快的口哨；车厢里，八岁的小女孩，一边随着剧烈的颠簸左歪右倒，一边捕捉着大自然的万千声响，再把它惟妙惟肖，从自己的喉咙里唱出来。凡是见到这辆红色拖拉机的人和各种动物，都停下脚步，好奇而出神地望着它。

经过半日疾驰，他们顺利来到了佛塔村，走进了路边大核桃树下丹巴家那扇古色古香的木门。

这是一座整洁的院子，杏树的浓荫倾泻下来，让人身心清凉。一个白发苍苍的老奶奶，正坐在浓荫里喝茶、念经。几个依次为七八岁、五六岁、三四岁、一两岁的孩子，或蹦跳，或手脚并用爬在她的身旁，一群毛茸茸的小黄鸡，也唧唧叫着凑热闹。拴在屋顶的藏獒，早已为两个陌生人，送上一片沉闷威严的叫声。

"老阿妈，这是丹巴家吗？"叔叔轻声问道。

"是。"老奶奶一边灵活地从椅子上欠起身，一边抬头，示意藏獒不要紧张。

"是这样……"叔叔长话短说，把事情的来龙去脉交代了一下。

一阵沉默。老奶奶呆呆地瞧着小女孩，好像没有听懂眼前这位陌生人的话；然后她用右手扯起左手袖口，擦了擦流出的眼泪。

"菩萨保佑！这是我侄儿子的女儿！长得跟她爸爸一模一样！……你竟然自己学会了说话？真的有这样的事吗？啊！菩萨

啊！大慈大悲的佛菩萨！"她搂住小女孩，泪水沾湿了她的头发和小脸。

小孩们——蹦跳的，滚爬的，全都围拢过来，好奇地瞧着她。

"你是怎么做到的？竟然从不能说话学会了说话！……你们瞧，她长得多么可爱！"老奶奶对自己的孙子、重孙子们说。她又感动又激动，简直不知该怎么表达自己的心情了。

"是啊！"叔叔说，"我也曾有过这样一个可爱的女儿。"

"那你是个有福的人。"老奶奶说。

叔叔凄然一笑。小女孩突然鼻子一酸，一下扑进他的怀里。

她很想安慰安慰这个不幸的人。可是她什么话也说不出口。

叔叔也像爸爸那样轻轻拍着她小小的肩膀。他也什么话都没说。

过了很久，叔叔对老奶奶说：

"老阿妈，小姑娘就先留在您这儿了。我还得赶路，我的梨……"

"你是好人。你喝口茶再走。"

"不，我的梨……"叔叔俯下身，对小女孩说，"你真厉害，小姑娘。我活了四十多岁，遇见你这样的小姑娘，真是个奇迹。记住，你学会说话不容易，你要认真读书，最好读到大学……我的女儿，只读到三年级，就去世了，多么遗憾呀！"

他的眼圈红了。他扭转身去，把手伸进裤兜，摸出一张两元纸币，想了想，又摸出一张，递给小女孩。

"拿着，自己买糖吃……你要好好念书！"他说。

小女孩拉着他的手，哭了。她心里有个声音告诉她，从此以后，她再也见不到这位好心的叔叔了。

"再见！小姑娘！再见！"

叔叔走了。

小女孩在姑奶奶家里待了两天。那两天，她像一只小喜鹊那样喋喋不休地和姑奶奶，和她的孙子、重孙子们说着话，常常是一句话还没有说完，另一句就迫不及待想要冲出喉咙。起先，由于拘谨，她在姑奶奶身边坐下，双手支着下巴，静听老人家讲话。老人家已经十多年没回过娘家了，所以见了娘家亲人，有说不完的话。她讲她的父母双亲，讲她的祖父祖母、曾祖父曾祖母，讲她吃不饱肚子但快乐温馨的童年，讲那时门前的小树、屋后的小溪，还讲她的婚姻，讲她的子女——总共十一个，从老大讲起，讲他们一个个出生的经过，成长的过程、性格、爱好，他们的婚姻、家庭……真是没完没了。她讲得陶醉、痴迷，频频用右手扯起左手袖筒，擦拭眼泪，把袖筒浸湿了一大片。小女孩一边留心听姑奶奶讲话，一边紧张地想着自己要说的话。她要说的话实在太多太多，简直不知道该先说哪一句才好。后来姑奶奶停下来喘气，小女孩也已放松下来，她终于有了说话的机会……她说：

"姑奶奶，您还剩几颗牙齿了？"

本来她要说的是："姑奶奶，您一辈子说了多少话？有一座山那么高吗？有一条河那么长吗？有草原上的草那么稠密吗？有天空那么辽阔吗？"可是话一出口，却变成了这么一句。

老人家自己也不清楚，嘴里还剩几颗牙齿。于是她感伤起岁月的无情，坐在藤椅里摇晃不语。

这样，谈话的主角发生了变化，小女孩叽叽喳喳，如竹筒倒豆，说得老人家连一句话也插不上了。

小女孩说得最多的，就是红朵朵山下的红朵朵小学。

20

两天后的上午，"哒哒哒"，一阵熟悉的马蹄声传进了姑奶奶家的院子。小女孩惊喜过望，跑出去一看，果然是爸爸骑着黑金，如约来到了姑奶奶家。

"爸爸！"她跑到黑金身边，踮起脚尖，双手搭在黑金热乎乎的脸庞上，朝马背上的爸爸大声叫道。

爸爸大吃一惊，差点从马背上跌落下来。

"哈哈！跟我想象的一模一样！"小女孩笑着说。

爸爸惊讶极了。他不敢相信眼前这个伶牙俐齿的小姑娘，就是自己那不会说话的女儿。

"我的宝贝女儿，这真的是你吗？"

"当然是我啦，爸爸！我学会说话啦！"

爸爸浑身瘫软，几乎爬着下了马背。"啊！"他说，神情疑惑，"这是菩萨显灵了吗？"

他用怀疑的、遥远的、陌生的目光上上下下，打量着自己的女儿，仿佛离别了短短四天，女儿就摇身一变，变成了一个小妖精。

"真不敢相信！"他说。

"真不敢相信！"停了一会儿，他又说。

"爸爸！"小女孩扑进他的怀里，流下眼泪，"我真的学会说话了！我可以上学了！"

爸爸迟疑着伸出手，抚摸女儿黑亮的小毛辫，这才相信女儿是真的。

他也情不自禁，流下一串串热泪。

"你真了不起，我的女儿！"他说。

父女俩在姑奶奶家吃了丰盛的午饭。姑奶奶的儿孙们，凡是在跟前居住的，都来招待这对远道而来的亲戚；他们载歌载舞，频频举杯，庆祝这个不平凡的小女孩，竟然克服难以想象的困难，自己学会了说话。

小女孩的故事，迅速传遍了周围的村庄和田野……

第二天一早，父女俩踏上了回家的旅途。等到送行的亲戚们的背影消失在佛塔村郁郁葱葱的柳树浓荫之后，爸爸这才把藏在心里整整一天一夜的疑问，拿出来问马背上的女儿：

"那么，我的好女儿，这几天发生了什么？你是怎么学会说话的？"

"唔……这是个小秘密，爸爸。"

"也不跟爸爸分享吗？"

"好吧……是央金拉姆教会我的。"

"啊！你找到央金拉姆了？"

"嗯。"

"在哪里找到的？"

"在大自然里，爸爸。大自然里到处都是央金拉姆。你听——"

左边传来一只啄木鸟"笃笃笃"用坚硬的长嘴巴啄树木的声音，右边传来牛羊"嗒嗒嗒"走向草原的蹄声，前面有风"簌簌簌"掠过树梢，后面有水"泠泠泠"越过青石……四面八方，皆是声音之源……只要仔细倾听，大自然随时都在发出天籁。

爸爸会心地笑了。

"爸爸，我想请求您一件事。"

"你说吧，好孩子。"

"等我上学之后，能否把我的名字……唔……写成……央金拉姆？"

"为什么？"

"这是个小秘密，爸爸。"

"不用等上学，你现在就可以叫央金拉姆！"

"太好啦！"小女孩——不——央金拉姆发出一串银铃般的笑声。

"你知道'央金拉姆'是什么意思吗？"

"我听姑奶奶说，是'妙音天女'的意思。"

"所以，你想当一名妙音天女吗？"

"只有上了学，学习了文化知识，才能成为真正的妙音天女，爸爸。"

爸爸欣慰地笑了。

"吁——"突然，央金拉姆喝住马，调转马头。

"咦，你这是要去哪里？"

"寻找央金拉姆。"

"你不是已经学会说话了吗？我们再也不用找她了。"

"不，爸爸，"央金拉姆说，"我要找的是另一个央金拉姆——小央金拉姆。"

"哦！"爸爸如坠云雾，摸不着头脑：又蹦出一个央金拉姆！

"我要找到她，告诉她……嘿嘿，这也是个小秘密。"

"哦，好吧，珍藏好你的小秘密，不要让它从你的心口蹦出来。"爸爸酸溜溜地说。

"我还要请求她，磕长头的时候为那个可怜的老央金拉姆祈祷，祈祷佛祖保佑她。"

爸爸虽然搞不懂哪个是老央金拉姆，哪个是小央金拉姆，但他已经在心里默诵起六字真言，为三个央金拉姆和天下众生，祈祷平安幸福了。

六月的太阳，红彤彤地升起来了。浑身像黑色的金子一样健康漂亮的骏马黑金，雄赳赳，气昂昂，驮着央金拉姆和她的爸爸，欢快地向前跑去。

中篇小说，发表于《飞天》2016 年第 12 期。荣获第二十六届"东丽杯"梁斌小说中篇小说三等奖（2017 年）、第七届甘肃黄河文学奖（2018 年）。

寂静的雪山

1

金梅奶奶的老伴，是在六月下旬，巍巍阿尼玛卿雪山又披了一件厚厚的雪衣，山下麦穗仿佛一夜金黄的时候去世的。老伴一辈子从未生过大病，不知怎的，那天下午从地里回来，就栽倒在地上不省人事。一年前去地里漫水，不小心从两米高的塄坎上跌下来摔坏了左腿的金梅奶奶，大声呼救，喊来正在磨镰刀的邻居，帮忙送进了县医院。大夫说，这是过度劳累引起的脑出血，省城大医院才有救。金梅奶奶把电话打给三个远在外地的儿子，还没等儿子们快马加鞭赶回来，人就殁在了医院里。人们觉得，这样一个老人，辛劳一生，连棺材和丧事猪羊、烟酒都是自己种庄稼养牛羊攒下的钱，真是可敬可怜。金梅奶奶突然失去老伴，悲痛得几次昏厥。等她慢慢接受这个现实，就这样安慰自己和逝者："人生是一片苦海……"

喇嘛念完经，逝者就永远安睡在面朝雪山的山头上了。金梅奶奶独自躺在空了一半的炕上，泪水簌簌而下，她想：从今往后，谁来照顾我呢？川里的庄稼，山上的花椒，圈里的羊和猪崽，后院里的鸡娃，谁来收获，谁来养护呢？

嫁出去的姑娘泼出去的水，两个女儿扑倒在院里，心疼去世的爹，可怜在世的娘，留下最后一串哭声，回家抢收去了。三个儿子分完丧礼单上自家媳妇背后亲戚送的礼金，也各自收拾行李，走了。金梅奶奶的老大和媳妇带着两个儿子，在拉萨市烤河州锅盔售卖，老二和媳妇也带着一双儿女，在兰州市谋生。送走两个哥哥，老三也在背包里装了一塑料袋丧事剩下的白馒头，带着满脸孤独和不自信，出门了。他和媳妇采珠，在西宁市郊一个小商场里，开着一间样式花哨但质量粗糙的小服装店。

男人独自去料理那爿不温不火的服装店，令采珠忧心忡忡，就凭他那土得掉渣的眼光和笨嘴拙舌的销售水平，她苦心经营的小店，不倒闭才怪哩！可是男人说了，女人独自在外闯天下，他这个大男人的脸往哪里搁？要是被鬼迷了心窍，跟别的男人跑了，他和儿子三宝可咋办？再说，父亲生病去世，他没尽到一分孝心，而今母亲卧床，再不能让她受罪。采珠无法推卸，只好留了下来。

按照本地习俗，金梅奶奶和老伴，把他俩的两亩薄地分给了老大老二，木屋、荒地、花椒树、几十只羊、一头母猪和鸡娃等大部分家产，都留给了老三，想和他一起生活，由他负责主要的养老和送终。可是事实上，自六年前，在老三和采珠举行完婚礼、老两口正式"归属"到老三夫妇名下起，他俩没喝过老三一口茶，没吃过采珠一口饭。老三左脸小时候被鞭炮炸伤，留下一道又长又深的疤痕，二十六七了还说不上媳妇。红脸蛋，塌鼻梁，小学毕业后就在城里打工，因为"见了世面眼光高"而磨大了年纪的老姑娘采珠，见了老三趾高气扬，连脖子都不给，但在媒人的撺掇下，登门看了他家那七间蛮不错的新木屋，又上山看了一排排果实拧成疙瘩的花椒树，才流露出一丝老姑娘那种既想攀高枝，又恐错过眼前人的犹豫神色。金梅奶奶和老伴，按照媒人的教授，向她许诺：只要她嫁给老三，他们老两口就拿出卖花椒和牛羊粮食积攒的四万块钱，给他俩在平川最好的一块地里修建蔬菜大棚，走勤劳致富的康庄大道。虽然采珠进城打工就是为了摆脱两手老茧、两腿污泥的庄稼命，但她打工十几年，那张绿色农业银行卡上的存款，还没有未来公婆许诺给她的零头多，于是很快就嫁给了老三。过门没几天，采珠就要求公婆兑现诺言，小两口拿了那四万块钱，远走高飞，在西宁市郊租了一间小门面，挂了几件衣服，做起了服装生意。金梅奶奶和老伴人财两空，养老无着，夜里没少高低叹息。他俩觉得，三个儿子都丢了爷娘土地，在异乡混饭，真是可怜，牵念骨肉的心，始终高悬，落不进肚里。

　　金梅奶奶有些担心，她和来自阿尼玛卿雪山脚下草原牧野的三儿媳采珠，虽已有六年的婆媳缘分了，但只在每年过年时，短暂相处两三天。而且，那两三天里，采珠像亲戚一样只是吃喝，转娘家。如今，却要长期待在家里，秋收，家务，照顾她和三宝、家畜，一个常年在外、没做过农活的年轻媳妇，受得了吗？她俩婆媳，能相处好吗？

2

　　灰色的黎明，渐渐被曙光照亮，寂静的阿尼玛卿雪山上，雾气奔腾，直达渺远的天界。山上的寺庙、村外披着露水的树林、丰腴的田野，都笼罩在一片凉爽迷人的朝霞里。太阳还躲在东山后面懒洋洋地不肯升上来，但勤劳的农民们，已经下地收割麦子了。

　　金梅奶奶的担心不无道理，婆媳俩相处第一天，就出现了裂痕。金梅奶奶左腿摔坏后，每天天刚麻麻亮，老伴就会起身，背她去厕所晨便，然后，做一顿粗糙但好吃的早饭，就去把给她治病卖剩下的五只羊赶到草坡上，各钉一个木桩拴起来吃草，再匆匆赶回来喂猪喂鸡，最后去地里锄草浇水。可是这天，日头已经越过对面山上高高的庙顶，还不见采珠下炕烧水。金梅奶奶憋不住屎尿，又不好意思喊她帮忙，全拉在了炕上。

等三宝哭闹着喊饿，采珠才起来，端了几个丧事剩下的干馒头和一杯苦茶，来到金梅奶奶的房间。她刚进门，就震惊而嫌恶地"啊"了一声，急忙退了出去；过了一会儿，才皱眉捂鼻，几步跨到婆婆炕头，把馒头和茶水往枕头边一放，扭身跳出了门槛。金梅奶奶羞愤难当，双手撑住腰部，艰难地挪到干燥的那一边，心里生出很多对未来的恐惧。

采珠一口馒头一声叹息，吃完了早点。她回家理丧这几天，金梅奶奶由两个大姑子照料，如今，这副重担落到了她头上。她觉得自己真是倒霉，摊上一个不能动弹的婆婆。她默默算了一下，婆婆属蛇，今年六十五岁。六十五岁……自己伺候她，何时才是头呢？难道每天，要给她端茶倒水，换洗屎尿床单，直到……天哪，我这是什么心肠，竟然生出这么恶毒的想法！呸呸，佛祖饶恕，让风刮了去吧！

带着一种赎罪的心情，采珠找了一双塑胶手套，套袖一直挣到腋窝处，扯下婆婆的床单，拎到水龙头下，用木棍翻着冲一冲，又用木棍挑起来，晒在核桃树枝上。她刚起身，割了一早上麦子的邻居大叔提着镰刀，大门推开一条缝，用酣畅淋漓劳动后的欢快声调，喊道：采珠，你家的希波二号，熟得开苞落地了，再不收割，明后天一场雷雨，就掉光了！金梅奶奶听了，使劲往炕沿上挪了挪，恨不得去地里抢收。采珠等邻居走了，手搭凉棚，望望六月火辣的太阳，说："这样的大日头，晒不死人才怪哩。阿妈，我明天早早起来去割吧。"

就这一句话，金梅奶奶多么生气就别提了。

第二天，采珠起得比昨天还迟。金梅奶奶又拉在了炕上。"早饭"仍是干馒头和苦茶。吃完，采珠给饿了一天一夜试图翻出圈门的猪羊和飞出院墙的鸡娃，草草喂食，然后抹了厚厚一层防晒霜，抱着三宝，在核桃树下躲日头。金梅奶奶在屎尿堆里挪来挪去，臭气冲到院子里，呛得三宝要采珠抱他出门去玩。母子俩就砰地关门出去了。金梅奶奶一边扯心熟透了的麦子，一边恼恨自己身子骨不争气，几行泪水漫过眼角的皱纹灌进耳孔，又从耳孔溢到枕头上。一群黑硕的苍蝇轮番俯冲，亲吻着她的手脸。

大日头，真是割麦的好天气。抢起镰刀"嚓，嚓，嚓"，把麦子齐根割下，摊平暴晒，末了一捆一捆，摞成小麦垛，远远望去，就像地里忽然长出了一个个大馒头。金梅奶奶想象着麦地里麦香馥郁的空气，急切地等待采珠回家，好催促她去收割那两亩粒大饱满但口松易落的希波二号。

但她等来的却是一阵雷雨暴发前的褐色浓云和呼呼狂风。闪电吐着火舌，稀疏的雷鸣震撼着大地。一群乌鸦，呱呱叫着在半空盘旋，从雪山深处涌起的黑云，飞速地向田野聚集。院子里，风把丧事后采珠懒得清理的狼藉吹得满院跑，把黄透了的苞谷杏吹落一地。这风奈何不了正在灌浆的苞谷，但足以让熟透的麦粒飞出麦苞，粗脆的麦秆平躺在地里。金梅奶奶想，糟了，麦子倒伏，不仅收割困难，成熟的麦粒触到湿润地面，一两天就会绿油油，发芽一片；若能抢些回来，还能吃到甜腻粘牙的哑面，抢不回来，只好眼睁睁看着它们长成麦苗，割来喂羊了。这样想着，她对出门闲浪的采珠，又生出几分焦急和怨气。

"隆，隆，隆！"好几个村子里，抢收心切的农民（这里的"农民"，多指那些已经五十多岁甚至更年长，已经没有精力出去打工，或儿子儿媳外出打工的空巢老人），不顾国家禁令，从不同方向打炮驱赶乌云。也许是这个方法起了作用，不久风停云散，大日头怒放高空。农民们欢天喜地，拎着趁狂风发威时磨快的镰刀，直奔自家麦地。田野里，黄色的麦浪无边无际，镰刀和麦子合奏出一首首丰收之歌，布谷鸟和蝈蝈也轮番献唱，一派喜气洋洋、生机勃勃的景象。

3

母鸡去了哪里呀？

钻到麦地里去啦。

麦地在哪里呀？

阿尼玛卿雪山脚下呀。

雪山在哪里呀？

黄河流过的雪域高原呀……

采珠的儿歌先飘回家，接着，门哐啷一声，母子俩回来了。她进了灶户，烧水炒菜，准备吃晌午饭。金梅奶奶透过窗户，用央求的口吻，喊道："采珠呀，麦子上场，绣姑娘下床，你赶紧拿上镰刀，去抢收吧！"

"阿妈，两亩麦子才值几个钱呀，瞧把你急的。我去割就是了。不过，三宝闹晌午，得给他吃了才行呀！"

可是没有奶粉，三宝不肯吃饭。采珠只好搭车，前往雪山脚下的乩藏集。一路上，高与天齐的雪山威严耸立，一直绵延到茫茫青海那一边。清凉的雪气，冲淡了六月的溽热，敞开的车窗里刮进阵阵芳香、令人陶醉的和风，天空蓝得炫目，云朵白得出奇，路边的山田、树木、河流、房屋，色彩绚烂而又清新自然，挥镰抢收的农民，那劳动的姿势，多么喜气……面对这熟悉而又陌生的景象，采珠鼻子发酸，情不自禁，涌上一股股只有在外饱受艰辛的游子，投入故乡怀抱时才有的满腹委屈和辛酸。

通常，乱藏集商品如潮，人流如海，但今天，集上大多数店铺都锁着门，上写：今日收麦。虽然见不到几个闲人，但空气里洋溢着一股浓烈而深厚、独属丰收季节农民所有的狂欢气氛。采珠挨着店门找过去，才找到一家营业的店铺。店主人告诉她，今年庄稼"好极啦"，开店铺的农民们，比过年还高兴，都去地里"抢收了"。采珠听了，心里莫名一动，买了几袋甘南燎原奶粉，搭车回了家。

三宝吃了奶粉泡馍馍的晌午，心满意足地趴在母亲怀里，要睡觉。采珠哼起歌谣："大白鹅，大白鹅，摇摇摆摆上山坡，见着谁都叫哥哥……"哼着哼着，三宝睡着了，采珠自己也睡着了。金梅奶奶隔着窗玻璃喊半天，也没能把她从遥远的西宁市的美梦中喊醒。这一天，就这样过去了。

"采珠！采珠！"鸡叫头遍，一夜未眠的金梅奶奶就嘴对着窗玻璃，朝儿媳妇的屋子喊。采珠醒了，孩子也哭起来了。采珠从窗户探出头来，语气绵柔但意志坚定地说："阿妈，我不能丢下三宝去割麦，他会哭背过气去！"

早饭浆水面片加炒包菜，金梅奶奶央求采珠，把她抱起，靠在被褥上，好吃饭。臭气像遇火的鞭炮，不顾一切地冲出金梅奶奶的被褥，刺得采珠呵欠连连，头晕目眩。她脸上挂不住，戴了塑胶手套，袖套捋到腋窝处，扯下婆婆的屎尿床单，拎到水龙头下，用木棍翻着冲一冲，又用木棍挑起来，晒在核桃树枝上。

日头真大，大得金梅奶奶想狂奔进那大日头，把两亩希波二号，一根不剩，割倒在麦地里。

她把自己的想法，用老农民那种质朴苦涩的语气告诉采珠，采珠这才诿卸不过，快快不乐地涂了满脸满手臂厚厚一层防晒霜，一手牵着三宝，一手拿着镰刀，去收割了。

田野广阔，景色也是开阔的。阿尼玛卿雪山古朴雄浑，在不远处峭然耸立。放眼望去，黑褐色的土地镶嵌着黄色、绿色、红色的庄稼线条，显出一副饱满、柔和的母性色彩；野草霸占了田间小径，前几天从乩藏河抽上来浇地的河水，在犁沟里，银丝一样闪闪发亮。天气晴朗，大片麦子被镰刀斩断了和大地的联系，散发出混合了新翻泥土清香的馥郁气息。那些还没有开镰的麦地，微风吹得闪着金光、像黄绸子似的麦子沙沙作响。

采珠边走边欣赏，奇秀多姿的雪山和绚烂的田园风光，交替在她眼波里流转。但还没走到地边，忽然狂风怒卷，一片乌云从西边涌来。不多时，乌云的黑翼已经洒下零星的雨点。昨天那场没有得逞的雷雨，像专门为难她似的，倾泻而下。她抱着三宝，一溜烟逃回了家。

4

金梅奶奶透过窗户，看着瀑布般的暴雨，知道那两亩希波二号，至少一千五百斤粮食，算是完了。那是老伴独自赶着借来的耕牛——她家本有两头耕牛，长年累月并驾劳动，它俩结成了"兄弟"。她摔坏腿后，为了减少负累，老伴卖掉了其中一头。剩下的一头从此拒绝劳动，怀着悲伤和轻蔑，对放在面前的饲料不屑一顾，总是面向同伴的位置，嗅着它曾经套过的鼻圈，用悲惨的哞叫不停地呼唤它，一个月后，瘦骨嶙峋、精疲力竭地死去了——犁地，撒种，磨平，苦了十多天才种上的。为了还人情，他给耕牛割了几架子车苜蓿，帮耕牛主人，像年轻人那样踩着湿土，打了两天地基。至于种子落地后的薅草、漫水、施肥、喷药，更是烦琐辛苦得没法说。老伴去世前一个月，还给她说，要挑一个好天气，三轮车里拉上她，去看那两亩秆秆粗壮、穗穗肥大的麦子。想到这里，金梅奶奶未干的双眼，又被喷涌而出的泪水，淹没了。

金梅奶奶等采珠端来晚饭，说出自己思谋了半天的话："唉，采珠，你看我，像病羊躺在燕麦上，可是你这样糟蹋地里熟透的麦子，造孽呀！"

金梅奶奶的声音，与其说是在责备，不如说是在控诉。采珠放下捏着鼻子的右手，用自知理亏和多少带着些心疼麦子的语气，辩解道："阿妈，我小学毕业就在城里打工，庄稼怎么伺候，实在不晓得。再说，谁能想到，会下这么大的雨……"

"两亩麦子打下来，十几个麻袋也装不下——够咱们吃两年的粮食呀！"

金梅奶奶无比痛心而又毫不保留地倾吐着对麦子的惋惜和对采珠的埋怨。说着说着，她的话渐渐勾起她自己的悲伤，不禁又泪流满面。

说到底，采珠也是雪山脚下牧野农民的女儿，知道种庄稼的艰辛，听着婆婆的指责，不知不觉也掉了一两滴眼泪。

"我们小时候，吃野菜，啃树皮，经常饿得全身浮肿。阳世上糟蹋粮食，死了要当饿鬼！"

"阿妈呀，你别吓我！没抢收回麦子是我不对，可你也不能得理不饶人，说个没完呀！"采珠用力揉揉因为流了泪而干痒的双眼，说。

金梅奶奶刚想反驳什么，又觉得自己是个废人，躺在炕上连屎尿都要人家清洗，还有什么资格批评人家呢？再说，她俩婆媳，刚住到一起，就闹得口舌不睦，让村里人听了，岂不笑话。于是，就忍住了。

夜里，大雨变成中雨，直到第二天清晨，才渐渐停住。雨水洗过的天空，森严而明澈。人们踩着一窝窝牛蹄和车辙里的积水，冲进麦地，去抢收地边迟熟的零穗头。采珠也踉踉跄跄奔到麦地，但眼前犹如全军覆没、悲壮地躺在地里一眼望不见边的麦子，让她心尖为之一颤。那一瞬间，她觉得自己真如婆婆所说，造了大孽。

她下了地。倒伏的麦子含冤带屈，粗硬倔强，简直无从下手。她左试右比，象征性地割了几镰，就气喘吁吁往村里走。她打听得，雪山边边的麦子因了雪气，还要等十来天才能熟，那里的男人们，都提了镰刀，在川里帮人割麦挣钱。她就去路边等待。等了半晌，果然等来四个五十多岁的麦客子。麦子倒伏难割，一亩地两百五十元，一分不少。采珠心疼钱，又不愿吃苦，手在裤兜里揉搓半天，终于掏出一百元定金，让他们去割。四个男人跟着采珠来到麦地，看到麦粒儿圆圆白白，厚厚铺了一地，粒尖上已经隐约吐出绿芽，农民那痛惜粮食的眼泪，就流了出来。他们踮着脚尖，怕踩痛了麦粒一样，小心翼翼地蹲下身来扯麦开镰。没有穗头的麦子，像被砍了头的人，让人瘆得慌。四个男人挥舞着镰刀，因常年劳动而显得格外硬朗的四肢协调扭动，哗哗割着。他们越割越快，犹如突围，潦潦草草完成了任务。整个过程中，他们愤愤不平，骂了采珠多少句"懒婆娘""欠拳头的懒婆娘"呀！

他们是踩着如水月光，到采珠家吃晚饭、住宿的。采珠擀了长面，炒了肉臊子，香喷喷地端给他们，也没换来他们一个笑脸。金梅奶奶见儿媳妇连倒伏的麦秆都要花五百元雇人收割，心里的愤怒和痛惜自不必说。

5

清晨，阿尼玛卿雪山的雪气顺着晨霭一路飘下来，早起的农民和牧人，在前去劳动的路上，微微缩着肩膀。突然，一阵凄婉的女人哭诉声，打破了村庄的宁静：

"阿妈哟！我真是伤透了心！这是谁干的好事，谁干的好事呀！呜呜……"女人边骂，边发出抑扬悠长的哭声。

"我的青稞，吐出了尖尖的绿芽儿，天天见长；四十几天后，连野鸡都能藏进去了。像娃娃吃奶，青稞吸吮着泥土的养料，一个个，抽了穗；不久开花，穗头挂着一层金黄的花粉；蜜蜂整天绕着它跳舞，乌鸦见了它，也忍不住唱歌；青稞粒儿灌满了香喷喷、甜丝丝的乳浆；六月的日头和雪山的雪气，让它鼓起了圆圆的肚子……呜呜……我每天都到地里看一回，真是心花怒放……可是你瞧，谁家没良心的牲口，冲进我的青稞地乱踩一阵：可怜那沉甸甸的穗子，全被踩烂在泥土里。啊呀，乡亲们，快来看看啊，到处是一片片踩坏了的青稞……真是惨不忍睹，伤透了心！谁家的牲口，快站出来承认！啊，谁给我做主？谁给我做主呀？我把它照料得比我儿子还细心……"

采珠被吵醒了。她支棱着耳朵，听完这如诗如歌的控诉，想起地里的麦草，赶紧起床，拉着架子车，怀着赎罪般的心情，来到了麦地。

多么凌乱、糟糕的现场呀！她对着尺把长的乱茬愣了好一会儿，才把潮湿的麦草装满一架子车，松松散散，洋洋洒洒，拉到麦场。她往返拉了三四趟，就疲惫不堪，又狠狠心，花两百元，雇了村民一辆三轮车，扎扎实实几大车，拉到了麦场。在麦场，她躲躲闪闪，不敢把自家的麦草，同村民们刚脱完粒、小山似的麦粒堆在一起。侍弄庄稼的女人都很要强，往往狠人和狠人搭伙，瓢人和瓢人凑堆，但即便那几个公认的"瓢"媳妇，也耻于和她搭话。男人们也替那两亩麦子伤心，见她手忙脚乱，连个麦草垛也搭不圆，只装作没看见——在农村，人们最恨最瞧不起的，莫过于懒汉和懒婆娘。

采珠从没干过这么苦的农活，她又累又饿，被大日头晒得头昏脑涨，很想撂下麦草回家歇息，又怕大家笑话，只得硬着头皮干到底。她满头油汗，那件四百多元的时髦衬衫，被麦草刮刺得皱皱毛毛，每天涂五六层化妆品保养的脸和洗碗洗菜都要戴着塑胶手套的手臂，密密麻麻，被麦芒刺得开满了噙着血珠的小口子……

终于，在她把好几次想要夺眶而出的泪水咽进肚里之后，一个狼狈、凌乱、方不方、圆不圆的草垛，像佝腰老妇，颤巍巍地趴在了麦场上。打扫草垛四周乱草时，她听见迎风扬麦的人们怕她走了，就不能保证把话送到她耳边一样，高高低低议论道：

"湿草搭个草垛，三五天就烂臭了，别说喂羊，填炕都烧不着！"

"哈哈哈！"

"看来老三娶了个活菩萨……老汉刚离世，这家就显出败象了！"

"人家两口子在西宁做生意，一亩麦子还抵不上一件名牌女装，哪划得来在大日头底下吃苦！"

"哎呀，我想起那两亩希波二号，虽然不是我家的，也心痛得想哭！"

"千余斤粮食，再搭上七百元钱，哈哈，这可真是'大丰收'！"

"……"

采珠听得脸红心跳，连架子车也忘了拉，急急逃回了家。

她在家里躲了好几天。哪个媳妇，愿意被人笑话瓢、窝囊、没出息？她嫁到婆家，还没来得及给乡亲们展示她的能干攒劲，就和男人去了西宁。如今，公公离世，男人让她主持家业，她却闹出了这等令婆婆，甚至乡亲们都无法原谅的丑事。她很后悔，不该不听婆婆的话，及时去抢收。不过在她心里，老家只是婆婆在世时丢不掉的"包袱"，她真正的"家"，在西宁，那个不足二十平方米的小店。这几年，他们两口子在服装生意里摸爬滚打，交了很多"学费"不说，还不知不觉背上了几笔数目不是很大但对他俩来说重似千斤的银行贷款。不过，在西宁市有个真正的家，却是她多年来热烈而执着的梦想。现在已经六月下旬，到了九月初，三宝就要在西宁上幼儿园，那时，她可要借着接送儿子上幼儿园的名义，堂而皇之、名正言顺地甩掉婆婆和农活儿，继续城市梦想了。

6

阿尼玛卿雪山，连绵雄伟，其中一座雪山，格外秀丽。相传上古时候，万物在大地上生长，欢腾，突然，一声震耳欲聋的轰响，惊散了欢乐的人群和走兽，甘青交界的一块天，塌下来了。美丽健壮的女娲神，不分昼夜，将七彩巨石搬运到天塌处，炼石补天，奋战七七四十九天，补好了苍穹，而她自己，却力竭而死。补天剩下的大石头，耸成一座高山，成为阿尼玛卿雪山的一部分。

雪山永远宁静，肃穆，安详，沉着，母亲一样守护着山下的子民和他们沸腾的生活。站在这块土地上，一抬头，就能望见这座伟岸的雪山。每天早上，人们出门劳动，都会一遍遍地眺望雪山，心里满是敬畏与热爱。几乎每一个人，都曾在热烈劳动后甜蜜的休憩时分，面对雪山，神思飘飞：美丽的女娲神，还住在阿尼玛卿雪山上吗？她那劳动的精魂，看到山下子民在大地上的劳作，会不会感到欣慰、愉快呢？啊，我要像她一样，做一个勤奋的劳动者！

麦子晒干，送进电磨，拉回来瓷瓷压进面柜，女人们就遵循古老的传统，发面、揉面、擀面，放进滚沸的油锅，炸制成厚圆金黄的油香，举行简单而隆重的丰收仪式。出锅的第一个油香，敬奉灶神爷，第二个敬奉阿尼玛卿雪山山神，第三个敬奉人们心目中的劳动之神女娲，再依次供奉佛堂、祖先，末了给家里的老人孩子尝鲜。仪式的第二部分是：不论新娘还是老妇，只要娘家父母健在，女人们都要装满两栲栳新面油香，用一层大大绿绿的甜菜叶盖住，回娘家孝敬。这样做，还有一层意思，这是嫁出去的女儿，在给父母汇报：我在婆家勤劳稼穑，过着丰衣足食的好日子，没给父母丢脸。采珠没有新面油香，但还是买了一些水果，回了一趟娘家。让她没想到的是，父母还有兄弟两口，不知从哪里听说了她把两亩麦子眼睁睁烂掉的事情，一家人的脸色，掩饰不住的难堪和失望……好容易挨到天亮，她踩着晨光，匆匆回了家。

金梅奶奶的两个女儿，给她送来不少新面油香。金梅奶奶一口油香一口泪水，甜甜苦苦，勉强吃了一个，算是完成了今年麦子的"丰收"仪式。两个女儿听了弟媳妇糟蹋麦子的行为，深为娘家和母亲的未来担忧，又痛哭了一场离去。

尝完新面，花椒就红了。连续两年凌厉的倒春寒，花椒几乎颗粒无收，唯独今年天公作美，整个山川一片火红。一斤花椒好几十元，农民们鸡叫就起床，在昨夜残梦中糊里糊涂吃完早饭，背着水壶、锅具、馍馍、方便面、铁架子、铁钩、篮子、帐篷……以蓬勃如旭日的信心和欢喜，上山采摘了。金梅奶奶和老伴苦心大，漫山遍野见缝插针，务劳了很多花椒树，每棵树都红彤彤似一个火疙瘩。采珠也睡不着了，一方面，挂在花椒树上的钞票吸引着她，进货，还贷，"买楼房"；一方面，她想通过摘花椒，把上次在婆婆和乡亲们（尤其是乡亲们）面前丢了的面子挣回来。于是，家里的公鸡一叫，她也拾掇拾掇，挑起一头装着睡梦中的三宝另一头装着吃喝杂物的扁担，上山了。

先红的是刺椒。刺椒浑身细密的硬刺，手臂在硬刺中穿梭，免不了受伤。采珠旧伤未愈，又添新伤，那些伤口又麻又辣，疼得她直打哆嗦。但是花椒多好呀，圆滚滚，红丢丢，不到两个小时，就摘了一背篓。

山上的花椒林，一片连着一片。林中椒香浓郁，伴着苞谷的清馨，还有人们为了在摘椒时方便野炊而点种的芫荽、小葱、蒜苗、瓠子、豆角等瓜菜散发出的各种香气，熏得她身心舒坦，连日的烦郁一扫而光。漫山遍野的花椒林和川地梯田，是野鸡的天堂，它们春夏喜欢藏匿其中，秋天成群出动，一有声响就矫健地起飞或奔跑，嘹亮的叫声此起彼伏。孩子们摘累了，就在庄稼野草中寻找野鸡蛋，做野餐时的营养。

采摘的花椒要及时晒干，不然颜色就会变黑，卖不了好价钱。采珠怀里抱着三宝，背上背着花椒篓，赶回家晾晒。

到了家，她把花椒晒在水泥地上，匆忙做早饭。饭菜端进金梅奶奶房间，她有意无意地向婆婆诉苦："唉！阿妈呀！别人家摘椒，有人吊在树上摘，有人背着背篓往家里送，有人负责在家里晾晒。我家只有我一个劳力，这些活儿全部由我干，还要伺候三岁娃娃和阿妈你。阿妈，你再数数，我家花椒树，是否真的三百八十九棵？阿妈呀！那么多树，我何时才能摘完？我要是有三头六臂，该多好呀！"

金梅奶奶听完，把刚想放进嘴里的馍馍，搁在了炕头上。

7

采珠背篓里装着沉睡的三宝，走在上山摘椒的路上，给男人打电话诉苦。她把自己的辛苦和孝顺放大一百倍，唯独没提两亩希波二号变成麦苗的事儿。男人在电话里心疼她，夸奖她，"许诺"年底给她买一对金耳环。她心满意足地挂了电话，风风火火冲进自家花椒林。

摘完花椒树底下手能够着的枝条，就要爬上高高的三脚铁架，摘高枝。采珠笨手笨脚上了铁架，没想到底部没支稳，差点跌下来。她吓得尖声怪叫，慌忙摇着大屁股爬下铁架，逗得四周花椒林里的村民哈哈大笑。有人打趣道：

"采珠呀，放着城里的老板娘不当，大把大把的钞票不挣，跑到老家来摘花椒，为的哪般哩？"

"是啊，风吹日晒，粗茶淡饭，不是城里人能消受得了的！"

"有什么了不起！"一个和采珠年龄相仿的媳妇，不服气地嘀咕道："抛家弃舍，能挣几多钱？根在土里，却跑到城里开花结果，谁知道那果大不大，甜不甜！"

没人接茬了。采珠觉得自己受了侮辱，刚要反击，又有一个老阿妈，用一种好像憋了很久的一肚子气，终于逮住了发泄的机会似的口吻，掺和道："我们这道沟川，打有故事起，就没听说过谁家媳妇，眼睁睁看着麦子变成了绿芽……"

一片寂静。采珠站在那棵摘了一半的花椒树下，觉得花椒林稠密的叶子，连自己一根头发都遮挡不住。她很想逃进对面像女人怀孕一样鼓着上半身的苞谷地，藏起来，再也不跟这些人照面。她悲愤地想，人活在世上，一旦留下污名，一辈子怕也洗不掉了。

心情不愉快，花椒就摘得格外慢，加上厌恶了小花小草、小虫小蛆的三宝，撕心裂肺地缠着她要吃喝，闹瞌睡，采珠后半日，才摘了多半篓。

太阳下去了。花椒林里暗淡下来，人们在阵阵凉风的吹拂下，拼命抓住最后一丝光线抢摘。采珠又累又饿，浑身湿汗被风吹干，硬邦邦地贴在身上，让她感觉好像套了一副铠甲。密布手臂的伤口被汗水浸透，又填满了灰尘，疼得像千万只小脚在肉里跳舞。她今天可谓身心均创，很想早点回去，但又怕早走，被人们耻笑窝囊，只好忍着，等大家肩扛手提，背着劳动成果消失在花椒林外的山路上，才挑着扁担，朝山下家里走去。

林外是另一个世界，还亮堂堂的。她想，要是回家，有一碗热饭正等着自己，该多好啊！

怀着这样的幻想，她到了家门口。一进门，她就听见金梅奶奶屋里传来一阵痛苦的呻吟声。她忙放下扁担，跑进去一看，只见婆婆不知怎的，从炕上滚到了地下，磕破了嘴唇，抹的满脸是血。她浑身裹着污秽，双手撑地，没受伤的右腿屈膝，拖着坏了的左腿，试图往前爬。采珠惊叫一声"阿妈"，架起婆婆的双肩，想把她抱到炕上，却被她摆手拒绝。

"我好不容易，才滚下炕来。"她气喘吁吁地说。

"我不想当个废人，给你添麻烦。"她右腿摩挲着地面，往前挪了一寸，又说。

"阿妈，你这是在说啥呀！"采珠面红耳赤地说。

终究，金梅奶奶还是被采珠抱上了炕。吃完晚饭，她烧了一大锅热水，强忍着恶心，认认真真，给别别扭扭的婆婆，洗了个澡。

翌日黎明，采珠上山的路上，感到深深的自责和愧疚。她想：谁愿意躺在炕上，让别人伺候？而且，她是我的婆婆，一生辛劳，如今又失去了老伴，我怎么能讥言冷语，加重她的思想负担？她要是有个三长两短，我怎么给男人交代？村里人会怎么看我？人心都是肉长的，若我娘家阿妈病在炕上，我那弟媳像我一样对待她，我会怎么想？

这样想着，采珠决心从今往后，要尽可能对婆婆好些。

扎扎实实采摘了一整天，傍晚，隐隐不安的采珠没和村民们拼到最后，先下山回了家。

进得门，果然如她所料，倔强的婆婆正试图爬下屋前台阶。看见采珠，她皱纹纵横的脸，绽开一朵孩子般的微笑。

"瞧，采珠，我挣扎了半天，又滚下炕来，爬到了这里。从今往后——"

"阿妈，你这是何苦呀！要是再摔坏了右腿，可怎么得了！"

"老天爷！"金梅奶奶激动地叫道，"你回来这些天，我都在屎尿里打滚，我可不想被自己活埋啦！"

采珠怔在那里，羞愧得无地自容。她刚想说什么，金梅奶奶又说："再说，红彤彤的花椒晒在院里，我却不能翻晒收拾，心里急呀！谢天谢地，佛祖开恩，让我下地了！"

金梅奶奶说着，双手交替，扯绳一样扒着地面，像条受伤的蛇，慢慢爬下最后一级台阶，艰难地爬过院子，爬进厕所里去了。

采珠看着婆婆那不成人样的身影，心头涌上一股强烈的自责和怜悯，但同时，她的眼前情不自禁掠过很多美好的幻影。

8

金梅奶奶下炕的奇迹，很快传遍了全村。人们陆陆续续，抽出宝贵的空闲，带着鸡蛋、锅盔、白糖、牛奶，来看望她。金梅奶奶坐在院子里的草垫上，不时拿一根长棍翻搅着摊晒的花椒。

她仿佛获得新生，欢声笑语不停，说："从此，我不是个废人，不用吃闲饭了！"多少年以前她看电视，记住了"幸福"这个词，现在，她觉得自己是最幸福的。

她还向每个人夸赞儿媳妇采珠："没嫌弃过我，没给我摆过脸色，是个好媳妇儿！"

金梅奶奶把自己的床单被褥洗得干干净净，屋里再也闻不见一丝臭味。只要晴天，她就一整天坐在日头下，不停地翻搅，把每一颗花椒都晒得又鲜又红。她还把采珠视而不见的庭院垃圾清理干净，烧进炕洞。这些，采珠都看在眼里，但没做声响。有了婆婆做帮手，她轻松了很多。

虽然采珠心里想对婆婆好，但行动起来却不那么容易。过了几天，鸡叫头遍，她就不愿意起来做早饭了。这天清晨，金梅奶奶见她没有动静，就推开窗户，喊她起来。她装作没听见，只管蒙头假寐。金梅奶奶又喊几声，得不到回应，只好使出全身力气滚下炕，拖着坏腿，扶墙进了灶户，烧水，炒菜，因为单腿不能久站，没做馍馍。

估摸着饭熟了，采珠下了炕。她来到灶户，故作惊讶和嗔怪，喊道："哎呀，阿妈！谁叫你下炕做饭！自己那么吃力，还……"但见婆婆没做馍馍，顿时住了口，脸色也变得难看。

两人默默吃了早饭，采珠用床单裹着熟睡的三宝，挑着扁担，上山去了。猪羊鸡娃，全部留给婆婆伺候。金梅奶奶扶着墙，在院子里挪来挪去，时间一长，坏腿就隐隐作痛。等她喂完羊和鸡娃，扶墙进灶户，准备给母猪和十几只猪娃煮食时，发现案板上的油罐、擀面杖、发面盆等，都摆放在地上，支撑案板的砖块被卸下来一堆，胡乱放在墙角，被调整后的案板高度，刚好适合她坐在小凳子上做饭。

从此，金梅奶奶包揽了做饭，喂牲口，翻晒、拾掇花椒等繁重的家务活，辛劳加上腿疾，她更加消瘦了。

采珠呢？不进灶户，不用操心牲畜，只管放开手脚上山摘花椒。这样一来，她很容易"出成果"，摘的花椒比之前翻了几倍。渐渐地，她的眼神、表情、说话的语气和走路的姿势，都渗出一股能干媳妇的自信和沉着，傍晚回到家，她卸下扁担，摊开手脚，往支在核桃树底下的木板床上一躺，就能呼呼睡着。金梅奶奶仍旧忙碌着。她簸净晒干的花椒，装进尼龙袋子扎好，去准备晚饭。采珠一觉醒来，啧啧喊饿："阿妈，饭做好了吗？今天在树上吊了一天，饿得慌哩！"饭熟了，金梅奶奶碰得灶门叮当响，从灶台上端出冒着热气的碗碟。采珠狼追着一样吃完饭（这是她摘椒以来养成的习惯），若可怜婆婆，她就去刷锅洗碗，若狠心贪图安逸，就嘴一抹，功臣一样搂着三宝睡觉去。

三百八十九棵花椒树，静静地站在山野里，等待主人采摘。每摘完一棵，采珠心头就会一阵轻松。她丝毫不敢马虎、懈怠。她算账算得很清楚：别人家按一户人家四口劳力计算，也要摘四五十天甚至更长才能摘完；她一个人，家里又是花椒大户，不加油，等花椒像那两亩希波二号一样掉光，村里人耻笑不说，那损失可大了。因此，她每天早出晚归，更加勤勉地采摘，三宝也留在家里，由金梅奶奶照顾了。

熟能生巧，采珠干活，越来越像个庄稼人了。每天早中晚三趟，她源源不断地往家里挑来一担担花椒，一口气喝完婆婆专门给她凉的大罐红枣枸杞茶，顺手抓一个馒头，就着萝卜或大葱，边往嘴里塞，边上山了。金梅奶奶对逐渐攒劲起来的儿媳，渐渐升起一股敬意，或者说畏惧。这时的采珠，为了摘椒，把自己和三宝的脏衣，也扔给她洗了。金梅奶奶忍着腿疾，从来不诉苦，拼命地干活。偶尔有老阿奶串门来和她拉家常，她也以认真严肃的面孔夸赞儿媳："老三媳妇，像田里的麦苗，一天天长起来了。

你想想，从来没做过庄稼活的人呀，把花椒从刺缝里，一颗颗捋得干干净净！我呢，也就拼了老命，帮帮她了！"

9

不知不觉，采珠摘花椒，已经四十多天，家里专门用来码放花椒袋子的那间房屋，已经被金梅奶奶整整齐齐，码放了十多个麻袋。五六斤湿椒才能晒一斤干椒，十多麻袋干椒，差不多有五百斤。这时节，收购花椒的贩子，开着大型小型货运车，车头上轮番播放着"收花椒喽！收花椒喽！"的广告，你来我往，在村巷和山道上不停地奔跑。采珠每天晚上回家，都会告诉婆婆最新的收购价格。金梅奶奶总会露出一副行家的表情，机警而忧虑地告诫她："不要着急，采珠。心急吃不了热豆腐，你等着瞧吧，还会涨哩。"采珠却一脸烦躁，告诉她，她那眼高手低、在服装生意里摸爬滚打了六年但还迷迷糊糊的儿子打来电话，现在换季，服装店要进新款衣服了，让她尽快卖掉最先一批花椒，把钱打过去。

金梅奶奶老伴在世时，每年收椒季节，不管花椒有没有丰收，老三都会偷偷给她来好几次电话，问她要钱，理由五花八门：还贷，进货，看病，吃饭……但是老伴严厉，不允许她给一分钱，因为"不能乱了纲常，让年近古稀的老子，没完没了拉扯三十几岁的儿子"。所以，金梅奶奶听了儿媳妇的话，知道这是老伴去世后，儿子儿媳不把她放在眼里，要执管家里经济，为所欲为了。

一日下午，采珠挑着一担花椒回家，身后跟着两个扛着大秤杆、留着满脸大胡子的壮汉。她对金梅奶奶说，她要把家里的五只羊全卖了，免得瘦成一把骨头，塌了价钱。金梅奶奶听了，非常震惊，因为卖羊这么大的事情，她一个字都没和她商量，就把羊贩子带到了家里。况且，自从老伴去世，羊们就再也没上过草坡，没吃过一口好草，已显出呆相和瘦相，能卖什么好价钱？她自己打算，等那两亩麦苗长到膝盖上，就叫来大女儿夫妇，让他们帮忙割了，晾晒在草架上，羊们过冬就不用愁了。到明年开春，再用卖花椒的钱买两三只新疆多胎小母羊，来年三四月，又会添一大群小羊羔。自从她嫁进这家门，四十几年过去了，家里从来没有断过羊。她和老伴都是养羊的好手，用一茬茬牛羊和花椒粮食，给三个儿子娶了媳妇，打了庄窠，盖了新房，还给老伴买了一副松木棺材。可以说，羊是她的宝贝，寄托着她家业兴旺的梦想。如今，儿媳妇要把家里最好的一门副业断根，她如何接受得了？但她还没来得及提出抗议，采珠就带着羊贩子进了羊圈。一番打量，提抱，称重，电子计算器忙碌地报数后，五只大羊缩小成一沓红色的钞票，塞进了采珠的裤兜。羊们被赶出家门时求救般的咩咩声，成了金梅奶奶将近半个月凄凉的失眠伴奏曲。

她声音发抖，问儿媳："卖了多少钱？"

"两千八百多。"采珠毫无感触地说。

"天哪！"金梅奶奶几乎哭叫道，"你把我的羊，白白送了人啊！再养几个月，长了秋膘，五只羊能卖六千多！"

"阿妈呀，你说得轻巧，再养几个月，谁养哩？光是花椒树，就快把我累死了，你还指望我去割草吗？"

金梅奶奶答不上来了。她呼吸急促，鼻尖发酸，感觉从未有过的恼怒和怨愤。她感觉自己身上的一部分，被那些羊带走了。

采珠狼吞虎咽，吃了两大盘拌了肉菜的凉面。这时候，金梅奶奶的情绪仍旧悲愤难抑。她巴望着采珠能把钱掏出来，交给她这个羊主人和当婆婆的，保管起来。

可是采珠像压根没想到这回事似的，收拾打扮一番就要出门。

金梅奶奶急忙喊道："喂，采珠，卖羊的钱——"

"我上乩藏集，打到西宁去呀！"

这件事使金梅奶奶看出自己在家里的地位，如今，家里的"掌柜的"是采珠，自己别想从她手里要来一分钱。她原本打算秋收后，到医院去看看自己的病腿，让它好起来，有生之年能跟着人们，去阿尼玛卿雪山转山，一来为众生祈福，二来向劳动之神女娲致敬，现在，她想，这个愿望，恐怕不能够实现了。

10

没过几天，一辆小货车开进家门，采珠带来了一个花椒贩子。她告诉婆婆，这几天花椒"行情正好"，现在出手是"明智之举"。接着，她和花椒贩子抬出那十几麻袋干花椒，解开绳扣，随便挑出一袋倒在地上，检查有无花椒籽、石头、草渣，或者花椒叶。干净鲜红、饱满圆润的花椒，让花椒贩子使劲憋住想要怒放的欢笑，他换上一副挑剔、不甚满意的神色，于是两种表情，在他脸上争执不下。当花椒贩子一再压价，说一斤最多只能给三十元，而采珠竟显出犹豫的神气时，金梅奶奶终于双手拍打着大腿，带着强烈反对的语气呵斥、阻止采珠了。

"这合适吗，采珠？我还活着呢！卖花椒这么大的事，你不问问我，就要一个人做主吗？"

"阿妈哟！花椒是我一个人辛辛苦苦刺缝里摘的！我不卖，谁卖呀！"

"不是我们老两口辛苦栽种，你有花椒可摘吗？而且，花椒是自己晒干，簸净，钻进麻袋里的吗？"

采珠看看婆婆那凄惨的样子，觉得有外人在，自己再顶嘴吵下去，会传出恶媳妇的名声，于是态度软和下来，对婆婆说："阿妈，不瞒你说，店里再不进些新款吸引顾客，下个月怕连房租都交不起了！我回家伺候你和——"

"伺候你"这句话，刺痛了金梅奶奶的心，她激动地接过话茬，问："是我伺候你，还是你伺候我？"

"哎呀阿妈！"采珠叫道，"我还不是为了咱们这个家！"

"'咱们这个家'？"金梅奶奶伤心地反驳道，"怕是为了你们西宁的小家吧！说实话，我如今死也不怕，就怕家业败在你们手里……"

"那你死了带走吧！我才不稀罕！"

采珠也怒了，她第一次，用这种伤人的话，回敬婆婆。

眼看这场婆媳大战愈演愈烈，花椒贩子劝劝这个，劝劝那个，终于使婆媳俩的情绪都有所缓和。为了挽救花椒，金梅奶奶放下做婆婆那点可怜的尊严，恳切婉转、语重心长地对儿媳妇说："采珠，卖衣服你有经验，但卖花椒，我懂行情。三十元，还不到往年价钱的一半哩！你这样，是割了大腿上的肉往脸上贴，要不得。听我的话，再等一个月，价钱稳定了，和大家一起卖！"

采珠听婆婆说的有道理，就顺着这个台阶，用服装店老板娘那种甜甜的语气，打发走了因为到手的鸭子飞走了而满脸愠色的花椒贩子。

不知何时，金梅奶奶又患上了咳嗽，她一个人在院子里忙碌的时候，干咳声盖过了核桃树上的鸟叫声。采珠听得害怕，专门进城，给她买来一大袋止咳药、一副轻巧的铝合金双拐，和一件绣着蝴蝶的红色羽绒棉袄。于是，金梅奶奶吃了药，穿了新衣，架着双拐，在院子里跳来跳去了。

不过，这一次虽然能"走路"了，但她并没有感觉到多少幸福，只觉得活着很苦、很累。偶尔有老阿奶过来和她聊天，她也只谈论花椒和庄稼，不再夸赞采珠了。

婆媳俩竭尽全力，又过了一个月，花椒终于摘完了。但令她俩不安的是，花椒价格没有像金梅奶奶说的那样稳定下来，仍旧一日三变，起伏不定。其间，男人多次来电，催促采珠，要像抓住抛物线上最高的那个点一样，瞅准好价格，先卖掉一部分救急，不然，新款服装进不来，顾客连门缝都不瞧。采珠听了心焦，每天都在和花椒贩子打交道。

跑了媳妇、留下三个孩子的西才，最先以刺椒四十元、绵椒三十五元的价格，卖掉了家里所有花椒。前几天，他和两个上小学的女儿摘椒时，独自玩耍的小儿子被开水严重烫伤，正躺在医院里等钱救命。接着是"赌博贼"光棍尕让，以同样的价格卖了自家部分花椒，偿还频繁登门讨要的赌债。还有双喜，政府去年给了他危房补助，再过几个月就要验收新房，但他一来缺钱，二来农忙，直到现在连地基都没有打。建房心切，他把一小部分花椒卖了，拉来几车石头砖瓦，先打地基。采珠也按捺不住了，终于不顾金梅奶奶的激烈拦阻和邻居的苦心劝说，以比他们高出五元的价格，卖掉了家里所有的花椒，把卖得的两万三千块钱，全部打给了急等进货的男人。

半个月后，花椒价格犹如烟花遇火，飞速上涨，并在一个制高点上稳稳停住：刺椒一斤八十五元，绵椒一斤七十五元。村庄被欢笑的海洋淹没了。那些沉住了气、卖了好价钱的村民们，把成捆成捆的钞票藏在某个盗贼和老鼠都无法找到的地方，带着被丰收的艰辛和喜悦锤雕得更加乐观坚毅的神情，在大磨石上轮流磨着铁锹和锄头，准备投入下一场秋收战役中。

一些人的心，却碎了。金梅奶奶和采珠，大门紧闭，相继病倒在炕上。

11

人世沧桑变化，唯有阿尼玛卿雪山，以亘古不变的姿态傲然耸立。它健美雄浑如阳刚的壮年男子，毓秀柔美如俏丽的盛年女子，但更多的时候，它苍凉博大如无私的父亲，和蔼宽容如慈祥的母亲……雪山脚下绿草茵茵，鸟语花香，山腰以上却永远冰雪皑皑，雾蒸云腾。它给它怀抱中的子民，奉献溪水、草原、牛羊、粮食，也赐予他们诗意、梦想、执着、坚定等美好品质。

入秋以来，暴雨不断，洋芋地总是湿漉漉的，挖洋芋的时节被耽误了。不过，也正如此，那些胖乎乎的根茎，可以继续在大地母亲的怀抱沉睡，饱满，直到变成最大最好的那一个。农民们知道，今年大锅里煮洋芋、小锅里炒洋芋的好日子，就像已经过去和即将到来的无数个好日子那样，在前方等着他们。人们等连续几个大日头晒干地表的水分，就开着小兰驼，拉着架子车，呼儿唤女，去挖洋芋了。

金梅奶奶在炕上躺了两天，就摇摇摆摆地下地干活了。采珠躺了三天，悔恨和自责使她泪如雨下，常常打湿了枕头，又被自己焐干。她彻夜难眠，平生第一次，眼睁睁看着夜晚如一只长脚蚊，悄无声息地降临，肆无忌惮地咬得人遍体鳞伤，又悄然离去。七十几天摘椒的艰辛，和自己冥顽不化的固执愚蠢、刚愎自用，白白把那么多血汗钱给了别人。她也生窝囊男人的气，催命无常一样，逼着打钱进货，真不知他把小店糟蹋成什么样子了。不过最让她难堪的，是继两亩麦子颗粒无收后，这次卖花椒又重大失误，使她无地自容，觉得自己再也没脸面对痛心的婆婆和"看笑话"的村里人——她也是一个好面子的女人哩。

两个女人，因为那贱卖的花椒，再也无话可说了。做婆婆的无法原谅儿媳，在不得不和儿媳照面时，总僵硬地把脸别到一边去。做媳妇的自知理亏，平时蛮横霸道的气焰已经湮灭，但那股傻乎乎的牛劲，还有一丝留在脸上。要不是三宝叽叽喳喳，在身边打转，她俩都不知道怎么打发那短暂而沉默的吃饭时间。

终于，一天早饭时，金梅奶奶在不时发作的呕心吐肝的剧烈咳嗽间隙，脸朝着空空羊圈，提醒采珠，家里的洋芋都种在村外乩藏河河滩山上的荒地里，分别是呐喊沟三分地，红土坡二分地，羊坡二分地。采珠见婆婆主动和自己说话，非常感激，立即塞了一口馍馍，架子车里装了铁锹和七八只麻袋，抖擞起精神就出了门。走了几步，她又跑回来，反手扳着门框，嘱咐道："阿妈，你吃了药，热热地躺在炕上睡一觉吧！"

采珠拉着架子车，一阵风下了迂回曲折的沙土坡。蟒蛇一样的乩藏河，青波粼粼，在坡下的红土崖边流淌。河水发源自阿尼玛卿雪山冰川，一路逶迤，带着雪山的气息，沿途泥土青草的芳香，流过这里，最终汇入百里外的黄河。夏秋两季，每逢下雨，河水就会凶猛、浑浊，河道加宽加深，令人望而生畏。河上的新桥正在筹建，老桥早已被淹没，一排代替它供人跳跃过河的大石头，也在水波中隐约露出一抹白色。河滩宽阔，四面环山，像一个古老的世外桃源。

面对河水，采珠胆怯地出了一会儿神。河岸散发着淡淡的潮湿、腐败气息。采珠的心里，一片孤独的空虚。三个女人，在自家河边地里收获谷子和麻子，见她在水边徘徊，都招手提醒她注意安全。她把架子车留在河边，脱了鞋袜，挽起裤腿，抱着麻袋和铁锹，瞅准自认为水位较浅的方向下了水。八月的雪山水冰凉舒适，让她身心一阵放松。脚下满是大大小小，仿佛长了手脚，又黏又滑的石头。越往里走水越深，最深处几乎到了她的胸部。河水虽然平静，但那股看不见的柔韧强劲的冲击力，一次次推搡着她的身体，全凭她高大强壮，才没有跌进河里。十几分钟后，她过了河。

穿上湿漉漉的衣裤鞋袜，她先去呐喊沟。呐喊沟离河滩不远，是一条被细弱的、同样发源自阿尼玛卿雪山冰川的山溪千万年冲刷出来的深渊。渊顶上低矮稀疏的植被中，那块破布一样不成形的坡地，就是采珠家的洋芋地。那块地白沙土质，结的洋芋圆白沙甜，非常好吃。洋芋也贵着哩！她想。她记得在西宁，洋芋最贵的时候一斤两块五，最便宜的时候一斤一块五，买几个拳头大的洋芋，就要五六七八九块钱。想到这里，她劳动的热情一下子被点燃了。像孩子扑进母亲的怀抱，她扑进了洋芋地。

站在地里，雪山近在眼前。它的伟岸轮廓和泰然气貌，再一次震撼了从小生长在它脚下牧野的采珠。她举目四望，感觉天地如此广袤辽阔，自己是那样渺小，微不足道，仿佛一棵扎根不深的小草，一阵轻风，就被吹倒。

洋芋藤茎秆粗壮，绿油油的一树一树，护着自己被果实顶破的洋芋窝。采珠呸呸往手心里吐了两口唾沫，先拔洋芋树。随着一声沉重的叹息，洋芋树带出一窝白如玉、嫩如藕、紧抱在一起的兄弟。采珠数了数，大大小小共十三颗。她心头一阵狂喜，更加起劲地拔树。不到一个小时，洋芋树垒成了一个大树垛，洋芋蛋蛋滚得满地都是，有些还一路高歌，骨碌碌滚下了呐喊沟。拔完三行树，她用铁锹一窝窝掏挖，深藏在土壤深处的洋芋蛋蛋，一个也没逃过她的手心。

12

三行洋芋，装了满满五麻袋。这样的收获，让采珠很满意。

一麻袋洋芋起码有一百斤，拿一斤最低一元计算，也有一百元。这块地，少说也能挖一千五百斤洋芋！

现在，她疲倦地眯缝着眼睛，挖了一根粗长的甜草，使劲咀嚼，解乏。甜草汁带着一股浓烈的中药味和甜腥味，让她有些恶心。于是，她坐在刚翻挖过的松软泥土里，与阿尼玛卿雪山对望。眼前的雪山神秘、威严，好像里面藏着一个不可知的世界。她想起传说中，朝雪山方向敬奉自家种的随便什么农作物，愉悦山神，再默念自己的烦恼，朝雪山呐喊几声，山神就会把他的烦恼带走，赐予他吉祥如意。采珠面朝雪山，敬奉了好几个最大最好的洋芋，双手合十，默念了几遍自己的烦恼，然后倾尽全力，朝雪山喊了一声。高亢悠长的喊声，很快被反弹回来，盘旋于空中，久久不去。"哎——"她又长长地呐喊一声，回声荡来荡去，犹如海面上层层波浪。"哎——哎——"她一声接一声地呐喊，一时间，深渊顶上响起了一股股悲怆的呐喊声。

这呐喊声里，藏着她二十几年来，在外打工谋生的辛酸——

小学刚毕业，她就跟着村里人，去城里饭馆端盘子。那时人小，她自己吃饭碗都端不好，却给人家端茶倒水，一干就是五六年。后来又去帮别人卖鞋子。一天累死累活站柜台，每月才给七八百块钱，最奢侈的生活，是夜市吃个麻辣烫，背街里买件便宜货。也就是那时候，她在出租屋，被一个粗俗、肮脏的陌生老男人强奸了。她悲愤欲绝、失魂落魄地逃回老家——阿尼玛卿雪山下的牧野，强颜欢笑地度过了一季夏秋，在父母慈爱、雪山抚慰下暂时养好了心伤，就又含着泪水，来到了城里。不过那次，当她战战兢兢、如履薄冰地走在城市的霓虹中时，感到了锥心刺骨的茫然和痛苦。她借居在老乡的出租屋，连续半个多月，一条街道一条街道，一个门面一个门面，搜寻适合自己小学文化，又颇体面、安全的工作，但谈何容易！碰了无数钉子之后，她看别的女孩在移动公司里，穿着漂亮的制服卖手机，无比羡慕，鼓起勇气，去问人家要不要，人家一听她小学毕业，头也不抬，两声嗤笑打发了她。她都干过些什么工作呀！宾馆搞卫生、食堂配菜，超市码货……没有一件不是看人脸色，下死苦的。这样熬到二十七八，想争口气、当个城里人的愿望反而更加执拗，更加强烈。为此，她差点昏头，嫁给一个五十多岁的城市大叔……和老三结婚后，她拽着男人，在西宁市郊开了个小服装店，自己当了老板，又有苦活累活全都替她扛起来的男人帮衬，她才暗暗舒了一口气，第一次觉得生活有了光彩。但是，在城市做生意，犹如船行大海，时刻都有倒翻的危险。而且，那种无形的竞争、压力和煎熬，曾不止一次，把她推向绝望的深渊……这些苦难，她都深深埋在心里，今天面对雪山，这犹如母亲般亲切温暖的雪山，她一股脑儿倾诉了出来。长期压抑的痛苦和倾吐的畅快，使她双眼涌出一股股泪水，漫过被雪山风重新吹出两团高原红的脸颊，就像早晨的露水一样。

静谧的雪山，认真听完她内心的哭诉，一向肃穆的神颜，仿佛也有些动容。它默默地看着她，以自己博大的胸怀，给她圣洁的力量和关怀……慢慢地，她恢复平静，抹干眼泪，站起来双手合十，高举头顶，心口意合一，虔诚地朝雪山，跪拜了下去。

13

采珠背着多半麻袋洋芋，下了山。

上午平静的河水，此时像一头发怒的牦牛，带着喧天声响凶猛地朝下游流去。她知道，肯定是阿尼玛卿雪山边上，又下了雨。

河滩对岸，那三个女人已不见踪影。她在岸边，像掂量对手，把乩藏河上上下下，打量了好一会儿。她想，我绝不能害怕它，一怕它，它就会拽住我……对，绝不能胆怯！她又想，怕啥呀，婆婆当了一辈子庄稼人，她背着洋芋，蹚了多少次河呀！恐怕数也数不清。这么想着，她义无反顾地下了河。刚往前走了几步，她就感觉到了一股河神发怒般凶狠的力量。新鲜的雨水，使河水变得冰冷，把她劳动后的浑身热汗，激回了体内。她紧咬牙关，抬眼死盯着雪山，脚底下探寻着安稳处，小心翼翼地挪动着。在河中央水最深的地方，她对抗着无形的冲击力，好几次摇摇欲坠。她心中默念着四字佛号，丝毫不敢大意。在离河岸四五米的地方，突然，她不小心踩到一颗圆滚滑溜的活石，重重地跌进水里。她本能地右手抢地，左手死死拽着已经从背上甩进水里的麻袋，连喝了几大口水，被一股巨大的力量往下推了三四米。世界一片昏暗，伴随她的只有汹涌的河水和极度的恐惧……好在一个大石头挡住了她。她抱住那块石头，挣扎着从水中探出头，哇哇吐出几大口浑水，然后抖抖索索，站直了身子。"洋芋呢？我的洋芋呢？"当她意识到自己双手空空时，甩了几把脸上的水珠，极力朝河水深处望去……但喧嚣流水中，哪里还有洋芋的影子？她只好小心翼翼地反身上岸，再去背其他的洋芋——她真是一个好强的女人哩。

谢天谢地，接下来的七八趟，都有惊无险，她把那些洋芋，全背过了河。

满满一车洋芋，坠得架子车直往后仰。她把两大麻袋洋芋架在车把上，才算压稳。她左肩套上拉绳，手心里吐了两口唾沫搓搓，然后抬起车把，双手、肩膀、背部、腿脚，一起用力，拉着一车丰收前进了。沙土坡路不算很陡，但曲曲拐拐绵延而上，稍有不慎，就有翻车或倒退的危险。

一上沙土坡，她觉得自己就像在拉一座大山。有好几次，架子车被一股强大的力量拉扯着，控制不住地往后退，她都死死地蹬着脚下的沙土，弓背屈膝，膝盖几乎挨到地上，拔河一样坚持着。在那样的时刻，她的心念，只剩下拼命地抗衡，其他的一切，都感觉不到了。凭借顽强的毅力和壮年无穷的力气，她气喘如牛，汗落如雨，挺过了一个个难关。一个小时后，她把一车洋芋，一个不少地拉到了家里。

金梅奶奶帮采珠卸下洋芋，打量着她被河石刮破的脸颊和被秋风吹得半干的衣服，脸上写满了佩服、赞赏、惊恐和自责交织在一起的神情。她挑一盆不大不小的洋芋，洗净，煮了。采珠抱着因为大半天没见她而格外依恋她的三宝，等洋芋煮熟。自从回家，农忙使她和宝贝儿子欢聚休闲的时间少得可怜，也正因如此，她不止一次地感觉到作为母亲，她想给他创造一个良好的经济条件和教育条件的愿望是多么迫切，自己肩上的责任是多么重大。她还惊奇地发现，这段时间，自己的身体和思想，都发生了很大的变化，她更加强壮、耐劳，看问题不再那么片面，对于未来，也不再浑噩茫然，而是充满了深深的渴望和忧虑……

不久，一股新鲜醇香的洋芋味儿笼罩了庭院，婆媳俩围着一盆开花的洋芋，就着大蒜和咸菜，吃起来。

"阿妈，呐喊沟的洋芋，一窝能排一个马队哩！"采珠大口大口嚼着冒热气的洋芋，说。

"那是我开的荒地，快四十年了。"金梅奶奶也贪婪地吃着洋芋，接了话茬，"我把石头和杂草全剜出来，扔进沟里——整整剜了三个月！第一年，只撒了一层羊粪，那地里收获的洋芋，就让我五个娃儿吃饱了肚子！"

采珠不禁对婆婆涌上一股诚挚的钦佩之情。她不时用感慨的目光看着婆婆消瘦但坚毅的脸庞，但婆婆好像突然觉得不应该和她这样亲近似的，不再说什么了。

于是她诚恳地，像亲生女儿对亲娘说话那样，对婆婆说："阿妈，等卖了洋芋，我把你拉到医院，给你看看腿和咳嗽。"

金梅奶奶也似有感触，埋头说："唉，我的腿，我已经灰心啦！"

采珠听出了婆婆话里的委屈。想想自己回家三个多月，婆婆任劳任怨，家里的一切活计，包括照顾三宝，全靠她了。自己两口子狠心，把所有钱都拿去垫了服装店的无底洞，却把她的腿疾一拖再拖，真是不应该！她暗下决心，无论如何，也要把婆婆的病腿看好。她是一个多么了不起的女人呀！打心眼儿里，她敬佩她。

14

兴许是掉进河里受了凉和惊吓，当晚，采珠发起了高烧，第二天竟至昏迷不醒。金梅奶奶央求邻居喊来了村卫生所老大夫，给她打针、输液，傍晚时分才沉沉醒来。大夫吩咐，病人近来出了蛮力，又受了风寒惊吓，要好生休养五六天。金梅奶奶听了，三个月来积攒的对儿媳妇的不满和怨恨，就那么轻易地，全消失了。她谨遵医嘱，不许儿媳下地干活，像疼爱自己的女儿一样给她熬鸡汤，煮羊肉，服侍了整整六天。六天里，采珠感动得多次偷偷落泪。她深深自责和悔恨，没对婆婆尽到晚辈应有的孝敬。"佛祖见证，从今往后，我要像孝敬自己的母亲一样孝敬婆婆！"她这样起誓说。

六天的冷静思索，她有了新打算。她想加油把洋芋挖完，再把另一块荒地里的苞谷掰了，然后，带三宝去西宁市上幼儿园，把婆婆也带去，在西宁大医院给她看病，看好了就让她待在西宁，专门接送三宝上下园，她和男人，全身心投入到服装生意中。把婆婆独自留在家里，她不放心。但她不敢把这个秘密告诉婆婆，一来怕她不愿意，二来怕她闹心，身体出什么毛病。

但是这个"美好"的愿望，在她病愈又过河挖了一架子车大珍珠般的洋芋后，就粉碎了。这么美好的庄稼，这么丰腴的土地，别说婆婆，她自己也有些舍不得了。丢下它们，让它们荒芜，像个可怜的没娘的孩子，从此杂草丛生，该是多大的罪孽呀！甚至，当她想到它们与矮灌木丛湮没一体的样子时，不禁流下了痛惜的眼泪。

该怎么办好呢？

抉择的艰难和痛苦，并没有使她停下手中的丰收，反而更加全力以赴，每天从地里挖洋芋回来，还把它们按大小分类，大的准备运到乩藏集上去卖，小的存到地窖，留着自家吃。看到儿媳如此卖力，金梅奶奶心想：看来看去，她也是一个狠媳妇哩！只不过才学当庄稼人，付出了惨痛的代价……但愿她能吸取教训，当一个好庄稼人！

一天晚饭时，金梅奶奶忧心忡忡，对采珠说："老大昨天来电话，说拉萨市竞争大，卖不动锅盔了，下月初，两口子要回来，过完年再做打算。"

这个消息，让采珠黯然神伤。只有在外做小生意的，才了解"再做打算"的茫然、辛酸和无奈。

金梅奶奶又说："我早说了，种庄稼，伺候花椒牛羊，一样能……咳咳……能挣钱，不用离土断根，背井离乡，到别人土地上谋食。可是，两口子不听呀！现在，你看，兜转了那么多年，那么多地方，还不得回来！在外面挣大钱的人是有很多，但并不是每个人，都有那样的福气！"

采珠叹口气，说："是啊，村子里好几个人回来了。昨天我碰到老乔回村，他说：'从此，我要安心种地，当个庄稼人啦！'"

"好呀好呀，"金梅奶奶称赞道，"不像我那两个孙子，说，就算在拉萨市喝汤，也不愿回老家吃肉。现在的年轻人，你别指望他苦庄稼！"

采珠说："阿妈，年轻人有年轻人的盘算……"

"什么盘算！到头来，还不得回老家种地！"

"阿妈，你说的有道理，但也不全对。我给你算算账：一斤苞谷一块钱，除去种子、塑料薄膜、肥料、人工、农药，长达半年的生长期，能挣多少钱？一斤洋芋也一块钱，可是苦和花销比种苞谷还大；花椒贵，但两三年遇不到一个好年景；牛羊嘛，得专人伺候……你让年轻人怎么能安心待在老家，当庄稼人？"

"这些道理我也懂。可是，总得有人种庄稼呀！听说，杨树湾那个小村子，男女都去城里打工了，好端端的庄稼地，快被野草给吃了。我听了这个消息，难过了几个月……唉，真让人伤心呐！"

"国家的政策这么好，对我们农民，又是补贴又是扶持，所以我们要想法子，把路走宽！阿妈呀，我在琢磨……"

"不跟你说啦！我要过去，把老大屋子收拾一下。你没见，院子里杂草比人长！"

采珠给男人打了个电话，询问生意好坏。她得到的回答是：最近经营不善，别说赚钱，连小导购的工资都付不起，只好把她辞退了。末了，他吞吞吐吐，问，家里还有钱吗？打一笔过来，哪怕千儿八百也好，这个月的房租到期了。

挂了电话，采珠心急如焚。她恨不得马上带着三宝奔赴西宁，可是羊坡二分地的洋芋还没挖完，川边荒地里的一亩苞谷还没掰。还有，婆婆又瘸又咳，需要人照看。如今，丢下丰收和婆婆去西宁，她想想都觉得难以忍受和原谅。

15

又是一夜暴雨。乩藏河涨到了半山腰。此时蹚河挖洋芋，是去送命哩。采珠只好丢下羊坡地的洋芋，拉了架子车，匆匆去掰苞谷。

苞谷是早熟的新品种，又甜又糯，树也长得高低适中，伸手刚好拧住一个棒子。苞谷种得有点稠，锯齿形的长叶前呼后拥，很快把她穿着短袖的手臂划得伤痕累累。但她俨然已是个地道的农民，对这些痛楚全不理会。她只想快、快、快把庄稼收完，赶紧去西宁，"拯救"自己的小店。

她正掰得起劲，听见有人叫她："阿姐，阿姐！"她分开苞谷树一看，见是邻家女孩，弯腰走了进来。"我来帮你！"她笑呵呵地边说边拧下一个棒子。

采珠问："小青，你上高中了吧？"

"没有，阿姐。"女孩回答，"我还在读九年级。"

她身材高挑，神色老成，不像九年级学生的样子。采珠疑惑："上学迟吗？"

"不，阿姐。"女孩笑着回答，"前年，我刚上九年级，就和几个同学辍学，出去打工了。去年，乡政府依据国家政策，把我们召回家，强行送进了学校，重读九年级。"

"国家真好！读书是一个人最幸福的事，你一定要珍惜！"

"不，阿姐，我不想读书。我在学校，整天就是混日子。我们那个班，被称作'社会班'，班上全是我这样的人。"

"不想读书，多么愚蠢的想法呀！"

"反正读完大学，也有可能找不上工作，还不如早早打工！"

"那你有什么想法？"

"我可不想当庄稼人……我喜欢城市！我想请阿姐你，把我带到西宁！"

一听别人嘴里说出"西宁"这个名词，采珠的心突然针扎一样痛了好几下。她忍着突突的心跳，问："你想到西宁干什么？"

"打工呗！我也不知道什么工好打！"

"不，你要读书，小青妹妹！"采珠激动地说，"阿姐我没读下书，你瞧，现在过的啥日子！"接着，她絮絮叨叨，说了一大堆辍学打工的艰辛。女孩听着听着，陷入了沉思。

"以前我也和你一样，不想当庄稼人，可是现在，我觉得当个庄稼人，没什么不好，当好了，我看比在城里好呢！"采珠这样总结道。

"阿姐，你真的想当一个庄稼人吗？"女孩狡黠地眨着眼睛，问道。

"我……"采珠愣住，答不上来了。

女孩带着采珠再熟悉不过的执迷不悟的表情，走了。

采珠把一篓丰收背出苞谷地，倒进架子车厢，坐在车把上，心里涌动着一股无法言说的感伤和迷惘。"唉！"她长叹一声，面对苍茫雪山，第一次问自己："为什么，我们一定要抛弃老家和土地，到城里去谋生？不是说城市不好，是一些我们这样的人，不适应城里的发展和生活。哎，那些焦虑、丝毫不敢松懈的日子呀！"

她边想，边进了苞谷林。"西宁六年打拼，眼看又是一场空……好伤心啊，一场空！认真想想，在农村，只要踏实肯干，灵活创新，一样能过上好日子——辛劳但充裕的好日子！啊！难道我，我们都错了吗？干脆，回家当个农民吧？"

这个想法一出，她吓了一跳。她的人生信念，自离家打工那天起，就和土地、庄稼断绝了联系，只想在城里拥有一番事业、一个家，成为"真正"的城里人……于是她的脑海里，很快钻出两个采珠，就她刚才的想法，展开了激烈的争论：

"哼！当个农民，我真替你害臊！"

"当农民有什么不好？"

"两手老茧，两腿污泥！"

"干什么工作不辛苦？"

"农民，就是种在地里的活植物！"

"我们生来就是庄稼人，只是自己千方百计，想要逃离……"

"不逃离的是傻瓜！种地，一年能挣多少钱？"

"钱倒是不多，可是，我收获庄稼的时候，多么踏实和幸福！在城市打拼那么多年，我从来没有过这么美好的感觉！"

"踏实，幸福？哈哈，等春寒冻死花椒树、干旱晒死庄稼的时候，你就不会再说这两个词了！"

"我不能抛下老家土地和婆婆……"

"哼，你倒是好心肠！你要重新打拼，在老家生根发芽吗？"

"是的！"

"我看你鬼迷心窍了！"

"这几个月的劳动和考验，让我经常思索：对于一个庄稼人，梦想过上富足、甜蜜、自由的生活，并不是那样难以实现的……"

"哼！多么可笑！从你痛苦和劳累的胸膛里，好像已经爆发出了诗人的思想和声音……咱们走着瞧吧！"

一场争论结束了。她忧心忡忡地拉着满车苞谷回到家里，匆匆喝了一碗婆婆特意给她加了酥油的炒面糊糊，又拉着空车去了苞谷地。这一次，面对迎风轻舞的苞谷林，她又思绪万千：

"当个农民……说得轻巧！我们两口子，吃得了种庄稼的苦吗？而且，从头学做农民，难得很哪，我可是吃尽了苦头！……

可是不当农民，我俩带着孩子，一无知识，二无手艺，能去哪里呢？能做什么呢？哎呀，我真是烦透了！"

极其矛盾痛苦中，她掰完了苞谷，挖完了洋芋。

金梅奶奶对儿媳妇的这次劳动很满意，她说："你要是踏踏实实当个庄稼人，该多好呀！用不了两年，庄子里那些狠媳妇，都比不过你……只要你俩把庄稼牛羊，还有花椒老屋接上手，我也就死而无憾了！"

就这几句话，让采珠多么高兴又多么悲伤就别提了。

16

美丽的村庄，安逸地依偎在巍巍阿尼玛卿雪山脚下，沐浴在三月明媚的春光中，四周是无边无际、酥软待耕的肥沃田野。在每一户装饰精美的院子里，每一座红砖绿瓦的屋檐下，生活都像陀螺一样旋转着，人们都过着酸甜苦辣相搅拌的日子——大半年来，村子里两个老人寿终正寝，四个孩子相继来到世上；曾经最穷的那户人家的儿子，在兰州市做电器生意发了大财，成了百万富翁；有人在乩藏集上，一夜间"喝掉了"一头母牛，因为良心的折磨和一时激动，放火烧了路边专门用来收集塑料薄膜的小屋，被公安局拘留了；一对四十几岁的夫妻，不声不响，离了婚；村里还发生了一件史无前例、振奋人心的事情：何家刚毕业的大学生，考上了北京一所重点大学的研究生，村里人集体沸腾，为他祝福了好几天……对于采珠一家来说，生活也发生了巨大的变化：她忙完秋收，回到西宁，和男人关闭了西宁市的小服装店，双双回到老家，决心当一对勤劳致富的好农民；整整一个冬天，他俩和大哥夫妇，以及其他村民，在乡政府免费举办的新农业科技培训班学习，笔记记了两大本；虽然三四万的贷款压得他俩心慌，但放眼望去，生活还是充满了无限希望和生机；金梅奶奶的咳嗽，在省城大医院，得到了彻底的医治，但是左腿，医生说，完全治好是不可能的，不过，上山下坡，田地轻活，没有太大影响。如今，她最惦念的事情，除了春耕，还有在藏历马年，带领全家人，去雪山转山。

这时节，阿尼玛卿雪山脚下的草原，一片透明的寂静；但是起伏的山野这边，农民驱赶牲口播种的吆喝声，鞭子的虚空尖啸，清凉的三月风声，热闹地响个不停。旧年枯败，已经被新绿覆盖，头顶上，晶莹的薄冰一样纯洁的晴空，令人生出许多美好的诗意和遐想。

土地永远是年轻、美丽和慷慨的。只要洒下汗水，它就会把生命和美倾注给一切在它怀抱里发芽生长的植物。它掌握着农民以及一切自食其力、从劳动中汲取舒适和自由的人的幸福的秘密，在它那广袤深邃的思想中，四肢、精神和心灵的协力工作，是一切幸福的基础。当采珠和男人，在冒着雾气的田垄上，播撒下第一颗被祝福过的麦种时，他们的梦想和幸福，就已经在泥土里生长了。

五月初的一个逢集日，采珠和男人开着三轮车，到乩藏集上去。

他们车厢里拉了四十只喂肥的鸡娃，十五只养了三个月的胖乎乎的猪娃，在牲畜市场里卖掉，买了六只漂亮的新疆多胎小母羊；又给在乡幼儿园上学的三宝，买了一大堆他还用不上的学习用具，以及化肥、农药、宽扇镰刀等东西。准备回去时（男人已经突突突，打着了三轮车，双手握住了方向盘），采珠突然说："我想在集上做买卖！"

男人眯起被雪山照耀得眼前跳着一个个小黑点的眼睛，讥诮地说道：

"你忘了西宁服装店的教训吗？又异想天开！别再做梦了，踏踏实实，当个庄稼人吧！"

"山神作证：我一定当个好庄稼人！"采珠抬起一双被高原太阳晒得黝黑和干活磨得粗糙、像煤炭一样闪着黑亮的光的手，在胸前合十，起誓道。"但是，"她又说，"平日里伺候土地牲畜，逢集日赶集做买卖，不是一举两得吗？"

然后，她得意地发现，仅仅这一句话，就打动了男人的心——实在，这是她做女人的本事——他熄灭了车火，认真地思索起来。

"你这个糟婆娘，说的有道理！不过，我俩一无本钱二无铺面，能做什么买卖呢？"

"我一直在想一个问题，但是不好意思给你说。你记得吗？当年，我俩结婚前……"

"当然记得！我父母许诺，只要你嫁给我，就拿出卖粮食花椒还有牛羊积攒的四万元钱，给我俩修建蔬菜大棚！"

"我……那时我无知，拉着你去西宁开服装店，糟蹋了那笔钱，也浪费了六年宝贵时光……"

"谁说不是！还拉了一屁股账！"

"我错啦！我向你认错啦！"

"我也有错哩！"

"我俩好好种庄稼，伺候花椒牛羊，等还完贷款，再奋斗个蔬菜大棚，逢集日，在乩藏集上卖菜吧？"

"嗨，糟婆娘，这是个好主意！当年要不是怕你，我绝对听父母的安排，发家致富了！哈哈哈，兜兜转转，一切又回到了原点！"

"这有什么稀奇，我们原本就是土地的儿女！"

三轮车一路欢歌，奔驰在笔直清秀的乡间大道上。

不远处，闲不住的金梅奶奶俯身在一大片油菜地里，仔细地拔着零星野草。成群的蜜蜂，在刚刚吐蕊的油菜花丛中飞舞，采蜜，又匆匆飞走。金梅奶奶忍不住停下手中的活儿，看着这勤劳的精灵，笑盈盈地感叹道：

"人生啊，就是一个采花、酿蜜的过程！"

雪山深处，刮来一阵带着清凉雪气的微风。金梅奶奶抬起头，看见寂静肃穆的阿尼玛卿雪山神颜，在朗天白云下静静地，含笑昂立，好像在赞同她的说法。

中篇小说，发表于《飞天》2019 年第 3 期。荣获首届青稞文学奖（2020 年）、第六届甘肃省少数民族文学奖（2021 年）。

狼虎滩

1

一声鸡叫唤醒了菩萨保。他打开手机，屏幕显示凌晨五点。透过没有窗帘的窗户，黎明的天空一片朦胧，静静地等待白昼的降临。饥饿的猪早就在哼哼，把长嘴伸进石槽，舔舐昨夜漏下的残渣。门前的老杨柳树林中，一些不知名的鸟儿高高低低地唱着，一面扑扇着翅膀，在茂密的枝条中飞来飞去。

菩萨保伸了个懒腰，把手伸向炕头。那里有个塑料袋子，里面装着他去年春天和今年春天血汗的付出和回报——三斤多珍贵的野生冬虫夏草。那是他从少年时期爬冰卧雪、吃糌粑喝山泉、转战无数雪山付出血汗取得经验的最好结果。他把它们隔着塑料袋抚摸了一会儿，又掂了几下，凑到鼻前仔细闻闻，放回原处。最后他转过头去看渐渐明亮的窗户，嘴角浮上一丝微笑，仿佛看到了那辆心仪的东风标致小轿车像待嫁姑娘一样静静停放在县城新建的那座豪华汽车展厅里——棕色的车身，流畅的线条，舒适的内饰。他要卖掉这些虫草，它们最少能值二十万，然后买车——这件事情他早就同父亲和妻子商量过了，他们也同意他买辆车。他要把它隆重地开回家里。他要开着它走南闯北，挣更多的钱，让家庭得到更多收益……欲望使他觉得兴奋和痛苦，他蜷起了高大的身体。

渐渐地，他平静了。他听到晨光微微滑行的声音，遥远而寂静……这个习惯来自他童年时披着星辉去二十里外村小上学的经历，也来自他放学后去草原上放羊时跟随暮霭一起回家的记忆：时光是有脚的，有声音的，它分秒不停，唱着前进之歌。它也是有统治欲的，它手里拿着一根看不见的鞭子。鞭子带着风，呼呼作响。万物都被它驱赶着前行，人也一样。菩萨保很庆幸自己儿时就听见并隐约理解了这伟大的音乐：混沌，庞大而不失柔和……这是他理解自然、人生和宇宙的第一把钥匙。

他把双臂枕在脑后，感觉到夏季清晨那清爽的朝气。他想起今天要干的那笔大买卖，心情又一阵激动，忍不住笑出了声。他的妻子明珠也跟着笑了，她知道他的心事。他摸了摸她高高鼓起的肚子，"咚！"他猝不及防地挨了一脚。夫妻俩又笑了。

明珠起身了，伴着一声轻吟。她双手支撑腰部走向水龙头，哗哗哗地梳洗了一通。然后她走进厨房，拿了一块馍馍大口嚼着。肚子里的孩子又开始闹腾，她享受着这种原始生命的活力，从煤炭盒里取出几块牛粪饼，用玉米苞叶点燃，升起锅灶。浓烟笼罩了房屋，她用手扇着鼻子走到院子里。

菩萨保也起身了，他穿上了去县城的服装：一件白色衬衣，一条蓝色牛仔裤，一双黑色运动鞋。他看起来那么年轻、漂亮、结实，像一座崭新、发光的小铁塔。他的眼睛凶猛、明亮而又热情，只是刚从雪山挖虫草回来，他的脸被高原强烈的紫外线晒得黑红黑红的，鼻梁和脸颊还在大块大块地脱皮，不过，这一点也不妨碍他是一个美男子。

菩萨保洗漱的时候特意刮了两鬓的胡须，显得更加硬朗。他站在檐台上察看已经大亮的天色。他看见村外山顶的寺庙披戴着一朵朵浓云，远山沉沉，覆盖着葱郁草木。天气不是很好，阴晴还不能判定。屋里，明珠的灶火熊熊燃烧，浓烟已经变淡，从烟囱、窗户、门缝里四处飘散，带着牛粪特有的清香味儿。几只夜间扑灯的飞蛾，冷漠而呆滞地趴在门帘上，仿佛在思考下一步的命运。时光的脚步从明珠那里走到菩萨保身后，带着一丝戏谑的微笑。明珠正在檐台上削洋芋皮，准备做土豆炖牛肉。时光数着那些贫瘠山地里长出来的洋芋蛋：一个、两个、三个……

太阳在菩萨保不经意的时候从寺庙背后跳了出来。那些浓云被彩霞驱散，彩霞又被红光吞噬，接着天空便像明珠的灶火一样燃烧起来了。菩萨保望向庭院，阳光已经织了一个黄色的花边在屋顶上。他听到明珠切洋芋的咔嚓声，闻到牛肉在铁锅里滋啦滋啦发出的香味。苍蝇在牲圈里飞舞，嗡嗡嗡，有令人恶心的绿头大苍蝇，也有刚开始闯荡世界的小苍蝇。鸡群用双脚刨开冬果树边用来垫圈的土堆，啄食里面的蚯蚓。从冬果树上不慎掉下来的虫子正面临着来自地面生物的危险：蚂蚁大军围攻它，把它从东赶到西，包围圈在一步步缩小。它肉乎乎、毛茸茸的身体，无疑是这支军队梦寐的大餐。菩萨保想救它，又觉得对这些蚂蚁不公：它们也要活命。犹豫不决间，那只瘦骨嶙峋的野狗——他从去年冬天就认识的老朋友准时来到他家门前，用菩萨保熟悉的满含祈求、讨好而又胆怯的眼神向他张望。菩萨保轻轻吹了一个口哨，它就摇着尾巴跑过来，温存地趴在他的脚边。这是一条白狗，流浪生涯使它的毛又长又脏，几乎变成了黑狗。菩萨保走进厨房，拿了些馍馍和一碗剩饭。他把食物放到狗嘴边时想到它今年初春还带来过一只怀孕的棕色母狗。如今，那只母狗去哪里了？是不是生狗宝宝了？想到这里，他抬头看了看挺着大肚子忙乎的妻子。离预产期还有十天。是个男娃，有经验的婆娘们看了明珠的肚子都这么说。菩萨保急于买车也有这个原因：乡下路不好走，万一……他在预产期前把车买回来，到时候就能派上用场，用新车送妻子去县医院生产。

野狗吃完，不满足地朝厨房望望。菩萨保知道它在垂涎牛肉。可是牛肉还没熟。于是他拍了一个空巴掌，野狗就知趣而不舍地摇尾出了门。他想，也许他该弄个狗窝，把它养起来，可是他家后院里已经养了一只狗。菩萨保听到明珠哼唱儿歌的声音。是一首新儿歌，讲的是有关兔子和狼的故事。也许是即将当爸爸的缘故，菩萨保也很喜欢儿歌的旋律，觉得它欢快、纯洁，叫人心灵甜蜜而沉静。是啊，前年春天他俩在青海玉树挖虫草的山上相遇相知相恋，冬天结婚，如今马上就有头生儿子了。

啊，时间过得多么快！

2

饭菜快熟了。菩萨保觉得浑身燥热，因为黄灿灿的阳光落在他身上了。从羊圈篱笆门里钻出两只小羊羔，蹦蹦跳跳了一会儿就低头来攻击他。他承受了所有的撞击，并做出摇摇欲倒的样子。他在这种游戏里提前体会到了即将降临在他自己身上的天伦之乐，心里充满了幸福。玩了一会儿，他看见冬果树上落下一只畜生之尾、百鸟之卑的乌鸦并唱起歌来。这坏蛋也被这美好的世界吸引来了，菩萨保想。于是他转身走进堂屋，去帮助他父亲起床。

他的父亲王德昆已经七十一岁了。他是农民、兽医、泥瓦匠，年轻时曾为了生活，偷偷摸摸当过几年猎人。这些都是过去的事了。现在，他是一个偏瘫八年、瘦削、脾气暴躁的病人。虽然他的身体行动不便，但他的头脑一直很清楚。由于他生病前勤劳能干，慷慨好客，在村子里受到普遍尊敬，但也有人对他曾偷猎过一些国家保护动物而难以释怀。自从八年前那个阴沉的早上，他起床时突然一阵眩晕不省人事，被菩萨保和邻居拉到县医院侥幸保住性命偏瘫后，他就整天胡思乱想，把自己剩下的生命消磨在对往事的回忆里。在那半是真实半是幻想、粉饰美化的世界里，他是一个强壮、勇猛，几乎毫无瑕疵、完美的男人。他惋惜这个男人的疾病，对自己的现状恨之入骨。只要有太阳，不论春夏秋冬，他都会从早到晚，坐在家门口的草垛边或者墙根的土墩上，双手拢袖看来往的人，或者低头用木棍在地上画着谁也看不懂的图案，沉入自己加了很多情节和人物的形象模糊、思绪恍惚的回忆中。陈年往事就这样被他反复挖掘，加工，最后面目全非……

菩萨保走进堂屋时，他斜躺在炕上，用能动弹的右手抖抖索索，吃力地系着衬衣扣子，一面嘴里骂骂咧咧。他一看见菩萨保，就抄起炕边的拐杖戳他，骂道："坏小子，你怎么才来？我快憋不住啦！"

"好好好，爸。我背你去。"菩萨保说完，轻轻一拉，就把他拉上了自己宽阔有力的脊背，小跑进了厕所。

其实他是完全有能力自己上厕所的。但只要菩萨保在，他就时常表现出非常虚弱的样子，吸引儿子的注意和关心。解完手后，他拄着拐杖，哆哆嗦嗦地右腿拖动左腿，朝菩萨保已经给他倒好热水的洗脸盆走去。他十指略微沾水，象征性地抹了抹黝黑松弛的脸，嗖了嗖喉咙。

一顶崭新的、前面编织着一个卡通小鹿的棉帽松松垮垮挑在他花白的脑袋上。他两颊上的皱纹犹如犁刀犁过那么深，一蓬一拃长的大白胡子透出倔强和顽皮，随便嘴里吃什么东西或说话时，抑扬顿挫地替他表达着情感思绪。他习惯性地把整个身体重量倚靠在交叉着十指拄着的拐杖上，那双手青筋暴突，缓慢流着一年比一年冰凉的血。六月天里他仍穿着棉衣棉裤，时常抱怨身上冷，抱怨袜子薄，抱怨儿子儿媳一点儿也不关心他，把他当作累赘……

"咳咳……"他看看给他倒茶的菩萨保，这样提醒他，他要对他说话了："告诉你媳妇，给我织一件毛衣。就用咱家羊身上的毛捻的线。其他的都不管用。这件破毛衣，穿在身上铁一样冰凉……你告诉她，就用咱家羊身上的毛……"

"你是怎么啦，爸？要知道现在是六月呀！"

老人生气了。他把这理解为拒绝。他使劲朝地上点点拐杖，说："你们不给织就算了。那羊可都是我的。第一只羊是我养的。你们不给织就算了……如果我那口人还在，我怎么会求到你们头上。我有什么办法呀，虽然麦子都黄了，可我的血就像结了冰一样，冷得疼……无情无义……你们不给织就算了……"

他絮絮叨叨，说了这么多话，连吐了两口痰。菩萨保看着他那包裹在棉衣棉裤里缩作一团，仿佛骨头里的油已经熬干的身体，有点儿害怕了。

"我让她给你织，爸，你放心吧。"他这么答应着，又看见他露在棉衣外面的脖子是那么黑，血管里流的不是鲜红、活生生的血，而像是青紫色的泥浆。

他把老人扶到饭桌旁坐下，给他捧上酥油茶。"我不怕。"这时，他的老父亲突然冒出了这么一句话。

菩萨保心里一惊："你不怕什么，爸？"

"死。"老人响亮地吐出这个字，并得意地斜瞥了他一眼。

菩萨保拿着开水壶的手停在半空。他看见父亲扭了扭青筋鼓突的细脖子，好像要把它从棉衣的厚领子中挣脱出来，然后一点也不怕烫地喝了一大口滚茶，润润喉咙，笑着说："我等了很久啦。它就像一位贵宾，摆着很大的架子……我的耐心快耗光了。我这辈子没白活，我自己那么认为。我耕田种地，放牛牧马，凭一己之力拉扯大了你并给你娶了媳妇。我也喝过不少烈酒……没什么遗憾啦。"

菩萨保替父亲戴好帽子，走进灶房。父亲的话使他难过，他不知道怎么接茬，只有躲开。老人仍旧佝偻着腰，坐在饭桌前。他听到儿子今天要去买车的消息，表面上一句话不说，心里却很高兴。他觉得自己的儿子有出息，这和当年他第一个在村子里买电视机一个道理。人活着，尤其男人，事事走在人前才算志气。而且他并没有像他刚才说得那么悲观，在"等死"，实际上，他还很乐意活着，再活随便十几二十年都好。因为他的儿子儿媳是那么听话孝顺，从没因他的病而嫌弃他，给他脸色或者言语刺激，而且，现在生活这么好，要吃有吃，要穿有穿。菩萨保勤劳踏实，明珠在吃饭的时候总是把最好的菜肴先端给他，每个季节都会给他添置一两件衣服，他的床单铺盖，永远被她洗得干干净净，连他的袜子都拿去洗。还有最重要的一点，明珠就要生产了，他要当爷爷了。当他得知儿子要买一辆轿车回家后，就像小孩子一样怀着兴奋的心情在等待：他这辈子骑过不少马，赶过不少路，但从来没有坐着自家小轿车走在宽阔的马路上，怀里还抱着可爱的小孙孙……那该是多么惬意舒心的一件事啊！所以，活着多好，傻瓜才成天想着死呢！

3

牛粪饼还在熊熊燃烧，厨房里香气蒸腾。明珠开始舀菜。她先给公公舀了一大碗，又给菩萨保舀一碗，最后才是自己。

一家人坐在厨房外面的檐台上吃饭，面前摆着一张黄色的长方形饭桌。河里的石头砌成的檐台散发着野性和朴实的美，足有两米高，没有护栏。他们面前是明珠削下来还未来得及清扫的洋芋皮。洋芋皮和大地一样的颜色，带着汁液，淀粉颗粒在阳光下闪烁着点点金光。牛肉又烂又香，奶茶又醇又甜，这算是庄稼人最好的早饭了。这是另外一种满足，就连德昆老人都吃得很香。他艰难地把一块块土豆和牛肉送进嘴里，慢吞吞地咀嚼着。这人间美味令他感动，他的眼睛微微眯着。

喝完最后一杯奶茶，菩萨保准备出发。他走进屋子，取出虫草，小心翼翼地装进一只皮带已经磨损、露出粗大线条的小皮包里，斜挎在肩膀上。这是北藏河谷古老的规矩：贵重物品要装在破包里才能获得庇佑和吉祥。夏天早晨的阳光温柔地照着庭院，大门敞开着，一大块阳光就从门里闯进来。

一个脏乎乎的东西吐着舌头咻咻跑进院子，尾巴摇得很欢。是那只刚被菩萨保喂过的野狗。它肯定在门口徘徊，现在进来讨他们吃剩的骨头了。它那贪婪的嘴巴张得很大，往下滴着透明的涎水。德昆老人扶着饭桌从椅子上站起身，夹起自己碗里的一块牛骨头，往前迈出一步，想扔给它。菩萨保呆呆地一动也不动。他仿佛看见那堆湿润的洋芋皮狡黠地眨着眼睛，好像准备好了恶作剧。他的呼吸从嘴里喷出来，敏锐而准确地感觉到危险的来临。他正准备伸出手去拉父亲，就见他踩在那堆洋芋皮上，脚下一滑，从檐台上重重地摔了下去。

印花大碗破碎的声音就像有人突然发出了一声尖叫。菩萨保的吼声震得冬果树枝簌簌作响。惊骇使他脸部扭曲，全身僵硬。他从柴火堆里抽出一根木棒，转身去找野狗。那可恨的东西好像知道自己犯了错，嘴里叼着那块牛骨头在瑟瑟发抖。菩萨保咆哮着把木棒砸在冬果树上，惊落几片叶子。野狗委屈地呜咽着夺门而逃，瞬间不见了踪影。菩萨保丢下棍子，龇牙咧嘴，心里用最脏的话语咒骂着野狗。不知为何，刚才那首儿歌变成一支凶恶、阴险、诡秘的旋律，不停地在他脑中唱响。

面对仰面躺在地上一动不动的父亲，他手足无措，不知怎么办才好，他变得如此愚笨，像一个没经过事的大男孩。

他感觉从未有过的悲痛。他不由自主地念诵着阿弥陀佛，来抵御这恐惧，祈求一种伟大力量的帮助。他把手放在父亲干瘪凹陷的腹部，紧盯着他的脸。谢天谢地，他没有昏过去，眼睛大睁着。他会动的右边身子：肩膀、胳膊、手和腿，不停地微微抽搐着。明珠也在一旁，脸紧张得通红，她也不知道该怎么办。过了一会儿，抽搐慢慢平息，德昆老人好像睡着了一样没了动静。恐惧再次袭来，菩萨保慌里慌张地准备将他抱起来。

"别动……我这儿疼……"德昆老人呻吟着，右手指指右胯部。菩萨保手伸进他内衣里一摸，里面没有一点肉，全是嶙峋的骨头。他又心疼又难过，好像触摸到了正在逼近的死亡之神的触角，心脏骤然狂跳起来。他大声叫着爸，告诉他，他马上就送他去县医院。

他的叫声惊动了邻居。好多男人都去放牧或者下地了，孩子们也都上学了，剩下一些女人——金花阿妈和新媳妇阿兰，还有几个老奶奶，前后脚来到菩萨保家院里。不一会儿她们就知道了事情的经过："野狗……牛肉骨头……德昆老人从檐台上摔下来了。"

金花阿妈一看他那微微呻吟的可怜模样，眼眶就湿润了。他俩是一辈子的老相好，村里人除了金花阿妈的老伴外就连菩萨保都知道。菩萨保的母亲四十岁上才有了他这头生子，但是快生他时去娘家吃宴席，蹚河受了凉，当晚就在娘家生产，结果难产而死，所幸保住了孩子。从小到大，菩萨保吃过多少次金花阿妈做的饭菜，穿过多少件她缝补的衣服呀！他对她，怀着对母亲才有的感情，金花阿妈对他的怜爱，也自不必说。

德昆老人脸色灰白，本来把呻吟咬在牙缝里不让出来，但是一见金花阿妈，就变得脆弱了。他不停地哼哼，伤心地流泪，说自己本来偏瘫，现在完了，要全瘫或者死了。他没偏瘫之前是个坚强犹如钢打的男人，偏瘫以后变得像女人一样矫情、多疑，经常自怨自艾。也难怪，他毕竟是只剩下半条命的人。现在，他又给重重摔了一下，还不知会怎样呢。一般情况下正常人从那檐台上摔下来都保不住要摔断腿，何况这样一个风烛残年病病歪歪的老人。

德昆老人很善于表达自己的情感，有时候还会视情况需要天衣无缝地添加一些表演成分。对于自己父亲在某些不平凡的时刻表现出来的令人措手不及的情绪状态，菩萨保时常感到惊奇。只听他连哭带喘地说：

"快……快送我去医院，我怕是要死了。"

他说这话的时候仰起头来看着菩萨保，眼神充满求生的渴望。菩萨保当然想让他好好活下去，活一百岁甚至一百二十岁的愿望比他更强烈；因为父亲一生孤寡，又当爹又当妈，含辛茹苦把他拉扯大；因为他就是他父亲，无人可以替代……那首兔子和狼的儿歌，又以活泼优美的音调在他耳边响起来了。

陆续来了一些人，包括半拉子接骨匠王有成。他蹲下身，摸摸德昆老人的腰，揉揉他的胳膊腿，询问他的感受，判断他伤在何处，是否伤了骨头。然后，他拿不定主意地表示，去县医院拍片子检查一下最好。金花阿妈听了，对发愣的菩萨保说："还磨蹭什么，赶紧找车！"

菩萨保领受圣旨一样答应了一声，抿紧嘴巴思考车的事情。村子里总共有四辆小轿车，但是据他所知，都被它们的主人开出去了。在农村，有车的人不是在乡镇或县城有公职，就是在外面做着什么买卖，很少有人把它放在老家白白地风吹雨淋。看来，自家那辆破破烂烂的农用三轮车能派上用场了。

女人们打扫干净车厢，里面铺上厚厚一层干麦秸，又垫上褥子。然后菩萨保把德昆老人抱上车厢，扶他躺好。金花阿妈上了车，王有成和村子里另一个男人尕让也上了车，明珠因为挺着大肚子，和菩萨保坐在车头副驾上。

4

这辆三轮长年累月，干着最重的农活，像一头苦坏了的老牛那样已经不中用了。它破旧不堪，全身腐朽，算不上庞大的铁架子随着车速发出规律而沉闷的嘎吱声响。这声响刺穿六月早晨的清凉与宁静，一直传到一公里以外的地方。它"嘭嘭嘭"地吐着浓烟，驮着重负，凄凉的形象与蓬勃的原野形成了鲜明对比。

过了几个路边的小村庄，就是那条通往县城的宽阔马路。他们刚拐上马路，就被人拦住说前面卧龙山口落石，公家正在抢修。他们只好掉头，取道狼虎滩，向县城进发。

他们经过一座林场，盘上山坡，又盘山而下，才看见狼虎滩：那里水草交织，宛若仙境。但当地人都知道，这美丽中隐藏着致命的危险。这是一片沼泽地，因为僻远，过去经常有狼虎等凶猛动物出没而得名。狼虎滩不大，三五条雪山小河往山脚下潺流，在这低洼处形成一片方圆二十多里的沼泽。关于沼泽的深浅，向来说法不一：有人说它像流沙河那样能瞬间把人和动物吸进里面，也有人说沼泽边缘浅，越往里就越深，但到底有多深，他也说不上来。不过每年夏秋雨季，总有一些野生动物被它无情地吞没，自菩萨保记事起，也有那么几个倒霉的人，把命丢在了里面。

对于菩萨保这个苦命的，从生下来就没叫过一声阿妈、没吃过一口母乳的男人来说，此时，父亲的生死对他来说是个巨大的考验。时间就是生命。他握方向盘的手老是不住地哆嗦；他把油门踩到最大限度，恨不得飞起来。他急躁，没有来由地感到一阵阵恼怒。他咒骂路上挡道的石头，或者骂自己无能，没有早点挣钱买车。他觉得这样走在路上已经有大半天的时间了，而县城还远得很呢。这条紧靠狼虎滩的坎坷土路，仿佛要靠他坚定不移、沉着冷静的内力才能顺利过去。虽然他在车头开车，但他仿佛能远远看见这辆破车好似这巨大的天地间某个人画上去的，嘭嘭嘭地前进却几乎没有移动。

车厢里，金花阿妈、王有成和尕让围着德昆老人坐着。王有成和尕让都三十五六岁，两人一起长大，是好朋友。平时他俩都和菩萨保没有多少来往，但是跟他也没有任何过节或者仇怨。古道热肠但喜欢占点小便宜的王有成有一个患有溶血性贫血的三岁儿子，花了很多钱，还没治好；尕让至今还没有娶妻，是个吊儿郎当的光棍汉，辛辛苦苦打工挣来的钱都花在赌博和不正经的女人手里。现在农村娶媳妇不光要彩礼，还要楼房，他实在没有那个条件，已经做好心理准备这辈子就这样过了。他是一个头脑不怎么灵光但很善良的人。

德昆老人发出轻微的呻吟。金花阿妈对他说："你忍着点，不一会儿就到医院了。"

"你看大叔怎么样？有大碍吗？"尕让问王有成，双手有力地抓着车厢栏杆。

"我看没有。"王有成凭借自己那点接骨经验和对德昆老人的了解，很有把握地说。

金花阿妈和尕让都微微松了一口气。尕让抬起晒得黝黑、颧骨突出的脸，向远处草山望去：绿得发黑的野草一直延伸到和天空相接的地方，他那尖锐明亮的眼睛隐约看到离他们大约一公里的地方，有几只雪鸡飞起又落在远处。

"可惜没有枪，否则……看，肯定有人在打它们的主意，它们在逃哪……"他用粗糙的手指远远指着，叹了一口气。

"净想着搞破坏。"王有成撇撇嘴，不屑地说。他身材高大，体格健壮，两只紧靠着肉囊囊的塌鼻梁的眼睛里闪着老实又有些狡黠的光芒。他脸上永远罩着一层苹果刚转红时那种新鲜的红晕，说话时总是不由自主地发笑。

"我有……我有枪……"躺着的病人说话了，"我有一把自制的……土枪……"

看护他的三个人都笑了。他们知道他年轻时干过的那些勾当。

"你再不能干那样的事了。"王有成说，"现在国家严打偷猎者，只要抓住，轻则罚款，重则判刑。"

"我不干。"病人急忙回答道，"我为我曾经杀生……万分后悔。"

车头里，尽管菩萨保心急如焚，但对沿途美景，还是无法视而不见，尤其当他看到远处的阿尼玛卿雪山神颜在跳跃的车窗上投来圣洁的光芒时，心里猛地一热。阿尼玛卿雪山雪峰突立，宛如玉石雕塑，钻石般的光芒照耀着夏季碧绿如坛城的高山草原，也照耀着雪线之下裸露的基岩、横刀立马的巨石。他从小听阿尼玛卿雪山山神的故事长大，知道山神双眼流星般明亮锐利，心灵菩萨般宽厚仁慈。他身披银甲，手持长剑，骑一匹威风凛凛的白马，降妖除魔，行云布雨，拯救庶民。这个伟大的形象感动、鼓舞着他，他在心里，默默对山神许了一个郑重纯洁的愿望。

三轮继续向前，行驶在一片云杉、铁杉、桦、栎等混交山林边。菩萨保熟悉这座山林。多少年来，这里从未响起过樵夫的砍伐声，参天古树随处可见，人和动物穿行其间，随处都有树木挡住去路，必须绕过它们曲折穿行，明智地给自己找一条捷径才能出去。林中盘根错节缠绕在一起的树根树干，努力争夺阳光让自己越长越高的粗壮树枝，以及枯树新枝交相辉映的景象，总是让人生出感慨和智慧：多么伟大的大自然呀！

菩萨保也知道这里生活着雪豹、狼、虎、鹿、麝、天马、猞猁、雪鸡等许多珍贵的野生动物。在他怀着热烈而好奇的心情观察大自然的童年时代，有一个时期他连所有生物有没有生命都不清楚，凭着儿童无意识的残忍，曾经把池塘里的蝌蚪装进瓶子里活活闷死，或者把一些昆虫撕扯得四分五裂，他只觉得这样好玩，根本没想到它们也会痛苦。后来金花阿妈发现他正在折磨一只小青蛙，禁不住把它从他手里抢下来并打了他一巴掌。起先他满怀委屈想哭但又想笑，后来被金花阿妈的神情感动哭了。从那时起，他就明白那些生物也有生命，也会疼痛，他对它们的那些行为，是犯了杀生罪。他也对它们怀了同情心，经常思索它们小小的脑壳里有些什么想法在骚动，是否有喜怒哀乐……有时候，他躺在万物滋长的草地上，看忙碌的蚂蚁，蹦跳的蚱蜢，飞舞的蚊虫，还有各种颜色、身体柔软的爬虫……它们全都有自己的声音，奏出属于自己的乐章；有时候它们还会合奏，高低主次分得清清楚楚……它们的生命内部，也淌着一条生命的巨流，他自己也受到它的浸润——甚至，他发现他和千千万万的生灵有着同样的血统，它们的欢乐忧愁，虽然表现方式不同，但内里的实质和他多么相像！这种认识导致的变化是突如其来的：他在那方小天地中经常忘掉自己，而和它们、和宇宙融为一体。

但是在他十一岁那年暑假，他还是干了一件令他悔恨终生的事情。他和几个十三四岁的少年在草山上放羊。他记得那年天气非常干旱，北藏河水变浅了，白天，沉闷的暑热越过山岗吹进村子，风把成熟的麦香味吹散到空中。田野里各种植物的叶子像被蒸干了水分一样无精打采地垂下来，阳光流淌着，吐着火舌。山上雪鸡真多呀！一群一群地出来觅食，一有风吹草动就"咕咕"叫着飞向远方。它们非常漂亮，头部和胸部呈灰色，下体苍白，小巧玲珑。有个男孩说雪鸡肉很好吃，拿到集市上卖的话很贵，于是他们跃跃欲试，开始捕捉雪鸡。

　　他自己也不知道是怎么参与这捕捉的，别人并没有强迫他，他只感到来自团队无声的压力和胁迫……那是一次艰难的猎捕，但山里的孩子似乎天生就有这方面的才能。他们不断尝试，用各种方法猎捕了很多雪鸡，并捡走它们的鸡蛋。他们把雪鸡以每只十块钱左右的价格，卖给北藏镇一个专门卖鸟的一只眼睛里长着一个很大的萝卜花以至于看起来阴森丑陋的中年男人，雪鸡蛋就在野外烤熟分食了。他记得，有的雪鸡蛋里还有小鸡。那情景真是残忍又恶心，令他直到现在，都不敢吃煮熟的鸡蛋。在干那桩"买卖"期间，菩萨保无数次感到一种说不清的罪孽，无数次想要退出，但没那么容易，男孩们正渐渐长大的拳头好像是铁匠铺里打出来的，而不像是肉长的。每次做完买卖，那几个男孩也会分给他两三块钱，并威胁他不许"告诉大人"。菩萨保用这钱偷偷给家里买盐巴，买肥皂，或者给他父亲买一双袜子。有一天，他父亲发现他干的勾当，惊愕、愤怒中流出了眼泪。他追着他满村跑，插上门闩把他一顿狠揍，并且罚他为这件事的罪过向佛祖磕头认罪，并交代出猎捕雪鸡的整个"团伙"。他一一照做了，又挨了不少伙伴们的辱骂和殴打。不过那些少年也从这件事中得到了家长的教育和教训，再也没有干过这类事情。

　　从那以后，菩萨保对世间一切有情众生都怀着一种敬畏、美好而纯洁的感情，不论何时何地看到一些野物，都会心生一种温柔喜悦的情感，为自己能和它们生活在同一片天地里而深感幸福。

　　可是后来，他看到并听说，父亲其实也干着偷猎的勾当。虽然他只是打打野鸡野兔，像他一样得手后连一根鸡毛兔毛都不带回家马上转手卖掉，但那满身罪恶的气息，却怎么也洗不掉……这事石头一样压在他的心头，多少年过去了，令他从未轻松过。

5

　　三轮车前进着。无意中，菩萨保发现狼虎滩沼泽里有一个黑乎乎的东西。起初他以为那是一块黑石头，可是随着三轮车越走越近，他判断出那是一个有生命的东西。他凝神观察着。他看见沼泽里只露出某种动物的脊梁和一颗硕大的头颅。好像是头黑牦牛，或者是鹿，或者是驴，或者是羊，又好像都不是。它的四蹄和腹部已经深深陷进沼泽。它微微地在动，好像在挣扎。

　　菩萨保感到一阵心慌。正在这时，他听见车窗里飘来金花阿妈的喊声，让他把车停下来。他嘎吱一声停了车，跳下来，不知为何很生气。他装作什么也不知道地问："金花阿妈，怎么回事？"

　　"你看，那里——"

　　他右手搭起凉棚，大声说："啊，那是个什么东西？"

　　王有成答道："是只鬣羚掉进沼泽里了。"

　　"就是那个四不像，天马？"

　　"是呀，天马。"

　　"哦。它怎么钻进那里去了？"

　　"那东西神出鬼没，有时候就像个神经病，上蹿下跳。"

　　"会不会是去饮水，或者被狼追赶，或者被人追杀？"

　　"谁知道呢。"

　　"它会不会自己爬上来？"

　　"凭它的性格，要是能爬，早爬上来了。"

　　"爬不上来怎么办？"

　　"也不知道它陷进去多久了；不过，照它目前的情形来看，顶多能撑一个小时。"

王有成说完，和尕让不约而同地低头沉默了。菩萨保狠揪了一把自己的头发。当地拥有多种珍贵野生动物，因此他们都知道，天马是国家非常重要和珍贵的野生动物，早些年，由于偷猎，这里的天马越来越少，平时很难看见了。不过，就算它是只普通家羊，只要掉进沼泽，谁又会忍心见死不救呢。

他朝车厢里的父亲俯下身。"爸，你怎么样？"他问。

父亲回答他一个从牙缝里吐出的呻吟："菩萨保佑！我暂时死不了……"

这句话让菩萨保心如刀割。暂时死不了！这是什么话！难道过一会儿就要死了？

"那只天马，我也看到了……那东西，又孤独又倔强……但是掉进沼泽……死路一条啦。"老人说着，酒糟鼻子红光闪亮，好像刚拿红漆漆过似的，苍白的两腮及额头上流着虚汗；为了配合说话，脖子不断扭动着。

"不管它怎么样，我的儿，你的命要紧，你可不要一时糊涂，下沼泽去救它……我不许你去。咳咳……听听我在说些什么话……佛祖饶恕我吧！"

"我不去，爸，你放心吧。"

菩萨保说完，粗大的手拍了一下车栏杆，说："咱们得抓紧赶路！快十点了！"

的确，时光正俯身望着他们，菩萨保看到它诡异、高深的微笑，躲在巨大而模糊的光影之中。

他扭头瞥了瞥沼泽中的天马，这一眼无所不包，迅疾果断而又饱含某种请求谅解的歉疚。然后他坚决地跳上车头，踩动了油门。

那只天马静静地目送着他，神态安详。

菩萨保开着车，没有回头，但能感觉到自己一直走在天马的注视中；他们渐渐地离远了。破三轮喘着粗气，以催人入眠的速

110

度在并不陡峭的山路上艰难地前行着。它梦幻般地移动，遇到一个稍微凸出来的土疙瘩就抱怨似的全身哐当响一声，两个破碎的后视镜趁机上下跳动一下；他放慢速度时，它仍带着老牛那种似睡非睡、似醒非醒的混沌神情。

菩萨保心慌气短，头上冒汗，好像被还没有完全长大的阳光烫着了一般。他注视着展现在蓝漆斑驳、腐朽车头前的道路，努力想把思想集中到争分夺秒抢救受伤父亲这件事情上来，但怎么也摆脱不了天马那沼泽中微微挣扎的头颅。

路上还是一个人也没有。菩萨保恶狠狠地嘟哝一声，粗暴地命令破三轮："快走呀，你这头老驴！"接着又对身旁的明珠说："它会被人发现，救起来的。我不行，我有更重要的事情要做。是的，没有比这更重要的事了。"他这样说着，稍感平静。但是他又说："虽然我不是心肠娇嫩柔弱之人，可是见死不救……嗨，我去救它，谁来救我父亲呢！它既然能在那儿趴着下不沉，那就没有生命危险；可是，王有成说它顶多能撑一个小时！"

这么想着，他再也无法集中精神开车了。三轮像喝醉了酒似的颠簸、摇摆起来。

"你不要胡思乱想，小心一点！"明珠说。她也为此事感到难过，但她坚定地认为，救人更要紧。而且，那沼泽多么危险，作为妻子，她怎么敢让他下去救它！

菩萨保还在嘟哝："我猜那孤僻的家伙出来溜达，被什么东西盯上，慌乱中跑进了沼泽。单打独斗、不搞团结真是致命的错误。它不该独自来这凶险的地方。"

在他这样责备天马的时候，太阳已经和车窗平齐，快要钻进车头来和他一起驱赶这破三轮了。再过半个小时它就能爬到车顶，那时夏日的威力就会迅速降临。一条小路从山路边延伸出去，从那儿能更清楚地看见沼泽企图吞噬天马的野心。他看见天马仍静静地注视着他。

这时天空起了一点变化。一团乌云从雪山顶上升起，慢慢朝太阳移动。它如一只巨大的口袋，逐渐吞噬了沿途的蓝天和几朵白云，最终包裹了太阳，系紧袋口。微风也越吹越冷了。它很快吹干了菩萨保头脸的汗珠，让他变得更加清醒。他听见他内心深处发出一声喊叫，责备他不该抛弃一只陷进命运旋涡的野兽。

菩萨保向窗外吐了一口痰，又望了望远处寂静雄伟的阿尼玛卿雪山，这时他又听见金花阿妈尖厉的女高音在喊他停车。

他停车，走到车厢边。

德昆老人正经受着从右胯骨深处传来疼痛的折磨。他又黑又糙的脸上露出了疲倦和疼痛的神色。他躺在厚厚的褥子上，王有成和尕让各自抓着他的一只手。

一听见儿子熟悉的呼吸声，他就扭过头来，染满岁月风霜的脸带着严肃的表情，看了他一眼，目光停留在菩萨保搭在车厢栏杆上的仿佛有千斤力量的手上。"这就是我的儿子，他真像一头牦牛。"他这么想，心里很得意。

"爸，你能坚持住吗？"菩萨保焦急而关切地问他。

老头子的脸上返上一片痛苦的阴影。

"右胯骨……老天怕是要我彻底躺在炕上啦……报应……不过我绝不乖乖投降……我说啦，我死不了。"他说，语气有些暴躁。

"咱们不能见死不救……你去救那只天马吧，还它一条性命。当年，你年幼，我不能丢下你外出挣钱，无奈之下干了些杀生的勾当……这里有一条粗绳，你绑在腰里，让有成和尕让拉着你……"他说的那条绳就在他身边，那是用来固定整车玉米草或麦捆的长粗绳，足有三十米。"但是，我的儿，"德昆老人又说，"你可千万、千万要小心哪！如果泥潭深，你就出来，不要逞强。我只有你这么一个儿子，你万一有个闪失，我可怎么活……一有危险你就上来。有成和尕让，会帮助你的……你们一起去吧。"

他气喘吁吁说完这些话，就扭过脸去。菩萨保说："爸呀，你伤得这么重，我去救它，万一……"

"我说啦，我暂时死不了……死了也就死了吧，没什么可惜的，就是没见到我的孙孙……你们还磨蹭什么，赶紧去！"

尕让闻言，跳下车来，把绳拿在手里；王有成磨蹭着。

老头子的话让他不怎么舒服。凭什么他要他冒着生命危险去救一只四不像天马！他是谁？难道是他王有成的父亲吗？而且，当他龇牙咧嘴表演疼痛说话的时候，他那两排细密的、一个也没掉一个也没被虫蛀的牙齿使他大为惊讶和羡慕，于是决定趁机揶揄一下他，发泄一下心里的不满。

"德昆大叔，瞧你牙齿多好，你可怜可怜送给我吧，你看我，年轻轻的，可是这一口糟牙，平时都不敢吃肉了。"

"送给你……那我怎么办呀，我的好乡亲？"

"我们给你安上面疙瘩就是了。反正你就要进天堂啦，那里是不会看牙口的……"

"你就胡说八道吧，欺负我老头子……眼下还不行，等我咽了气，你就把它们全拔下来……我送给你啦……哎哟，疼死我啦。"他说着，表情夸张地呻吟了一声。

大家都笑了，菩萨保也笑了，算是答应了父亲的命令。

他钻进车头给明珠交代。明珠一听，抓住他的手，说："啊，爸真是疯了，让你下泥潭……你不要命了？"

"那也是一条命哪！"

"狼虎滩有多凶险，你没听说过？"

"我从小在这里长大，没他们说得那么悬乎。"

他说完就往沼泽那边走。明珠呜呜地哭了，她的泪水一颗颗追逐着滴落下来。

"我不是挡着不让你去救命……可万一……我们娘俩该怎么活呀！"

"阿弥陀佛！"金花阿妈大声说，"明珠，你还是让他去吧！如果我们就这样走开，佛祖会怪罪我们的！"

6

沼泽岸边布满了坑坑洼洼的水坑，乌云在上面斜铺了一条灰色的路。王有成和尕让在菩萨保腰里系了长绳，站在岸边，扯住绳头，准备随时援助他，明珠站在他们一旁。德昆老人在金花阿妈的帮扶下，也扒在车厢边朝他张望。菩萨保斜挎着装虫草的小皮包——危机中，他和明珠都已忘记在他身上还有这样一包贵重的东西——跨进弥漫着瘴疠之气的沼泽。只听"扑哧"一声，污黑的泥水浸过了他的小腿，虽是夏天，泥水却冷得刺骨。是的，它完全融化以至于变成一个泥潭，也是近两个月的事。他感到脚底下软绵绵的没有根基，随时都有下陷的危险。他将腿抬得很高，跨步迈得很大，使劲摆动双臂，来帮助腿部发力。岸边那些秀美、灵气的混交林，如今对他显露出几分黑暗、诡异和狰狞。他听见自己的呼吸粗重如耕地的黄牛，而沼泽中一圈圈黑褐色的气泡也发出"哔哔啵啵"的声音，好像在和他一样呼吸。沼泽地上空飘荡的那股湿热、腐烂、令人作呕的气味，像一张无形的网笼罩了他。一大团轻渺的蚊虫跳着华丽的舞蹈追逐他年轻的、散发着热气的身体，贪婪地吸吮他的血。他拍打自己的脸颊、脖颈和裸露的手臂，这才发觉自己身上还背着冬虫夏草。他叹了口气，责怪自己鲁莽。他用左手扯着皮带，提防它沾染污泥，或者被沼泽吞进去。

越往前走，水草就越丰茂。他走的那条线距离天马最近，羊胡子草柔韧的茎秆上正开着粉红色的小花，一大片木贼无花无叶，虽然紧紧地簇拥在一起，但仍给他一种浓浓的孤独感。菖蒲黄绿色的花开在纤秀柔美的叶子中间，还有一些不知名的水草也正在花期，五颜六色。遗憾的是沼泽的腐臭吞噬了它们的花香，阴沉的天气也仿佛夺去了它们几分妩媚。被他双腿翻开的淤泥像小时候想象中的鬼怪那样大张着嘴巴：猩红的舌头，乌黑的獠牙。泥水里有一些捕食小鱼的鲇鱼在翻腾。有一下他脚下打滑，全身扑进淤泥中，虫草包瞬间裹了一层黑水。所幸里面还包着两个塑料袋子。他挣扎着扯住一把水草，勉强站直身体。

他走稳一步，再走另一步。他的双腿咕噜咕噜，陷得越来越深。他觉得脚底下的淤泥柔滑无骨，伴着一股强大的、从地底下发出来的缠绵吸力。那只天马歪着脖子，将头靠在一片茂盛的菖蒲上，自始至终静静地注视着他。"他妈的，别看了，我来救你了。"他说，有些生气。转而又想："它可真淡定！这真是一只临危不惧的天马！"

泥面上躺着一根枯死的铁锹把一样粗的树枝。他捡起来，折掉多余小枝，做成木棍插进淤泥，瞬间感觉自己有了支撑，力气也陡然大了起来。淤泥已经吐着黑泡围住了他的腰部。他用棍子敲打着，试探着，终于来到了天马跟前。

他拄着树枝在那儿站定，回头看了看岸边。岸边的人依旧紧紧盯着他。他很快就要救助被困的天马，但他并没有放下对父亲的牵挂和忧虑。他在心里为他祈祷，身体却缓慢而艰难地靠向了天马。

真是一头年轻健壮的天马。谢天谢地，一大片茂盛柔韧的菖蒲支撑着它，它才没有完全沉进泥沼。它露出泥面的背毛在阳光的照射下又黑又亮，酷似羊脸的头上两只驴耳又尖又长，两耳之间两根小短角平行而略呈弧形往后伸展，脖子后面白色的鬃毛长而飘逸，像真正的马一样显出尊贵。这也是菩萨保第一次面对面接触天马——一只被困沼泽的可怜的天马。

它的四肢深陷在淤泥里，面部带着受难般的从容和镇定。它的眼睛深邃清澈，在菩萨保向它伸出手的一刹那，突然有了反抗的凶光和杀气。它艰难地动了一下脑袋，发出深沉的呼吸，虽然深陷泥潭，但这声呼吸仍饱含着只有野生动物才有的凶猛精力。菩萨保陡生胆怯和悔意。从它粗壮硕大的头部看，这家伙少说也有一米五身长，两百多斤重。这么一个庞然大物，又满含敌意和凶险，他能救它出泥沼吗？不被它拖进去才怪呢。正这么想着，它突然扭动了一下脖子，做出挑角威吓和主动攻击的动作，但淤泥犹如凝胶，牢牢地粘住了它，使它动弹不得。

菩萨保和天马互相凝视了大概两分钟。这是两个并不十分相熟的物种第一次面对面地观察、了解并试图驯服对方。天马偶尔眨动一下的大眼睛倒映着平静的沼泽，里面射出的光芒十分警惕和冷峻，令人战栗。它若反抗，那庞大的身躯将毫不费力地将他带进无底深渊，永远沉睡在黑暗冰冷的泥潭。菩萨保在这个可能发生的危险面前丧失了勇气，而在陆地上，他想，就算沐浴枪林弹雨他也无所畏惧。但是，事已至此，他若丢下这匹天马独自离去，别说会被岸边的人笑话一辈子，他自己的良心也受不了见死不救的谴责。他决心铤而走险，解救这危难中的生命，同时为父亲和自己曾犯下的杀生业障赎罪，哪怕把自己献给死亡……当这个念头划过脑际，他突然想起自己的妻子和即将来到人世的孩子，不禁悲从中来，不由把这场遭遇看作一场冥冥中的考验，下定决心把自己光荣的使命进行到底。

他向前挪动一步，天马立即动了一下身躯，菩萨保知道，那是它在做真正的马受到危险时提起前蹄、蹬击地面的攻击动作。

菩萨保从它瞬间愤怒和惊恐的眼神中断定，它是一只受人类迫害的天马，它目前的处境，是人类追杀造成的。想到这里，他迅速朝岸边树林扫视了一圈，敏锐地感觉到寂静的林子里某个角落，有一双阴鸷的眼睛在死死地盯着自己。他也许躲藏在一棵云杉后，也许趴卧在一块石头旁，手里拿着土枪，或者其他什么凶器。凭他在阿尼玛卿雪山脚下生活这么多年，凭他听来和亲眼目睹的一些事件为经验，这绝不是他的幻觉。

他把眼光落向岸边四周，发觉在天马仓皇奔逃过来的那条水草路中，一大片水草凌乱地倒伏着，证明有人曾长时间在那里试探和徘徊。他明白了一切。

他不禁生出怜悯之心，用同情和爱抚的目光注视着天马。仁爱创造了奇迹。这是一只雌性天马，菩萨保从它充满母性的眼神判定了这一点。他的善意很快直达它的心底。它的眼睛也慢慢变得柔和起来，饱含委屈。菩萨保了解它的习性。它自和雄天马结合之后就独自面对生活中的各种凶险，孤独而又倔强。它也是一位值得怜惜的女性、母亲呀！菩萨保想。他伸出右手，用一种十分温柔的动作，轻轻抚过它的嘴巴、鼻子、眼睛、耳朵，以及脖子后面那溜长长的灰白色的鬃毛，和它夏日阳光照耀下又黑又亮的背毛和柔软的脊骨。它十分舒适地摇摆了一下脑袋，满足地向他投来虽然仍带着凶猛的神气但却混杂着女性娇柔、慈祥的一瞥。等菩萨保再次把手伸向它时，这孤僻的沉默者甚至伸过嘴巴碰了碰他的手。从小和牛羊马骡打惯了交道的菩萨保明白这种爱抚的重要性，就一边轻声安慰它，一边重复之前的动作，想让它对自己产生信任甚至依赖，配合他把它救出沼泽。等他相信自己已经平息甚至可以说是驯服了这位刚刚相识的伴侣的兽性之后，他就用右手抓住它的一根短角，左手开始刨挖淤泥，展开救援。

7

这时，那团乌云开始解体，散开，露出一方灰蓝的天空。接着，太阳跳出乌云松了系口的口袋，重新做了苍穹的霸主。但是谁能料到呢？四散逃逸、换了一身白裙的云朵竟然抖落一阵太阳雨。菩萨保的头上流下雨水，衣服也湿了，沼泽变得更加泥泞、凶险起来。

不过这种雨就像女人的眼泪，说停就停了。太阳更加娇媚，岸边的山林经过洗刷，清新得动人心魄，沼泽也因新鲜雨水的注入而不再那么难闻了。菩萨保朝树林深吸了几口散发着树木汁液的芳香的空气，振奋了一下精神。

他先让天马的头颈整个露了出来，然后，又把凝胶一样死死粘住它脊梁的淤泥挖开，使它能够使上力气配合他挪动一下身体。天马果真就那么做了。当他动用全身力气将它往前推抬的时候，它也奋力蹬着淤泥，向前努动着身体。他们前进了大概一尺。

菩萨保继续刨挖它背部的淤泥。他们又前进了一尺。

菩萨保用木棍小心地戳探着来时的路，一点一点地前进着。这是一条多么艰辛、凶险的救援之路！沼泽同时承受着一个健壮青年和一只同样健壮野兽的重量，随时都有突然发怒、吞噬他俩的可能。一个个黑色的大气泡随着他俩的动作炸裂开来，里面释放的沼气令菩萨保头疼欲裂，恶心反胃。他感到比来时更强烈的恐惧。这种危机四伏、变幻莫测的现状，几乎要把他逼疯。泥浆始终包裹着他的腰部，像一只无形的手，在用力地紧箍，每往前跨一步，都要使出全身的力气。很快他就热气腾腾，衬衣扣子也因太热而解开，汗水从头部流进他长着浓密胸毛的胸膛。当他几乎全靠一身劳动锤炼的年轻肌肉抱操着天马走出沼泽几米远，用颤抖的双手刨挖它腹部的淤泥时，发觉它竟是一只怀孕的天马。他伸手摸去，能准确地分辨出小天马的头部、四肢、脊背以及肚皮。有两只，一对双胞胎。它们紧紧地挨在一起。多么伟大，这只母天马，竟然怀了两个宝宝。它和明珠一样，说不定马上也要生产了。菩萨保这么想着，一阵热血冲上脑门，他觉得自己感动极了。他想起每年都会进村宣传保护野生动物知识的乡干部的讲说，天马的孕产之路非常艰辛：它每年繁殖一次，深秋发情交配，逐偶时雄兽之间会发生激烈的恶斗，胜者拥有交配权，败者常常被顶死。母天马怀胎八月，多于翌年五六月生产，每胎产一个或两个小天马。它易受惊吓，动辄流产……他不知道这只母天马被困沼泽有多久，也不知道两只小天马是否已窒息而死。他把手久久地放在母天马的肚子上，直到突然被一只小天马调皮地蹬了一脚……他叫了一声阿弥陀佛，为自己救了三条生命而激动不已。

在这之前，菩萨保从未对时间有过多深的体验，因为农民的时间，向来是以季节为单位，春种秋收，每一个季节都缓慢而各有各的节奏。但是现在他体会到一分一秒的宝贵。他父亲和挺着大肚的妻子正在这荒郊野外等待他，三条生命，三个至亲至爱的人正等待着他。他焦急，无助，心里祈求佛祖给他再多一点时间，再多一点，好让他把沼泽里这三条生命也拯救出来。他想起他那些不知名的祖先共同创作的背景风格各异的献给时光的歌曲，有的有歌词，有的只是一段悠扬的旋律，他们用千万种不同的音色将它演唱，赞颂它的永恒，感叹它的无情，以及自己譬如朝露的一生。现在，菩萨保一边看着爬升的太阳，一边祈祷它慢点走，再慢点。他想大喊几声，这喊声不是劳动号子，不是打桩歌，也不是农事歌，而是他自创的一首献给时光的歌，它的节拍是光影缓慢而执着的涌动，旋律是远处阿尼玛卿雪山顶上的流岚，四周山林风过时的松涛，他脚下深沉的沼泽，和他跋涉时沼泽之神发出的呻吟。除了这支雄壮而忧伤的歌曲，他的心里还涌出一支充满希望和甜蜜的歌，那就是他献给父亲和自己不久将出生的儿子的父爱之歌。他就要成为一个父亲了。虽然现在这个"伟大的"事业正经受着危险的考验，但他正在做一件拯救生命的事，神佛会保佑他，让他成为该成为的人。他知道，岸边的破三轮里，父亲和明珠也在默默祈祷，面朝太阳，面朝雪山，虔诚地念出一句句祷词。他相信好事多磨，这支隐秘的父爱之歌在他心里也更加柔美有力。

他在这两支歌的鼓舞下挣扎着抱操天马，依靠木棍的支撑拔出脚，一点一点摆脱淤泥的纠缠，来到了沼泽比较浅的地方。在这里，淤泥依然如一个恶魔，不依不饶地拉扯着他的大腿。

也就在这时，他发现自己装着宝贝虫草的旧皮包，不知何时被沼泽那张血盆大口吞噬了。肯定是在抱拉天马的过程中，挣断了本来就破损的带子，被淤泥淹没了……他感觉自己的心脏突然像被丢进了冬天的雪山河，瞬间就在热腾腾的血液上包裹了一层白色的薄冰。他急忙朝沼泽望去，只见已经恢复平静的泥面一片隐秘与无辜，上面除了水草，什么也没有。他觉得脑袋"嗡"地响了一声，像被人打了一棒那样一阵眩晕，急忙抓住天马的双角，才没有倒下去。他欲哭无泪，着急地弯腰去摸身边的淤泥，可是抓到手的，除了水草那柔韧的根茎和臭烘烘的黑泥，什么也没有。

他的眼前闪过标志车那棕色的、尊贵的光辉，闪过自己匍匐在海拔五千多米的雪山上挖虫草的艰辛，闪过一家人——包括即将降临人世的他的头生子——坐在新车里去拉卜楞寺朝拜时的快乐与温馨……他不甘心，他要找到它。他把双眼集中到他和天马刚才跋涉的路上，恍惚间看见皮包的一截破皮带似乎在一片木贼中闪着一抹黑光，像一只呼救的手。他义无反顾，立马要冲过去。

但他刚跨出一步，一个黑色的气泡像阻止他送死似的在他面前浮起。他骂了一声脏话，就把木棍戳进它的心脏。它像气球一样快速地炸裂，伴着一声挺响的尖叫。紧接着，好几个气泡像埋伏已久的敌人一样突出沼泽，沸腾着包围了他。他脚下一软，身子一歪，陷进了泥沼里。在这千钧一发之际，王有成和孕让在明珠近乎发疯的尖叫中奋力拉扯系在他腰上的粗绳，想把他拉起来。他也拼命挣扎着，但泥沼底下那股无形的力，沉默而冷酷地拽着他，一点点下陷，下陷……他听见命运唱响一首残忍的歌谣，眼睁睁看着他沉入死亡……

在他眼前，那些气泡稠粥一样继续沸腾着，膨胀着，然后爆炸，发出嘭嘭声响。他毫无指望而又本能地发出求救的呼声……突然，身旁的天马伸长脖子，用牙齿咬住他的后衣领，用力拉扯他。有了这股外力，他趁机把木棍猛地插入泥底。神奇的力量从枯死的木头传来，他紧紧抓着棍子，一寸一寸站了起来。等他站稳身子，嘴里还叫嚷着消失在泥沼里的虫草："我的虫草没了，我的血汗，我的新车呀！"然后，他热烈地轻拍着天马的鬃毛，一边喊道："啊，你，好样的，你救了我的命！现在，咱们是生死与共的朋友了！"天马回以它无声的凝视与温柔的鼻息。它多么聪明而有情有义！菩萨保暗想。

他用尽全身力气抱搂着天马，以最快的速度逃离了那片死神的区域。

8

"啊，菩萨保佑！"菩萨保朝不知何时爬到头顶的太阳说。时光……那看不见摸不着但无处无时不在的伟大的旅行家，似乎在给他鼓劲。虽然脱离了危险，但前进依旧是万般艰难的事。于是他的思绪又滑到虫草上。这次，他把丢失虫草的责任归咎到天马身上。是啊，要不是它……那可是最少二十万块钱哪！啊，这是多么惨重的损失！一个农民，要想再挣到那么大一笔钱，除非是佛祖和命运二者，商量好了给你额外的宠爱，或者下辈子再给你机会。

"都是因为你！"他说道，话还未落，右手已不听使唤地在天马脊背上狠狠拍了一巴掌。

天马委屈地摇了摇头。上午的阳光照在它的身上，使它有了黑白棕三种颜色。它脊背上的淤泥已显出干燥的迹象，肚皮还包着一层黑泥，看起来肚子上就像扣了一口大黑锅。它仿佛懂得自己已被菩萨保救起，显得格外温顺。它像一座山那样趴在泥沼里，狭长的似羊非羊似牛非牛的脸满含委屈，微眯着眼，望着他。菩萨保心软了。他弯下腰往前抱搡它，不小心碰到了它的肚皮。也许他碰疼了它，这温柔的母亲一下暴怒起来，眼睛像刀一样炯炯而威胁地看着他。菩萨保微微一笑，把手臂放在了它的臀部，谨慎地不碰到它肚子里的宝宝。天马这才放松警惕，一边四肢发力一边用嘴巴推着泥浆，以减轻他的负担。菩萨保心里暗暗称奇，十分欣赏它的聪明和理智。此时的他已经习惯了这种危险的处境，而且几乎爱上了这种处境带来的刺激和痛苦。这种精神上的变化，在看到他的同伴和他共克艰难、携手并进时，更加强烈了。

尽管如此，他仍为那包浸透了他血汗的虫草伤心。他的希望呀，他的梦想！就那样无声无息，被这该死的魔沼吞没了。他忍不住又朝身后望去，却不知是因为无意还是潜意识的警惕，看见一个黑影在沼泽边上的树林里走动。显然那个黑影也发现了他，急忙躲到一棵树后。"坏厮！"菩萨保更加坚定了自己的判断，"要不是我急着送父亲进医院，我准会捉住你！"

他和天马继续"前行"。菩萨保依旧很热，感觉自己粗糙的毛孔像沼泽地一样，咕嘟咕嘟往外冒着热气。也许是摆脱了泥浆的重压，母天马肚子里的两只小天马开始闹腾起来了。当他看到它如鼓的肚子此起彼伏，滑稽地动个不停时，被一种强烈的喜悦和感动击中了。他想起自己的妻子和她肚子里的孩子，想起生自己难产去世、未谋一面的母亲，心里沉沉荡起一首凄凉而温暖的母爱之歌。这首歌曲调生疏，歌词含混，却犹如疲惫时的甘泉、寒冷时的暖阳那样令他感动。这是他自己在这一刹那创作的旋律，也是他这么多年来不论何时何地都下意识地躲避有关母爱的一切歌谣之后心里突然敞开的一个豁口，从那里射进来的阳光，足以治愈他往昔所有的忧伤。现在这支歌吐出了一句清晰的歌词：啊，母亲！亲爱的母亲！随着这句歌词，他的心口突然一阵隐痛，觉得自己是一个罪人。他想要不是他，母亲也不会死。这种负罪感从童年一直折磨他到现在。他努力想在脑海里描绘出一番母亲的形象，但那形象一会儿是外婆的面容，一会儿是明珠的面容，一会儿又是菩萨的面容……母亲仅有的几张照片，早就被父亲藏起来了。没有形象作为回忆的母亲就像没有理想作为支撑的人生，苍白而无助。现在，他突然觉得，怀里这只受难的母天马，就是自己那苦命的母亲！这么一想，他的自童年积蓄至今的眼泪瀑布般喷溅出来，七道八道地流了满脸。无数个难眠的夜里，他情不自禁地想象过母亲生他时艰难的历程：她呻吟，尖叫，汗水和泪水濡湿了头发和衣服；她撕扯着床单，脸色苍白，在最后一丝挣扎中生下他，自己却流尽最后一滴鲜血，堕入永恒的长眠……这些想象出来的悲惨场景犹如万蚁噬心，一次次令他痛苦难当。他这辈子没有喊过一声"阿妈！"，没有感受过一丝来自亲生母亲的关爱；这只母天马身上洋溢的强烈的母性气息包围了他，震撼了他。他突然随着歌曲深沉的旋律抱住它的头颅，在它耳边撕心裂肺又笨拙、生疏而深情地喊了一声"阿妈！"，在喊出这声天底下最美好最温馨的称呼时，他感觉自己沉重的心灵瞬间轻松了，残缺的人生也因此而变得圆满——一种殊胜的圆满。

他抱操着天马一寸一寸地前进，任凭泪水在他粗犷俊朗的脸上肆意横流。他被一种说不清的东西感动着，也许是生命，也许是淤泥一样胶着在生命中的苦难。他感谢和母天马的这场相遇，让他这个没娘的孩子意想不到地叫了一声阿妈，圆了一个此生也许永远也无法圆满的梦；从此，这张叫过阿妈的嘴，和以前不一样了，它将变得郑重，吐出的每句话虽不像莲花那样圣洁，但绝不再吐露一句轻言薄语。是的，他想，世间有情，也许都是我们前生或者来世的父母！

与此同时，他和天马离岸边也越来越近，再加一把劲就到了。他时时感到王有成和尕让传递到绳子上的力量。他在时光和死神的凝视中，冒着生命危险和可能会因此失去自己父亲的不幸挽救着母天马和它孩子的生命，连浓密的、仅仅一个上午就长出来的胡茬也似乎一根根紧绷着弦。他对此没有埋怨，只有全力以赴和感激。恍惚中，他甚至觉得阿尼玛卿雪山山神正远远地望着他，脸上带着关切而赞赏的笑容。阳光直射着他，也带着炙热的感情。那支因为即将为人父而创作的父爱之歌也因为胜利在望而突然被唱响，甜美、嘹亮、明净、热烈、可爱、欢快而又满含得意。于是他更加卖力地同时间赛跑，同死亡赛跑，同生命赛跑，用年轻有力的身体抱操着母天马，一点点挣脱沼泽的魔掌，踏上了坚实温暖的土地。

9

菩萨保疲惫不堪地躺在地上，连说话的气力都没有了。他古铜色的脸上沾满了泥浆，眼睛也因为流泪和着急而泛出红丝。尽管如此，他的身上仍洋溢着一股凯旋战士的气息。

天马躺在他的身边，奄奄一息。它几乎失去了知觉，连王有成和尕让为它清洗身体时都无动于衷。明珠又惊又吓，已经虚弱不堪，但看见它那沉重的孕体，想到它在沼泽中所受的苦难，还是心生怜悯，潸然泪下。金花阿妈知道它怀着身孕后，鉴于它牛、羊、鹿、驴都像都不像的容貌，连忙让明珠钻进车头回避。这里的人们认为，孕妇最好不要与丑陋或奇形怪状的人和动物照面，否则会生出同样丑陋或奇形怪状的孩子。但不幸的是明珠已经见过它了，她只好在心里祈祷她的孩子美貌健康。

正午的太阳热烈而多情，给寂静的狼虎滩、四周的山林和远处的阿尼玛卿雪山布置出一番清丽的夏日情调。菩萨保站起身，去给父亲报平安。德昆老人放心了。他以一种做父亲的骄傲和老年人的依恋神情看着浑身裹满淤泥的儿子。

"你完成任务啦，我的儿子。"老头子说，流下几滴眼泪。这时王有成和尕让也凑过来，朝菩萨保竖起大拇指。菩萨保这才注意到狼虎滩土路上已经聚集了好几辆车，有漂亮的小轿车，装满沙子的大卡车，破破烂烂的面包车，还有几乎像一堆废铁的三轮车……车主人都下了车，好奇地朝他们聚拢来……去往县城的马路落石，他们也从这里取道啦。他们中的几个人，目睹了菩萨保救天马的大部分过程。

德昆老人看了看围满车边的人，自豪地咧嘴笑着，仿佛天马是他救的。他对大家说："这是我儿子，猛虎一样的儿子……我不碍事啦，你救了天马，抵消了我一半的罪孽。我为你骄傲，我的儿子。谢谢你……我不疼了……我说过，我暂时死不了。"

"既然你不疼了，德昆大叔，你最好还是给大家讲讲你智擒偷猎者的故事吧……那情节，可比你儿子救天马精彩一千倍哩。"王有成打趣说。

"有什么可讲的呀！"德昆老人谦虚地说，不过话音刚落，他就迫不及待地讲开了。

"我，巴麻村的王德昆，你们都知道吧？"他咳嗽一声，艰难地挪了挪右边身子，用幸福和期待的眼神询问听众。几个陌生男人——都是年轻力壮的农牧民——微笑着摇了摇头。

"咳，不知道……那就算啦。今天我高兴，那就讲一讲……是这样的……一个偷猎者，可恨，他偷猎咱这山里的梅花鹿，让我给撞见了。你们别问我当时在干什么……别问。"他说到这里，给王有成和尕让使个眼色，两人心领神会。"我愤怒极啦，竟然有人丧尽天良，杀害那么美丽温顺的鹿。我追他，昼夜不停，漫山遍野跑，脚都磨出几层血泡啦……我把他追了三天三夜，都快追到城里了。我终于抓住了他……他哭着求我放了他，说他再也不敢了……我说，哼！我要替那些梅花鹿报仇！那时我的大名全城皆知……我直接扭送他到公安局。是的，咳咳……我敲敲公安局长的门。'谁呀？'里面有人问。我说：'我是巴麻村的王德昆，我抓了坏蛋来报官。'里面慌乱起来，我听见局长喊：'快倒上茶，巴麻村的王德昆抓坏蛋来啦！'"

人们爆发出打雷似的哄笑。菩萨保也害臊地笑了。德昆老人自己，也鹅一样伸长脖子，看着脸都笑变形了的人群。"快倒上茶，巴麻村的王德昆抓坏蛋来啦！大叔，真有你的！"有人笑着说。

见父亲精神良好，菩萨保走开去，抓紧时间去看看他救下来的那只野物。他不敢去跟明珠说话，不敢让她知道自己丢了虫草——那也是她的希望，那对她是多大的打击呀！

它真漂亮：银鬃、红腿、黑身子。它的皮毛油亮浓密；脑袋上羊的温柔和腼腆占主导地位，但是脖颈处那圈银鬃也依稀有马的飘逸、尊贵和骄傲。更不可思议的是，它比在沼泽里显得更大，少说也有二百五十斤。天哪，菩萨保简直不敢相信仅凭一己之力，就救了这么庞大的一个动物！

更让他骄傲的是，这件事情传开去，他会成为全村乃至整个北藏河谷的英雄人物，人们会感激他，尊重他，就像他自己对这类人物总是怀抱着一种纯洁的崇敬之情一样。

人们向菩萨保投来欣赏和钦佩的神情。天马好像沉睡的脸上也流露出一种安详、喜悦的神色，有点像喝醉了酒的女人的模样。它泰然自若地躺在他的脚下，身上散发着一种菩萨保熟悉的牛马味道，姿态就像一只家畜躺在主人身旁一样温馨自然。但是菩萨保和人们知道，等它从这短暂的迷梦中醒来，它就会迅速逃离，而且因为它应激反应强烈，还会惊恐地上蹿下跳，甚至将自己撞死。因此他们都小心翼翼，生怕惊扰了它。

这时，下车来瞧一瞧新鲜的金花阿妈发现菩萨保的旧皮包不见了；她天然地知道那里面装的是什么。当她轻声询问菩萨保时，菩萨保稍微犹豫了一下；但很快，他就点点头，承认了虫草掉在沼泽里的事实。因为他觉得，对母亲一样的金花阿妈，他有什么可隐瞒的呢？

不过他马上就后悔了。他知道，告诉一个女人某件机密的事情，等于告诉了她的男人和全世界。女人的殷勤、想象力、饶舌和好事，他不知见识过多少回。而且，在他们针尖大的小山村，人们彼此之间熟悉得就像一本打开的书，连谁家哪只饭碗有个豁口、哪只鸡何时下蛋都一清二楚，对于菩萨保旧皮包里装的是什么，王有成和尕让不用猜也都知道。围拢的那五六个陌生人，从菩萨保和金花阿妈那严肃、沉重的表情和话语，以及苦难生活都曾逼他们挖过虫草的经历知道了他丢在沼泽里的是什么东西。

气氛陡变……变得那么微妙和不可思议……人们都不说话了，人人都将眼睛不自然地瞥向狼虎滩沼泽……那眼神里突然多了一份掩藏不住的炽烈的渴望和秘密……对于王有成和尕让来说，两人多年友谊的纽带也一下子松动了。他俩都低头不语，不经意间看对方时眼神已俨然变成了竞争对手甚至仇人。过了一会儿，不知是谁开的头，人们七嘴八舌安慰起菩萨保，大意是就当他为了挽救他父亲和天马母子的生命，给沼泽之神敬献了一份贵重的供品。话虽这么说，他们还是高低起伏，发出非常惋惜的叹息，因为对一分钱都要拿血汗甚至生命换取的农民来说，一下子失去至少二十万真是巨大的不幸呀。

金花阿妈带着深深的震惊和女人那种喜欢多管闲事、探听别人隐私的本能以及多少有点压制不住的幸灾乐祸的心情，去照看德昆老人。但经过车头时，她犹豫了一下，钻了进去。

"各位乡亲，请你们不要告诉任何人！我送父亲进医院后还要来找它！它是我两年的血汗，我一定要把它找回来！"菩萨保这时已经悔恨难当，怀着侥幸的心理叮嘱眼前的一帮男人。他怕事情传出去，造成一种不可思议的轰动和骚乱。他知道人性中贪婪的威力……他记得小时候，有个村民在自家山地里挖出了一座古墓，里面有一些珠宝陶罐等物品，尽管他使出浑身解数保密，人们还是很快就知道了，他们带着铁锹和利斧赶来，你争我抢，酿成几桩流血案件，很快把那座古墓洗劫一空，甚至差点把那座山头削为平地。人心在金钱面前是贪婪的、丑陋的，道德和法律，有时候在它面前也不值一提。菩萨保心疼自己的虫草，但他更怕沼泽里会出人命。他已经领教过沼泽的凶险，如果有人为此而丧命，那这个罪过，他该如何承担！

但无论如何，说出去的话泼出去的水，已经无可挽回，他只好呆呆地注视着沼泽那边的山林。

如果菩萨保的目光能穿透山林，那么他就能看到他在沼泽地看到的那个人影正在山林里一条几乎辨认不出的小道上安置一个沉重的捕兽夹。它沉重锋利的钢夹能瞬间夹断譬如狼、熊等野生动物的腿部，只要它足够倒霉。不过他此次安置捕兽夹可不是为了狼和熊，而是为了菩萨保救出沼泽的那只母天马。他靠它散堆状、一次只排十粒的粪便找到它的领地，追杀它已经不是一天两天了。曾有几次他差点成功，但鉴于这只母天马如传说中真正的天马一样有飞花摘叶、腾越深渊的本领，他都以失败告终。他深感疲惫和恼怒，觉得自己的耐心几乎耗尽。但是他又不甘放弃，一斤天马肉七十元，虽然那肉有一股难闻的韭菜味，仍有人喜欢……他知道自己离成功不远了：母天马肚子圆得像个气球，行动越来越迟缓，随时都会生产……这是难得的机遇，他有可能会得到双倍的惊喜。这不，昨晚趁着月光，他用一把自制的土枪，把母天马赶进沼泽。他在沼泽边的水草路中徘徊，却因怕死始终没有勇气踏进沼泽半步，只好在林中等候机会的来临。漫长夜晚伴着寒冷、饥饿和孤独，他已经暴躁如雷，只想尽快把天马弄死，剥皮，割肉，换钱……当他看见菩萨保不惜生命危险救下它时，几近狂喜。他知道母天马已经受伤，它逃不出自己的手心了。

　　如果菩萨保真的能够透过树林看到偷猎者正值壮年的脸上那双深陷眼窝的阴鸷、贪婪、无情的眼睛，他手里紧握的那把土枪，那么他一定会一跃而起，像英勇的阿尼玛卿雪山山神一样去追寻他的踪迹，捉住他，扭送到公安局，可是密密麻麻的树林遮挡着，他什么也看不见。不过，他心里一刻也没有放松警惕，因为他知道，那树林里有什么危险正等着他那生死之交的朋友。

10

　　就在这时，母天马突然苏醒过来。它慢慢抬起头，懵懂地扫视了一圈四周，目光落在奔马似的伸向阿尼玛卿雪山的群山上。然后，它的眼神——就像被机枪瞄准的兔子眼神——在看见菩萨保和其他男人时激烈地一凛，想要逃走。菩萨保看着它，用眼睛唱起一支轻柔的友谊之歌。这支歌没有音符，没有节律，却随着他的眼波流转，表达着他对母天马的祝福和友谊。天马听懂了，温驯地低下头。有人扯下路边青草放在它嘴边。它警惕地看看他，又看看青草，伸长的脖子如同害怕酥油灯的火苗被风吹灭似的举棋不定，引得大家一阵欢笑。菩萨保拿起那把草，亲自喂它。这回它毫不犹豫，伸出舌头把草卷进下巴上像山羊一样长着胡须的嘴巴，来回嚼动，安静得没有一点声音。它没有因为挨饿很久而狼吞虎咽，乌溜溜的明眸大眼透露出优雅沉静的女性气质。它温柔笃定，对菩萨保的情感和信赖犹如家畜对主人。菩萨保得意而欣慰地叹了一口气。

在它以前的生活中，它从未踏出这片山林一步，古老的树木装饰着它的家园，丰富的林草滋养着它的身体，风儿给它放哨，岩穴给它庇护，它自由自在犹如一个孤独的女王。为了保卫自己的领地，它不惜与同类战斗，像一个勇敢的战士。它每日腾云驾雾，飞檐走壁，不怕任何气候，抵抗着饥饿和敌人；它难以驾驭，棱角分明，不与谁争，也绝不受辱。后来它遇到了一个手持土枪、无情追杀它的猎人。在那之前它也在偶尔的漫游中遇见过人类，像所有野兽一样，对他充满了天然的敬畏之心，以至于立即逃走；人呢，也满心欢喜，因为得遇它而觉得吉祥、幸运和快乐。然而这个猎人，对它穷追不舍，眼里腾腾的杀气让它不寒而栗。如果它有思想，它肯定会想，我和他无冤无仇，为什么他要对我赶尽杀绝？也许它真的那么想过吧！它绝不是疑心多虑、胆小怯懦的动物；在面对敌人时，它从不四腿发软、脊骨发酥甚至全身颤抖，它对他蹬蹄警告、角挑威吓甚至主动攻击，在被逼迫得东逃西窜的时候，它像人一样直立身体，腾出两只前蹄拼命敲击着岩石，声音响彻山谷。最后，为了保住自己肚子里的孩子，它像一匹真正的天马，在他的枪声中飞腾深渊，须臾数峰，直到来到一个安全的地方。它在这里建立新的家园，住处更加险峻隐蔽，过上了新的生活。但那个猎人穷追不舍，又追踪到它的栖身之处，开始新的追杀。因为这个敌人，它变得更加警觉和聪明，但即便他的冷酷和凶残，也没有改变它本性的温柔和善良，这不，此时它看着菩萨保，眼里满含友好、满意和感激的表示。

菩萨保和眼前这群人，这些终日和牛羊马骡鸡猪兔等家畜家禽生活在一起、不喂饱它们自己绝不先端起饭碗、吃任何一口食物都会给地上的蚁虫天上的飞禽分食的农牧民被它深深感动了。仁爱创造的奇迹在他们中间世代流传：凶猛的狮子能变成羔羊，嗜血的刀剑会腐烂在空中，万物相爱相依，会赶走一切不幸和苦难。

然而菩萨保知道，这个世界并不只有仁爱，还有更为复杂的东西，譬如贪婪、尖刀和杀戮。他不安地扫视着山林，风吹草动都牵动着他敏感的神经。是的，他发现一丛稠密的树林里枝叶在动，并没有风。接着鸟儿惊飞，在空中发出啾啾哀鸣。菩萨保屏住呼吸，依稀看见一个鬼魅似的人影朝林中更深处走去。他还看见他回头望了望自己，似乎在向他挑衅。菩萨保拳头砸向地面，牙齿咬得火辣辣地疼，恨不得立即跑进树林将他擒获……然而他不能。那人很快闪进树丛，不见了。

一阵微风飘过天空、山林、沼泽和沉寂的空间，一朵白云仙女一样落在他们头顶，山林里传出鸟儿唱响的家园之歌，或者报警的啼鸣。狼虎滩静悄悄的，仿佛从来不曾有人来过。母天马微微抬起身，面朝它的领地，像在聆听山林之神对它的召唤。它的双眼闪闪发亮，流露出十分欣喜的神情，两只前腿一伸，站了起来。菩萨保知道它接下来要干什么。他不由得惊慌起来。他的惊慌传染给了天马，它踉踉前蹄，眼里奔涌出两团怒火。但它很快平息了自己的情绪，看看菩萨保，默默地站了一会儿，就磨磨蹭蹭地向树林走去。菩萨保急忙上前拦住它的去路，努力用神情告诉它，它正面临着什么危险。然而天马无动于衷，从它身边绕了过去。他只好跟在它身后，像在为他的朋友保驾护航。他怅然若失而又满怀忧虑，简直有种生离死别的痛苦。它任凭他跟在身后，头也不回。它的行动似乎有些艰难，时不时地表现出想倒下来歇一歇的样子，然而家园之歌是那么活泼悦耳，引导它绕过沼泽边缘，继续走着，走着……在即将进入莽莽苍苍的山林时，它突然骏马一样飞奔起来，银鬃金毛在阳光下闪耀，仿佛一道彩色的闪电。它就那样奔向自己的前途和命运，消失在菩萨保的视线中。

菩萨保转身回来，脸色有些苍白。

"它不会有事吧？"他问王有成。他想从这个半拉子接骨匠身上得到肯定的答复。

然而接骨匠给了他一个同样担忧而不确定的回答："它马上就要生了。它已经受了内伤……但愿它能顺利产下小天马！"

菩萨保失望地皱起眉头，朝天马消失的山林望去，现在，他对它的忧虑又加重了一层。

这时，他和众人都听见金花阿妈发出惊慌的尖叫："菩萨保，你快来呀，明珠她……"

菩萨保的心猛地揪成一团。他撒腿疯狂地朝三轮车跑去。

车头里，明珠发出压抑不住痛苦的叫喊："菩萨保呀，你竟然把虫草丢了！啊，阿妈呀，我痛死了！我痛！……"

原来，菩萨保下沼泽救天马时受了惊吓的明珠，听了金花阿妈告诉她菩萨保不慎把虫草丢在沼泽里的事，一下子急火攻心，羊水破裂，要早产了。产前阵痛和她的哭声一起来了。她咬着黑紫的舌头，叉开双腿仰坐在副驾驶的位置上。

菩萨保冲到她跟前，惊慌失措地问：

"你怎么啦……"

明珠颤动着不听使唤的嘴唇，沙哑地说："你把虫草丢了……我的肚子，一阵一阵地疼。"

"对不起，明珠，我……"菩萨保强撑的坚强一下崩溃，他泪如雨下，请求她原谅。

"你别责怪了，明珠！哎呀，都是我多嘴！我不该给你说……我这老舌头呀，真该扯根线扎住……不过你放心，我生过七个孩子，活了五个。我敢拍胸脯保证，你没事，明珠，你再怎么疼都正常……菩萨保，你上车，顶好现在就去医院……啊，那些男子汉，他们围在沼泽边……他们看起来就像一群强盗……"

金花阿妈哼哼唧唧地说，因为自责和气愤，并不难看的老脸涨得通红。

菩萨保朝沼泽边望去，惊讶地发现那里聚集了一大群人，就好像是一下子从袖筒里倒出来或一阵风刮过来的。他们对着沼泽指手画脚，议论纷纷，王有成和尕让也在其中。他知道他们议论的焦点是什么，但是他已经顾不得那些了。

等他坐进车头的时候，明珠却疼得滚下了车。她双手抱着肚子，趴在地上，头扎在一丛茂盛的冰草里，嘴里不断吐出由于疼痛而咬破嘴皮或者舌头的血水。她用两只鼓突的眼睛莫名其妙地盯住菩萨保，哼哼着，用牙咬住衬衣领口，好不让车厢里的公公和沼泽边的人们听见她那像牲口一样可怕的号叫。

但德昆老人还是听到了她刺耳的惨叫。"是明珠吗？她怎么了？啊，菩萨保，她……她怎么了？"他带着一口来不及吐出来的浓痰惊恐地问，没人回答他。

菩萨保把明珠抱到车上，金花阿妈帮她脱下裤子，惊喜而又有些担忧地喊道："啊，这么快……你一定要坚持住呀，好姑娘！"

王有成和尕让不约而同地朝他们望望，但没有过来帮忙照顾的意思。这也难怪，明珠要生了，男人最忌讳的就是看女人生产。

　　菩萨保最后望了一眼狼虎滩沼泽岸边的人群，发动了三轮车。恍惚间，他隐约听到有人朝他喊："你放心去医院吧，你的虫草我们帮——"几乎同时，被太阳晒得懒洋洋的破车好像知道自己的使命一样向前冲去。他们刚刚冲出几米远，就清清楚楚地听见山林里"砰！砰！"，传来两声尖锐而激烈的枪响。

　　中篇小说，发表于《飞天》2021 年第 10 期。

三月之光

1

对于我家来说，曾有那么一个漫长的时期，所有的好事都发生在三月，所有的坏事，也都发生在三月。要讲述它们，还得从我母亲最初的人生选择开始。

我母亲最早的职业是个裁缝。那是她人生中最美好的一个时期。一九九〇年，母亲十八岁，在快要高考的前夕，辍学去北藏镇一个姿色秀丽的中年女人的裁缝店里当了学徒。店里活儿很多，那时候人们时兴穿用各种布料缝制的衣服。裁缝们什么活儿都接，包括女人的内衣。一套衣服按照大小、材质的不同，手工费五六七八或十几块不等。比起庄稼人，裁缝们不用风吹日晒、汗流浃背，收入又那么可观，是乡里人艳羡的对象之一。

我母亲在八个兄弟姐妹中排行老六。她说她小时候从来没穿过一件新衣服，都是五个姐姐一个一个传下来的破衣烂裳。那些衣服传到瘦骨伶仃的她身上，差不多鹑衣百结，除了地图一样的补丁和太过窄小或太过宽大的样式，最让她难以忍受的，是渗透到一丝一线中姐姐们的鼻涕、涎水、汗液、气味以及大大小小的虱子。等她长到虚荣心开始提醒她需要注意自己的外表时，她感受到了更深的痛苦。她觉得自己是全世界最不幸的姑娘，就因为她没有一件漂亮的新衣服。因此她在最美的年纪选择做一个裁缝是有原因的。她曾给我说，她喜欢裁缝店里新鲜布匹的味道，喜欢手抚过新布的丝滑感觉，喜欢剪刀剪开一块完整的布匹时咔咔咔的声音，喜欢新衣服挂在横杆上静待主人上身的样子……在她坐在昏暗、逼仄、阴冷的小店一角，默默而欢喜地缝了半年纽扣和裤脚的某一天，她的师傅给她做了一套粉红色的西装，算是对她的认可和酬劳。为此母亲整整啜泣了一个晚上，感受到从未有过的幸福和满足。她的青春美貌发出的光辉，使粉红色外衣更加艳丽。来店里做衣服的客人络绎不绝，大多数是正值求偶的年轻人。两年后，她学成出师，成了北藏镇最有名气的裁缝师。就在那年三月，大地回春，她嫁给了一个苦苦追求她的年轻漂亮但没有多少本事的庄稼汉，开始了婚姻生活。

这个庄稼汉——也就是我的父亲，当年的拿手好戏是噘着嘴巴吹响俏皮活泼的口哨。我的爷爷在他十六岁时过世，他在没有约束的状态下快活了两三年。凡是离他近的东西，他都懒得去想。他几乎过着悬空的生活，仰头看天，脚不沾地。他周围的一切：庄稼，牛羊，他们母子漏雨的房屋，逢年过节时各种繁缛的礼数……在他看来，都是世界上的异常现象，他很不幸，生在这样一个偏僻落后的村庄和贫穷的家庭。他游手好闲，好吃懒做，经常把家里的粮食，背一小兜到北藏镇市场粜了，进饭馆吃一顿好的。后来，他阿舅告诉他，是时候要担起这个家庭的重任了。他这才揉揉眼睛看了看现实世界，总算成熟了一些。他决心干一番事业。干什么好呢？他苦苦琢磨。他不懂得也不想种庄稼，因为从来没见过哪个庄稼汉靠种地成了富人，相反，很多农民种庄稼不但没有发财，开春的时候，连一袋尿素都买不起。养牛羊呢？

当然比种庄稼收益好，但每天赶着牛群羊群去黄金草原放牧，那份孤单和寂寞，他怎么熬得住！不过他明白，他必须得把双手从裤兜里掏出来，用它们干点什么了。他想到了那时正流行的皮带。为了显示出它们，年轻人把花衬衣的下摆塞进喇叭裤裤腰，别提多神气了。他说干就干。他费了很大周折，从县城批发来一大捆各色各式皮带，挂在北藏镇最繁华街面的一棵柳树枝上。但那些所谓的"皮带"，硬得割肉，不出三天，磨得人腰里一圈红痒的疙瘩，很快卖不下去，蚀了本。他又卖苹果。可是乡里人不愿把钱花在他们认为不值当的地方：在两袋盐巴和一颗苹果中，他们不假思索，选择前者。苹果很快被从雷帝雪山那边飘过来的带着雪气的清风吹得皱皱巴巴，丧失了水分。我奶奶把它们存储在地窖里，母子俩吃了整整一个冬天。他感受到挫折，事业到此为止，旺盛的青春荷尔蒙牵着他，去追求更加想要的东西。每天早晨起来，他第一件事就是用洗衣粉洗头，保持头发丝丝分明，清爽活力。他用烤热淌油的猪皮，早晚各一遍，把一双皮革鞋擦得能照出人的影子。他在北藏镇和番镇上的漂亮姑娘堆里寻芳猎艳，也曾跟着几个二杆子，到处追骚逐臭。当他发现裁缝店里美丽纯洁、脸蛋红得像玫瑰的母亲时，惊为仙女，把所有心思用在了她的身上。最初很艰难，母亲怀疑他不是个勤劳踏实的农民；但他长得那么好看，而且恋爱的人眼里，别说沙子，大象也能跑进去，最终他成功了。

别的姑娘出嫁，要自行车，要手表，母亲抱着讨价还价的态度，一口气要了十八套新衣、一台缝纫机。所谓的十八套，衬衣和内裤也算在里面。令她没想到的是，未来的婆婆一口答应。燕牌缝纫机没办法造假，可是他们送来的所谓十八套彩礼布料，纯属凑数，粗劣俗气到令人发指。拿今天的眼光来看，做抹布都会讨嫌。开弓没有回头箭，母亲过门了。那些布料，伤了她的自尊心，但她还是按照自己喜欢的样式裁剪、缝制了它们，按照季节、心情、生产生活和人际交往的需要，轮流穿着，像一只寒酸的花蝴蝶。

这桩婚姻并不幸福。母亲是个高中生。如果不是她头脑发昏学了裁缝，说不定能考上大学，当国家干部。骨子里她多愁善感，情感丰富，偶尔读到的几本文学名著，让她学会了为他人的故事泪流满面，有了理想和追求。可是父亲呢？只上了小学一年级。谈恋爱的时候被爱情迷住了心智，婚后，母亲发现，他们在生活上离得越近，思想上就离得越远。假如父亲是个有心人，假如他的眼睛能够看到她心里所想，哪怕只有一次，母亲也会把千言万语向他吐露，好比田野里一株孤零零的果树，轻轻一摇，熟透的果实就会纷纷落地。可是父亲的眼睛苍白、贫乏、空洞，就像他的思想。他说起话来，像通往北藏镇唯一一段笔直的沙土路那样平淡无奇，还充满缺乏基本知识而显出的幼稚。他连农民最基础的生产常识都没有，甚至不会看云识天气。但是母亲若抱怨一下他，他马上滔滔不绝，回敬她数不清的乡里乡气的污言秽语。母亲曾以为他动听的口哨，是他多才多艺、多情多感的表现，谁知他的精神世界竟这么空乏，令她失望透顶。一个男人，难道不应该无所不知，无所不会，侃侃而谈，带领自己的女人去品尝热情的力量、生活的味道、人世的玄妙吗？可是父亲愚钝，毫无求知欲，得过且过。他把幸福定位在吃饱喝足、有新衣穿、有钱花这些人的基本需求上，但母亲想的要的，显然比这更高更多。

2

虽然母亲的火石，打不起父亲心里的一点火花，但由于女人渴求爱情的天性，母亲一遍遍回忆着那些他追求她时的美好时光。

那时的他，多么善解人意！但是慢慢地，很多美好她都记不清了，甚至怀疑它们是否发生过。细枝末节消失后，留下的是一片惆怅。

再后来，母亲不得不一点点向他低头。据母亲讲，刚结婚的时候父亲对她简直着了魔，怀了哥哥后，就不把她放在眼里了。他对结婚前养成的浪荡习惯，比结婚后应尽的本分更感兴趣。他喝酒吃肉，东游西逛，懒惰成性。母亲呢？千手观音一样忙完裁缝活儿，还要回家干农活儿、家务。如果说婚前她像一朵芬芳的鲜花，那么婚后，就像跑了气的酒，带点酸味了。她越是深谙勤劳和幸福的关系，就越对父亲的懒散感到失望和愤怒。她渐渐开始嘟哝，后来发展成吵嚷，最后变成咆哮。最初父亲还能听进去一些，悻悻地去干那些不得不由男人亲自动手的活儿，干了几次后，他觉得听媳妇的指派有损男子汉的尊严，便毫不留情地拒斥了她。于是脏活儿重活儿全落到母亲身上。每当她口出怨言，他就装作悉心接受的样子洗耳恭听，可等她发完牢骚，他就像一根烟囱，把浓烟交给天空了事。母亲对他这种天塌地陷与我无关而又表现出来的一团"和气"，比遇到任何形式的对抗都感到无可奈何，更加怨气难消。她气极的时候摔过一次门，发现这一行为有传达愤怒、抵消痛苦的作用，一发不可收拾。后来她又中断过几次午饭，跑过几次娘家，敏锐地感觉到其中的粗劣和最终可能导致的结果后，像初次吸烟的人意识到危害那样果断停止。但她总归是个女人，而且还是新婚的女人。婚姻生活把覆盖在她内心和身体上的纯洁泥土一层层扒开，露出先是懵懵懂懂，后来越来越清晰的感官快乐。如同一种流浪的情感，突然找到使它得以苏醒的土壤，便再也不肯沉睡。出嫁前，在她的闭塞狭小的圈子四周，以娘家、裁缝活儿、农牧活计、灶房等概念筑成了不留缝隙的边界，现在突然有了以男人和婆家为中心的另一种生活，令她新奇、沉迷和不知所措。她有一种懦弱女性普遍的占有欲：抓住什么便永远也舍不得放手。她因此而比婚前更爱父亲——当然，婚前没有的恨，现在也有了。有那么一个时期，她感觉到被轻视和冷落的痛苦，放下自尊，委婉地要他关心爱护。她抱怨做农活儿胳膊疼、腰疼，目的只是得到他一声关切的问候。他出门，她要问清去处，他若含糊其词，或粗暴地不许她发问，她的思绪就跟着他出村穿庄，上坡下沟，在镇子上、在酒馆里晃荡。他回来晚她也会问清缘由，但得到的通常是一串响亮的鼾声。他的衣服都是她亲自选材缝制，爱情的气息浸透了一针一线，扎下的每一针都是他能变成自己心目中的样子的希望。她并没有把自己的好恶扩大到他身上，纯粹是他，太需要改造。她把新衣给他穿上，但把他打扮好看了，又怕他招蜂引蝶。她怀疑他在外面拈花惹草，疑神疑鬼，以至于神经衰弱。她越是这样，他离她越远。最后，她感到伤心，责备自己婚前没有看清他的庸碌无能，而且，她本能地感觉到，指望他做出什么有价值的事来，就跟指望公鸡下蛋一样荒唐。于是她心灰意冷，对他不闻不问。这下可好，轮到父亲犯贱，偶尔向她献媚了。

父亲本来打着如意算盘，满以为一结婚，生活会变得更加美好，有人会给他做饭、洗衣，伺候庄稼牛羊；他可以随心所欲，或许还能干出一番"事业"；哪知媳妇处处管着他，妄想当家作主。连他在人前说什么话，她也要一字一句教他。他不能抽烟，不能喝酒，不能夜不归宿……她越是这么要求，他越反着来。惯的毛病！他想。他发现，对付母亲的好办法，就是晾着她，于是屡试不爽。但是偶尔，他也会视情形的严重程度，"心软"或者"认错"，把事情掰向有利于己的方向。也许正是这么一点点聪明，才使这桩裂痕密布的婚姻没有破碎。

不久，母亲生下了哥哥。她用当时北藏镇上能买到的最细腻、最柔软的布料给他做新衣服。第二年我来了。她用同样的爱养育我。这时候，经济大潮的春风穿过祖国广袤的国土，吹进了我们这道荒僻的小山沟，几乎一夜之间，北藏镇上都是从内地大城市千里迢迢运来的成品服装。那些服装新潮美观，精致柔和，穿上后简直像个城里人。手工缝制的衣服，首先被年轻人抛弃，接着是中年人，最后，连老年人也改变了古老的审美。裁缝们纷纷失业。他们要么回家种地，要么出门打工，要么一蹶不振，成为"三十年河东，三十年河西"生存哲学的典型例证。母亲的师傅，那个风姿绰约的女人，关了裁缝店，当起了成品服装店的老板。

服装店太小，母亲多余啦。她就离开师傅，对父亲说，她也想在北藏镇上租一个铺面，卖成品服装。父亲断然拒绝了她。他太清楚自己是如何在挤满年轻男人的裁缝店将她追到手的。他认为，一个女人开店，某种程度上，是一种隐秘的开放。他可忍受不了自己的女人被无数男人打量，甚至被个别男人调情。他骗母亲，等再过两年，家里攒了钱，就给她开服装店。母亲相信了，回家务农、放羊，"攒钱"。

亲爱的读者，关于上述内容和下面我要讲到的一些故事，以及父母在不同情境下各自隐秘的想法，请您不要发问，我是怎么知道的。由于一些神秘的原因，生活中总有很多事情无法解释。我之所以这样讲述，目的只有一个，让您听到一个更加真实、动人的故事。好，我接着讲下去吧。

3

两年很快就过去了。母亲攒了一些钱，但都攥在奶奶手里。奶奶是家里的掌柜的。奶奶一辈子从黄土里刨食，牛羊身上变钱，把每一分钱的花销和存储变成了艺术。她对母亲想开服装店的想法嗤之以鼻：一个女人，还想戳破天哩！我的父亲虽然看起来花哨，骨子里却胆小守旧，对外面的世界怀着自我想象式夸张的偏见和恐惧。但是母亲敢说敢做，敢闯敢荡。父亲不肯出门挣钱，让她失望、鄙夷，但又无可奈何。她看出，想要开店，只能靠自己。

母亲有一个同行，北藏镇的裁缝生意破产后去了拉萨做藏袍，工资很可观，于是母亲对父亲说她也要去。父亲言行粗暴地拒绝了她。三月里有天清晨，母亲在散发着各种发芽植物清香的泥土中撒完最后一把青稞籽，赶着耕牛回家，穿上"十八套"里质地最好、款式最新的一件红色衣服，谎称去集上买化肥，走了。天知道从未出过北藏镇的她，怎么到的拉萨。她走了十几天后，来了电话。那时整个村子只有村主任家一部电话，村主任在门前电线杆上安了一个大喇叭，谁家出门人打来电话，就喊谁家掌柜的来接。那是父亲这辈子接的第一个电话。他惊奇而疑惑地把电话放到耳边。当他听出里面是母亲的声音时，身为丈夫的尊严、羞愧、愤怒、无助和担心失去她的恐惧使他青筋暴突、浑身发抖。他沉默了半天，吼道："臭婆娘，赶紧滚回来！不然，老子打断你的腿！"放下电话，村主任很不高兴，拿起电话检查半天，说父亲声音太大，把他的电话震坏了，因此在接一个电话一块钱的基础上，多要了两块。一个月过去了，两个月，半年……母亲并没有听他的话回来，甚至再没来过电话。人们都说，母亲跟人跑了。父亲瘦成了一根棍。他酗酒，赌博，撂下牛羊不管，甚至顶撞奶奶。他快要疯了。他到处打听，拉萨怎么走，几天才能到，拉萨城有多大，得多少盘缠……但未付诸行动。他也几次，带着我和哥哥去外婆家要人，一口咬定他们坏良心，把女儿藏起来，又要过一婚，骗些彩礼钱。他怒不可遏，不止一次说起自家送的"十八套"。外婆家是老实善良的人，他们也接过一次母亲的电话，但他们和父亲一样，不晓得别人打过来的电话，是可以打过去的。

腊月里，越临近年关，父亲越沮丧，大白天也赖在炕上睡懒觉。有一天上午，他听见村主任家的喇叭里喊自己的名字。他跳下炕，胳膊底下一左一右夹了我和哥哥，飞奔到村主任家。他满头大汗，恶狠狠地吩咐我和哥哥对着电话哭，谁不哭就打死谁。电话响了。父亲拿起电话，声音还算平静。说了几句后，他对着话筒，不顾村主任夫妇在一旁，毫不害臊地哭了。他哭得眼泪、鼻涕、涎水一起往下流，求母亲回来，一家人团团圆圆过年。我和哥哥，也感同身受，撕心裂肺地陪着他哭。村主任懂得电话的奥秘，从父亲手中要过电话，把我们父子三人的头扒拉到一起，示意一起对着话筒哭。我们照办了。我们哭得一个比一个响。等哭得差不多了，村主任扣了电话："行了行了，又要把我的电话震坏了。"但是这次，他没有额外要两块钱。腊月二十七，母亲回来了。

母亲穿着一件美丽无比的土黄色藏装。她更美了，也更丰腴。她的眼睛欢快生动，熠熠生辉。将近一年的分离，她和父亲看起来，像两个世界活下的人。父亲没有打她，也没有骂她，相反，不受自己控制地流露出无限的甜蜜温柔。两个月后，他失掉的那些肉，又长回到了他身上。

母亲把做藏袍挣到的钱，一共一万五千元，交给了当家人奶奶。奶奶从未见过那么多钱，虽然气哼哼的，但也原谅了她。在我们这道沟川，天经地义，都是老人做掌柜。

母亲把见识到的新世界，用绘声绘色的语言，让父亲也见识到了。父亲很快起了变化。他摩拳擦掌，跃跃欲试，也想出去闯荡一番，甚至满脑子，都是发财致富的远大理想。父亲身高体长，健壮如牛，一双眼睛常常因为沉溺想象和无所事事而显得迷茫、惴惴不安。母亲恰好相反，她身材娇小，五官秀气，少语寡言，黑得发绿的眼珠坚定、温柔，蕴含着无限的力量。从小到大，我和哥哥从她身上获得的智慧和勇气，远甚于父亲。

父亲下定决心，跟着村里几个年轻人，去了西宁打工。他离家的一幕让人永生难忘：他神色凝重，疑虑重重，好像是去奔赴战场。但仅仅过了一个星期，他就满脸懊丧地独自回来了，理由是工地上苦太重，伙食像喂猪的一样。

他又像母鸡做窝似的，趴在家里不动弹了。失望之余，母亲决定陪父亲一起出门。过完年，往地里拉完粪，施好肥，买来种子，规划好哪块地种什么作物，三月就到了。殊胜的三月，仿佛一条分割线，把失望和失败留在昨天，把希望和成功放在今天。对于庄稼人来说，尤其如此。在奶奶讲给我和哥哥的故事里，三月永远是最殊胜、最吉祥的月份。她们小时候，踮着脚尖把三月盼来，等于从死神手中夺回了一条性命。漫山遍野的荠菜、蕨麻、马齿苋、擀面杖……还未钻出地面，她们就拿着小铲，循着芽根顶起的小土包挖下去，捋捋潮湿的泥土，把又白又嫩的春芽塞进嘴里，哄骗空瘪的胃肠，汲取那可怜的养分。对于改革开放后的农民来说，三月除了要给每一寸土地埋下希望，还意味着背井离乡，去某一个地方打工挣钱。他们多是熟练的建筑工人，或是其他什么行业，身上最显著的器官，是一双劳动者特有的灵巧粗大的双手。临行前几天，他们都会登上房顶，抱着双臂，长久而沉默地眺望远方，直到三月清亮的光芒，把他们的眼睛灼痛。父亲不是他们中的一员，但也常常等他们走后，学他们的样子，爬上我家房顶东张西望。我也喜欢三月。三月一打头，我和哥哥就要上学了。我喜欢读书写字，哥哥也喜欢。

4

庄稼落地发芽长成茵茵青苗后，青藏高原特有的雪域宝贝冬虫夏草就可以采挖了。父亲架不住母亲的撺掇和现实的逼迫，决定拼上一回，和母亲一起去青海挖虫草。母亲跟奶奶要盘缠，奶奶一分不给。奶奶的思想，还停留在多少年前的小农经济上，只要一家人吃饱穿暖，平安健康，她就心满意足了。母亲多次碰壁，嘴里一口一个阿妈，心里却气得连声音都发抖了。奶奶当然听得出来。于是，她剪刀一样的嘴巴，把母亲剪得遍体鳞伤。奶奶本来就对母亲抱着先入为主的成见：彩礼衣服要了十八套！这道沟川，自古以来就没有这样的例子。此外，她觉得母亲曾经天天在裁缝铺里和各种各样的男人打交道，谁知道清白不清白。母亲要钱不得，还被骂个没完，忍不住回嘴。于是两个人你一言我一语，唇枪舌剑，最终都刺到父亲身上。奶奶骂他连媳妇都制不住，母亲抱怨他无能，一分钱都挣不来。尽管大吵一架，奶奶还是不松手。母亲就对父亲说，你不是有那么多朋友吗？去跟他们借一点吧。父亲担心以后会给她落下他交了一群"狐朋狗友"的话柄，硬着头皮去借。他从友情名单中挑选了一个人品最好、最有钱的。为了好开口，他把那人邀请到北藏镇酒馆里去喝酒。一瓶青稞散酒十几块钱，下肚了，一盘熟牛肉二十块，也吃光了。那人红光满面，打着响亮的酒嗝。父亲看时机已到，决心开口，可是话到嘴边，蹦出来的是另外一件事情。于是他想，路上再说吧。他们走的是一条长满冰草和蕨麻的小路，马上就要分手；父亲心里打算，等到了小河边再说吧，小河也走过了。最后，他索性，给自己的嘴巴贴上了封条。母亲失望，只好撺掇父亲，瞒着奶奶，卖了一头牛、几只羊，凑了一万几千块盘缠和草山费。为此奶奶捶胸顿足，骂他们败家，整整骂了三天。父亲保证，一定给她翻倍挣回来。

　　出发的日子到了。那天下着春天细润清凉的小雨。父母带了几麻袋吃喝，逃难一样和一群联手坐着班车，千里迢迢，风尘仆

145

仆，去往青海玉树高山草原，寻找虫草了。他们给当地藏民交了两人份的草山费，在飞雪奇寒中扎下帐篷，垒三块石头支起炉灶，胡乱吃下用从家里带去的粮油做的第一顿因为高海拔缺氧而半生不熟的面片，就雄心勃勃，把发家致富的梦想付诸实践。他俩攥着小镢头，整个儿趴在湿润冰冷的草地上，一寸一寸，肉虫一样匍匐前进，寻找那有钱人用来滋补身体的宝物。这种艰苦卓绝、孤注一掷的冒险，最终的结果，要么获得丰厚的回报，要么赔个精光，要么搭上身家性命。父母的收获，介于第二种和第三种之间。

他俩回来的情景，我记忆犹新。已经是酷暑六月，麦子泛出麻黄色，青稞紫色的穗头像一个个甜蜜的梦幻。那天头顶是一望无际的青天，挂着一轮炙热的红太阳。他俩一前一后，低头弯腰，犯错的娃娃一样钻进家门。他俩还穿着进山时的棉衣，浑身脏污，嘴唇结满了厚厚的血痂，手脸黑皱，瘦得脱了相。父亲肩上搭着小半褡裢还未吃完的青稞炒面，母亲手里拎一个装着两只木碗的红布袋子。帐篷，铺盖，小锅，还有其他一些用具，都不见了。母亲从裤兜里掏出一把包裹着五颜六色彩纸的水果糖，先孝敬奶奶，奶奶眼白朝天，别过脸没接。她又掏出一把糖，把我和哥哥拉进怀抱，塞进我俩手心。在我们那道沟川，不管挣没挣到钱，出门人回家带一兜糖，给老人孩子和周围邻居甜甜嘴，是一个时兴的规矩。哥哥剥开一颗放进嘴里，不知为什么抽抽噎噎，哭了。我从来没得到过那么多糖，一下塞了两颗，一边腮帮子一颗，过一会儿再用舌头，把它们调个位置，乐此不疲。

悻悻讪讪几天后，父母终于对这次惨烈的失败有所描述。父亲说了什么，我不记得了，只记得母亲说："……在山里，我和你爸爸差点冻死。我裁缝活儿做得太多，坏了眼睛，挖得很少。你爸爸整天骂我是瞎母熊。我俩早出晚归，趴在草地上，一棵草一棵草地翻，运气好了能挖上几根，运气不好，一根也挖不到。这次出门，你爸爸也算攒劲哩。两个月期限飞一样过去了。我和你爸爸合起来才挖了三百多根。最后一个月，要不是我俩都病倒了，也许能挖到更多……嗯，我俩差点死在那里。先是感冒，后是痢疾。一颗药都没有。离山的时候，除了褡裢里剩下的半袋炒面和一双碗筷，什么帐篷、铺盖、小锅……我俩啥也拿不动啦。在山下的路口，你爸爸要卖掉那些虫草，凑盘缠。我说，等等，到州上再卖。可是他说，州上虫草贩子比虫草多，能卖几个钱哩！他总共卖了四千五百块。来到玉树州上，我俩才知道上当了，如果在州上卖，能卖一万多。你爸爸气坏了，吐了几口血。我们不得不找个旅社住下，给他看病。啧啧，六天时间，四千块水一样淌走了。为了省钱，我顿顿开水拌炒面……能活着回来，阿弥陀佛，真是佛祖保佑呀！"

可是奶奶不信她说的这一套。她认为，自己的儿子太老实，挖虫草挣的钱，全让儿媳妇藏起来了。也或者，儿子耳朵软，听了媳妇的话，两口子把钱昧下了。她把这两个意思，反复用不同的语言组织和方式，或隐或显地表达给邻里和四个嫁出去的女儿，以至于大家都以为，父母这次挖虫草发了大财，只是母亲想要夺权当家，把奶奶骗了。奶奶还感到委屈的一件事是，她的儿子，也就是我的父亲，结婚前虽然不怎么听话，但对她非常关心；可是自从娶了媳妇，尤其是媳妇跑了一趟拉萨后，就不大认她这个娘了。她倒不是想看自己儿子不幸福，但一想到自己不能再掌管家里大事，就像一个被赶下宝座的大王，隔着窗户，看昔日小卒在自己王位上发号施令、耀武扬威一样痛苦。母亲听到这些流言，感受到奶奶的心思，觉得委屈，后来，不管挣到多少钱，只是象征性地给奶奶几百块零花钱，不肯多给一分。对于奶奶来说，打击已击中要害，反击也非常直接有力：她吝啬起自己的微笑和语言，直到去世，也没给过母亲几个好脸。

那次挖虫草的经历成了父亲的噩梦，他再也不愿踏出家门一

147

步。因为担心母亲"变坏","跟着别的男人跑了",他也不许母亲单独出去打工。母亲偷偷跑出去过一次,还没跑出河州城,就被他抓回来,用竹子扫帚一顿好打。母亲不跑了。她变得忧郁,但不论现实多么残酷,她对自己想在北藏镇开一间服装店的梦想从未动摇。在她灵魂深处,一直在等待发生什么事情。就像困在沙漠中的旅人,遥望无尽的瀚海尽头蔚蓝的天空,幻想看到一支驼队,她睁大了绝望的眼睛,在生活的荆棘中搜寻希望之光。她不知道这样等下去会是什么结果,但她每天早晨一醒来,就希望今天能有一个机会,挣到一笔钱,给她那个想象中的服装店增砖添瓦。她努力种庄稼,养牛羊,但所得除了一家人吃饱喝足、日常开销,所剩无几。这样过了两年,她离梦想越来越远了。不得已之下,母亲搬出搁置已久的缝纫机,"嗒嗒嗒",给人做起了窗帘。那时候,在党和国家形式多样、扎实有效的致富政策的带领下,我们沟川的经济发展很快,先富起来的人们在大家羡慕的眼光中盖起了新房,窗帘,当然是新家的必需品啦。母亲做的窗帘手艺精湛,收费又合理,在乡亲们中间树起了良好的口碑。可是话又说回来,一年到头,方圆村庄,能盖的新房数量有限,因此,我家的经济依旧如同绷紧的皮筋,稍不留神,就会绷断。

母亲的五个姐姐,生活条件都不错,见母亲过得如此艰难,就来帮她。母亲又穿起了她们给的衣服,新的,也有旧的。新的她穿上赶集,旧的给我们做鞋子。她的十八套,仍旧一套一套,换着穿。

5

第二年夏天,我家一只母羊得了恶性痢疾,一天到晚喷稀粪。母亲让父亲牵到兽医站去看看,父亲打牌耽搁了。很快,几乎全圈的羊都被传染死了。剩下的几只，父亲偷偷牵出去，贱卖了。奶奶早上醒来，看见羊圈空空，马上明白她儿子干了什么好事。她呜呜咽咽，扶着圈门哭了起来。她嫁进这个大门，已经五十多年了，一窝窝，一圈圈，家里从来没断过羊——这道沟川，谁家里又断过羊！黄金草原上的草吃也吃不完，山坡草甸，田野垄沟……处处都是羊群的乐园。她觉得对不起这个家，对不起我爷爷。可是，唉，有什么办法呢？自己生的败家子啊！

父亲把那笔卖羊的钱，设想了很多种轻松且能长久来钱的营生。联想到成堆的麦麸、甜菜、苜蓿、胡萝卜和漫山遍野的野菜，他决定发展养猪业。于是，他不顾奶奶和母亲的劝阻，把羊圈粗粗改造成猪圈，迫不及待，怀揣一夜暴富的美梦，开着三轮车，从北藏镇买来八头大母猪，一头公猪，养在了里面。

这是一次惨烈的投资。我在猪们整天吃不够、喝不饱的哼叫声中，收获了"人生苦难"的第一印象。最初的回忆充满了整桶整桶由泔水、洗脸水、洗衣水搅拌的散发着馊臭味的猪食，猪们贪婪吞食的哼哼声以及肮脏不堪的猪圈，后来加入了粉嘟嘟、胖乎乎的猪娃和粉红色、绿色的钞票，再后来，是接二连三的猪瘟、贱卖、屠宰和死亡。母亲要忙活庄稼，还要伺候猪们，一日日憔悴，见老。她的"十八套"，没有哪一件，不渗透着猪屎味。她的勤劳也获得过些许回报；但美好的景象就像一颗带着焦味的甜菜糖，给她舔了几口就消失了。一次严重的猪瘟过后，父亲靠养猪过上好日子的梦想，破灭了。

猪圈空空地放着，叫人心里发慌。庄稼人的家里没有牛羊猪鸡，不展现出六畜兴旺的景象，在人们看来，是家道败落的象征。年后三月，有一天，父亲去一个亲戚家吃宴席，看见那个庄子里有人家在大规模养鸡。那些母鸡多争气呀，把下蛋的使命演绎得淋漓尽致。粉白的鸡蛋满地乱滚，被人捡起来装进专门用来装鸡蛋的纸壳里,整车整车拉出去卖。据鸡场主人说,好几个乡镇都供不应求。老的下不动蛋的母鸡,营养更丰富,宰了卖鸡肉,比普通鸡肉还要贵。父亲眼红羡慕,那颗简单的心又开始蠢蠢欲动。他开始筹谋办鸡场的事。他缺乏远见但又独断专行,这一次,为了免去因为养猪失败而在奶奶和母亲心中对他产生的不信任必定会导致的阻挠,他偷偷行动,在铁匠铺焊了几十个层层叠叠、前面有喂食装置的铁鸡架和八只大兔笼后,才在饭桌上宣布,他准备向养鸡业和养兔业进军。他说光养鸡难免寂寞,说不定兔子也能让家里发大财呢。母亲因为预见到即将重演的悲剧,和他大吵了几架,每次都难以抑制地低声啜泣,但仍没能阻挡满满一卡车毛茸茸的电孵鸡娃和一三轮车长耳红眼的兔子浩浩荡荡进驻以前的羊圈,后来的猪圈,现今的鸡圈、兔窝的事实。她不得不立即擦去眼泪,手忙脚乱,再度投入父亲伟大的养殖事业中。

村子里,每家每户都养鸡。兔子,只是个别爱好者饲养。那些三瓣嘴娇里娇气,浑身毛病。它们夜里不睡,大吃大喝,快活得活蹦乱跳。母亲一夜起来三次,给它们喂食饮水。白天,它们缩作一团,迷迷瞪瞪,一点噪声就吓得东跑西撞,兔毛倒竖。可惜兔笼就在鸡架旁边,鸡群的聒噪使它们异常烦躁。它们喜欢清洁,身体脆弱,大大小小的病症此起彼伏。母亲买了养兔宝典,细细研究,对症下药。也是在宝典上,她了解到,兔子不喜群居,于是八只兔笼里的兔子为何不分昼夜地互相打斗和残杀的疑问,得到了解答。她敞开兔笼,让它们自由行动。可谁能想到狡兔三窟呢?它们曲曲折折,把洞打出土墙,逃进田野,不知所终。仅剩的五六只,被气急败坏的父亲宰杀,成为全家人难得的补品。

鸡虽然没有兔子那么矫情和狡猾,但毛病也不少。一窝电孵鸡的成长,需要付出的心血,不亚于照顾一个人类婴儿。它们很容易感染细菌、寄生虫和鸡瘟,又那么爱吃爱喝爱叫,小嘴几乎一刻也不闲。每天进出鸡圈无数次，母亲十八套上的猪屎味渐渐被鸡屎味代替。心里的忧伤反映在脸上，是额头三道深深的皱纹、头顶几丝白发，和眼睛里幽深的痛苦。她更憔悴，更见老了，体重跟着鸡儿健康的好坏和鸡蛋销量的高低时重时轻。我和哥哥帮不上一点忙，我们都在乡中学住校。奶奶心里对母亲有气，虽然也会帮忙，但小心拿捏着不让自己的老骨头受累，更不允许自己婆婆的身份有所下降。父亲被那些鸟嘴的东西吵得心烦，为了逃避，他从北藏镇酒厂批发来整整一三轮车青稞散酒，每天拉到集上去卖：三轮停在一群游手好闲的打牌男人跟前，父亲混在里面，牛九，骰子，酒被人偷了都不知道。乡里人爱喝酒，父亲也是，一三轮青稞酒还没卖完呢，他就变成了酒鬼。每次喝醉酒，他就化身为一个情感丰富的演员，又哭又笑，诉说自己没钱的烦恼，和在阳世上活人的艰难，闹得家里鸡飞狗跳。对于母亲，这时候，他才流露出一丝关切和疼爱。每次他都发誓，下一次北藏镇逢集，他要给母亲买一身新衣服，但酒醒之后连块布片也没给她买来。说者无心听者有意，奶奶对母亲的怨气，却因此加深了一分。

　　一批攒劲的母鸡，比赛似的下蛋，养鸡业展现出一派光辉的前景。母亲踩了风火轮一样嘟噜噜转着，仍顾此失彼。为了让母亲有个帮手，父亲请来了他的大姐也就是我姑姑的儿子帮忙。这个表哥十七八岁，正害着父亲当年做小青年时那种好吃懒做、异想天开的毛病。母亲并不知道这件事。突然多了个帮手，她反倒有点不适应；她也不知道父亲怎么给人家许诺的，是按月给工钱呢，还是纯粹亲戚间帮忙。她问父亲，父亲含含糊糊搪塞过去。表哥长得不赖，高个头，白脸庞；他要单另住一间房，母亲把最好的那间偏房给他腾了出来；他饭量大得惊人，干活却腰来腿不来……母亲对父亲抱怨：这哪里是请了一个帮忙的，倒像请了一个老爷！父亲也有些后悔，但请神容易送神难，他暂时没有打发人家回去的借口。表哥来“帮忙”的一个多月里，母亲学会了给鸡科学喂食，学会了打预防针，学会了剪喙，学会了通过观察它们的机体表现，判断是否健康，并迅速做出相应的救治措施……而表哥，唯一的工作，是一日三次，给鸡槽前的水罐倒满水，不让它们口渴。还不到半个月，他就长吁短叹，心情已不如来时那么愉快。

有一天，他给鸡槽里倒水，不知怎么，溅了自己一身。母亲赶紧给他揩干净，并且说等吃完晚饭，给他洗洗。

“我身上都是鸡屎味，”表哥抱怨道，“每天晚上都得洗！要是方便的话，好不好请舅母给我些钱，我去买些肥皂？我多买一些，就不用多麻烦你了。”

“好的！”母亲说，心里隐隐不快：家里并不缺肥皂。

她走出来，在早上洗了衣服的舍不得倒掉的肥皂水里洗了手。表哥跟在她身后，一面对她诉苦，说自己每夜都得起来两次，给鸡喂水。

母亲知道他在撒谎。因为每夜起来两次给鸡喂水的，是她，这个苦命的主人。

“所以，舅母，你起码也该给我买一套新衣，我赶集的时候穿。”

母亲默默地听他说完，又说了声：“好的。”她背起背篓，走出家门，去给鸡们割苜蓿。走了一小段，忽然听见皮革鞋的哐哐声，回头一看，是表哥。

他像个姑娘一样，把母亲堵在一个干草垛跟前，说他阿妈肚子里有一个疙瘩，像个石头一样滚来滚去，而家里实在没有……

“快点说吧。”母亲说道，“你要多少？”

“那么，”表哥红了脸，“按照行情……我要一千五。”他到底说出了口。

母亲惊得涨红了脸，这些鸡娃，统共才盈利了四五千呢。她满脸愠怒地摆脱了表哥的纠缠，往村外苜蓿地走去。她先走得很快，后来放慢了脚步。她的眼睛盯着地面，脑子里用一颗颗鸡蛋换算着那一千五百块钱。一斤鸡蛋四块钱，普通大小的六个；四百斤、两千多只鸡蛋，才能换来那些钱。"天哪，不要脸的东西！人没长大，倒学会杀人了！"她愤怒地骂道，气得泪眼花花。

　　这是一天中最热的时候，从雷帝雪山冲下来的山溪欢快地流着，沁人心脾。水深岸宽，溪里成片的水草随水浮动，像女人长而柔顺的绿头发，尽情地摊开在一片清澈之中。夏日阳光穿过粼粼荡漾、随生随灭的波纹，好像穿过一个个淡蓝色的梦幻；四周都是五颜六色的田野；再往前看，雷帝雪山露出圣洁伟岸的身影，它面前的黄金草原，仿佛新娘一样打扮得花枝招展。母亲满心仍是那一千五百块钱，以至于不小心，踏进了一坑泥水。意外的惊惧让她笑了起来，觉得很开心。她索性踩着泥水，像小姑娘一样玩起来。突然，她的左腿踩空，深陷了下去，接着是右腿。她艰难地拔出左腿，右腿陷得更深了。泥水里面仿佛有一只力大无穷的巨手在拉扯着她，下面是无底深渊。她越陷越深，越陷越深。她恐惧，大声呼救，但晌午的田野，农民都歇息了，一个人影也没有。她喊呀，喊呀，每喊一声，就陷进去一点。她浑身哆嗦，以为自己要被这妖洞吞没，连个痕迹也不会留下。有一瞬间她觉得，人生太苦，这样也没什么不好；只是……只是两个儿女，还未拉扯成人。一想到我和哥哥，她浑身有了力气。她艰难地扯住一把冰草，没想到把它们连根拔了出来；她又够到一根垂到地面的花椒树枝，不顾硬刺扎得双手流血，一点一点，一寸一寸，依靠那深深扎根于土地深处的树枝的力量，挣脱了魔沼，艰难地爬了上来。那坑泥水，在她惊魂未定的注视下，渐渐平静，复原，显出软弱、无辜、甚至清澈的样子。母亲想，天哪，这就是生活，这就是可怕的生活呀！

6

表哥的一千五百块"工钱"还没给呢，鸡群就出现了第一次大危机。不论母亲多么卖力，多么小心，也不能阻挡鸡们前赴后继奔赴黄泉的命运。最初是一只小母鸡，敛着翅膀，可怜巴巴地趴在地上发蔫，苍蝇嚣张地俯冲，飞起，欺负着它。没出一个早晨，周围的一群都学起它的样子，奄奄一息。母亲嘴里喊着"阿弥陀佛"，手忙脚乱地抢救：喂药，打针，消毒，杀菌……等到晚上，却回报她一具具僵硬的尸体。表哥不愿清理死鸡，去北藏镇饭馆吃炒面片了。我们全家，一篓篓，一筐筐，把死鸡背出鸡圈，难过得一口水都喝不下。这次倒不是全军覆没，但鸡的数目至少减少了一半。挣扎着活下来的母鸡，是鸡中的精英，但它们下蛋的秘诀，却是整天不住嘴地吃食。根据母亲的计算，两大盆上好的饲料，才能换来一颗中不溜的鸡蛋。她满脸忧愁地感叹：靠这些东西发家致富，好比登天。热爱读书的哥哥马上告诉她，书上说，几乎全世界的穷人，都做过、正做着同一个美梦：靠一颗捡来的鸡蛋，蛋生鸡，鸡生蛋，以至于鸡变羊，羊变牛，繁衍无穷，成为富翁。母亲用异常严厉的口吻，教训我们：这是全世界最大的谎言，你俩坚决不能相信，那只是懒汉们的白日梦而已！

好像在证明这个结论的正确性，我家这个由父亲的白日梦衍生出来的养鸡业，在母亲的辛苦努力下，刚刚进入轨道，就宣告失败。三月里，一场来自非洲的禽流感，漂洋过海，来到我们村庄，带走了前几天还蓬勃向上的鸡群的生命。灾难来得那么突然，想"哇！"地哭一声都来不及。我们不得不把它们装进三轮车厢，

154

拉到离村庄很远的雷帝雪山脚下，挖坑深埋。那项工作进行了一整天，连奶奶也参与其中。她老人家的悲叹，不亚于死鸡的数目。

表哥走了，带着母亲含着眼泪，用沾湿的手指，一张一张，数给他的三千块钱；之所以是三千，是因为他在我家，"帮"了五十多天，算两个月。

后来母亲得知，改造鸡舍、买鸡娃、买兔子的钱，都是父亲瞒着她，从银行贷的。她也早料到是那么一回事，但听父亲说出那个巨大的数字，她差点昏厥过去。每天每夜，她为那笔贷款唉声叹气，寝食难安。"我恨死你的爸爸。"好几次，她边清理空空鸡圈里厚厚的鸡粪和鸡毛，边恶狠狠地对我说。

她不知道，我也恨爸爸。他买来猪，买来鸡，买来兔子，就把一切苦活累活、责任成败都撂给她，自己当起监工，或者说好听点，甩手掌柜。他是个自私又没担当的人。但我也爱他，他是我的父亲。

家里没有了鸡，安静得出奇。母亲把劳动战场转移到了田地。她每天早出晚归，不是锄草，就是浇水，翻地。父亲气急败坏，喝酒更凶了。奶奶和母亲若劝阻，他就大发议论，说男人要不喝酒，就是最令人讨厌的装模作样；在他看来，就连寺庙里的喇嘛，也会在没有人看见的时候大吃大喝，总想着恢复出家以前的生活。他每天早晨都要空腹喝几杯酒，靠酒精的麻醉赶跑现实的种种危机。他老是抱怨头痛、乏力，没完没了地要陀螺一样奔忙的母亲关心。大白天他也要睡觉，母亲的脚步声吵了他，大发雷霆；她走开去，又骂她不管他的死活；回到他身边呢，不出一分钟又嫌烦，粗声粗气打发出去。他变得令人害怕而又生厌。

一次，父亲喝得醉醺醺的，执意要开三轮车去卖酒，结果刚出村口，就把车开进一条水渠，要不是水浅，谁知道会是什么后果。他害怕了，中断了这项营生。他把剩下的酒，放进地窖，每天都拿着酒壶，爬进爬出，醉得没有人样。更可怕的是，怨恨和愤怒钻进了他的脑袋。他指责母亲晦气，养死了猪也罢了，还养丢了兔，养死了鸡，让他欠了一屁股的账，一辈子都难翻起身。指责多了，仇恨愈深，于是皮鞭落到了母亲身上。奶奶对此置若罔闻。说不清父亲对母亲的偏见和毒打，是来自奶奶微妙的暗示和怂恿，还是父亲自己那么认知和作为。对此，我和哥哥并不知情，因为我们住校，一个月才回家一次（哥哥曾对我说，住校使他快乐，因为可以摆脱呛鼻的鸡屎味和母亲辛劳的身影。我也怀着同样的心情暗自庆幸。在学校里，哥哥的拿手好戏是学猪哼哼，我的最大本领是金鸡独立）。当我和哥哥发现母亲身上的累累伤痕时，我抱着她失声痛哭，哥哥则抄起一块砖头，去找父亲拼命（我们早就发现，他的性格非常极端，有时安静得像个小姑娘，有时暴烈得像一匹还未驯服的小马驹）。幸好父亲和一帮酒友喝酒去了，否则，还不知会发生什么事呢。

日子长悠悠的，叫人心慌。村子里的男人们都出门挣钱去了，只剩下父亲一个壮年劳力，还赖在家里。这里的人们对扳着门框、撅起屁股不肯出门打工的男人，抱着很深的蔑视，所以父亲走到哪里，都受到大家的嘲笑。终于，他赖不下去了。他鼓起勇气，扛起被褥，跟随村里的一个包工头，去了西藏。他在那里，给瓦工、泥水匠、木匠等技术民工当小工，在他们此起彼伏的命令声中忙得滴溜转，修起一座座民宅，还有寺院。有时候他们在山南，有时候在日喀则，有时候在昌都，有时候又到了墨脱，甚至藏印边境。临近年关，他又背着被褥回来，给母亲、奶奶、哥哥和我一个短暂温暖的家，一些关于西藏的风景轶事（关于他如何下苦，只字不提），三月份，这世界被温暖春风吹得活转过来的时候，又背着他的被褥，走了。

7

我对三月的印象是多么深刻呀！在那荡漾着料峭微风的清晨，雷帝雪山山顶首先披上了一层金红的霞光。天空渐渐由金红变为浅蓝，再由浅蓝变成鸽子蛋般淡淡的青绿，田野河流中那超尘绝俗的宁静也渐渐被俗世生活的喧嚣打破。清丽春光把村庄笼罩起来了。大片大片的庄稼地和梯田，以及开满黄色蒲公英的山间小路，一派生气，叫人看了好生欢喜。黄金草原上鹅黄初露，牛羊马骡，静静地挪步吃草，或者到雪山小河边，把漂着闪亮浮冰的雪水咕咕痛饮。到了傍晚，不用牧人召唤，它们各自归到自己那一类中去，排队悠悠闲闲，回到主人家享受热水拌麦麸，或者去年干草的甜馨。

三月的白天，没有哪个农人，没有哪头耕牛，是闲的，就连天上的游风，也在匆匆赶路，好翻过三月这座大山，追赶四月的踪迹。河岸边那些在阳光下偷偷舒展叶子的身姿挺拔的杨柳，在奇异的午后光色中，给脚下缓缓流过的雪山河增添了无限诗意。河对面的零星村庄，到傍晚时分，各家各户红砖垒砌、仿佛一个帽子的烟囱里，就会冒出一股股浓白的炊烟，袅娜上升，逐渐变淡、分散，和天空融为一体。柔润细腻的春天气息，带着新耕地的芬芳，笼罩着每一个人。

对于我来说，三月的朝阳、草木和落日，都没有什么特别奇异之处。我还不能那么深刻地领悟它们的美，我在意、喜欢的是三月的光芒。三月的清晨，被农民照料得很好的田野上空那希望的五彩晨光总是给我过早目睹生活艰辛的心灵带来安宁和恬静。我多么热爱这种光芒，以致好像并没有发觉自己在爱它，就像爱母亲在晨光中忙碌的身影一般。多少次，我苦苦琢磨，如何在作文中描述它，赢得语文老师和母亲的夸赞和喜爱。母亲热爱读书，在难得赋闲的时刻：老天下雨或带我和哥哥去寺庙祈祷的路上，总让我俩念书或背诗给她听，每次听完，都温柔而严厉地叮嘱我俩要好好学习，将来考大学，做一个对国家有用、有目标有秩序，而不是像她和父亲一样，在生活的泥沼里东奔西突、不得要领的人。

在这种感受和教诲下，我对三月之光，早早就有了形而上深刻的认识：它是希望，它是梦想，它更是不屈不挠、坚定的执着和不懈的努力。

母亲春耕秋收，到了秋天，把玉米、洋芋、青稞、麦子，还有大豆、豌豆等吃不完的粮食，全拉到北藏镇粮食市场粜了，换成钱，锁进柜子里。奶奶是挨饿长大的人，不同意她这种做法，她说：万一闹饥荒……但是母亲急于存钱，好有朝一日，把她的服装店，从梦想变成现实。这样过了三年，父亲也挣了一笔钱，不想再千里迢迢，做出门人了。他想做生意，挣大钱。他把当小工挣下的七万块钱，想象成了金山银山。他的心，虽然没进过富贵的染缸，但至少也被那七万块熏了一下，再也不肯褪色。他多么珍视那笔钱，每次谈起，连出气都分外小心。他那么马虎的人，却把这笔钱藏在连老鼠和蚂蚁都找不到的地方。他不知从哪儿听说，如今这社会，只有钱生钱，才能挣大钱。七万可是个大数目，如果用它来生钱，少说也能生出一大半。为此，他不惜冒大风险。至于失败了会如何，他从来不想。他对母亲说，男子汉大丈夫，哪里跌倒，就要从哪里爬起。他指的是当年在玉树州，挖的虫草被骗的那件事，多年来他对此耿耿于怀。他还对她说，贩一回虫草，一辈子吃喝都有了。等他挣了大钱，就给她在县城开个服装店。母亲声泪俱下，犹如万蚁啮心，劝他先把银行贷款还了，还引证无数虫草贩子失败后倾家荡产的实例，他都耳朵被焊住了一样无动于衷。最后，他把它们用麻绳，捆绑在腰腹，在阳春三月，腆着肚子上了玉树，用这些年的全部人生经验和社会经验，去博取一个想象中的伟大胜利。一个月后，彻底失败的信息先他一周，被其他赚得盆满钵满的虫草贩子带回家，并且，迅速传遍了整道沟川。

母亲并没指望他那些钱，但听到那不幸的消息，还是躺在炕上，无声地痛哭了一场。她心疼那些钱，更心疼他。那是他背井离乡，抱砖背泥，被人呼来唤去，当小工挣的，一天最多一百块。他虽然浑，但毕竟是她的男人。她也恨他。他身上的一切都惹她生气，他的没有思想的眼睛，年龄越大越显示出愚蠢、自负、无知的脸庞，他说出来与没说出来的话，他的衣服，他的那些气死人的行为，总而言之，他整个的人。这次他又失败了，连带她也失败了。卖粮食根本攒不下几个钱，沉重的农牧活儿逼出来的各种疾病，却从头到脚，从里到外，十个指头也数不清。一个家庭，男人不攒劲，女人再卖命也无济于事；同样，男人再攒劲，女人不顶事，也一塌糊涂。这个家里，事无巨细，样样重担，都落在她一个人肩上，父亲只是老天给她派来捣乱、捅窟窿的。为什么我这么命苦，摊上这么一个男人？她问自己。

她抹干眼泪，觉得把他放在心里思来想去，是浪费时间，于是把思绪从父亲身上拽开，眼睛朝屋内扫去。天哪，这哪还像个家的样子：土墙倾斜，木门嘎吱作响；碰到雨雪天气，墙壁渗水，地面和泥；墙上挂的还是当年他俩结婚时买的早已褪色的年画，地上铺的，是一层薄薄的水泥；人生的辛酸仿佛都盛在一日三餐的粗茶淡饭里，老是那些缺肉少油的花样；时兴的衣服，女人们赶集、转娘家时撑面子的金银首饰，她一样也没有；就连那十八套，直到今天，她还会找出来替换着穿一穿……这还不算，她嫁给父亲，十几年来苦死苦活，几次努力拼搏都以失败告终。她觉

159

得父亲在糟蹋自己的人生，使她像受伤的鸟雀陷入泥坑一样无力摆脱悲剧的命运。为什么，我会得到这样一个婚姻？为什么，我的努力得不到回报？她左思右想，七上八下，就像一串风铃，在大风的扫荡中，晃来荡去。她找不出原因，最终把这一切，归结为自己悲苦的命运。

村子里其他人家，都欣欣向荣，在国家和党的富民政策下一天比一天富裕，兴旺，发达。放眼望去，所有村民的生活，尽管也平淡无奇，但至少拔地而起的二层小洋楼是个不容忽视的变化。有的人家，甚至千变万化，举家搬到县城里住有暖气的洋楼去了。可是我家呢？什么好事也没发生。我走在巷道里，本来兴致勃勃在唱歌，但一看到掩映在二层小洋楼群中我家那寒酸低矮的土房，马上就垂头丧气，失去了一切乐趣。是的，对比是那么明显，人们的眼神是那么闪烁、轻蔑，让人伤心，自卑不已。对我们家来说，未来就像通向未知的路，漆黑曲折，而路的尽头，是一扇吊着铁锁、漆漆沉沉的大门。

8

我家成了低保户。是村主任给我们报上去的。他说，全村人都在走上坡路，唯独我家，在走下坡路。他抱怨，我家那五间临大路的破旧土房，严重影响了村容村貌。他还说，低保户的名额是香饽饽，不管真穷还是假穷，全村人明争暗斗，都想得到，但是对于我家，大家除了鄙夷父亲无能，没什么大的争议。

确定这个名额时，一群来我家调查的年轻干部，在认认真真检查过堂屋厨房、厕所牲圈、犄角旮旯后，凑在角落，悄悄起了争论。有人说，啊，这是真正的困难户。有人说，这么年轻的两口子，全胳膊全腿，肯定是好吃懒做，才这么贫穷。有人说，"方向不对，努力白费"，你看这不伦不类的牲畜圈，就知道他们狠狠折腾过。有人说，要是低保给了他家，那些没有劳力的家庭，会不会有意见？有人说，国家拉一把，他们就起来了，我看这两口子，攒劲着呢。父母低头站在一旁，脸都羞得黑红黑红，不发一言；我和哥哥，那天因为放假回家取干粮，也在场。我的心，钻了一只讨厌的兔子一样咚咚跳着。哥哥咬紧了嘴唇，满脸淌着羞汗蒸发出来的热气。我深深记得，他那时的脸庞，像初春含苞的桃树枝一样布满了小疙瘩，身上的男子汉气概和残留的孩子气之间的斗争，马上就要见胜负，当然胜利属于前者。年近八旬的奶奶，代表我们全家，发表了长篇大论。她一把鼻涕一把眼泪，诉说着贫困造成的种种艰难和不幸。她的白发，只剩几颗牙齿的嘴巴和老年乡村女性用最朴素最真实的语言所做的生动讲述，是那么凄凉，让人心如刀扎。年轻干部们都是农民家庭出身，感同身受，有的甚至红了眼眶。不久，父亲去乡政府领了低保户的折子。奶奶亲自保管起来，她可不相信自己的儿子。

在最初的一年里，国家给了我们危房补助，鼓励我们修建新房。父母非常高兴，深知要不是国家帮助，他俩这辈子，不知何时才能盖上新房。他俩借了各自兄弟姐妹的一些钱，拆了我家旧房，欢天喜地，盖起五间漂亮的新砖房。从住进新房的那一天起，我们再也没羡慕过别人家的小洋楼。我们全家，多么感谢国家呀！

这还不算，国家想方设法，带领我们和全村全县人发家致富。秋天，县政府组织全县富余劳力去新疆摘棉花，把父亲也组织去了。父亲挣回来八千块钱。他为此得意扬扬，但母亲打听得，同去的队伍里，就连身体最孱弱的妇女，也挣了一万好几。也许他藏了一部分买烟吃，母亲懒得计较。八千就八千呗，胜过一分没有。

翌年三月，乡政府召开扶贫大会，要给全乡五百余户贫困户发放"扶贫羊"。在扶贫办、乡干部的精心组织和监督下，三千余只"扶贫羊"采用公羊搭配母羊的方式，统一发放。父亲和其他贫困户挨个登记、签字后，免费领到了属于我家的四只俊俏的高腿小尾寒羊母羊、两只强壮的小公羊。被咩咩羊叫声包围的乡政府大院一片喜气洋洋，左瞧右瞧、把羊身抚摸个不停的庄稼汉们流露出孩子般的纯真和喜悦，议论纷纷："这些羊这么精神、漂亮，回家后我一定好好养！""我要给它们吃黄金草原上最好的草，明后年争取办一个养殖场！""我要加倍努力，争取早日脱贫致富，感谢党和国家的好政策！"

是啊，有了这些羊，摘掉贫困的帽子不是奢望。乡政府规定，这些羊不得宰杀，不得倒卖，还说一年后要来检查，羊只数目要翻一倍以上（高腿小尾寒羊是生产能手，一胎最多能下八只羊羔）。正是万物萌动的三月，那些小母羊刚发育成熟，春心荡漾，随时准备和最强健的公羊结合，做幸福的妈妈……

父亲赶着一群羊回到家里，我们全家人多么高兴啊！尤其是奶奶。她老人家热泪盈眶，把那些羊摸了又摸，亲了又亲，双手合十，一会儿感谢国家，一会儿感谢政府，又亲自动手，收拾起空空的牲圈。母亲呢，不用奶奶吩咐，就抱来干草、拌好麦麸，眼睛里的喜悦像水一样流淌。我和哥哥，争着给羊起名字。只有父亲，站在一旁诡谲地笑着，一言不发，好像在打什么鬼主意。

果然，我们全家还没从火热的喜悦中缓过神来，一天早上，父亲就趁母亲下地、奶奶给羊找草的缝隙，把它们抱上三轮车，偷偷上了北藏镇。他觉得这是一笔白得之财，草草卖了些钱，还了当年养殖欠下的部分银行贷款。奶奶笑眯眯，背着几捆干草来到羊圈时，只看见几堆冒着热气的羊粪蛋蛋。没费一点心思，她就知道了其中的奥秘；她气得拍着大腿痛哭一场，一路自言自语，上坡下沟，去乡政府告自己儿子的状。她泪眼婆娑，央求干部们把父亲卖掉的"六个好宝贝"追回来。几个干部闻言，马上骑着摩托，来到我家。那时父亲刚还完贷款回家，因为"头上的石头搬去了一块"，正轻松地就着馍馍自斟自饮。干部们气得满脸通红。他们用恨铁不成钢的语调，命令父亲，立即把羊赎回来。父亲知道那已不可能，但不敢违抗命令。他说他一个人去能力不够，于是干部们全都陪他去了。他们翻山越岭，来到山后羊们的新主人家，但那个老汉，已经从这些羊身上预见到一个蓬勃、壮大的养殖事业（就连小孩也相信那指日可待），哪里肯退回，他说，要命一条，要羊，一根毛也没有。乡干部们苦口婆心劝告，用法律吓唬，都无济于事。父亲越看那些羊，就越清楚自己干了件多么愚蠢的傻事，恨不得拔出刀子抢过来。纠缠了一天半夜，毫无结果，他们只好垂头丧气地回来了。过了几天，乡政府按照市场最低价，罚了我家那六只羊的钱款。

　　一个美好的事业就这样打了水漂。父亲不仅辜负了国家和政府的一片好心，也辜负了奶奶对这个家的殷殷期望。不久之后的一天早晨，奶奶起来去厕所解手，晕倒过去，再也没有醒来。父亲哭叫着在地上打滚。母亲呢？喷涌而出的眼泪并不比父亲少。婆媳之间没有硝烟的战争，就这样以一方的突然消逝告终，留给母亲的，是难以形容的懊悔和措手不及。她和父亲面对面跪着，脸皮浮肿，眉头紧锁，喉咙里时常冲出一声憋不住的哭泣。他俩不吃不喝、不眠不休整整三天三夜直到奶奶安葬，好像这样，才能弥补一些奶奶在世时他们所犯的错误。

　　这是我第一次见到死亡，除了恐惧和悲伤，还有满腔好奇。奶奶躺在一块木板上，瘦小，干瘪，仿佛一个未成年的小孩。清油灯和酥油灯被三月夜风吹得摇曳不定，老是在灭与不灭之间徘徊；淡蓝色的烟雾飘到窗口，又被清冷的夜气吹进屋里。灯芯已经结了灯花，烛焰发出的红黄光芒，把我紧盯着它们的眼睛照得困疼困疼。窗外，天光暗淡，只有寥寥几颗星点缀夜幕，夜显得非常寂静。我想，奶奶肯定乘着朦胧的月光，到天上去了。但愿天堂没有操不完的心，没有担不完的惊，也没有人令她失望、伤心，到处都是温暖、鲜花和牛羊。这么想着，我才猛然醒悟，我再也见不到亲爱的奶奶了。

9

第二年十月发生的一件事，值得交代一下，因为它改变了我们全家的命运。

乡政府为了拓宽农民的就业面，请来城里的专业厨师，办了一个农村厨师培训班。乡干部把父母和全乡其他一些低保户的年轻劳力，召唤到乡政府大院，免费培训了三个月。父亲学的是面匠，母亲学的是炒菜。为了让大家安心学习，国家还给每人每天补助三十元钱，作为耽误生产生活的补偿。母亲感激不尽，学得非常起劲；父亲呢？觉得做饭是婆娘们的事，他又不开饭馆，让他一个大男人，学习面匠，实在有失体统。他经常溜出去赶集，母亲总能在一些最偏僻、最让人生气的角落找到他，折一根树枝当鞭条，赶他回来，接着学习。三个月后，他俩都获得了一门新手艺。

直到此时，母亲的"十八套"仍然陪伴着她。有一天晚上，我依偎在母亲怀里，看着窗外皎洁的月光，告诉她我的梦想：等我长大挣了钱，要给她买一辈子也穿不完的漂亮衣裳。我记得她听到"梦想"一词时，浑身像火烫了一下那样剧烈地一震。

母亲再也不愿意等"有钱"的那一天了，她聪明地意识到，那一天，就像哄骗赶路的毛驴面前那根晃来荡去的胡萝卜，永远也吃不到嘴里。她决定马上将自己的梦想付诸行动，在日新月异、千姿百态、自己钟情多年但早已陌生的服装行业，寻求人生的意义和解决家庭经济危机的途径。这些年来，国家物质扶持和精神扶贫双管齐下，父亲的思想也慢慢起了变化。面对贫穷，作为一家之主，也许他心底里，比我们更感觉羞耻。尽管他的眼神，经常在空荡荡、因为荒废而快要坍塌的牲圈上溜来溜去，天知道他打着什么样的主意，但还是同意了母亲的决定。他的同意，仅限口头，因为在金钱上，他爱莫能助。母亲大张旗鼓，展开自救。她向娘家兄妹借了五万块钱，又在乡政府的帮助下，申请了一笔五万元的农村妇女创业贷款，然后，开始选择店铺。她在北藏镇和番镇中选择了离我们村较远的后者。相比前者，番镇更加开放、繁华，最重要的是，番镇中学教学水平高，她想让我和哥哥转学到那里念书，以后考大学，当干部，报答国家对我们的恩情，同时也过上美好的生活。哦，这就是我们的母亲，她自己的日子过得苦涩，就把支离破碎的梦想全寄托在我和哥哥身上。她想得那么远，替我们兄妹的未来暗暗使劲，摩拳擦掌。

番镇属于古丝绸之路和唐蕃古道要地，曾是古代政府为传递文书的信使和过往行人在途中更换马匹或休息、住宿而修建的地方，也就是驿站。在奶奶讲给我和哥哥的童年故事里，这里充满了历史的烽火、多情的男女、被逼得走投无路的难民、只要一到此地就会遭遇到毒害的有钱人、拼命跑向官府报告军情的士兵和他疲惫不堪的马匹，还有黑漆漆的树林、影影绰绰的鬼魂、望不断的黄河……总之，是一个经济繁荣、令人流连忘返的茶马互市。

母亲租的店，门面四间，位于一个三岔路口：一条通向省城兰州，一条通向广袤青海，一条通向十万大佛柄灵寺。人流的大量集散给这个小镇的全部生活带来了一种不拘礼俗的风习，而这，正是生意人梦寐以求的。

除了绝好的地理位置，母亲看中这个店，还有一个因素：店后面有一块两个卡车车厢大的闲置土地，勤劳的母亲想开辟一个小菜园，作为对农耕的念想和一家人生活的补给。父亲绝没有想到这一点，他压根就没看见那块地。

父亲陪伴母亲去兰州挑选衣服的过程，令人啼笑皆非。说是陪伴，其实父亲更多的是担心母亲被偷、被骗。一对土里土气的中年庄稼夫妇，坐错了几次公交车，艰难地用蹩脚的普通话一路打听，来到服装批发商场。他俩怀揣几万元巨款，在迷宫一样的商场迷了路，差点尿在裤子里。才刚二月，各种暴露清凉的女性服装却琳琅满目，看得父亲目瞪口呆，母亲也不停地发出震惊和不可思议的弹舌声。以她"专业"的眼光看来，她想不通为什么一件好好的衣服，前襟要那么短，刚能遮住胸部；后背为什么要掏几个窟窿，或者绑几根绳子；裤衩子光明正大，穿在外头；有些衣服，薄得好像阳光下苍蝇的翅膀，连身上的汗毛都能看见……转了半天，她总算看中一款还算庄重、适合镇子上那些"时髦"女人穿的衣服，一问价格，惊得半天合不上嘴巴。她发现，时代发展如此之快，她想在服装业成就一番事业简直就是天方夜谭。她的审美脱离"十八套"才不过几年，可是世界，你瞅瞅，已经高级、花哨到了什么地步！

她果断放弃了开服装店的梦想，就像麻药状态下，从身上割去了几公斤重的毒瘤，轻松而且畅快，又像做了一场漫长而虚幻的大梦，醒后一身淋漓。她觉得自己愚蠢透顶，滑稽可笑。一个乡里女人，一辈子没穿过几件新衣服，竟然想做服装店老板娘，引领小镇的时尚潮流！啊呀呀，简直笑掉大牙！父亲也嘲笑她，以此来证明自己当年不给她开服装店是多么明智。但是如果当初，他允许她开服装店呢？情形会不会相反？他不说，母亲也懒得追究。她只是笑，直到麻药的作用过去，阵痛袭来，在商场外面的牛肉面馆里流下了一行行滚烫的泪水。

回来颠簸的班车上，父亲对那碗牛肉面回味不绝，为北藏镇和番镇没有这样的美味深感不满和遗憾。母亲听着听着，哭红的眼睛突然一亮，说，既然我们都学了厨师，为何不在番镇开个饭馆？这个天外飞来般的建议，对父亲，这个大半生浑浑噩噩、无所作为的男人产生的影响，不啻在死寂的湖面投下一块石头：先是徐舒地形成一个晃动的、轻盈的小水圈，逐渐一波一波，稳定而厚重地扩展开来，慢慢荡漾到意识的边缘。父亲不敢喘气，不敢眨眼，生怕把这个美丽的梦幻惊跑。他只是幽幽地"哦"了一声，便被这梦幻衍生出来的繁荣景象压得几乎要发疯。人生中唯一一次，他没在欣喜若狂的当口，把刺激他心智的事情张扬出来，而是叮嘱母亲住口，免得满车乘客偷听去他们即将发财的秘密。

10

傍晚回家后，来不及喝一口热茶解乏，父母就继续那一碗牛肉面的话题，直谈到本地和"全国各地的餐饮业"，以及这一行业隐藏的巨大利润和财富，兴奋得难以成眠。他俩的饭馆，就在这彻夜长谈中孕育出了胚胎。那些天可能是父母多年以来过得最愉快最融洽的日子，虽然有可能失败的恐惧仍旧笼罩着他俩的一部分思想，但光明已经穿云破雾，照射到我们全家身上。梦想的一致使他俩的交谈罕见地投机，一幅你唱我答、夫妻同心的景象。以前，父亲会说："臭婆娘，你养死了我的猪、我的鸡，养丢了我的兔，你就是个扫把星！我没把你的腿打瘸，算你福气！……"
母亲会说："啊！你既然不满意，为什么不去自己养呢？赔了这么
多钱，都怪你自己。你本来应该这么的，不应该那么的。"现在，
他俩谈到即将要共同经营的饭馆，谈到未来要赚的钱，需要购买
的设备：锅碗瓢盆啦，桌椅板凳啦，酱油味精啦……那么恩爱、
和谐，好像从未有过吵架拌嘴的事儿。父亲预见到自己很快发了
大财，成了声震一方的名厨，人们吃了他的面，口齿留香，永生
难忘；他还看到我们全家生活富裕幸福，鲜衣怒马，招摇过市；他
在村里盖起了二层小洋楼，还要在县城买一套暖气房……这样想
来想去，他后悔没有早几年进军餐饮业，白白错失了那么多发财
的机会。同时，他到底也对母亲，这个默默支撑家业、也许还爱
着自己的可怜女人，生出几分脉脉情意和久远的愧疚。他发现她
尽管憔悴显老，但容貌依旧是他见过最美丽、最动人的。母亲也
觉得，有父亲的支持（而且还是狂热的支持），真是难能可贵，她
对开饭馆充满了期待和信心。是的，她对它的兴趣，超过养殖业
起码一千倍。

　　说干就干。父母请来匠人，在原本打算卖服装的店里垒了炉
灶，安装了抽油烟机，造了蔬菜架子和洗菜池，买了桌子桌椅、
米面粮油，墙上贴满了各种色香味俱全、叫人一见就流口水的美
食照片。本着发大财的愿景，锅碗瓢盆，还有烤箱火钳吹风，都
是最大号的。最后，父亲花一笔不小的钱，做了一个超级豪华的
店牌，上面用烫金大字写道：岔路饭馆。这是一个引人遐想的名
称，颇具侠义和江湖气概。窗户玻璃上，父亲让哥哥写满了菜名，
门口还立了一个弯腰鞠躬、笑脸迎客的门童。一切准备停当，只
等起锅烧油、顾客盈门了。

　　开业的日子由母亲去寺庙阿克跟前算定，那是三月初的某一
天。那天凌晨三点钟光景，父亲就开着三轮车，拉着母亲、哥哥

和我，怀揣对新生活的无限憧憬，沿着北藏河河谷岸边的沙土路朝番镇进发。从我们这儿到番镇，拐弯抹角有十几公里路。

被窝里的热气很快散去，我们都裹紧了衣裳。夜漆黑一片，三轮车的车头灯发出昏暗的光芒，勉强为我们扫开几尺光明。这辆破车，十几年来，将父亲每一个随性而至的发财大梦付诸实践，它已经残破不堪，嘭嗵嗵上坡的时候，老让人担忧它会控制不住地飞速倒退。哥哥打破沉默，说，他的旧同桌，昨天因为同学嘲笑他父亲的瘸腿，动了刀子。他说刀子的时候眼睛在黑夜中一闪。母亲掐了他一把，示意他住嘴。我不发一言，彼时彼刻，无法言说的快乐包围着我。我大声唱着歌，为母亲终于得偿所愿、不用再为被生活的重压冲昏了头脑的父亲随时有可能会冒出来的养殖业——天知道下次他会养什么——操心受累而高兴。她曾经是北藏镇最出色的裁缝，也将会是番镇最出色的饭馆老板娘。她任劳任怨，这次必能取得胜利。父亲卷曲的黑发迎风飘扬，他的背影显示出他的豪情壮志。他总是这样！分不清事实和狂想。也许在他眼里，番镇像夏天傍晚的北藏河一样闪闪发光，上面镀了一层厚厚的黄金。而此时的北藏河呜呜咽咽，像个走投无路的人。车厢里放着几大袋子养殖业失败后剩下的双胞胎牌猪饲料和新希望牌产蛋王——尽管它们早已失效，父亲还是想把它们放在岔路饭馆，低价出售。

沙土路上的车辙越来越深。有些路段坡陡路滑，车轱辘像生病的母鸡一样在原地打摆。突然，三轮掉进一个一米多深的土坑，停住了。父亲使劲踩油门，我们母子三人跳进土坑，使出全身力量推搡它，无济于事。没办法，我们挤在车厢，等待天亮。月亮又大又红，温柔地照在我们身上。父亲那种盲目、浅薄的踌躇满志，让人担心、忧虑；母亲呢？常年与父亲相伴和多次失败的打击，使她变得满面愁容，即便在如此巨大的快乐下，也有几丝悲苦残留在眉梢嘴角。他俩一言不发，不讨论即将开业的岔路饭馆。他们的和谐犹如昙花一现，惯常的冷漠又树立起各自的旗帜，迎风飘向相反的方向。这真是难以理解！也许他俩，昨晚刚刚吵了一架。我和哥哥受了影响，也不说话。其实我不说话是因为贪恋母亲温暖的怀抱。她多少年没这样抱过我了？我记不清了。从她怀里闻到那熟悉的久违的芳馨，我便被母性那永不失效的魅力感动得震颤起来。

天渐渐亮了，包围番镇的群山呈现出朦胧的轮廓。一些小鸟开始唱歌，此起彼伏，清脆悦耳。在一阵安静的空隙里，突然响起一只乌鸦的叫声，"啊——啊——啊"，沙哑，低沉，有力，让人不寒而栗。风越过山顶吹过来，喀啦作响，把一大片朝霞吹在我们身上。北藏河边的田野铺展在眼前，不远处一丛丛树木，掩盖了一个个相距很近的村庄。等天完全大亮时，才有三个中年农民路过这里。父亲请他们帮忙，他们说大清早就碰到这等事，不是个好兆头，但还是出手推起了车厢。三轮车很快就被推出土坑，重振雄风上路了。

我突然有种不祥的预感。即将开始的新生活使我感到兴奋，同时又神秘得让我忐忑不安。有那么一瞬间，我宁愿我们没开这个岔路饭馆才好。

11

我们来到了岔路饭馆。母亲命令我们把脚上的泥擦干净再进去。父亲放了几挂鞭炮，接着是亲朋好友陆续前来贺喜。父亲穿上白大褂，戴上高高的厨师帽，变得庄重、神气，令我暗暗欢喜，亲友们也发出类似浪子回头的赞叹。他嘿嘿笑着，手忙脚乱地生火、煮肉、和面、切菜。母亲忙着招呼客人。肉煮好了。面也醒好了。父亲把一根面团往两边使劲一抻，把人们都唬住了。就这样，父亲下面，母亲炒菜，火跳舞，锅碗瓢盆唱歌，共同奏响了一曲喷香美妙的交响乐。亲朋吃饱喝足散去后，顾客登门。美好的新生活，开始了。

开业第一天，我们的饭馆，就收获了无数的肯定和赞美。那是怎样的一天哟！三月的光芒给每一个人、每一件事物穿了一件清新的衣裳。顾客坐满了饭厅，我和哥哥，端着父母从取饭窗口递出来的饭菜，蜜蜂一样穿梭于一个个饭桌。送走最后一个顾客，父母把当天丰厚的营业额，用食指蘸着唾沫，一张一张，按照票额归类，抹展，叠放在一起。花花绿绿的钞票，那么厚几沓子，简直叫人心花怒放，狂喜不已。父亲一沓一沓，给它们绑上橡皮筋，亲手锁进一个带锁的铁皮小柜。他激动得脸脖一片通红。母亲提议我们到番镇走走。父亲说，大半夜的，走什么走？于是母亲带着我和哥哥出了门。

番镇还未眠。几个店铺里面射出来的灯光加上满月，使番镇看起来就像童话书上的那么美。北藏河在一溜山谷间悄悄地流着，像一条无限长的手臂那样伸向黄河的方向。母亲带我们上了河边一个小山坡，她站在那里，眺望番镇。对她来说，这个小镇既是她人生一个可喜的开始，也是我和哥哥未来发展的一个新台阶。她快活地咯咯笑着，因为这种喜悦之情那么深厚，已经无法用感谢佛祖的祈祷来表达了。那些匆匆过客和本地顾客的胃口是她的，他们手里的一部分钞票，也是她的，而且很有可能一辈子都是她的。这不仅是因为她有一个执着的梦想，还有一个不算聪明但绝不糊涂的头脑，将全部家当押在一副牌上的胆量，以及准备好用一双勤劳的手创造幸福的决心和行动。

三月夜晚的微风，把她心里所想，传达给了我和哥哥。我们母子三人，在这片寂静的荒地上坐下来，紧紧拥抱在一起。母亲叮嘱我俩，一定要好好学习，将来报答国家，过更好的日子。我俩都郑重点头应诺。我看见，北藏河上，像白色的羽毛一样，浮荡着一层闪耀的银光——啊！我想，我们家从此，要走上康庄大道了！

我家饭馆的生意非常火爆。营业通常到凌晨两三点。番镇人和北藏镇人大不相同。他们的传统和观点，更趋向于人生苦短，及时行乐；北藏镇的人呢，把每一分钱都攥得紧紧的，到头来又抱怨自己白活一场。所以，番镇人从不在吃喝上亏待自己。每天晚上，当最后一个客人离开，父母清洗完毕，拖着僵直的双腿，扒着小梯子上楼休息时，都头晕眼花，大脑已经进入了深眠状态。

每逢周末，我和哥哥就尽力帮父母打理饭馆：我择菜，洗菜，打扫卫生，端盘子；哥哥劈柴，装水，卸面……做这一切的时候我俩心里说不出的高兴。我俩已经转到番镇中学上学。学校离我家饭馆十几分钟路程。我俩仍旧住校；因为饭馆二楼卧室太小。每天中午、下午饭点放学，我俩就以最快的速度飞奔到饭馆，帮助父母干活，招呼客人。同学们都很羡慕我俩，每天都能吃到饭馆里的饭，而且，最重要的是，我们的生意那么兴隆，已经表现出浓郁的飞黄腾达的意思。

父母开始一笔一笔，还这些年欠下的糊涂账。整整还了两年，总算还完了。无债一身轻。我们每天笑盈盈的，连说话的声音，都变得坚定美妙了。父母的下一个目标是在县城里买楼房。这是很快就能实现的。每天早上一开门，顾客就已经等在门口。熟识的人们边吃边翻箱倒柜聊着家常，萍水相逢的旅客单调地聊着一些无关痛痒的话题。父母配合得那么默契。成功给他们带来了满腔热情和早已消退的爱情。他俩经常抢着说话，开着玩笑，然后大笑不已，像一对热恋的情侣。父亲身上的浪荡劲儿早已消失不见，换上一副沉稳、踏实的老板气息。他胖了。他本来就偏小的眼睛，给浮肿的脸蛋往上一挤，似乎离发际线更近了。母亲也比以前丰满了，年轻了起码十岁。她凭自己的努力，总算彻底告别了"十八套"。每个季节，她都会买小镇上最漂亮最新颖的衣服穿，而且一买就是好几件，像挨过饿的人容易暴饮暴食那样。她看起来那么漂亮。我走在上学的路上，总是轻声哼唱，心里充满了对美好未来的幻想。

但是好景……好景并不久长。随着全国经济的进一步发展，番镇上犹如雨后春笋，开了七八家新饭馆。他们卖的是外地菜品，又好看又好吃。我家的食客们，纷纷被吸引过去了。

竞争是如此激烈。每天到了午饭和晚饭时间，穿着南方特色民族服装的过桥米线店那个矮小秀气的女服务员，就会出来站在店门前，没完没了地尖声喊叫："正宗云南米线，价格实惠，味道鲜美，欢迎品尝！"这时，蜀味川菜馆的小伙子，也出来站在她对面，用四川人特有的绵软腔调，和她比一比高低。有一家鱼庄，请了唱歌的小姐，穿着暴露，在人们吃饭的时候登台献唱，最让人目瞪口呆的，是一家拉面馆，把锅灶砌到外面，一个身穿短裙的女孩，把一对乌黑浓密的假睫毛，蝴蝶翅膀一样频频扇动，迷得小镇男人们神魂颠倒。她跳着夸张性感、没有半点矜持和美感的舞蹈，把长长的面条，羊毛线一样一根根甩进锅里。她边跳边唱：美食、美色和艺术，带给您超值的享受！人们里三层外三层，看她表演，当然，最后免不了尝一碗这三合一面条。在那样的饭馆，人们既能满足食欲，又能满足感官，一举两得。而我家的面馆又沉闷又传统，顾客来了只能闷声吃面，很快门庭冷落，陷入困境。

这一切，简直比父母搞养殖时那场不声不响、从遥远的非洲漂过来的鸡瘟，更加可恨。

12

压力一大，父亲不负责任、敷衍了事的毛病又犯了。人只要一松懈，就会自然而然地忘记曾经的决心和豪情，就像拉紧缰绳的马，主人一松手，马嚼子就从嘴里滑出来。他不好好做面，也不好好煮肉，整天伸长脖子，张望那些时髦的饭馆。越是比较，他的心情就越是糟糕，他整天唉声叹气，就连腰板，也忽然塌下去了一截。老顾客登门，刚吃几口，就开始抱怨面片不像以前那么筋道，手抓羊肉也不似以前那么美味——他们皱眉噘嘴，怨声载道。

是的，父亲还是当年那个父亲。他的生活习惯和思想虽然有了很大改变，但骨子里那个随性马虎的根还是没变。他羡慕那些靠勤劳致富的人，羡慕他们稳扎稳打，一步一个脚印地奋斗，过上梦想中的好日子，但他永远也学不会他们吃苦耐劳的品德。他们那种遇到大风大浪时不慌不忙、沉着应对的姿态，他十分欣赏和喜爱，但自己怎么也学不来。他只会用慌乱、酒精、扑克，以及无休止的想象对付困难，实在撑不住时，甩手了事。但母亲着急。这样下去如何得了！她开始指责父亲。

有一天晚上，一位老顾客不满父亲做的面条软塌塌的像一团棉花，拒不付账和他大吵了一架。怀着对父亲的一腔怒气，母亲出了饭馆，沿着沙土路，朝北藏河走去。番镇灯火通明。无形的压力使母亲越走越快，直到精疲力竭，她才突然在北藏河大桥上站住。她的双腿索索发抖，两鬓突突跳动，非得使劲才能控制住心神。三月的夜晚寒气袭人，她把双臂抱在胸前，好暖和一些。透过番镇的灯红酒绿，北藏河泛出一片七彩而朦胧的光芒。群山或已沉睡，显出虚渺的轮廓。在她和她周围的世界之间，横亘着一片凄风鞭赶着走向深渊的黑暗。

母亲觉得寒气袭人，双手更紧地抱着肩膀。繁星点点，陪衬一幅黑色的天幕。水声潺潺，在这黑夜的大桥上，只有她一个人。多少次，在忙乱后难得的空闲，她走到窗前，从平缓清澈的河水及沿岸的景色中寻找慰藉；番镇的商店药铺饭馆，亲切友好，好像从无罅隙似的一家紧挨着一家。最吸引她的仍是河水，它们目标明确，从不出差错，最终流向几十公里外的黄河。几年前，她为了自己的梦想，也为了发展贫困的家庭，来到番镇，开起这家岔路饭馆，逐渐感到她那伤痕累累、被贫穷和父亲折磨得烦乱不堪的心灵，在劳动的付出和收获中渐渐平复，伤口渐渐愈合。债务的清偿和收入的稳定，使她觉得一股希望的朝气，每天都在推她向前。但是如今呢？和曾经折腾过的所有花样一样，岔路饭馆出现了危机。她尝够了失败的滋味，对此不知所措。当她看到父亲在突如其来的压力下原形毕露，除了对他的恨，更多的还是惶恐。每天，当各类饭馆以各自花哨的伎俩招徕顾客时，她就烦得要命。她是老老实实的人，只想做好每一碗面，让顾客吃了觉得值他花出去的那几块钱。可是如今，这样行不通，行不通！

镇中心的大钟响了十下，钟声响彻三月的夜晚。母亲觉得自己仿佛置身于河流的中心，没有方向，不能着地，说不出的孤独与恐惧。站在桥上，不论从哪个方向走去，都是广袤的世界，可是她再一次被困在了这里。她内心萌生出强烈的欲望，想撕破夜雾这道柔韧的墙壁，随便到什么地方，去感受无忧无虑的生活……但实际是她挪动僵硬的双腿，回到饭馆。

在那漫漫长夜，父亲也夜不成眠，在做人生第一次深刻而诚实的检讨。他向母亲总结，自己早年之所以接二连三地失败，关键在于他自己"人不诚"；如今呢？他诚实了，却老了，赶不上那些新花样了。但是时代逼迫，他非得做出创新和变革不可了。他实在害怕了贫穷，不能眼看自己堕落下去。这番罕见的忏悔和剖白，感动了母亲。

他俩弯着身子，默默无语地坐着。母亲把手，轻轻放到父亲手上。"咱们该怎么办？"他没有回答，使劲咽了口唾沫。"也学学他们，咱门口……放两个小孩坐的投币摇摇车吧？"他还是不回答。但"学学他们"的思想一下子挺立在灯光明亮的房屋中，粗大而又沉重，把其他一切物什全挤到了一边。它好像一只蜗牛，慢慢吞吞、黏黏糊糊地爬到他们的手上，使他们的双手彼此分离。他们不愿对望，一声不响。这个具有无比挑战性的思想所形成的难以承受的压力，分摊在他们身上。

还是母亲打破了沉默。她问道——她的嗓音里有什么东西破碎了——"总得想个法子。"——"是的。"——"什么法子好？"父亲哆嗦了一下。"我不知道。不过总得——""你是男人。""我是男人怎么了？难道所有的责任，要我一个人承担？"——"我早就知道你会这样！"

父亲把脸埋在一双布满了刀伤、烫伤的大手里。时钟在床头走来走去，活像一个侧耳偷听的长舌妇。

"要尽可能，满足顾客的一切要求。"父亲开始絮叨。他说，一个家庭，无论在兴旺或是不走好运的时候，夫妻俩都要团结一心。听听，我的父亲，他被生活逼出了思想。他还说，这样做不是为了表现夫妻之情，而是严峻的生活告诉他，一个家庭想要生存下去，必须结成一条一致对外的统一战线。要是在平日，他说出这么一番话，母亲准会感动得涕泪交零，可是此刻，她却听出了另一番意味。果然，他说，他想给顾客卖酒卖烟，酒要选择当地的青稞散酒，那酒香醇，度数高，后劲大，番镇男人一定喜欢，掺多少假也没关系。他要先用假酒把顾客掀翻，再引导醉眼昏花、大脑混沌的他们买烟点菜，什么贵就让他们点什么。母亲立即骂他，坏良心的，你怎么能想出这样的点子来！同时她提出，万一假酒喝死人，怎么担得起？父亲告诉她，他知道掺假的比例，放心吧，绝对喝不死人。母亲问，当年你三轮车里卖的是否就是假酒？父亲笑而不语。母亲瞪大了眼睛，震惊和愤怒使她半天回不过神来。父亲还告诉母亲，据他观察，番镇是一个茶马互市、交通要道，但就缺一个供男人们恣情豪饮的地方，彻夜麻将的地方。哦，听听，我聪明的父亲，他灵机一动，又加上了麻将。母亲竭力反对：这些都是歪门邪道！麻将，那不是聚众赌博吗？公安局的眼睛，难道瞎了？！但父亲拍着胸脯叫她放心：窗帘和黑夜能遮挡一切，而且，他有能力和把握，不让事情朝有害的方向走。母亲无奈，使出最后的招数：两个孩子正在上高中，这样做会影响他们的学习！父亲说，影响个屁，他们不是在住校吗？喝酒和麻将都在夜晚，他们什么都不会知道，而且，不赶紧挣钱，他俩考上大学，拿什么交学费？他这么说着，把自从饭馆危机以来那种惶惑和灾祸般的感情推到心灵的后壁，代之以创业以来始终支配他的那股盲目的狂热激情。他说服了自己，他的提议已经在他心里生根发芽。他很快放松下来，四肢展展，倒在床上。母亲只好用哭声来阻止他。她那黑而无神的眼眶里，先流出一颗泪珠，很快三四颗泪珠在追逐流淌，但父亲回答她的，是一串串起伏有致的鼾声。

13

对于那些异想天开的想法，父亲向来雷厉风行。他走兰州，买来一台全自动麻将机，摆在饭馆最靠里的那间包厢，上面盖上深咖色桌布，掩蔽得好像一张桌子，然后，拉上厚厚的遮光窗帘。

他请人造了一个小小的酒吧台，里面放上掺了假的青稞散酒，还有其他几十块钱的瓶装白酒、黄河啤酒……旁边一块大纸板上，用歪歪扭扭的字体写道：通宵营业；消费满二百，酒品香烟一律八折。如他所料，男人们苍蝇闻到腥臭一样蜂拥而至。店里的生意，又红火了起来。

对于那些生活在乡下的男人来说，平时下了那么多的苦，我们的岔路饭馆，就像父亲说的，是一个难得放纵的地方。它不像个饭馆了。音乐在响，喝酒猜拳声此起彼伏，震耳欲聋，人在彻底放纵和酒精麻醉下的丑态，简直不忍直视。麻将包厢里塞满了人，几乎每个人的嘴上都叼着香烟，满屋臭气能把人打昏。父亲别出心裁，给房间安装了茄紫色小圆灯，缩在四角，散发出隐蔽的微光，像一个个堕落的邀请。在微微张开透气的门缝之间，因为贪婪而显出千姿百态的神情：有人搔耳抓腮，有人唉声叹气，有人庄敬自强，有人举棋不定……门外，醉汉们丑态百出：有的喋喋不休，有的痛哭流涕，有的满地打滚，有的不省人事……醉汉舌头好像打了蝴蝶结似的含混不清的说话声和赌徒们的口角声，把每一个难得的、偶然的寂静缝隙竞相填满。与大脑麻痹的醉汉截然相反，赌徒们都狡猾地笑着，头脑时刻保持冷静，互相提防，为了几块钱翻脸……这一切，都谨慎地、然而又最大限度泄露真情地掩映在虚伪垂下来的厚厚遮光窗帘里面，这种绞尽脑汁的隔绝正由于其遮遮掩掩和欲盖弥彰而加倍地具有诱惑力和刺激性。沉睡的小镇上，这个世界堕落的一部分，在三岔路口我家饭馆里悄悄演绎着。我多么讨厌这一切，感觉番镇整个天空都沉默地压到我身上，我承受不了它那铅一样的重量。我经常毫无食欲，对父母佐以歪门邪道的手艺无法下咽。每当这时，母亲会关切地询问我哪里不舒服，最后在匆匆跑开去招待客人之前命令我把碗中所有咽进肚里，为了我的健康和学业。可是我心里太多的郁闷、孤独、愤怒、痛苦，她无法感知，更从未做过细致的探询——我可怜的母亲，脚底下抹了油一样奔跑在这充斥着酒精、香烟、灼热蒸气的空间里——她太忙了。

每次学校放晚餐时间，我走进饭馆，看见一些喝酒汉已经坐在桌边，满溢的酒瓶和灵魂暂时出走的肉体陪伴着他们。他们高声喧哗，如在无人之境。我避免注视他们中的任何一个，但总会不经意间看见他们醉态毕露，把对生活的欢喜、不满和无奈，融化在一杯杯刺鼻的酒精里。他们中的大多数已发家致富，放纵一下情有可原；但也有人是真正的痛苦，对生活之神的日夜追赶已经麻木。我同情他们，想到他们大口大口吞下父亲掺了假的毒酒，我的心就一阵阵痉挛，觉得自己也是个天大的罪人。

每当这时，我多么痛恨父亲，为了赚钱，他竟然把良心都卖了！

父亲把香港片里豪华的酒馆和赌场，以低配版的形式，提供给了番镇男人和过往旅客，尤其是十里八乡游手好闲之人，他自己躲在吧台后面，偷偷往青稞散酒里掺假，或者在厨房里，兴致勃勃，熟练地翻炒着人们在麻醉神经的同时，对于食欲的要求。他知道，生活的上层和下层，追求的其实是相同的内容。他自己，也醉意微醺，拿菜刀的手总是不由自主地微微颤抖。母亲呢？带着严重缺觉的犹如重度肝炎患者那种黑黄的脸色，呵欠连天，从这一桌晃到那一桌，斟酒，端饭，清理呕吐物。我家的岔路饭馆，成了那些被世俗压抑的各个年龄阶段的男人们减压的场所，是一片充满了自我放纵的阴暗森林，它所表露的使人上瘾，它所隐藏的将人引诱。

母亲所担心的男人们喝醉酒会打架滋事的事情一件也没发生，公安局也没来找过茬儿，但一件令她暗暗担心又万分恼火的事情，出现了。那就是，男人们喝了酒，面红耳赤，蠢蠢欲动，脸上流露出难以自制的情欲之光。这时候，他们就发现我家饭馆还有些美中不足，一个很大的漏洞，无法忍受的缺憾：竟然没有年轻漂亮的姑娘陪酒助兴。他们纷纷建议父亲将这项致命缺陷加以弥补，否则不再光顾。父亲想想也是那么回事儿，就张贴了一张招聘十八岁以上、二十五岁以下，模样漂亮，性格开朗的女服务员的广告。广告贴出去第三天，就来了一个乡里姑娘，五官秀气，身材高挑。父亲并没有在广告里说明要陪酒，所以当姑娘被一群酒鬼拽住，满眼放光满嘴秽语想要让她陪酒而她求助父亲却被告知这就是她的工作时，愤怒地摔下酒壶夺门而去。于是，被金钱熏晕了头的父亲就遮遮掩掩、吞吞吐吐地告诉母亲，恐怕得她这个老板娘亲自上场了。

14

自从饭馆改革后，我和哥哥，尽量不在学校放晚餐时间段，在饭馆里做过多的逗留，以避免看到那些丑态，听到那些秽语。我俩心照不宣，仍旧对每个顾客笑脸相迎，但实际上满心都是厌烦。一俟喝酒汉和赌徒进门，我俩就扔下正在吃的饭菜或手里的活计，逃往学校。我不知道，我俩正处在疾恶如仇、见不善如探汤的年龄。哥哥已经高三，我高一，因为饭馆的变化，我俩不管在饭馆还是在学校，都羞于见到彼此。后来我俩之间有了默契：午饭一起回饭馆吃，晚饭哥哥先去吃，等他吃完回校，我再跑去吃。

时间已是三月中旬，马上就要高考，哥哥把一分一秒都抓得很紧。每次模拟他都考得很好，他的班主任说，如果高考发挥正常，省外的一本没有问题。我们全家都为他高兴，同时也都捏着一把汗。

在此，我想讲述一下每天傍晚，估摸着哥哥已经吃完晚饭回校学习而我应该出发回饭馆吃饭时的心情。当我走在夕阳西下的番镇街道上时，我觉得自己被某种无形的东西牢牢捕捉了。我刻意跟在一些陌生人身后走，他们的脚步被凹凸不平的沙土路弄得很不协调。街上车水马龙，商场人满为患，笑声和说话声真让人厌烦。我想不通，我家饭馆已经危机如斯，为什么番镇还是和昨天、前天、大前天乃至一个月前一个样子，人们为什么还是那么快乐，干活吃喝一样都不耽搁。在三岔路口，离我家饭馆五十多米的地方，噪声不那么强烈。我往往要在那里站几分钟，贪恋那一刻难得的宁静。我只是站着，向空旷处倾听，向最远处张望。我再也感觉不到这个小镇，甚至忘记了自己身处何地，姓甚名谁，但我却能感觉到我周围的一切都在暗中活动，正如我能感觉到我的血液，在皮肤下，北藏河一样舒缓而富有韵律地流动。我不想踏进我家饭馆，不想感知和介入那些诡秘、深奥、痛苦、危险……那些在我身边蠢蠢欲动的东西。我害怕它们，厌恶它们，抗拒它们，逃避它们，但力量却那么微弱。这是多么痛苦！更糟糕的是，我在哥哥紧咬的牙关和他无论和我们哪个家庭成员无意中相碰就一闪而过的眼神里，体会到了和我相似，甚至比我更深的痛苦。

有时候，当我在这寂寞的三岔路口停留时，突然间，我又满心期待能发生点什么事情，把我从这种迷惘中解脱出来，推向一片澄明之境。有时候，我真希望自己是一片云，或者一只鸟，不从大地出发，而是从天空，飞向另一个纯洁的世界……

命运居心叵测，诡计多端，善于以完全意想不到的方式乘隙而入，就像夏天明媚的阳光突然被阴云驱赶，飘来一阵雷雨一样。我所期待发生的，并没有发生，我无法想象的，却突然发生了。

就在那个三月中旬的一个傍晚，我按照和哥哥默契的时间段，去饭馆吃晚饭。我走得很慢，欣赏满目春光。一场春雨后，漫山遍野的杏花和梨花纷纷开放，将番镇和北藏河两岸用粉红和洁白装点起来。农民们把苏醒湿润的大地犁开深耕，黝黑的泥土如饥似渴地把小麦、青稞、油菜等种子吞进肚里，准备用一整个冬天积攒的能量，让它们尽快发芽。经过一天春阳的照耀，犁沟顶上的黑土泛出一层灰褐色，犁沟两旁却呈现出栗色和淡淡的红色。北藏河此岸和彼岸，依依夕照和山阴深浓形成了鲜明对比。一片整齐的处女林，穿着绿裙，亭亭玉立。我不知不觉到了三岔路口。在那里，我照例停住脚步。夕阳已经沉没，树林在暮色中渐渐模糊。啊，这三月夕光，突然变得如此暗淡，令我心生无限忧伤。我侧耳倾听，静得连耳朵里都在嗡嗡响，静得能听见遍身绒刺的小蓟在泥土里默默地吮吸着水分。我听见可能是因为离得比较远，又可能是因为还不到夜幕降临而早早拉上的遮光窗帘所传出来的隐约而低沉、似唱非唱、似笑似哭的声音，有人在唱一首花儿：鼓打二更刚熄灯，听见有人来敲门，黑哒麻糊往外跑，我当邻居来借绳，一开双扇门，原来是我的老情人……是一个女人在唱这首歌，唱得很糟糕，但那的确是令人脸红耳赤的花儿。歌声确定无疑，是从我家饭馆飘出来的。是谁？我问自己，是谁在里面，用我熟悉的声音，唱这样一首歌，让我羞惭莫名、心如刀扎？夜幕渐渐垂下。我等那首花儿完全落下尾音，做梦一样走过几间铺面，来到我家饭馆门前。稍作迟疑后，我进门，首先看见挡在麻将包厢门外厚厚的湖蓝色帘子，然后是一桌一桌正由酒精带往快乐世界的人们。正当我准备走进厨房去吃饭时，麻将包厢的门吱呀一声开了，厚帘揭开一角，一个女人侧身钻了出来。是母亲。她惊慌地转过身来，整张脸被包厢内淡紫色的灯光映红了，显得暧昧，又因为羞愧而显得异常苍白。走廊里有一个男人，瞪大了眼睛，牢牢地盯着我，嘴里还嘟哝着什么下流话。我急忙钻进厨房，在父母惯常为我和哥哥放置食物的饭盆里找到我那一碗饭菜，背过身，不理会掌勺的父亲在火与食物的呐喊中抽空递过来的问话。我的眼泪，山溪一样喷涌，源源不断地淌进碗里。

饭厅里突然吵嚷起来。有个醉醺醺的男人，舌头仿佛只剩下舌根，嘟囔着在吵什么。我放下碗，想出去看看，被父亲叫住了。我看见他脸上的表情饱含屈辱、愤怒、妥协和软弱，那种表情陌生而可怕，我不由自主坐下来，继续吃饭。那个男人还在嚷。我听清楚了，他的意思是要母亲过去给他陪酒。我臊红了脸，恨不得出去给他一顿拳打脚踢，然后扔死羊皮一样将他扔出饭馆。父亲当然也知道他嚷的是什么，但他只管炒菜。他把火调到最大限度，抽油烟机像一个大马达，嗡嗡直响。他的脊背，好像被那声音震颤了似的在微微抖动。

我冲出厨房，来到饭厅。那个男人衣冠不整，手舞足蹈，气势汹汹地对着母亲指指点点，大意是她怠慢，来得太迟。母亲双手托着瓷质的白色酒盘，满脸赔笑，低声下气地请求他息怒。她穿着一条深红色的连衣裙，花两百块钱烫的卷发披散下来，遮住了半边脸庞，那仿佛在石灰里浸泡过的白得过分的皮肤，猩红的嘴唇和两条黑虫似的眉毛，说明她精心打扮过。她看不见我，因为我站在她身后。好不容易，那个人气消了一点，接过母亲手中的酒盅，喝了一杯，在放酒盅回去的时候，他顺势把母亲搂在了怀里，狠狠地在她脸颊上亲了一口。

我大叫一声冲过去，准备和他拼命。看到我愤怒的样子，满桌子醉汉大笑起来。母亲一见是我，好像魂飞魄散，酒盘差点落地。我夺下那个令她蒙受耻辱的东西，重重摔在桌子上。那些醉汉好像一起睁大了眼睛。紧靠我坐着的一个，伸出右手，拍了拍我的屁股，令人羞耻地笑着，说："这个丫头已经长大了！来，陪我喝一杯！你比你阿妈，可漂亮多了！"

正在这时，哥哥突然出现在桌边。他一定是从窗外的玻璃上，目睹了这一切。他满面通红，咬牙切齿，像一只发怒的藏獒，怒吼一声，冲进厨房。出来的时候他拿着那把专门用来剁骨的斧子。手起刀落，一串血珠子溅在了我和母亲身上。

15

一个周日傍晚，父亲在岔路饭馆门前停了三轮车。三轮不听话地倒退了几步。父亲赶紧跳下车，推住车头。他脸色青灰，左腮青肿，嘴角凝着一层血痂。车停住了。它因为破旧和灰尘，显得灰蒙蒙的，像一堆废铁。母亲踩着轮胎，从车厢爬下。她之所以坐在车厢是因为受不了和父亲并排坐在一起。她解下围巾，拍打着身上厚厚的尘土。父亲拍拍车头，说："可怜的老伙计，我只好把你卖了，给人家凑钱。"说完，他找来两块石头，垫在车轮底下，免得它自己溜走。

母亲进了菜园。正是播种季节，园子里星星点点，布满了刚顶破泥土探出头来的荠荠菜、驴耳朵和蒲公英。土壤黝黑湿润，肥得流油。如今她的眼睛老流泪，围巾两角总是湿漉漉的。她双手颤抖地捏碎一个个土坷垃，攥掉两包眼泪带出来的鼻涕，在篱笆上擦擦手。打从哥哥惹祸那天起，她的手就控制不住地颤抖。她自言自语道："他们怎么就不明白，我儿子不是故意的呢？"

她在篱笆边坐了很久，盘算着抽个时间，撒点菜籽。日子还是要过下去，买菜花的钱可多呢。她规划着，这儿种什么，那儿种什么，入了神。不久她醒过来，发出一声悲叹。她沿着墙根慢慢地走回去。为了减少和父亲待在一起的时间，她在门口又徘徊了一会儿。如今的生活是那么折磨人，唯一可做的一件事，就是咬着牙，好歹忍受下去——可是怎么忍受呢？那顾客家人提出的天价赔偿，让人不寒而栗：十五万，一分不少，否则报案处理。她偷偷打电话，咨询一个上过大学、懂法律的亲戚，亲戚说，这件事，虽然那顾客有错在先，但持刀伤人的是你儿子，而且伤得还不轻：左脸缝了二十几针，左肩伤及骨头。如果走法律程序，你儿子十七周岁，根据刑法第十七条规定，已经到了承担刑事责任的年龄，国家会依据案情事实和受害人的伤情程度判处有期徒刑。而且，他马上就要高考，一旦坐牢，他的前程就毁了。再者，案件若追查起来，你家卖假酒、聚众赌博的事也会曝光，你们两口子也逃不脱法律的制裁。那顾客提出私了，无非出于两点：第一，他有错在先；第二，想多要点钱。依我看，还是让钱吃亏，私了吧！母亲把这些话讲给父亲听，父亲当时就呆了。

从自身方面来说，母亲也非常痛苦。自从出事以来，关于她的流言蜚语满天飞，说什么岔路饭馆老板娘以前在北藏镇风流，现在挂羊头卖狗肉，白天炒菜，晚上接客，卖×！她不得不老是拿围巾捂着脸。但这道沟川那么狭窄，走到哪里都是熟人。她多希望当初没开这个岔路饭馆呀！

母亲进到饭馆，看见哥哥正坐在餐桌边看书。说是看书，其实他一整天都在那里发愣。他心事重重，郁郁寡欢，看起来把那件事想得很严重。母亲解下围巾，搭在椅背上，坐下来。哥哥轻声问："阿妈，怎么样？"

母亲有气无力地回答："还是那样，一分不少。"

哥哥听了，合上书本，给母亲倒了一杯水，扒着梯子上楼去了。

母亲喝了一口水，感觉脑袋晕乎乎的。她听见哥哥在楼上发出沉重的叹息声，又听见他倒在床上时床板的嘎吱声。母亲想到那十五万块钱，感觉胸臆间越来越胀，快要晕过去了。她在餐桌上趴下，把头靠在胳膊上。她一想起哥哥就难过得难以自持，再过两个月，他就要高考了，却因为他们做父母的不争气，发生了这样的事。他那么乖，那么聪明，从小为这个家操碎了心。那天他砍伤那个醉汉后，被他的联手们团团围住，一阵暴打。哥哥那时已经恢复了理智，面对踩着血迹殴打他的人们，呆呆地，像一只受惊的小公鸡一样不做任何反抗。他还是个孩子呀！母亲想到这里，又是一阵心酸。

母亲的思想，一度停留在那晚可怕的场景上不肯前进，过了很久才迈过那个坎，思路再度变得清晰，重新开始。自从岔路饭馆开张，她以为开始了新的生活，全家人可以昂首挺胸，堂堂正正地做人，可是现在呢？还不是前功尽弃，一塌糊涂。十五万，就是把岔路饭馆卖了也没那么多钱呀！她不明白为什么那家人的心会那么坏，一心把人往绝路上逼。为了不让他们报案，破坏哥哥的前程，并少要点赔偿，她和父亲再三再四地登门求情，只差一点点，他俩就要跪在地上，给人家磕头了。等那家人拒绝再见他们，甚至扬言也要"砍断"父亲一只手臂时，他俩还异想天开，挨家挨户去向那家人村里的村民求情，希望能得到大家的谅解，帮他们说说话。但是一来人们对父母无底线地卖假酒挣钱、聚众赌博的行为深恶痛绝，二来一个外镇人，在他们番镇，把生意做得风生水起，招人妒恨，人们非但不同情，不支持，反而认为一切错都在父母身上，有人甚至起哄，十五万太少，二十万还差不多哩！母亲觉得她和父亲，像被蜘蛛网缠住的苍蝇，越挣扎，网就勒得越紧，无从逃脱。

让父母彻底失去这种幻想的，是第七趟求情之旅。一大早，他俩默默地驱车在狭窄崎岖的山路上颠簸，用耗尽整夜睡眠、殚精竭虑换来的满腹哀告赶走扑面而来的三月春光。天气真好。农庄里的人们全家出动，在平坦的川地或层级而上的梯田里耕种。

阳光温柔地照着这些劳动者，除了健壮者，最老的已过耄耋，最小的不过五六岁，还不太拿得稳小锄头。对农民来说，这是个充满希望的季节，但对于他们呢？犹如刺骨的寒冬。泥土里各种植物的根茎，受了春光和春风的催发，向外努芽，发酵的气息惹人心醉，也使人鼻尖发酸。母亲觉得气闷，有点儿茫然，只好盯着飞驰的车头，往那顾客的村子前进。但她那么怕见那个坐落在山顶的村子，怕见村子里的人，简直怕得要命。那些房屋都是这道沟川再普通不过的样式，里面住的那些人，也都一模一样——每当父亲张口说明来意，他们的表情就变得一模一样。他们的眼睛会突然亮起来，神采奕奕，抑制不住的好奇、喜悦和幸灾乐祸，像小火文煮的茶水那样缓慢而隐秘地沸腾起来。是的，农村生活过于朴实宁静，这样的事情，尤其带点桃色的，无异于寡淡的晚饭后，一个甜美的点心。

16

"是的，这事很严重，谁摊上算谁倒霉。初生牛犊不怕虎，不过确实，你家小子生气是有道理的，换了谁，眼看自己的阿妈……"说到这里，他们都会停顿一下，遮遮掩掩地斜眼瞧一瞧母亲；母亲总是羞愧难当、无地自容。"可是，你们干吗非要给人卖那么多假酒，把人灌得神志不清呢？他做出那样的举动，还不是你们家那马尿闹的。现在，可好，我们的人躺在医院，医生说，胳膊虽然能恢复，但以后耕地呀、打场呀，搬砖呀……这样的重活儿都做不成了。你想想，一个农民，家里的主劳力……可是你们两口呢？开饭馆，供学生，什么都不耽误。当然啦，十五万确实不是个小数目，但比起你家小子的前程……"他们的话大同小异，差不多都是这个调子。他们的表情呢，轻松而愉悦，仿佛在说："活该！"

母亲嘴唇哆嗦，一句话也说不出来，倒是父亲，没完没了地替哥哥辩护，同时哀求人家劝劝受害者家属，看在他们贫穷的分上……但是人家一听贫穷二字，都做出不信任的表情，鼻子里不易察觉地哼哼着，意思是说，你们还穷？穷能开得起饭馆？父母只好告辞，继续赶往下一家。

后晌时分，他俩可算受到了侮辱。父亲刚把三轮开进一条巷道，就被一个扛着犁铧的年轻人粗鲁地拦下。他朝身边的大门喊："阿哥，快出来，砍伤咱好兄弟的那两口子在这儿！"

一个牦牛一样健壮的男人跑了出来，身上一股农药味，一只裤腿高高地挽起。他愤怒地喷着鼻子，问："就是你砍坏了我堂哥？"父亲又开始解释，不过这次更加小心翼翼："唔……你不了解情况，是这样的……"他乱七八糟说了一大堆，但每一句都把责任揽到自己身上。最后他说："这一切都是我的错，和我儿子无关……"

他的话还没说完，就挨了那人和他身体一样强壮的一巴掌。母亲惊声尖叫，扑过去挡在父亲前面。父亲嘴角流着血，抵着车厢板。那两个年轻人脸上浮现出一种鄙夷、快活的表情。父亲也替自己害臊起来，突然之间，他怒火冲天，扑过去顶那人的肚子，结果又挨了几拳。母亲死活拦住他，厉声命令他开车回家。这是最令父亲羞耻难堪的一幕，但他还是乖乖地听话，钻进车头，拐过两个年轻人威胁的目光，迎着那清冷暗淡的三月夕光，回家来了。

如今，父母心里明白，那家人所谓的报案，不过吓吓我们而已，目的是把那十五万赔偿拿到手。他俩也想通了：赔就赔吧，哪怕砸锅卖铁，哪怕辛苦一辈子，只要哥哥有个好前程。

但是他们想错了。

第二天中午，哥哥没来吃午饭。我隐约感到事情不妙，跑去他们班找他，却被他的同桌告知他早上没来上学。我赶紧将这个消息告诉父母。我们都慌了神，找遍了番镇，也没找到他。第二天中午，我们接到他从兰州打来的公用电话，他说他不考大学了，自己惹的祸，自己打工挣钱给人家还，让我们不要找他。母亲一下晕过去了。第二天，父亲走兰州，去找哥哥。可是兰州那么大，哪里找得见？找了整整一周，他回来了，脸色黑黄，胡子拉碴，脚上的血泡和鞋袜粘在一起，在热水里泡了好一会儿才撕扯下来。

那顾客家人一日日来店里催逼，要那十五万块钱。父母搭凑了六万给他们，才算消停了几天。后来父亲又开着破三轮，去那家求情，这次他有了一个可堪同情的理由：他那即将参加高考的、学习成绩总是名列前茅的儿子跑了，无影无踪，希望他们能惜孽障，少要一点。那顾客躺在炕上，无精打采，一蹶不振。他的左脸因为缝针，好像有一根无形的线，用力把左嘴角扯起来，致使脸部歪斜，看起来挺吓人。本来他长得挺周正，甚至可以说得上漂亮。他的左臂还缠着厚厚的绷带，胳膊微微向里弯曲。他听说哥哥辍学打工的事，陷入了长久的沉思。最后他说，那件事我自己也有错，如今你们儿子又搭上了前程，这是我不愿看到的。这样吧，你们再给六万，我们之间的事，就算结了。

这也是一个善良的人哩！父亲感激涕零，东拼西凑，还了那六万。顾客的惨状和哥哥的出走，让他更加意识到自己那可耻的罪恶，他痛悔不已。很快他又去兰州找哥哥了。母亲则一个一个，把方圆百里的寺庙求遍。她去了夏河拉卜楞寺，从活佛那里求得一个吉祥的卦签。四月就这样过去了。到了五月初，父亲独自回来了。母亲也折腾不动了。她搬个小凳坐在三岔路口，望向兰州的方向，希望哥哥能突然出现在视线最远的那一束光里，和同学们一起迎接高考。但是一直坐到高考结束，她也没等到哥哥回来。

饭馆暂时关闭了。菜园也荒芜了。母亲到底没有抽出时间，去给园地撒上菜籽。父母之间没有指责，也没有交流。他俩好像两个陌生人，住在一个屋檐下。父亲的眼神总是躲躲闪闪，大白天他也关起门来喝闷酒，他的头发和胡子，在那几个月里，斑白了。母亲呢？她泪沟深陷，一站起来就摇摇晃晃，啥活儿也干不了。她的梦破了。她的心碎了。她怕自己的宝贝儿子被人打，被人骗……她整天胡思乱想，失魂丧魄，简直疯了。

有一天，母亲过了三岔路，去找她要好的一个女伴，想和她谈谈自己的儿子，倾诉痛苦。两个女人问过好，坐在沙发上，交谈起来。母亲气息微弱，脸色青紫，好像一只被霜打过的茄子；女伴满脸樱桃色的红晕，丰腴健壮。她爱激动，每说一句话，弹簧就随着她的话音弹跳起来。她说起险恶的人心，丧尽天良的人贩子，被诱拐到黑砖窑的孩子，三言两语，就把母亲扔进了地狱。母亲哆哆嗦嗦回家来，无缘无故在门前跌了一跤。她摔得不轻，整整躺了半个月，才能下地干活。

生意还得做，不然连房租都交不起。父亲倒掉了所有假酒，扔掉了那张写着"通宵营业；消费满二百，酒品香烟一律八折"的大纸板，扔掉了麻将桌，扯下了麻将包厢里那块厚厚的遮光窗帘。在这种时候，国家又拉了我们一把。我们村的包村干部了解到我家的情况后，反映给乡政府，乡政府为了鼓励父亲，选拔他去州府参加拉面大赛，并聘请他做番镇农村厨师培训班的培训厨师，给了他精神和经济双支持。父亲深受感动，他和母亲使出十二分力气做面炒菜，但熟悉的顾客都能吃出来，那面和汤里明显少了希冀和活力，多了深沉的悔恨和痛苦！

17

对于我家来说，曾有那么一个漫长的时期，所有的好事都发生在三月，所有的坏事，也都发生在三月。要结束它们，还得从我哥哥最初的选择开始。

哥哥失踪两年之后的那个三月，不知何时，希望被一阵春天鲜活的清风刮来了。有一天清早，母亲去菜园种菜，听见喜鹊在青白色的杨树枝上欢快地啼叫。谁能想到呢？就在那天傍晚，哥哥回来了。

两年未见，他的变化可真大：他体格彪悍，脸色黝黑，眼神沉着坚毅，双手粗大、灵巧而有力——他长成了一个男子汉。

原来，哥哥离家出走后，在省城一个建筑工地找到工作，搬砖，筛沙，当小工。他本想用这种方式挣钱，偿还自己惹祸后那家人提出的经济赔偿，但建筑工的苦累、前途的渺茫和对知识的热爱，使他对自己的人生有了深刻的思考和慎重的选择。最终，他勇敢地坐上了回家的汽车，走进了复读的课堂。

黯淡的世界突然恢复了色彩。一切重新开始。父母焕发出了惊人的活力。每天凌晨四点，他俩就起床，开始一天的工作。和面，醒面，剁肉，煮肉，烩汤……每一项工作，每一个步骤都做得那么认真，无可挑剔。他俩如沐春风，走起路来轻巧如燕。哦，成长的道路是如此漫长，有可能会耗费一个人大半生的光阴。直到此时，昏沉了大半辈子的父亲才真正醒悟、真正成熟。经过这场悲剧，他发现，为了牟利和在激烈的竞争中站住脚跟而不择手段，出卖自己的良心和灵魂，放弃自己的尊严和道德，是何等地愚蠢和虚伪，简直害人害己！痛定思痛，他决定勤勤恳恳、老老实实，做天底下最美味、最真实的那一碗面，成为一个凭良心做饭而非靠花招取胜的真正的厨师，为有情众生，也为我们全家。母亲呢？她本来就是个老实本分、又敢于创新进取的人。

家里又有了温馨的味道，这多么美好，多么殊胜圆满，令人满意。由于饭菜可口，价格实惠，老顾客们纷纷回头，我家饭馆的生意呈现出一片复兴之势。七月中旬，哥哥接到了外省一本录取通知书，我则被省内一所师范学校录取。哥哥两年打工挣的钱，刚够我俩的学费。激动、幸福之余，父亲决定扩建岔路饭馆。他算过，只是单纯的扩建，花不了多少钱。走在番镇街道的时候，父亲四处留意着，遇到店铺修建和装修就停下来看别人干活。他觉得凭自己那几年做建筑小工的经验，能胜任这项工作。他有这个实力。为什么不呢？虽然岔路饭馆的墙壁和地砖还算过得去，但是日子还长着呢，以后的顾客会越来越多，那些越来越多的顾客会相互拥挤，会不小心把汤洒在对方身上，甚至因此闹口角，甚至动手……他可不愿意看到那样的场景！所以，必须提前解决那些注定要面临的困境。还有重要的也是他羞于承认的一点：他急于得到我们母子的爱戴和肯定。是的，他半辈子偷奸耍滑，窝窝囊囊，现在可算诚实了。

他去找东家，商量好要把岔路饭馆往后面的菜园扩建三分之二。然后，他搓着双手，装备大干一场。有过建筑经验的哥哥也来帮助他。他俩买来砖头、木料、水泥、砂石，堆放在菜园。他俩亲自挖地基，为的是省去请工人的工钱；他俩砌起砖墙，还拿着铁尺丈量木料，煞有介事地锯成长短不一的形状，然后把它们一根根靠墙立起来，做成房间的框架。这件工作消耗了他俩大量的体力和精力，他们甚至忘记了时间。每天都是母亲出来喊，他俩才记起该吃晚饭了。

啊，看看父亲那神气的样子，俨然一个大工程师：他是哥哥的领导，施工的一切由他说了算。他尽量使自己显得神秘，连一颗钉子的秘密都不肯透露。这让我们既感动，又好奇，总忍不住想追问。就连母亲，看他的眼神里，也渐渐带上了从未有过的崇敬，或许还有一丝爱的气息。

凭借自己的本事和力量建造房子，父亲显得多么骄傲。番镇人首先发现了这一点。他们围拢来，抽着烟，一只手背在身后，沉默地打量已然显出房形的框架和愉快地劳动的父子俩。"你们在干什么？"他们明知故问。

每当这时，哥哥总是知趣地走开，好让父亲放心地吹牛。

父亲看他走远，就尽量用低调，甚至此事不值一提的口气对围观的人们说："就是造饭馆……你们看得出来我造的是什么吧？"

"嗯，当然，看得出来。"

"我必须扩建。我儿子回来了。"他还想说，"我儿子考上一本大学了！"但想了想又咽了下去。番镇这巴掌大的地方，人们对知识怀着宗教般的崇敬与虔诚——谁又不知道他儿子考上了一本大学呢？

但是父亲不说，人们又觉得有点不了解他。他们不太理解饭馆扩建和他儿子回来了有什么联系。

"可是，原来那四间也足够了呀！"

"不。"父亲说，把一根椽子用电刨推平，"我儿子回来了，以后会有很多人来吃饭的，很多！"

"哦。"人们说。他们也有点振奋和激动，暗暗地为自己的理想和家庭摩拳擦掌。

"说真的，"父亲从椽子上站起身，"你们觉得我盖的这个房子怎么样？"

"还好，就是窗框太大了点，那根柱子，好像也有点歪。"

父亲谨慎地东瞅西瞅。果然是那么回事儿，但他嘴里却说：

"我自己盖的，看起来还行。"

他那样说的时候，全身似乎笼罩着一层智慧的光芒。就这样，他初步改变了番镇人对他的印象。

事实证明，他做到了。他扩建成功，岔路饭馆以全新的面貌庞大地矗立在番镇岔路口。所有的人路过饭馆门口，都会停下来张望一番，这时候，有人就会告诉他："这是那个卖假酒的老板和他儿子一起盖的。现在，他是一个好人啦！"

某天早晨，父亲和哥哥去县城买装修材料，在县城里过了一夜，第二天满载而归。父亲背着从雇来的车上卸下来的水泥砂料往新房走时，就像一只笨拙的蜗牛。母亲跑过去，从一旁搭上手，说："你不要命了吗？你会把自己累坏的。"

"是吗？"父亲问。他的身体一向都很健康。他放下水泥袋，从裤袋里掏出一个绿色的大药瓶，里面装的是鱼肝油，他特意给母亲买的，叮嘱她按时吃，为哥哥淌眼泪遭下的眼病迟早会好的。母亲接过来，当着他的面喝了一大口。所有的不幸和委屈好像都随着那口药水咽下去了，她抹着嘴巴对父亲莞尔一笑。

两把从旧货市场买的八成新的木椅让父亲得意了好一会儿。哦，真好，虽然是旧椅子，但还能用——还能用十几二十年呢，而且样子也很漂亮，像人家楼房里摆的木椅一样。

母亲找来两个装修师傅。父亲一见他们，就威风凛凛，摆出行家里手的姿态："不麻烦你们啦，我一个人就能弄好。"

但是当两个师傅悻悻离去时，他又改变了主意："好吧，媳妇的话还是要听哩。"

很快，墙壁和地面新贴了略带黄色花纹的白瓷砖，天花板也换成了亮丽的粉白色。部分厨具换了新的，洗菜池干净得几乎可以直接舀起来喝水。扩建后的岔路饭馆又大又新，朴素又华丽，可以和番镇最大的饭馆媲美。什么东西都没缺少，什么东西都那么多，我们诚惶诚恐，为这迟到的幸福心满意足，暗地里庆幸，感谢佛祖。

然后，我和哥哥去上大学，父母也开始研究人生的老问题、新课题：面食最好吃的做法。没错，研究，而不是像以前那样，把一碗面按传统做法做好完事。他们没完没了地尝试，并在其中找到了大大小小的乐趣。于是，番镇人见证了一碗面，是如何在这个喧嚣浮华的世界中取胜，实现它最初最本真的价值：我家饭馆美名远扬，十里八乡的群众来番镇赶集，都要特意来我家吃一碗面，门前顾客每天都排着长队，有的人甚至为了吃一碗我父亲做的加工面，不惜撂下农牧活计，等一半个小时。这种繁荣的景象，越过一个又一个光辉三月，一直持续到现在。

这些年，父母也曾跟随社会发展和潮流，做出过一些积极应对和提升，但始终把做一碗好面放在第一位，从未搞过任何歪门邪道，从未干过任何为了金钱坏良心的事。终于，如此美好的事业，在如此美好的国家和时代，开出了芬芳的花朵，结出了丰硕的果实：父母靠卖面，发家致富，供我和哥哥读书。哥哥博士研究生毕业于北京一所著名大学——这看起来有点像不够高明的小说那庸俗的结尾，但事实的确如此——文学让他变得睿智、温柔、谦逊，甚至还保有一丝童真和可爱。我大学毕业，本着建设家乡，照顾父母的心愿，在番镇小学当了一名教师。父母在县城买了楼房，每年拿出一定的积蓄，资助县养老院和孤儿院，为此还上过县电视台和州上的《民族报》哩。他俩总说的一句话是："报答国家、回报社会。"每次听见这句话，我都会红了眼眶。是啊！这幸福的生活，哪样不是国家和神圣劳动的赐予！

每逢周末，我都会去给父母帮忙，我也成了半个厨师。父母鬓角已经花白，气力已大不如前，但他们做面，仍旧无比认真、用心：顾客总是把最后一口汤都喝光。我教育我的学生：老老实实做人做事，就是最大的成功。他们不知道，这是我从父亲身上，得出的教训和真理哩！

又是一个春天的清晨。当父母合力把一碗做好的面，香喷喷地端给顾客时，门外，三月那充满希望的光芒荡漾开来，整个番镇，整个祖国的大好河山，便也一片秀色可餐了。

发表于《民族文学》2021 年第 11 期。

酸卓玛和甜扎西

1

天气有些阴沉。孕满各种芳香的透明的淡蓝色雾气从草地上冉冉升起，轻纱般笼罩着整个草原。远处的山峦是朦胧的，隐约可见山顶洁白的积雪和山脚苍郁的松林。草原已被牧民煮奶茶的炊烟拂醒，透着六月高原特有的生机与秀气。数不清的牛羊：披着一身厚长毛的黑牦牛，红棕色的犏牛，安静美丽的荷斯坦黑白花奶牛，矮小调皮的土种藏山羊，体格丰满浑身小辫毛的藏羊，头颈部红棕色像套着一副脸罩的波尔山羊……成群结队，源源不断地涌向丰美的草原。娇嫩的草儿在清凉的晨风中摇曳着身体，仿佛被牛羊急切地啃啮的嘴弄痒了似的。空气中飘浮着格桑花和野罂粟的香味，青草味儿呛得人鼻子发痒。几朵灰云低低地压在远处的雪山上，近处，大片彩色的云正随着慢慢散去的薄雾缓缓升起。

村边的小路上，仍有大批牛羊和它们的主人欢欢喜喜地走向翠玉般的草原；几个身着"然拉"的妇女结伴踏上通往县城的公路；一群小孩嬉闹着走来，看见扎西停在路边的红色富康小轿车，不禁停下脚步，团团围住动手动脚。扎西斜靠着车门向不远处的一个小草山包眺望，神色凝痴，像是在等什么人。他戴一顶褐色羊毛礼帽，微卷的黑发垂在脖颈，古铜色的脸庞轮廓分明，清隽中透着一股硬朗之气。他准备开车到大巴沟去，订购一些新鲜的蕨麻、冬虫夏草和羊肚菌，过几天带到城里去卖。

"益西，看见了吗？我们最好的曼巴（藏语，医生）要去城里啦。"一个正在自家门前码牛粪饼的老阿妈，对给她帮忙的八岁小孙女说。小孙女刚从土墙上剥下一块牛粪饼，闻听立即扭头朝路边望去。"她正往路边走去，她肯定要坐扎西的车到城里去。"

"难道城里没有曼巴吗？她为什么要去城里呢？"

"别瞎说。"奶奶说，"你这么说会被人笑话的。城里怎么能没有曼巴！城里还有顶大的寺庙和最高的楼房。今天周末，她要回家，她的家在城里。她是咱们乡有名的曼巴，姓李，人好，被大家叫作好曼巴。我们说：'好曼巴，你家那么远，撇下老头子和儿子多可怜，你为什么不干脆调到城里呢？'她总是长叹一声，说：'唉，谁不想呀！我想这个问题想了三十年，想得我头疼……可是，你看，这地方这么偏远，我走了这里的牧民看病怎么办呀！老伴倒习惯了，就是儿子可怜……多少次我想调走，可是一看这里的牧民，我就下不了狠心……'就这样，她在这片草原上已经三十多年了！这里的牧民谁不认识她呀！她每天都在医院里看病，要是遇着有病人来不了医院的特殊情况，不管风里雨里、白天黑夜，她总是骑马或坐车匆匆赶来……你看，仔细看，她的右脚是不是有点瘸？那是一次出诊的时候从马背上跌下来摔的。哎呀呀，她可真是一个好曼巴！"

奶奶说完，亲切而伤感地看着从青草地上走来的好曼巴。小孙女也朝好曼巴望着，表情像大人一样凝重。突然，她对奶奶说："也许她这一走不来了呢？奶奶，你不要让她走……要是城里没有曼巴，要把我们的好曼巴借去，那也还可以；可是，要是他们不还呢？"

奶奶拍拍她那毛茸茸的头，笑着安慰自己的孙女："不是给你说了嘛，城里有好多曼巴。他们和她一样穿着那种好看的白色大褂，手洗得干干净净。她很忙，昨天我还看见她给一个孕妇接生呢！唵嘛呢叭咪吽，人间的白度母！呃，你也是她接生的呀！你也是的……"

益西小姑娘眨着漂亮的大眼睛，目光里充满了惊奇，"你也是她接生的……"她虽然不太明白其中的含义，但她心中油然而生一种崇敬和感激之情。

"也许，好曼巴，她正在给哪对姑娘小伙子当媒人，抽空去给人家说合——她还是个顶好的媒人呢！"

老人说到此处，笑得合不拢嘴。她抬起右手，朝正往扎西车前赶的好曼巴招手。体态矮胖而又和蔼可亲的好曼巴也微笑着向她回礼。

"你是要去城里吗？扎西？"好曼巴来到扎西车前，问。

"真对不住啊，好曼巴。我要去大巴沟，打算订购些蕨麻啦，羊肚菌啦，这个那个的。"扎西站起身，脱下帽子，彬彬有礼地答道。

"那怎么办呢？这会儿只有你这一辆车，你不去，我就去不了城里啦。"好曼巴说。

"也是啊，好曼巴，"扎西低头思忖一下，又抬头看看已经转晴的天，太阳正从雪山顶上射出五彩的光芒，"我可以把您送到以茂路口，到时您再转车……"

"可是，那样的话你又不顺路呀！"

"我不是有车嘛！"扎西说，"让它多跑些路要什么紧。"

好曼巴谢过，拉开车门进了车。

扎西踮起脚，朝小草山包望望，眼神里满含殷切的期待。好曼巴也朝小草山包望了一眼，觉得奇怪，草山小小的怀抱里除了卓玛家的帐篷，什么也没有啊。

扎西神情沮丧地钻进了车。为了在好曼巴好奇地探询自己的目光下掩饰自己，他说道："咱们走吧，最好赶在太阳毒起来之前到达以茂路边。那样，您等车也好受些。"他边说边发动起车，但还是将头伸出车窗外，不安地朝那个小草山包最后望了几眼，才像下了决心似的，慢慢向前开去。

"六月的太阳，晒得人头脑发昏……到了以茂路边，您最好站在阿桑家的果树下，等过路的班车来……哎哟哟，六月的太阳呀！"

"谢谢你，好扎西。"

话虽这么说，但红色的小富康又减了速，向前爬行着，像个边走边喃喃自语地怀疑自己落下东西的、犹犹豫豫的老阿妈。这样走了百十米，车忽然停下了。

"怎么了，扎西？"好曼巴问。

扎西顾不上回答她，就毛手毛脚地打开车门，下了车。那里，在那个小草山包上，出现了一个少女的身影。她边跑边挥动着胳膊，墨绿色的藏袍被晨风吹得翩翩起舞。

"还等什么？"好曼巴隔着车窗玻璃问，"我还有急事呢！"

"有个姑娘下来了，她好像要赶车，麻烦您等一等。看样子，她好像也有什么急事呢！"扎西背对着好曼巴大声回答，他的视线一直追随着姑娘奔跑的身影。

好曼巴钻出车门，眯起眼睛和他一起眺望。

"跑得太急啦！完全没有姑娘的样子！也不怕跌跤！真……"小伙子不满地嘟哝着，但他的双眼却跳跃着激动和惊喜的笑意。

2

　　终于，姑娘跑下了小草山包。跳过小溪，踏上石土路，她气喘吁吁地放缓了脚步。她有节奏地甩动着两条细长的胳膊，简直可以说是高傲地昂着头，以一种女兵般的正步姿势向他们走来，脸上带着些许害羞而冷漠的神气。她背着一只红色的、鼓鼓囊囊的大包，黑色的小发辫一根根垂在肩膀上，额头正中系着一颗红珊瑚。

　　"要去城里吗？"远远地，她就大声问，声音因为剧烈奔跑的缘故微微颤抖。这时候扎西正打算转过身去。

　　"去呀！"他立刻调整好姿态回答道，声音干脆利落，还带着一丝唯恐她听不清楚的紧张。

　　"咦！"胖胖的好曼巴诧异道，"刚才我问你的时候，你不是说不去吗？"

　　扎西回过神来，脸色窘得通红。"你看，你们两个，都要进城嘛！"他结结巴巴地向好曼巴解释，"我也顺便去买点东西，面粉啦，砖茶啦，这个那个的。"

　　"漂亮的姑娘人人爱嘛。"好曼巴戳破他，会意地笑道。

　　姑娘喘着粗气在他们面前站定，生硬地将脸扭向了路边，就像和谁绷着气似的。扎西感受到了姑娘清香而又发热的气息，有些窘迫地抬头看了看天。

　　"好曼巴！"姑娘亲热地向好曼巴打了招呼，接着又扭过身去背对着小伙子问道，"多少车费？"语气突然结了霜，眼睛也直直地望着前方。

　　小伙子不吭声。

这时候，那个在自家门前码牛粪饼的老阿妈看见了卓玛，她对自己的小孙女说："喏，小卓玛……瞧她打扮得多漂亮！"说着，她站起身来朝她招手。

"你好啊，小卓玛！这是要进城啦？"

姑娘闻声，赶忙踮起脚尖招招手。看见老阿妈手里的牛粪饼，她就大声叮嘱："不急不急，再晒一两天，等我回来帮你！"

老阿妈撩起围裙揉揉眼睛，喃喃道："多好的姑娘啊，总忘不了帮助别人！真是个善良的好姑娘！喂，益西，"她朝自己的孙女喊道，"咱俩把新炒的青稞磨了，带上新打的酥油，给小卓玛和好曼巴送点去！卓玛的阿爸病了，好曼巴治好了我的手……瞧，我现在什么都能干了！走，咱俩这就去磨吧！"老人丢下手中的活计，领着小孙女进了家门。

这当儿，石土路上流星般飞来了几个骑摩托车的小伙子，他们一见扎西，就刹住车，瞅着卓玛坏兮兮地说："嘻！甜扎西！你要小心些！她可不是央宗，她是那个有名的酸卓玛！把她惹急了，咬你，撕你，拿东西砸你，可不是开玩笑！"

姑娘生气地噘起红润而丰满的嘴唇。"你瞧，她生气啦！"他们一声呼哨，骑车溜了。

"我问你呢，车费多少？"等他们一阵风飞远，姑娘把气撒到了扎西身上。

"你留着自己用吧！我也去城里，捎带你，不要钱。再说，这是理所当然的。"扎西并不看她，他盯着自己的鞋尖，有些扭捏地回答道。

"我可不白坐你的车。"姑娘眉毛一扬，说。

"上车吧，小卓玛。他是个好小伙，不想靠你那点可怜的车费发财。你不知道，这辆小富康可值十多万呐！来，上来呀。"好曼巴说着，伸手招呼她，"就坐在我身边。瞧，他把那罐可乐也给你了……别说瞎话，你怎么不认识他？这片草原上谁不认识他呀？好心又勇敢的小伙子扎西才让！上过我们州报纸的人！话又说回来，对我，他哪有这么好呀！你不知道，他刚才还说：'真对不住，好曼巴，我要到大巴沟去……'可是一见你，他就改变主意啦！不过年轻人都是这样的，他们对待年轻的姑娘，那可真是……行了，行了，扎西，你别再道歉啦。我虽然是个曼巴，但你不要忘了，我还是个媒人哩，我可把一切都看得清清楚楚！"

姑娘挨着好曼巴坐下，悄悄地把那罐可乐推到座位边上。其实她渴得要命，刚才跑得太急，车里又闷闷的。扎西发动车的当儿回头瞅了瞅卓玛，看见自己那罐可乐的遭遇，就轻轻地嘟哝了一句什么话。随后，他一踩油门，红色小富康上路了。

"瞧你的包！鼓鼓囊囊，像要回娘家似的。嘿，你又拿眼瞪我了……"

"什么娘家不娘家的，我是个未出嫁的姑娘！"卓玛不满地说道。她心直口快，在这样的问题上一点儿也不饶人。

"好，就当我说错了！"好曼巴笑道。

卓玛依旧有些生气，她拍拍自己的包，说："这里面装的全是我三月里新挖的蕨麻！我要带到城里卖掉！趁着新鲜，也许能卖个好价钱！"

"带到城里多麻烦呀！我大量收购蕨麻，卖给我吧！"甜扎西搭腔道。

"才不呢！"酸卓玛倔强地答道，好像扎西哪里得罪过她似的。

"我在南木塘还有一袋子酥油！前天坐车去卖，那车到南木塘就坏了！没办法，只好寄放在路边那个小卖部里！我得把它取出来和蕨麻一起卖掉！"过了一会儿，姑娘说道，语气既像是对好曼巴说，又像是对扎西说。

扎西不吭声。

姑娘有些着急，她的脸红了。

"我多给你十块不行吗！南木塘又不远！天气越来越热，再不卖掉可要坏了！"

扎西忍住心头滚涌的笑，伸手把后视镜往右一摆，看见了姑娘绯红的脸颊；再一摆，好曼巴的头顶出现在镜子里；他再左右调一调，小心地把好曼巴的头部撵出去，把姑娘的脸庞圈进来，这才满意地住了手。当他一眼就读出姑娘眼里深深的忧愁时，他的笑容消失了。

"好啦，扎西。先把车开到南木塘吧，卓玛多不容易呀！"好曼巴替姑娘解围道。

"噢呀！"扎西应道。

姑娘悄悄地瞪了小伙子一眼。

"你父亲的病，现在怎么样了？还吃得好吗？"好曼巴问卓玛。

"唉！吃不下了！一顿就吃那么一点点。脾气也坏了，动不动就发火……"

"吃不下了？两个月前你们来医院，他还挺好的嘛。"

"他老喊骨头痛……腿骨头。您给的那些药都吃完了。不怕您伤心，也没多大效果。唉，现在真不知道怎么办才好！"

"中药的效力比较慢。我们乡医院到底太小，到省城检查检查吧，做个 CT 之类的，查清楚也好对症下药。"

"您说得容易，哪有……钱呀。这几年治病，把家里的一点积蓄都花光了。"姑娘的声音低下来，趁好曼巴不注意，偷偷瞥了一眼扎西。还好，小伙子正在专心致志地开车。接着，她振作了一下精神，说道："您别犯愁，我也在准备这件事了！我已经打了两百多斤酥油，再卖掉几只羊……"

"好姑娘，"好曼巴说，"真难为你了。"

"为了阿爸的病，我每天都在祈祷。"

"你诚实而勤劳，佛祖会听到你的祷告的。"

3

车里暂时沉默下来。两个人都把目光投向车窗外。此时，太阳已经高高地挂在雪山顶上，蓝天映着白雪，呈现出一片圣洁吉祥的光芒。天底下，牛羊星星般撒满原野，牧人的帐篷像一个个白色的蘑菇，生长在无边的草原上。红色的、粉色的、白色的狼毒花几乎霸占了整个草原；马莲花一丛一丛，有的打着绿色的花苞，有的开着深蓝色的小花；七彩的格桑梅朵不甘示弱地怒放着，绸缎般的野罂粟在微风中摇曳着身子；数不尽的无名小花，以自己最美的姿态，盛开在六月的草原上。这是青春的草原，活泼，美丽，灵动，飘逸。

"刚才那几个小伙子对扎西说：'甜扎西，你可要小心些！她是那个有名的酸卓玛！'我知道他们称扎西为'甜扎西'，是因为他心好、善良，总是力所能及地帮助别人干些什么，你瞧，他的这辆小富康都成咱们这一带乡亲们的交通工具了……那个央宗，我也认识她，她曾经和扎西在香浪节上唱过歌。关于她，扎西，我待会儿再问你。可是，卓玛，他们为什么这样叫你？酸……酸卓玛？对一个姑娘来说，这样的称呼可不好。"许久，为了打破沉默，好曼巴说。

姑娘的脸一下变得通红，两眼闪闪发光。"可不是！"她答道，声音重又高起来，因为激动而微微颤抖，"因为我不像别的姑娘，可以穿戴好了去跳锅庄！就像那个央宗！去年，我甚至连香浪节都没有参加！我得照顾阿爸，照顾牛羊。而且，我也不喜欢随随便便就和别的男孩开玩笑，就像那个央宗！他们就知道打趣

205

我，拿我开心。我受不了，就跟他们吵嘴。当然啦，我也知道他们没什么恶意。我又没惹谁，他们干吗老是要拿我寻开心！"

"可为人随和也是应该的呀。你瞧，扎西又没惹你。"

"我又不认识他。"姑娘转过头去，气呼呼地皱起眉头。

"那央宗惹你了吗？"好曼巴含着责备的语气问道。

"好曼巴，不要跟我提起她！"

"哎哟，你可真是个酸姑娘！以后可不许这样，啊？"

"噢呀！"姑娘轻声应道，语气明显柔和了许多。

扎西望着镜中温柔的姑娘，偷偷地笑了。

"你的那件亲事，到底说成了没？"好曼巴接着问。

姑娘摇摇头。

扎西竖起耳朵。

"他那次来，说要给你在县城里找份工作，你为什么不答应呢？再说，你也看得出来，他是真心对你好的。要不，县城里有那么多漂亮的姑娘，他为什么偏偏跑到咱们这牧区来呢？"

姑娘不回答。扎西频频抬头往镜中望。

"你拒绝人家了？"好曼巴猜出了什么，有些惊讶和生气地问道。

"嗯。"姑娘小声回答。

"你为什么要拒绝他呢？你这个傻姑娘！听说，他人好，家境也富裕，他一定会帮你治好你父亲的病——再说，你家牛羊也不多，到时候雇个人放牧也就闲心了。"

"这件事是谁告诉您的呀？"姑娘不满地问。

"昨天你不是帮忙送来了一个产妇嘛，接完生，大家就议论开了。你是个好姑娘，大家都关心你。"

"可怜的拉珍，到底平安生下了。"姑娘长叹一口气，仿佛卸下了心中的重担。

"是啊，"好曼巴道，"打了催生针，傍晚就生下了。还算顺利。不过，再晚来一阵子，就没有那么乐观了。娃娃的脖子叫脐带缠住了。真得感谢你，要不是你，恐怕……"

"她的男人出门打工去了，我帮忙是应该的。"姑娘笑着说。

"你要是和那个小伙成功，明后年也要做妈妈了。"

"啊！"姑娘害羞地捂住了脸庞，"您说什么呀！"

"人嘛，就是这么回事，缘分到了，一切水到渠成。"

"好曼巴，您知道，我家穷。"姑娘扭捏了一会儿，抬起头来，"再说，他是国家的干部；我呢，一个普通的牧民。"

"你说些什么话呀！什么穷人不穷人的，你可不要相信'落雨莫爬高墩，穷人莫攀高亲'之类的鬼话，人和人是平等的。你也不普通呢！我听人家说，你懂得的畜牧知识能羞死畜牧站的站长。人总得看见自己的长处。"

姑娘说："牧区里谁不懂得一点畜牧知识呀！阿爸又病着，人家说不定会嫌弃呢！我才不愿意让他以后觉得是我们父女拖累了他。"

扎西转过头，不满地瞪了好曼巴一眼，已经进入媒人角色的热心的好曼巴并没有瞧见。

"我已经想好了，这辈子不结婚了。"

"瞧你，又说这种傻话！"好曼巴立即生气地嚷道，"你阿爸的病又不是一天两天了，你不结婚怎么能行？你不结婚，只能使你们父女俩的日子更加艰苦。找个好人结了婚，你也好有个帮手，女人嘛，遇个好人不容易。"

"原来我也没有这么想过。可是阿爸……我放心不下我的阿爸。"

"俗话说'种庄稼怕误了节气，嫁姑娘怕选错女婿'，你要是老这么想，到头来准会耽误了自己。"

"哼，我才不怕呢！"

"你当然不怕，可是那要伤多少好小伙的心呀。"好曼巴说着，

207

意味深长地朝扎西望了一眼。小伙子马上低下头去。

"可是，我没有什么特别喜欢的人呀！"

"这你就不懂了，小卓玛。'爱上的猴子也标致，看中的黑熊也美丽。'这就叫缘分。你现在还不懂什么是真正的爱情，一旦你萌发了爱的苗头，你就会在心里不住地问自己：我为什么这么爱他呢？啊，难道是上辈子欠他的？到那时候，你就会发现自己以前有多傻了。"

这个问题如此敏感，姑娘一时觉得很不好意思。她抬头朝窗前望去，想缓解一下这种尴尬的气氛，不料却在后视镜里看见了扎西含情脉脉地看着自己的眼睛。她的脸一下涨红，不知所措地"刷"一下扭过头去。和蔼的好曼巴对自己的这番说教很满意，但是她还不能确定，这番话对眼前这个口口声声说不结婚的酸姑娘起了多大的作用，于是她试探道："就说那位干部吧，你觉得他对你不好吗？将来不会呵护你疼爱你吗？"

"您就像我的阿妈，所以我对您说了吧：他对我倒是好；可是，他对我阿爸也好端个官架子，这我可受不了。而且我早说过了，我是牧民的女儿，没有文化，和人家知识分子在一起有什么话好说呢？我说，我的羊产羔了，他不感兴趣；他说他工作上的事，我又不懂。总之，我可不想高攀个国家的干部。"

她说完就闭上了眼睛，好像厌倦了这场谈话似的。扎西如释重负地舒口气，哼起歌来，声音轻松愉快。热心的好曼巴也不好再追问，便轻轻地挪了挪自己沉重的身体，表示对这场谈话中未能解决的问题的忧虑和不甘就此罢休的决心。是啊，除了她所热爱的医疗事业，她最喜欢的事情，就是把两个各方面都般配的年轻人撮合到一起……年轻的时候，遇上一个适合自己的人多不容易呀！再说，男大当婚，女大当嫁，天经地义嘛！

走了一段路程，扎西将车拐上了去南木塘的狭窄碎石路，很快就到了南木塘。小伙子跳下车，跑去将姑娘寄放在小卖部的那袋子酥油背来放进了后备厢。本来卓玛自己要去背，但是扎西不让，倔强的卓玛就跟他争执了一番。狡猾的好曼巴看出了两个年轻人之间的奥妙，笑了："卓玛，傻孩子！'只要有男人在，女人就不能敲开坚果'，这可是外国有名的格言，你就让他背嘛。可是，你不觉得吗？咱们的扎西对你可真好呢。"

扎西拍着脑袋憨憨地笑了，卓玛扭过头去，装作没听见。

4

红色小富康又驶上了草原。整个草地繁花似锦，美得叫人难以置信。有的地方成片地盛开着一种蓝色的野花，微风拂过，那种纯洁的蓝所荡漾开来的晕波美得无法想象。草儿稀疏的地方格桑肆虐，人在其中也只能在七彩花丛中露出一个脑袋。一个穿着红色宝拉的姑娘正轻盈地追赶一群调皮的羊，手中的羊毛抛石带在空中划出一个个漂亮的弧形。卓玛看着疯跑的羊群，有点替她着急。

"扎西，你还没跟我讲那个央宗呢，你和她怎么样啦？"沉默了一阵后，好曼巴开始询问扎西的感情经历。

"呃……这个嘛，"扎西吞吞吐吐地回答，转头迅速瞟了瞟卓玛——她正摆弄着自己的小辫子，一副漫不经心的样子，"也没什么。我们只在一起唱过几次歌，吃过几次饭……"

"还有呢？"

"再没有了，就这些了！"

"肯定还有。你倒是说呀——"

小伙子不安地回头朝卓玛望望，小声地说：

"嗯，还拉过一次手。她说她喜欢我。我一不留神，她就拉着我的手了……"

"你没挣脱？"

"嘻……没。"

"还有呢？"

"有一次我们……我们抱了抱，嗯，这个那个的……"

矮胖的好曼巴蹙起眉头。他的最后一句"这个那个的"让她起了无限联想，"这么说，你们把所有的事都……你别急，别急嘛，听我说。这样可不好。你倒无所谓，可是人家姑娘……"她说着，眉头越皱越紧，终于，一向以温婉著称的好曼巴，发了脾气："唉，扎西，你怎么能这样！原来还以为你是个好青年，哼，'男人靠得住，母猪会爬树'，正是这句话呀！"

"您胡说什么呀！"扎西也急了，回转头来吼道，"我和她，真正什么也没有呀！您这么说出去，叫我怎么做人哪！"

说完，他转过身，带着乞求谅解的、讨好不安的神情朝卓玛望着。卓玛深深地低着头，看不见她的表情，只听见她急促而沉重的呼吸。

"我们只是朋友，我一点儿也不喜欢她。"小伙子又大声说。

"哦，那我错怪你了，你不要生气。这么说，你心里有人啦？"

"是呀！"

"让我猜——"好曼巴带着一副狡猾的笑，伸出双手将两根大拇指并拢在一起，眼睛斜溜过去瞅着卓玛，"远在天边，近在眼前！"

"您可真是的！"沉默的姑娘几乎从座椅上弹跳起来，"您再这么胡说我可要生气了！人家自有人家的对象，"说着，她一双黑亮的大眼睛满含泪花，朝扎西狠狠地瞪了一眼，"除了那个央宗，还有个桑吉草呢！我呢，说不准还会跟那个干部再谈一下。再说了，就算他没有对象，我也一点儿都瞧不上他！"

"你哭了，卓玛？我逗你们开心而已，你干吗哭呀！"

"谁哭了？这车里的香水味熏了我的眼睛！"

扎西急忙打开车窗。清新的草原风吹进来，三个人都深吸了一口气。

"那么，我就搞不懂你们了。我还自以为看出了一点苗头呢！唉，老了，你们年轻人的心思，我是搞不懂啦！"好曼巴懊丧地摇摇头。

接下来一路无语。好曼巴一会儿望望扎西，一会儿望望卓玛，怎么看都觉得身边这两个年轻人是理想、般配的一对。哎呀呀，真可以说是天造地设呢！可是，可是……唉！

不多会儿，红色小富康就开到了城里。扎西把车头掉顺，停在路边。

"我到家了，谢谢你，扎西——甜扎西，谢谢你把我送回来。你，"她转向卓玛，嘱咐道，"以后可不许那么酸了啊！回去后代我问候你阿爸。别担心，会治好的。我一回来就去你家看望他。天黑前你卖得完吧，你的那些蕨麻和酥油？"

"卖得完，我的蕨麻是最新鲜的，酥油是最好的。"姑娘没精打采地说。

好曼巴走了。走前，她还郑重地劝说卓玛别犯傻，趁早打消不结婚的念头，否则，将来会后悔死的。

"我等你。"好曼巴刚转过身去，甜扎西就温柔地对姑娘说。

"不用等啦，你。"酸卓玛说，她突然对扎西改了称呼，而且声音冰冷得可怕。"我也许不回去了。城里有个亲戚，阿爸吩咐我去串个门子。"随后，她说了声"再见"，就迫不及待地转过身，去取后备厢里的货物。她那不知何时变得幽怨而且黯淡的眼神，让扎西心里非常难受。但是不知为什么，他没有过去帮她。他转过身，目送好曼巴走远，连瞧也不瞧她一眼，任凭她吃力地将她的货物扛上瘦削的双肩。可是，当姑娘迈开步子向市场方向走去时，他就将视线从好曼巴灵巧地穿行在车流中的身影上抽回来，一眼不眨地追寻着姑娘艰难地在人群中穿梭的背影。重负之下，姑娘的步态有些跟跄，背影是那么瘦弱孤单。他的眼睛一下子湿润了，涌上心头的对姑娘的疼惜和怜爱，使他古铜色的坚毅的脸庞泛出一阵暗红，久久不能消去。他感觉到自己脸颊的灼热，不好意思地在心底，将此归结为六月高原强烈紫外线的灼烤。他一边使劲让湿润的男子汉的眼角恢复干涩，一边在心底轻声道：啊，我可怜又可爱可敬的姑娘！我多想替你卸下重担！你呀，你这傻乎乎的酸姑娘，可知道我这番心思！

那边，姑娘已经走到市场门口。等快要进门时，她犹犹豫豫地停住脚步，费力地卸下肩头的货物，将身子伸直靠在一面墙壁上，抬起头，不安而羞涩地扫视着周围，似乎想要大概浏览一番喧闹的街景——的确，街上繁华如梦，正酣畅淋漓地演绎着这个伟大时代的时尚与潮流——然而，当她"漫不经心"地望向扎西停车的方向时，正好碰上扎西追随她的火辣辣的目光，虽然距离遥远，但那股热力，却穿透人群和距离向她射来，她就像触了电似的，急忙慌慌张张地避开了。

时间过得真慢。正午时，扎西已经在车里等了好长时间了。饥肠辘辘，他没去吃饭；想去打听一下近几日来狼肚菌和冬虫夏草的市场价格，也没去；至于他跟好曼巴扯谎说要买些曲拉啦、砖茶啦等事情，他更是连想也没想起。困了不敢睡，怕卓玛那酸性子自己走掉；就折转身子，扭头透过车窗紧紧地盯着市场门口。盯了半天，眼也酸了，脖颈也僵了。他就下车在路边晃悠。晃悠了一阵子，看看天，想起她那"最新鲜的蕨麻和最好的酥油"，不由起了疑心：她不会一早卖完悄悄溜了吧？就急急地赶到市场门口，做贼似的偷偷向里张望。很快他就找到了她：她正坐在自己的小摊前，默默地低头沉思。酥油已经卖完，只剩下一小堆蕨麻，相信很快就能售出。侦察完后，小伙子弯腰闪出市场门，喜滋滋地朝路口自己的小车走去。在那里，倒车镜前，他摘下褐色的羊毛礼帽，很仔细地用手指捋顺了有点散乱的长发，然后端端正正地戴上帽子。

然而又过了一个多小时，姑娘还是没有踪影。"我也许不回去了——"小伙子想起姑娘的话，拿不准是真是假。他看看市场门口，又望望路口，不知道该回去还是留下继续等。路边有一个小饭馆，饭馆小伙计注意他那魂不守舍的样子已经很久了。"这人着了魔了。"他对自己的老板讲，手远远地指着他。老板就吩咐他："去，眼瞎瞎的，到手的生意都抓不到。"小伙计就赶忙跑到着了魔的扎西身边，热情地招呼他："司机哥，来嘛来嘛，吃碗饭，喝瓶酒，香喷喷的羊肉面片，吃饱好上路。"

年轻的小伙子任凭小伙计把他带到饭馆，挑了个门口的位置坐下。他心慌慌地扒完饭，就跳到太阳底下，朝市场门口张望。小伙计好奇地观察着他，丝毫不肯松懈，像个执行任务的侦探。扎西被他盯得羞愧，只好向他解释：六月的天没个准儿，他怕要变天了。小伙计抬头望望明晃晃的天，太阳刺得他睁不开眼睛。"胡说，"他说，"没见过这样的天会变！这可不像女人的心，"他蛮有经验地说道，虽然他看起来不过十六七岁，"一会儿晴一会儿阴。"

扎西坐在店门口，心神不宁地和小伙计有一句没一句地说话时，卓玛背着空瘪瘪的红包袱走出市场，向路口走去。扎西一见她，马上"腾"的一下站起来，大喊了一声"卓玛！"姑娘转过身来，循声东张西望找了一会儿，看见他，既惊讶，又有些难掩的惊喜。

小伙计发出会心的微笑，仿佛在说："瞧！我猜得没错吧！"接着，他仍带着这种微笑，跑到姑娘身边，熟练地招呼她："来来来，那位阿哥等你好久了。"他边说边拉扯着姑娘进了饭馆。

"我不吃，也不喝。"姑娘说，"我得回家，阿爸需要我照顾呢。"她有些拘谨地解释道。

"吃了再走也好嘛，"扎西和小伙计同时说道。扎西脸色通红，神色腼腆，像做错了事的小孩一样使劲揉搓着双手。

"不。"姑娘迅速瞥了一眼小伙子，倔强地摇了摇头。

"你坐下，坐下嘛。这位阿哥——"

可是姑娘已经迈出了门槛。扎西看着她那执拗的样子，生气地对小伙计说："谢谢你啦，她这个酸性子，谁也劝不动，饿死就饿死吧！"

姑娘已经走到了路边。

扎西跟了上去。

看着他们一前一后地走远，小伙计喃喃道：

"咦！这可真是奇怪的一对！我还从来没有见过这么奇怪的小两口！"一转身，他看见老板正朝自己瞪眼，就急忙冲他们的背影喊道："以后常来啊，阿哥！"

5

那边，扎西已经上了车，庄重地望着前方。

姑娘站在车边，环顾四周，好像在等什么人来和她搭伴。然而她也没有望多久，因为这是唯一通往她家的车。和来时一样，她去拉后排座的车门。然而拉不动。

"坐前边来。"主人吩咐道。

"打开吧。"

"开不了啦。"

姑娘只好和他并排坐在一起。她尽量斜侧着自己的身子，将身体紧紧地贴在车门上，脸望着窗外。眼下，她的神情比任何时候都严肃。她沉浸在自己的思绪中，仿佛车上只有她一个人。因为疲惫，她的背稍稍向前弯着，黑色的小辫子有些毛了，一根根垂下来遮住了半边脸庞，看不清脸上的表情。他们就这样默默前行了一段路程，后来，等他们都觉得闷热得快要喘不过气时，主人打开了车窗。一股凉风带着六月草原的馥郁吹进来，两人都松了一口气。

姑娘打开自己的大红包，从里面的一个小口袋里掏出一块干馍馍吃起来。甜扎西看不下去，他腾出右手拿出那罐自己没舍得喝的可乐，说："拿去和你的馍馍一起吃吧，卓玛。别以为我是特意为你留的。我在你的座位上发现了它。喝吧，喝，干馍馍怎么咽得下。"

"我不渴，你留着自己喝吧。"酸卓玛说。

"你忙了整整一天，天又这么热。"

"我也喝了一瓶可乐，在市场里。现在我不渴。"

"好吧，随你便。"说着，他反手把可乐扔到姑娘的怀里。

车里又沉默下来。窗外的草原多么美好！一些牛羊在啮草，一些牛羊在反刍，还有一些，正在太阳底下懒洋洋地打盹。它们的肚子都圆滚滚的，就连那些刚学会吃草的小牛犊小羊羔，肚子也是圆滚滚的。黝黑矮小的蕨麻猪，一窝一窝，一队一队，急躁地、鲁莽地在草原上觅食，草原被它们又尖又硬的嘴拱起一个个小土包；两只长着螺旋形大角的滩羊在抵仗，其余的边观望边交头接耳，议论纷纷；一只银白色的肥壮的狼，翘着粗长的尾巴，沿着山脊孤傲地走过，惊得野鸡扑棱棱飞起又落下；仓鼠闪电般地露一下头脸，又魔术般地隐匿不见……午后的阳光已经不那么强烈，草原上披着一层柔和的、金色的光。天空澄净、湛蓝，白云低低地飘在头顶，急速地变幻着形象，给人一种似在虚幻缥缈的仙境中的感觉。但车里的两个人对这些美景都视而不见，默默地想着自己的心事。

"你怎么还不喝呢？"扎西有点啰唆地说，他看见姑娘的嘴唇苍白而干燥，不由一阵心疼。

"我不想喝。"姑娘懒洋洋地回答道。

"唔……那你可以把它带在路上喝，我这里还有几包好烟，带给你阿爸。"甜扎西边说边腾出右手翻身边那只包。

"阿爸从不抽烟。如果他想抽，我也可以出去买。"酸姑娘并不领情。

"捎上吧，算我的一点心意。"

"不，他又没见过你。"

"谁不知道我呀！我可是上过报纸的人。你就说，我是那个甜扎西……"

"上过报纸的人多了，再说，我们平常又不看报。"

姑娘嘴上虽这么说，其实她比熟悉自己的牛羊还熟悉他。记得当初，那是三年前的事了，他第一次来这里收购曲拉的时候，她就喜欢上了他。那就叫作一见钟情吧。他是那种性情潇洒、热爱自由又富有同情心的美男子。他还是个急性子，活泼好动，因为家境殷实、从小没吃过苦的原因，有点吊儿郎当。她看不惯他那副有钱人家少爷似的做派，整天开着辆小轿车，打扮得一尘不染地在草原上游荡。他还经常和几个不务正业的哥儿们一起喝酒，甚至打架滋事，因此还进过派出所。这也是卓玛不满意他、不敢去爱他的原因。但是，他身上自有一股吸引她的魅力，到底是什么，她也说不清楚。反正，她总希望能在放牧的路上看见他，或者，在跨过小溪的时候，看见他在溪那边游荡……他看人的眼光亮亮的、坏坏的——不是吗？亮亮的、坏坏的，又满含温柔和情意。这种善良真挚的目光，曾追随过她的脚步和身影多少次啊！

只要有她的地方，就有他柔情而执着的追随。每次，她总是低着头，心咚咚跳着，迈着紧碎的步子，将羊鞭甩得劈啪响，恨不能将羊群赶得飞起来……等翻过小草山包，感觉到这小小的山坡终于将他追随的温柔目光阻挡在山那边时，她才能长长地舒一口气，同时放慢脚步，带着一种甜蜜和失落交织缠绕的复杂情感走向自己的帐篷。有那么几次，她按捺不住自己的好奇心，等一翻过小草山包，就躲在草丛中偷偷地观察他，看他怎样在溪边唉声叹气，愁肠百结。她有些好笑，同时又觉得难过。和同伴们在一起的时候，她总是装作漫不经心的样子打听有关他的消息，可是当她得知有好几个伙伴喜欢着他的时候，她就再也不和她们在一起了。而这一次，她之所以生扎西的气，是因为她听到了他和央宗的风言风语……她就是这样一个酸姑娘，这样一个酸姑娘……

还有，之前，那个干部第一次来草原上的亲戚家做客的时候，扎西正把车停在路边"收购"曲拉。他手里拿着秤盘，眼睛却盯着过路的卓玛，一副魂不守舍的样子。人们笑话他，说，看，快来看呀，这个美男子的心，早就被卓玛掳走了。也是在那一次，干部初次见到了美丽的卓玛。姑娘当时正赶着羊群去往牧场，她神情严肃，脚步郑重，好像哄笑的人群和自己无关似的。年轻的干部一见她就愣住了，呆呆地目送着她的背影，许久都回不过神来。这时，扎西的秤杆戳痛了他的脊背。干部回头朝人群望，等着哪个坏小子出来跟他道歉，然而回答他的，除了人们的哄笑，还有扎西傲慢而又充满敌意与挑衅的注视。聪明的干部脸红了。后来，他一再地追问卓玛，她是不是因为扎西那个坏小子才拒绝他的，然而姑娘说："你胡说什么呀，我和他可一点都不相干。"

现在，他俩坐在车上，就像两个等待法庭审讯的犯人，各自的心跳得像要蹦出胸膛。因为紧张，扎西的脸红得发紫，他的嘴唇神经质地哆嗦着，像在喃喃自语，又像在跟她说话。姑娘仍旧注视着窗外。不过，她的眼皮在微微颤动，脸颊滚烫滚烫的，就连心口也烧得发痛。这时候，他们离市区已经很远了，红色小富康七拐八拐，拐上了通往牧区的碎石路。平日熟悉的草原此刻辽阔得超出了他们的想象，仿佛永远也走不到尽头。高原的天空压在头顶，白云触手可及。午后的阳光铺在草甸上，呈现出一片七彩的光芒。周围一片寂静，就连翱翔在天空中的苍鹰，也默默地、无声地掠过天际。扎西环顾四周，长长地叹了一口气，唱道：

　　杜鹃归来后，
　　时节转清和；
　　我遇伊人后，
　　心怀慰藉多。

　　他的声音有些颤抖，歌声柔和，是那种清朗飘逸的男中音。可是他拘谨地压抑着自己，从而使调子显得有些滑稽。唱完，他羞涩地问姑娘："太闷……我唱唱歌，可以吗？"

　　姑娘头也不抬地嘟哝了一句："这又不是我的车！"

　　小伙子把这看成是鼓舞。他清清嗓子，努力平抑一下情绪，继续唱道：

　　压根儿没见最好，
　　也省得情思萦绕；
　　原来不知也好，
　　就不会这般神魂颠倒。

　　他唱着，把最后那个音拉得很长，几乎有点幽怨的味道。姑娘静静地等待他把那个长音唱完，忍不住"扑哧"一声笑了。

扎西也笑了。车里的气氛暂时缓和下来,两个人都在心里暗暗地、长长地松了口气。

6

红色小富康幽幽地在草原上前进着。车里姑娘和小伙子的心,也跟着幽幽的。车外风光无限好,可有情人的眼里啥都瞧不见。

有好几次,甜扎西试着和酸卓玛搭话,但都被她冷冷地回绝了,她不是装作没听见,就是沉默不语。

扎西无奈而又心伤。他鼓起勇气,说:"'春日的白天越来越长,母亲的糌粑却越来越小。'——不能再拖啦!我必须了结此事,要不然,说不定哪天我会因此而疯掉的。"小伙子嚷道,加快了车速,仿佛只有这样才能发泄他胸中的苦闷似的。"卓玛,我看出你也喜欢我,这是一目了然的。你是这一带最漂亮的姑娘,你像八月的格桑花一样娇嫩,像白羊羔一样纯洁、温柔、善良、忠厚。你也很聪明、勤劳、快活、多情和幽默。我看不出,除了你,我还能找到比你更好的人……你不要一副无所谓的样子,你也不要说自己要一个人服侍、照顾你那重病的父亲……我愿意为你分担,我愿意成为你的……你的……"

他说不出那个令他害羞的、生疏的、重似千斤的词。"成为我的什么?"酸卓玛满脸通红,故意问。

"丈夫。"甜扎西说出那个词。一种不可抑制的温存和庄严占据了他的心灵,使他的呼吸平静下来。羞涩消失了,他的舌头灵活而动听地吐出下面这几句话:

"卓玛,世上再没有比我喜欢你而你不喜欢我更不幸的事了,可我们不是,我们彼此相爱。如果你愿意和我结婚的话,那么,我就是世界上最幸福的男人……我曾经差点误入歧途，是对你的爱，把我召唤了回来……你没发现吗？这几年我在一点一点变好……你有没有听我说话呢，卓玛？"

这是一番多么炽热而真诚的表白啊，酸姑娘卓玛不胜惊讶而又有点悲喜交加。她侧过脸来看着他，他是那么认真坦诚，不像玩笑或是撒谎。他也侧过脸来看着她，眼神温柔而迷人，简直叫人想哭。他们谁都没想到要把车停下来。

"扎西，"卓玛开口了，"你说得很坦率，但我不相信你的话是真心实意的。谁都知道你花心，而且，我也听说，你和央宗好。"

"那些都是人们的胡说八道，你不要信那些，卓玛！"

"无风不起浪……我害怕长得太帅、花心的男人。像我这样的姑娘，配你只会得到眼泪。"

"唉！怪我笨嘴拙舌，没有表达好心里的想法，真是可怜啊！"扎西嚷道，"卓玛，你不喜欢我，事实就是这样；你随便找个理由，说我花心，说我和那个央宗……就连我长得太帅，也成了你眼里的缺点。你并不喜欢我，就是这么简单！"

"我觉得你和央宗，倒是挺般配的一对儿！"酸卓玛说。

甜扎西没有吱声。他加快了油门，眼睛紧盯着前方。卓玛不知道他是在伤心、赌气，还是在思考怎么回击她。看到他那么阴沉，她心里有点不安，但气没有全消。她对刚才扎西说的那些话惊讶不已，又觉得那么自然，甚至非常感动。然而甜扎西根本没有伤心和赌气，他在思索自己和卓玛的命运。他心里难过，有草原那么广阔、雪山那么高的烦恼压在他心上。他真想一把抱住她，把一切衷肠向她倾诉，如果他能哭的话，他一定会痛快地哭一场。

"话里无刀碎人心，你刚才说，我和央宗是一对儿？你怎么能这么说？"突然，他转过脸，凶巴巴地问道，"难道你没看见我每天早上站在小溪边，等你赶着羊群走向草原？难道你没看见我整个冬天和整个春天，开着我崭新的小富康，成天打你面前走过，有满肚子的话要对你说？可你总是一噘嘴就高昂着头走开，连看都不看我一眼。你……”

“你开着你的破车，”姑娘回答道，“爱去哪里就去哪里，和我什么相干？我也没和你搭过话，晓得你是谁……”

“你又这么说！一听见这句话我就要疯啦！”小伙子气极了，吼道，姑娘不由缩了缩身子，“和你什么相干？你看看我现在这个样子，不是为你还为谁！”

“哼，谁知道呢！什么央宗啦，桑吉草啦，谁知道你为哪一个！”

“你不要冤枉别人。央宗是喜欢我，可我不喜欢她。这我已经说过啦！至于桑吉草，她就像我妹妹……”

“好吧。那我就告诉你吧：我不嫁人，永远不嫁！”

“哼，你以为你用这个谎话打发走了那个干部，就可以诓住我吗？我也告诉你，你不嫁人，我也不结婚！看咱俩谁耗得过谁！”他气得说不下去，就闭紧嘴唇，牙齿咬得咯咯响。过了一会儿，他用一种嘲讽的口吻，说，“‘女人声音越大，说的越不是真话。’我才不相信你不想结婚呢，也许，将来你会哭着喊着要嫁给我呢！”

“也许吧，”姑娘说，“可是，谁知道自己的将来会怎样呢？你说你会等我，谁相信呢！就算将来我会改变主意，我也绝不会嫁给你！”

“谁要是做你的丈夫，我就敲掉他的牙齿！”扎西说，把自己的牙齿咬得咯吱作响。

“我又没答应过你什么，”姑娘说，口气里含着委屈，“你有什么权利，要求我跟你好？”

“当然，”小伙子说，“我无权要求你跟我好，可是，作为一个小伙子，我有权追求你，娶你做我的老婆。再说，我是这片草原上最好的小伙子，不光别人，就连我自己也这么认为。你别笑。

当然你是最好的姑娘。你美丽、热情，你有一颗善良的心。"小伙子激动地说着，声音慢慢变得柔和，"我总是看见你帮助别人。你帮麻眼老阿妈缝被子，帮大肚子的央金打酥油，还帮完玛草翻遍草山寻找她家丢失的羊只……'长相美只能取悦一时，心灵美才会幸福一生'，我爱的是你这颗心。当然，还有你这个人。不瞒你说，我从前可不是像现在这样的人。从前的我自私而又懒惰，嗯，那也是出了名的……可是遇见你之后，你身上的一切感化了我，教育了我，我现在也靠自己的劳动挣了十几万块钱。我跟我阿爸阿妈说，我结婚的钱就不用你们张罗了，阿妈当时就高兴得哭了。我也跟他们说过，别给我四处打听姑娘，我只要你；他们说，那就看你自己的本事吧。你以为，我忍受得了他们每天询问的那种眼神吗？"

"你想怎么说就怎么说。"姑娘说，头埋得很低，声音小得像在耳语。

"我是一个男子汉，"小伙子说，"我说永远等你是骗你的。我不会长久这样下去。我有父母，我得成家。但是在这之前，我绝不会让别的小伙子把你娶走。我曾经孤身一人，徒手和三个歹徒搏斗，嗯，那件事情还上了州里的报纸，这你也知道——谁不知道呀！叫什么'见义勇为好青年'，上面还有我的照片呢！但是我却怕了你。一到你面前，我就变成了傻瓜。可是现在，你就在我的手心里，我想怎样你就得怎样，你信吗？"他说着，眼神温柔而炽热地盯着卓玛，他心里想的是，他要亲吻她。

"你说我在你的手心里，"酸姑娘生气了，高声说，"那就给我看看，你有什么本事吧！你要打我吗？你这个坏蛋！"

一听这话，小伙子也来气了。他一下侧过身，用通红但满含爱意的双眼瞪着她。这时车正行驶到一个很陡的下坡路段，坡下，是那个有名的死水湖；湖边，一窝胖胖的小蕨麻猪排成一溜长队，由它们的母亲率领着，正准备穿过石土路。扎西望着蓝莹莹的湖水，全身振奋起来。

"别以为我不敢，"他嚷道，"我什么事情不敢做？咱们来个干脆吧，草原这么辽阔，哪里不是安葬咱俩的地方？你既然这么固执，那我也不勉强了。可是，我死也要和你在一起。就这样吧，就这样了结了吧！了结了吧！"他喃喃道，像在梦呓。突然，他猛地一踩油门，红色的小富康就像一支离弦的箭，向前飞了出去。

"你疯啦！"姑娘起身扯住他的衣袖，"快停车，停车！"她惊恐地喊道，声音震得自己的耳膜嗡嗡作响。小伙子已经处于一种癫狂的状态，他一把将姑娘推倒在座位上。

车在飞驰，眼看就要撞上那一窝蕨麻猪……突然，他狂乱地摆了一下右手，剧烈的疼痛使他一下子清醒过来。原来是姑娘，拿那罐可乐在他额头上狠狠地敲了一下。

一个紧急刹车，红色小富康就像悬崖边上的奔马，吱吱叫了两声停了；惯性将两人栽向前方。

姑娘打开车门，跳下了车。

"我不是你家的病羊，你想怎样就怎样！"她边向前跑边叫道，"你以为没有你的破车，我就回不了家吗？"很快，她就跑下了陡坡。突如其来的震惊，几乎使小伙子失去了知觉。他呆呆地望着姑娘疯狂奔跑的身影，不知道接下来该怎么办。愣了一会儿，他才回过神来，驱车追赶她。就在这时，他觉得头上有一股热乎乎的东西慢慢地顺着脖颈滑了下来，痒痒的。抬手一抹，是血。

小伙子加快车速。眨眼间，他就到了她身边，尽管她跑得很快。

"卓玛！"他停下车，慌里慌张地钻出车门，冲姑娘喊道，"上车吧！我也不知道刚才怎么突然间失去了理性，变成了疯子。就像突然着了魔一样，我的全身忽地一热，脑子一晕，我就不知道自己在说些啥、干些啥啦！你上来吧！我不求你原谅，只求你不要折磨自己，你已经够累的啦……"

姑娘只顾跑着，仿佛什么也没听见。

"你跑不回去的，还远得很呐。说实话，天黑前你都不一定跑得回去。想想你阿爸吧，他还等着你回家做饭呢。"

姑娘停住了脚步，恍然大悟地眺望了一下无边的草原，喘着粗气跟他回到车里，坐在老位子上。

甜扎西看她坐稳了，发动起车来。这时，她发现了他脖颈上的血。

"天哪！停车！"她喊道。小伙子听话地停了车。

姑娘解下自己的红腰带，刺啦啦撕下一绺，准备给他包扎伤口。然后，她凑近他，不顾他反抗，双手用力地扳过他的脑袋，查看伤口。当她看到正往外渗血的、足有半寸长的伤口时，她发出一声惊恐、心疼和自责的尖叫，随即，她用布条紧紧地捂住了伤口，小心翼翼地缠上了布条。

小伙子低着头，一动也不动，像个听话的孩子。

可是，当姑娘包扎好了伤口准备坐回自己的位子时，他突然一把抱住了她。一个热乎乎的吻，伴着粗重的喘息，烙在她的脸颊上，继而滑到了她的嘴唇上。

"你在干什么啦！"姑娘惊喊着，用力推开他，伸手去拉车门。

"求你，卓玛，别下车。原谅我，这是我第一次，也是最后一次——不会再这样啦。你不会再见到我了。明天我就去找央宗，那个傻丫头，曾说过爱我，要等我。我和她结婚算了。除了爱唱爱跳，她也不坏，真的。我总算明白了她心里的痛苦，她爱我而我不爱她，正如我爱你你又不爱我一样。我不能再让她伤心啦。我们，就这样了吧。"他喃喃地说着，将头埋在自己强壮的臂弯里，还保持着那个拥抱的姿势。等他抬起头时，看见了姑娘眼中闪烁的泪光，但他什么也没说。

红色小富康又上路了。一路上，两个人默默无语。有一阵子，天气像要变了，乌云遮住了天空，车里暗暗的，两人的心头也暗暗的。谁都不知道对方心里在想什么，可两人全身的每一个器官，每一个毛孔，都在悄悄地猜度着对方的心思。他俩像两尊雕像，一声不响地沉默着，生怕呼出口的气息一不小心伤着了对方。可是车内的空气却变得异常地温柔，温柔得两个人都有种想哭的感觉。

到了小溪边，姑娘要下车了。她打开车门，欲言又止。就在这时，那几个骑摩托车的小伙子嘻哈着从天而降，他们一见扎西头上的红色绷带，就哄堂大笑起来："喂，甜扎西！我们没骗你吧！你到底尝到了酸卓玛的厉害！哎哟，伤得可真不轻呐！"他们转而打趣卓玛，可是两人都没有抬头，也没有搭话。

这时候，也不过下午四点，太阳重又出来了，这当儿正斜着身子挂在雪山顶上。卓玛刚走到小草山包下，就看见了早上码牛粪饼的那位老阿妈。此刻她正站在一个高高的青稞秸堆旁，扬着连枷敲打隔年的青稞秸，好把残存的粮食打下来，喂给刚产羔的母羊吃。要是平日，姑娘准会跑过去帮助她，然而今天，她只是朝那边望了望，就跳过小溪，默默地回家去了。

7

扎西驱车来到离卓玛家不远的自己家的畜产品收购店。店不大，但生意很红火。那是当初他帮父亲来这里收购曲拉，第一次看见卓玛后不久便向父亲提议由自己掌管的。当时，卓玛正放牧归来，她穿一件美丽合体的紫色藏袍，远远地跟在羊群后面，怀里抱着一只刚出生不久的小羊羔。扎西从来没有见过这么美丽的姑娘。走到小溪边，看见一个妇女装满燕麦草的牛车倒了，她便放下怀中的小羊羔，跑过去帮忙。整整忙了半个多小时，燕麦草才重新装好。姑娘的头上挂满草屑，脸上却洋溢着俏皮灿烂的微笑。这一幕情景令他怦然心动。后来一连几天，一想起这件事，他的心里就暖洋洋的，脸上情不自禁地也露出微笑。一个月后，他又主动跟着父亲来这里收购特产，他没有见到姑娘，却打听清楚了姑娘的名字。紧接着，他代替他父亲，成了小店的主人。那时他还是个桀骜不驯的小青年，凭着一颗热情的心，明里暗里，展开了对姑娘的追求。然而事情并没有他想象的那么顺利，似乎从一开始，姑娘就没拿正眼瞧过他。他就耗上了。每天，他几乎都能见到卓玛——牧羊的卓玛，挤奶的卓玛，打酥油的卓玛，搀扶着父亲散步的卓玛……而且他发现，只要能够，她都会伸出手去帮助需要帮助的人。时间一长，他就明显地发觉自己变了，变得比以前更加敏感、善良、富有同情心和责任感，看见弱者，也总想过去帮助一把。从中得到的快乐，是以前所不曾有过的。每天晚上，当他关掉灯躺在床上的时候，他的心里仍充满光明和喜悦。

然而此刻，他躺在床上，心里却充满了懊丧。一种失败的感情，充塞着他的胸膛，使他觉得心口闷闷地疼。额头的伤口隐隐发痛，应该去诊所包扎一下的，他也懒得动。他仔细回忆车上的每个细节，当他想起自己那愚蠢的举动时，他狠狠地捶了几下胸脯；当他想起姑娘给自己包扎伤口时的关切和温柔时，不禁出神地摸了摸受伤的额头，仿佛那上面还残存着姑娘的气息；然而当他想到这一切已经宣告结束时，不由长叹一声，起身出了店门。

太阳正欲沉下西山，天边一片金红，不远处的草原交织着橘黄、嫩绿、浅紫、深蓝等各种颜色，使无垠的草原布满神秘和浪漫的气息。可是扎西的眼前一片灰暗，他慢慢地、习惯地而不自知地朝卓玛家踱去，心中充满了忧郁和惆怅。

一阵急促的脚步声传来，他不由转过身。一个少女，披着一层橘红色的晚霞出现在身后。是卓玛。

姑娘径自朝他走来，在夕阳的衬托下，扎西觉得，她简直不是在走路，而像一只美丽的天鹅在飞翔。她就那样飞到他身旁，羞答答地站在他的眼前。

"我去店里，你不在。"她说。

"你来干什么呢？我们……"

"我们怎么了？"

"你不应该这个时候来，要是叫人碰见了，该怎么办？他们会一直说到明年香浪节的。你还是快回去吧。"

"他们爱说，就让他们说嘛，"姑娘说，"我不怕。我来看看你的伤……"

"太麻烦你。一点皮外伤，不碍事。就是严重吧，也是我自作自受。"

"不，是我的错。我太固执，害你这样……"

"不要这么说，卓玛！我自己头脑发了昏，吃亏是活该的。现在已经不痛了，好啦。"

"那就让我看看吧，看是不是你说的那样。"她边说边走近他，伸手去触他头上的布条。小伙子只轻轻地闪了闪，便不动了。她解开他脑后的布条，极其轻柔地揭去第一层，然后用食指点点伤口，见他没有反应，又揭开第二层。她的热气呵在他的脸颊，心跳的声音撞击着他宽阔的胸口，以至于他的心也剧烈地跳动起来，甚至觉得胸腔有点痛。他有些陶醉地闭上眼睛，真想永远、永远这样下去……

但旋即，他惊醒地一把推开了她。

"不要这样，卓玛。一个大男人，这点伤算得了什么！你回去吧，忘掉今天发生的事，就当你从来没遇到过我这个人。那个干部是个好人，经济条件也不错，你真应该好好考虑一下他。白白错过一个好人，到头来你会后悔的。"

"应该道歉的是我，"姑娘说，"我不应该不理不睬地气你，更不应该说些酸溜溜的话打击你——'脱缰的骏马难抓回，说出口的话儿难收回。'我好后悔呀！我还打得你出血……"姑娘低下头，脸红了。

"不，是我的错。我不该说那么多气话，还失去理智要开车下河……别再说什么我原谅你了，要不是你敲我一下，还不知道会发生什么事情。好了，你回去吧。"

姑娘低着头一动不动。

"已经六点了，"小伙子看看表，又抬头看看天边的晚霞，"你快回去吧，很快天就黑了！"

姑娘还是一动不动。

"还有，以后你不要把蕨麻和酥油带到城里去卖啦！跑来跑去多累呀！卖给我吧！或者，你捎给我，我给你卖掉……"

他的话被一阵抽泣声打断了。他低头一看，姑娘满脸泪水。

小伙子吓了一跳。"卓玛！"他喊道，"你病了吗？抖得这么厉害！"

"没什么！"姑娘答道，"你一个劲地撵我，好像这是你家的草原……你让我走，我就走！"她边说边往前走，走了几步却又站住不走了。终于，她深深地低下头，双手捂着脸抽噎起来。小伙子不明就里，站在那里手足无措。姑娘哭着，越哭越伤心，小伙子的鼻梁上开始渗出一层细密的汗珠。

"卓玛……"终于，小伙子走上前，想要劝劝她，可是就在他刚伸出一只胳膊的时候，她像等待已久似的，一把扯过那只胳膊，扑进他的怀里。

"你对我这么好，"姑娘哽咽着说，用尽全身的力气，紧紧地抱住他不放，"原本是我不对，你却对我说尽了好话。你骂我吧，我太坏了！真的太坏了！人家说我是酸姑娘，说得真对！呜呜……你打我吧，或者，要是你真如你说的那么爱我，就原谅我吧！"

小伙子默默地搂着她，任凭她伏在自己的肩头哭着。"我永远也不会打你。"过了一会儿，他低声说。

姑娘哭得更加伤心了。

"你问我还爱你吗？"他终于大声说，"你以为这件小小的事情，就把我心头的热情浇灭了吗？你以为这小小的伤口，就把我全身的血流尽了吗？你以为我说我们就这样了结了吧，我就能忘掉你吗？不，我依然爱着你，就算你成为别人的妻子，我也会默默地爱着你！但是，你不必因为我对你的这一片心，而觉得你对我有所愧疚，心里过意不去。你不爱我，这是没办法的事，我不会怪你的。"

"不，"姑娘忍住哭泣，抬起头来，但在和他的目光相遇的瞬间，她立马从他怀里挣脱开来，红着脸不安地拧着因长期劳作而显得粗糙的双手，羞涩但坚定地说，"我也爱你。今天，就让我说了吧：我爱你！而且，我爱你的日子不比你爱我的日子短。你第一次来我们这里收购蕨麻的时候，我就爱你。我也知道你爱我，我一看你那眼神就知道了。别人都把自己的蕨麻卖给你，我不敢，我害羞，我怕看见你那双眼睛。我任何人都不怕，我只怕了你。每次看见你我都远远躲开，我一直想反抗……你不知道，正是因为你，我才诓走了那个干部……你不知道我心里有多苦！"姑娘说着，眼里又泛起层层泪光，"我不像别的女孩子，想干什么就能干什么。我从小没有母亲，只有一个患病的阿爸和贫穷的家，我得肯定那个人全心全意对我和阿爸好，我才敢爱他。现在，我完全放心了，我真高兴啊！"

"你真是一个傻姑娘，"小伙子说，眼里也泛起一层泪光，"知道我的心，又来折磨我！"

"你也折磨我，"姑娘温柔地说道，喉咙里带起一串哭泣的余音，"你和那个央宗一起唱歌，一起骑马；有一次，我还看见你俩手牵手跳过小溪。你不知道，为了这件事，我哭了多少回。"

"嘿嘿，"小伙子笑了，"怪不得央宗说：'咦，那个酸卓玛，看我的时候总是翻眼睛，好像我哪里得罪了她……'你真是一个酸姑娘！"

"那你明天还去找她吗？刚才你说：'我和她结婚算了。'为你这句话，我是哭着回去的！也是为了这句话，我偷偷地从家里跑出来，想问问你，你明天还去找她吗？你要和她结婚吗？"她仰着头，焦急地望着他。

"如果去找，又如何呢？"

"那我就走啦。"她说，眼泪掉下来。

"不去呢？"

她破涕为笑，很快地在他脸颊上留下一个吻，扭头跑了。她一溜烟向前跑去，消失在茫茫草原上。小伙子站在原野上，听着她咚咚远去的脚步声，心情久久不能平静。

阵阵柔和的晚风，带着夏夜特有的馥郁气息轻吻着草原。西边的天空泛动着绯红的霞光。小伙子惊讶地发现，原来，草原的暮色竟然这样美。可是，又一阵咚咚的脚步声，打破了这优美的寂静。姑娘喘着粗气，又出现在他的面前。

"我问你，今天你在车上说：'有一次我们抱了抱，这个那个的。'你们究竟都干了些什么？这个问题，你可得给我说清楚。"

小伙子苦笑一声，只得又重新解释起来。姑娘认真地听完，将信将疑地思忖了一会儿。然后，她轻轻地挽起他的手臂，说："达瓦阿妈的青稞秸……她的手不好，我们去帮她打完吧！"

8

第二年秋天的一个早上，卓玛一觉醒来，觉得自己有点不对劲儿。这当儿，牧区边上的青稞正等待着收割，膘肥体壮的牛羊也一车车运向遥远的城市，怀孕的牧羊狗懒懒地站在自家帐篷前打呵欠，小溪由于雨水的缘故，变成了小河，乡上的卫生院，经过整整一个夏天的翻修和扩建，变得宽敞而漂亮。下午，她已经躺在乡医院的产房里，变成了一个幸福的小母亲。

好曼巴给卓玛接完生，走出产房就喋喋不休地唠叨开了："'女人的心，秋天的云'，这句话说得真好。去年她还嘴硬不想结婚呢，今天，你看，八斤的娃娃坠地了！而且，那场婚礼办得可真——啧啧，我在这片草原上已经三十年啦——又迅速又隆重！那次我和扎西、卓玛一起进城后，只在家里待了一天就回医院上班，第二天一早，扎西就提着足足二十斤酥油来找我，'好曼巴，我想请你当我的媒人。''这么快？和谁呢？'我问。说实话，年轻人的花花肠子，我们这一辈人是看不懂啦！'卓玛啦！''咦，怎么会呢？你们不是前天还拌嘴吗？卓玛那酸姑娘不是说，这辈子不结婚吗？今天怎么……'就这样，酸卓玛和甜扎西结婚啦！新婚第三天，小两口就带着卓玛的父亲进城看病了。如今，他的身体越来越好，只等着抱孙子呢！我早看出来了，他是个有福之人。你可别说，这是我见过的最恩爱、最般配的一对小夫妻；他们知道'天上掉不下糌粑，河里撇不出酥油'的道理，诚实勤劳得让人忍不住竖大拇指！他们还忠厚善良得令人肃然起敬！还有，他们可不像别的小两口，'媳妇娶进门，媒人撂后墙'，他们对我可好了！你瞧，就连生娃也不忘给我带上几斤酥油……哎哟，他们真像我的孩子！你瞧，人老了，眼泪就是多，不过，这是高兴的泪……我呀，但愿我能在这片草原上再干三十年！"

发表于《飞天》2010 年第 2 期，入选长江中文网"中国好小说"。

拉姆措和拴牢

1

沿着黄金草原往里走，巍巍雷帝雪山耸入云端，起伏的余脉一直绵延到甘青交界的黄河边。雷帝雪山庄严肃穆，半山腰以上一片雪白，脚下是五月新鲜的黄金草原。一条源自雪山深处的小河，唱着初夏的赞美诗，一路闪烁地流下来，把雪山和草原分成了两个世界。

这是一个清冷的早晨。朝阳蓄势待发，把万道红光射向大地。牛羊马骡已被牧人放到草原上吃草。它们埋头前进，所过之处，草尖和花朵不见了踪影。草丛以及泥土深处，无数虫豸左奔右突，为了生活和性命拼尽全力。高原鼢鼠把老窝的土堆得很高，黝黑蓬松像个小小的城堡。野兔很少在白天出来觅食，就连狼，也谨慎而狡猾地不让牧人发现自己的踪迹。不久，一阵架子车辀辘碾压松软草地的声音，吓得一只野鸡拉响嘹亮的警报，飞向远处。原来是一个身材高挑、骨骼清秀的年轻女人，右肩勒着绳索，双手扶着车梁，身体前倾，拉着一辆不知往田里运载过多少粪肥、给牲畜运送来多少青草的破旧架子车，吱吱扭扭，朝雪山脚下走

233

来。她身穿淡紫色外套，里面配一件乳白色衬衣，显得清新、宁静、忧郁、沉稳。她的线条是那么的清晰流畅：古铜色的皮肤，棱角分明的五官，黝黑卷曲的长发，娇俏挺拔的四肢。她的身上洋溢着一股劳动者特有的健康、朴实、力量和美，在雪山草原的背景下，仿佛是大自然的女儿。

架子车里坐着一个三十五六岁、慵懒虚胖的女人。她乌黑如玉的长发，在脑后绾成一个大圆疙瘩，两只纯真而略带忧伤的大眼睛，孩子一样好奇地四处张望。一件宽大的、胸前粘着几坨玉米粥的薄呢红外套，裹着她丰腴的身体，两条长腿，蛇一样盘在车厢，怀里紧紧抱着一个脏兮兮的外国布娃娃。两个捆扎好的小铺盖卷，五个用一条麻绳从中间穿成一串的油饼，一个印有革命标语、浑身伤疤的老搪瓷杯，挤在车厢一角。

她俩到了小河边上。河水喧腾，水深的地方盘着一个小小的漩涡。不远处，雷帝雪山像横刀立马的张飞，怒火冲天地望着两个女人。拉车的瘦女人被石头绊了一下，一个趔趄，双手不由松开车梁，扑倒在地上。车子失去她双臂的压力，猛地后仰，车里的女人像一只沉重的麻袋，滑落到草地上。她谨慎地环抱着肚子，保持落地的姿势一动不动，等待瘦女人来拉。果然，瘦女人取下车绳，两步跨过来，架起她的双臂，吃力地扶她站起来。"阿妈哟！坐在地上会生病的！"她边说，边拍打着胖女人身上并不存在的草屑和尘土，仔细地把她胸前那几坨玉米粥抠掉。胖女人双手抓住车辕，抬腿想要爬进车厢，瘦女人赶紧拽住她的胳膊，严厉地说：

"阿姐拴牢！你不能再坐车，让我拉你回家去了！"

拴牢甩开她的手，一屁股坐在车厢里。瘦女人——她的名字叫拉姆措，使劲把她拉下车。"阿姐，你要到那里去了——"她伸手指指暴怒的雷帝雪山，"去那里，自生自灭吧！"

拴牢茫然地看着雪山，不懂她弟媳妇的意思。"不。"她说，"我要坐车车。"她露出抵抗、固执的微笑。

"再也不给你坐了。"拉姆措说，"只要你在，我的生活就毫无意义。瞧，你比我大三岁，别人都说，我看起来像你的阿姐。"她说完，伸出右手捋捋鬓角凌乱的长发，弹掉手指上的汗水。

拴牢扭着身躯，甩动双臂，伤心地哭了起来。她的声音很好听，清澈，响亮，像一股泠泠的溪水。上苍给了她如此美妙的声音，却剥夺了很多比声音更美妙的东西。她哭着哭着，伸出左脚，报复地踢了几下磨光了花纹的车胎。

拉姆措抱起一个铺盖卷，两边捆绳用力一扯，套进拴牢两条粗胳膊，给她背在肩上，然后把那串油饼和搪瓷杯子挂在她的脖子上，退后两步上下打量一番，忍不住笑出了声。的确，眼前这个胖女人，变成了可怜的要饭婆。突然，她把她狠狠地往后一搡，厉声说："滚！爬上雷帝雪山冻死去！我不要你了！"她霎时变得非常可怕。

善于察言观色的拴牢立刻停止了哭泣。"好的。"她摊开手掌，左右抹一把眼泪，答道。她转过身，朝弟媳妇指点的方向走去。那背影鲁莽、天真、孤独、决绝，"噗噗！"她踏进了小河。

拉姆措一惊。她刚想阻止，瞬间又想：看看吧，看她怎么办。

2

河水不宽，但是很深，拴牢没走几步，水就淹到了腰部。拉姆措屏住呼吸，凝神观望。只见她左臂紧紧抱着布娃娃，右臂展开，保持平衡。漂着浮冰的水很快淹到了她的胸口。拉姆措的呼吸随着水的加深渐渐急促起来，她觉得自己的生活，有一万种重新开始的美好的可能。但那只是一瞬间的感觉。马上，她就意识到，雷帝雪山像一个威武的战神，骑着白马，挥舞战刀向她冲来。突然，拴牢脚下一滑，跌入水中，黑发在水面上一闪，不见了踪影。拉姆措尖叫着跑过去，扑进河水。拴牢的头冒出水面，双手乱扑几下，又不见了。拉姆措不顾自己被水冲走，奔跑追逐，在一块大石头旁扯住了她的头发。她连拖带拉，将她拽到岸边。拴牢脸色青紫，哇哇吐了几口河水。

"唵嘛呢叭咪吽，唵嘛呢叭咪吽！"拉姆措为自己一时的恶念忏悔着，悔恨与惊吓交织的泪水，奔涌而下。

"谁叫你过河！淹死了叫我怎么办！"她厉声责备着傻姑姐，感觉浑身像下了冰窖又进了火炉一样冷热难耐。她解下拴牢背上湿漉漉的铺盖卷和油饼串，把她扶到架子车车梁上坐下，满心惊恐与自责。"阿姐拴牢，我叫你死，你也死呀！"她使劲摇着她的肩膀，嗔怪道。拴牢一声不吭，眼睛望着河流。她的表情难以捉摸，或者说，她什么表情也没有。

拉姆措在黄金草原上跑来跑去，捡来一抱干牛粪，挑一坨最干最薄的，点燃，再把其他粪饼，搭在上面。很快，浓白的烟雾熊熊缭绕，腾起一股浓香的牛粪味儿。

"阿姐拴牢，来，坐到火边，把水里的邪气赶走！"拉姆措叫道。

拴牢哆哆嗦嗦，挪到火边坐下。拉姆措解开她的红呢外套扣子。呢子吸饱了水，沉得像灌了铅。她扯着衣领往下脱的时候，拴牢揪紧了两片前襟。拉姆措吓唬她："赶紧脱！不然感冒了屁股上要戳针！"但她拽得更紧了。拉姆措啪啪打掉她的两只手，迅速扯下，扔到草地上。只穿着一件紧扑扑黑线衣的拴牢，比平日更加丰满，她用一双白嫩的大手，捂住了微微隆起的肚子。

"啊！阿妈呀！"

拉姆措脸色惨白，双手捂住鼻子和嘴巴，像看见鬼怪一样瞪圆眼睛，呆立在那里。"我说呢！我说呢！"她双手一拍，叉在腰间，"这三个月来，我纳闷，给你洗屁股怎么捂着肚子，睡觉怎么不脱衣服，下面怎么不见红！我以为你又在耍什么花样，以为你和我一样，是妇科不调，专门跑到乡医院，找大夫开了十服汤药！你这个人精，死活不喝，还是我怕糟蹋了那些药，煎了喝了。可谁能想到，谁能想到……你造了个孽呀！"她蹲下去，使劲掰开拴牢捂着肚子的两只手，把那小小的、几乎看不出来的山包来回摸了摸。热乎乎，硬邦邦，有一个小疙瘩在微微颤动。确定无疑，里面是一个正在蓬勃生长的小生命。

"谁？说，谁干的？"拉姆措厉声喝问。

拴牢也不甘示弱。她眼露凶光，龇开丰满的嘴唇，露出狰狞的表情。拉姆措熟悉这种表情。几乎每个月都有那么几回，她都会受到这种表情的威胁以及猝不及防、或轻或重的肢体攻击。但这次不同，那神态令人不寒而栗。那是类似母鸡母狗护崽的表情，不顾一切的表情。她有点害怕，但愤怒淹没了它：

"谁？到底是谁？你给我说出来！我一天到晚，包包一样挎着你，头发里的虱子一样带着你，你是什么时候，抽的空子，和哪个臭男人，干的好事？"

拴牢梗着脖子，一副死也不开口的架势。

"当然，干那事也要不了多长时间。"拉姆措说，"关键是，多少次，你才怀上的？和谁？那个坏蛋是谁？"

她边这么吼叫，边在脑海里迅速搜寻全村的男人。二十岁以上、五十岁以下的男人们一过完年，就出门打工了，留在村里的，都是些学生娃和老汉，还有一个三十几岁的半脸汉宝来。按照月份推算，她怀孕是在男人们出门打工之后。

知人知面不知心，有些老汉也……坏得很哩。她说了一大串老汉的名字。说这些名字的时候她感觉到罪孽。他们都淳朴憨厚，儿孙满堂。拴牢回她以淡然和冷笑。最后，她洁白的上牙咬住下嘴唇。拉姆措明白，这等于她给自己的嘴巴上了锁。休想，任何人休想从里面掏出什么话来。

拉姆措绝望了。她跌坐在地上，双手拍打着草地，大哭起来："造孽呀！我该怎么给男人交代！怎么面对村里人的闲言碎语！'拉姆措的半脸汉姑子姐大了肚子！'这个话，不出三天，就能吹遍这道沟川！人们会说，瞧那个弟媳妇拉姆措，坏了良心，怎么照顾的傻姑子姐！'闲言风刮跑'，这些我都能承受，可是阿妈呀，你的丫头命好苦，一辈子拉扯一个半脸汉，还要拉扯她的娃娃！阿弥陀佛！我上辈子造了什么孽，今世要受这样的惩罚！"

初夏的阳光，黄绸一样轻轻覆盖着雪山草原。拉姆措哭累了，抽抽噎噎地蹲在火堆边，裹紧湿透的衣服瑟瑟发抖。一阵眩晕袭击了她，她差点栽进火堆里。她稳稳膝盖，扒拉牛粪。火越烧越旺，烤得她双颊一片绯红。"今天是我第一次上班，第一次。"她哀怨地说，"本来我高高兴兴，要去挣钱，可是，你……"

她转过头来，望着拴牢，咬牙切齿地骂道："阿妈哟，你这个不要脸的——"话还没骂完，她心脏一阵绞痛，软绵绵地倒在了火堆边。

3

太阳越升越高。牛羊马儿啃着嫩草，不知不觉向草原纵深处移动，世界仿佛更加阒寂了。

那阵心痛已经下去了。拉姆措坐在拴牢对面，仍然气愤难平。"阿姐拴牢，告诉我，那个人是谁？你说出来，我去跟他讨公道。

你这么孽障的女人，他也狠得下心欺负。欺负你就是欺负我，欺负我们全家！我会让他负责，说不准我还会去村委会告他。你告诉我，阿姐！"

她已经给拴牢裹好了铺盖，拴牢两颊的妊娠斑纹，被火一烤，像两只淡褐色的蝴蝶，那么美丽，那么明显。

"你生气了？你有什么资格生气！"拉姆措说着，双手使劲一拍。这是她气极时习惯的动作，为的是引起傻姑子姐的注意。每当这时，她的双乳外侧，就一阵飞针走线般尖锐的刺痛。"噢，你生气是因为，刚才我赶你上雪山吗？那是我在说服自己，我拒绝向你提亲的那个男人是对的……想想看，如果把你嫁出去，过一年半载人家不要你了，赶你出门，就是那个样子。你还记得不？你那个婆家，当年是怎么……"她挪到拴牢跟前蹲下，恼声恼气，但又满怀温柔和同情地，对她说。

"我听说，那是大冬天，下着雪，天还没亮，你就被婆家人送到娘家门口，你裤子里的屎尿结成了冰，硬邦邦的像套着两只空桶。"她边说，边观察拴牢脸上的表情，看她对这段往事有无记忆。和以往一样，她收获的是失望。但她心里坚信，这些她都记得，她可是个好演员哩。

她接着说，语气短促而激烈："如今，你好了伤疤忘了疼，竟然偷偷摸摸，怀了个野种！"话虽这么说，她没指望拴牢有认错和害羞的表现。别指望她有。

她拿过麻绳串，扯下一个表皮被水浸湿的油饼，掰开，揉碎，转几个圈撒在草丛中，给那些小昆虫一顿丰盛的施舍，再把剩下的四个都给了拴牢。拴牢也学她的样子揉了一些撒在草里，又象征性地往布娃娃的嘴里塞了塞，就咬了一大口。

本来拉姆措是带着拴牢，去不远处的工地报到的，那场小河边的闹剧，纯属是她苦中作乐。十几年前，拉姆措还是甘加草原上一个无忧无虑的少女，她未来的傻姑姐拴牢，已经遭遇了重大的人生变故。她生了一个女儿，刚满月，就被婆家人赶回了娘家。人们说，就是那场经历，使她看起来比以前更傻了。从此她在娘家门上，呆呆惶惶，无人问津。可是去年刚交新年，她突然想尽办法打扮起来，人们开玩笑，傻女怀春了！对此，拉姆措并没放在心上，女人嘛，谁不爱美！可是很快，花儿招来了蜜蜂，一个男人上门提亲了。这个男人沧桑、阴郁，不知何故媳妇跑了，留下一个上小学的女娃。他四肢健全，头脑又不坏，着实让拉姆措欢喜。她嫁到婆家十几年，日复一日，年复一年，像照顾婴儿那样照顾着傻姑子姐，加上庄稼牛羊，实在疲惫不堪。不知有多少次，她渴望有人把她娶走，将自己解放。她甚至不想要一分钱彩礼，还会搭上一份伤心和牵挂的眼泪。娶拴牢的那个男人，她会由衷地同情，因为他不仅娶了她，还把属于她拉姆措的那份肮脏、绝望的生活也娶进去了。不，她还等于把自己的伤心史也送给了他，但愿她的痛苦能就此了结。等拴牢做了新娘子，她自己也要从头再来，开始新生活。她要努力，把那些浪费在拴牢身上的好时光补回来——可是这世上，永难追回的就数时光！那就过好以后的生活吧！双手不用每天都浸泡在另一个女人的屎尿里，对她来说，就是最大的幸福。那些照顾拴牢时刹那间的愤怒，数不尽的委屈和回忆，就那么回事了。可是，如果那男人受不了拴牢，把她送回娘家，该怎么办呢？但愿别那样！但愿他是个好男人！可是话又说回来，若拴牢再次面临那种不幸，她仍会义无反顾地照顾她，直到生命结束。因为那说明，这就是她的命运，她和拴牢注定，有一辈子也绕不开的姐妹缘分。

她这样想来想去，却发现那个男人言谈狡黠，双眼不时闪过一道凶狠的光芒。那道凶光使她警惕，多方打听，才了解到这人吃喝嫖赌，媳妇不堪忍受才逃跑的。她怎么忍心把傻姑姐送进火坑！于是她断然拒绝了他的求亲。拒绝没几天，她又有些后悔，说不定，拴牢嫁过去，他会对她好——夫妻间的情分有谁能比呢！但是，谁能像她这个做弟媳妇的，一年三百六十五天，随时随地，给她洗屎沟子、屎裤子呢？她敢打赌，任谁也做不到。她就这样犹犹豫豫，直到刚才"演习"拴牢被那男人抛弃的场景，才算彻底死心。

现在，她想，把拴牢肚子弄大的，是不是这个男人？她用拴牢喜欢的语气和表情，温柔地询问，谁知对方回答她的是两个白眼和"啪"，冷不防打在她耳门上的一个巴掌。

拉姆措裹着被火烤热潮湿的衣服，弯腰捡着草地上的牛粪，装进一个白色的化肥袋子。好在太阳越来越有力量，草原上又有清风，她觉得不那么冷了。她对拴牢说："我就是拿火钳撬，也要把你的嘴撬开。你等着，我会有办法的！"拴牢不置可否。事情既已败露，她便紧紧裹着铺盖，两只手在肚子上轻轻拍抚，嘴里哼起古老的童谣。拉姆措看着她，又生气又可怜，对身旁一头吃草的老灰驴嘟囔道："你瞧，这就是我的命。我的命比你的还苦。你光是帮主人干活，干完活就可以到草原上，自由自在地吃草。你只要打一个喷嚏，你的主人就会寸步不离，像爱护自己的孩子一样爱护你。我呢？没有公婆帮衬，男人常年在外打工，还摊上这么个傻姑子姐。我把屎把尿，照顾了她十三年。为了伺候她吃喝拉撒，我把自家不多的牛羊包给别人去放，三十几岁的人了，只要了一个娃娃。只要了一个！现在他长大了，去县城上封闭中学，一个月才回来一次。我多么心疼他，愧疚他……你瞧，我的左胳膊，明显有一点弯，告诉你，里面埋着一条阻止生娃娃的线。是我主动去乡医院埋的。我对大夫说，我要照顾傻姑子姐。他们都笑了。笑了几声又不笑了。现在，可好，她倒要生一个娃娃，让我来拉扯。"老灰驴听到这里，悲鸣着走开了。

4

干的、湿的、有些还冒着热气的牛粪像黑色的花朵开满了草原，拉姆措很快就捡了一袋子。她背着牛粪，走过来放进车厢里。拴牢立马靠在了上面。拉姆措盯着她的肚子，懊恼万分地坐在车梁上，双手托住下巴。拴牢看着她，也用双手托住下巴。"唉！"拉姆措叹了一口气。"唉！"她也跟着叹道。

"我想起来了。"拉姆措对拴牢说，"二月初，有一次我把你托给邻居阿妈，去参加娘家兄弟婚礼，住了一晚上。我想，就是那一次，你干的好事，对不对？"

怎么能指望她说"对"呢。拉姆措掐掐指头，沉思着说："不对，时间对不上。我再想想。"她努力思索着，"有时候，趁我不注意，你就溜进草原山林，害得我疯了一样到处找。也有可能，是那些时候。不管怎么样，我的傻阿姐，你给我把祸闯下了！"

"祸闯下了！"拴牢学舌说。

"你放心。"拉姆措又说，"暇满人身难得，我绝不会逼你干什么堕胎的蠢事。唵嘛呢叭咪吽，那样的罪孽，可不是人干的。可是，唉，你害苦了我呀！"

"你害苦了我呀！"拴牢又学舌说。

她扑灭已经弱下去的火苗，拉起沉重的架子车，犹豫了一会儿，下了狠心往工地走去。

车轮嘎吱响。脚下的青草多么绵软，草原上的风景多么美丽！可是拉姆措无心欣赏。她满腔怨愤。她头也不回，对拴牢说："我可挖不清（没有能力）再给你拉扯娃娃。你别指望我，我可挖不清，挖不清！"

"咯咯……"拴牢被她逗笑了。

"要不是你拖累，我怎么可能是这个样子？村里别的年轻媳妇，跟着自己的男人上西藏，下南方，打工，挣钱，见世面，那么自由，那么快乐。我呢？连庄子都难得出一回。不管什么好东西，只在电视上见过。"

车轱辘碾过一个小草包，颠了一下，拴牢"啊"一声，双手护住肚子。

拉姆措说："我连去家门口的工地干活儿挣点钱，都是奢侈。你看，"她停下脚步，指指不远处一个庞大的工地。拴牢毫无兴趣地瞥了一眼。"那就是咱们草原上正在兴建的那个旅游开发区。那里要盖好多楼房，包括景区、宾馆、饭店、商场，还有一条连通两座雪山的观光栈道。附近村子的庄稼人，都去那里干活。前天，趁你睡午觉，我也去了。我问那个姓夏的工头——他可真是个美男子，又那么礼貌——打地基、搬石头、筛沙子、和水泥，我什么都能干，你们还要人吗？夏工头说，我包的这部分工程，杂七杂八都有了人，就缺个年轻媳妇做饭。不瞒你说，我们有个索南吉阿妈做饭，但她年龄太大了，一个人做不动。你如果要来，她就给你洗菜、烧火，打下手。我说，我不想做饭。夏工头说，你看起来不像个笨女人呀！只要你好好干，工资一个月三千。我只好说，我回去考虑考虑。他哪里知道，我屁股上吊着个你呢！回家的路上，我决定干这份工作。三千元，那是好大一笔钱呀。我会一分不少地存下来。听人说，工地的活儿能持续两年。我算过了，两年我能挣七万二。我这辈子还没见过那么多钱呢。等我挣到这笔钱，就和你兄弟带你去北京，再治治你随时拉撒的病。当年，兰州、西宁、北京的医生都说了，你这个不是肛门疾病，也不是肠道疾病，而是自身太懒，加上受过刺激，长年累月，大脑抗拒接收拉撒的信号导致的症状。也就是说，你需要的是心医加一根皮鞭，而不是针管。心医我算一个，但你不是个听话的病人；皮鞭嘛，我抽羊都不忍心，何况抽你。但我还是想攒钱，把你的病治好。你好了，我，我们全家，才有希望过过好日子。"

说到好日子，她突然脸色苍白，怒气冲冲地回头瞅了瞅拴牢的肚子，"阿弥陀佛！我忘了！到今年十月或者十一月，你这个没有男人、没有婆家的女人，就要生一个娃娃出来！我还做什么挣钱给你治病、过好日子的美梦呀！"

悲愤和绝望使拉姆措抽抽搭搭，又哭了起来："你这个害人精！你这头懒猪！曾经因为照顾你，我上过州《民族报》的报纸，上过县电视台的新闻，那是多么崇高的荣誉呀：道德模范，全州全县人民学习的榜样。可我不是因为别人给的荣誉，才照顾你的。我是为我这颗良心。我把我美好的青春，全牺牲在照顾你上。我不曾睡过一个好觉，不曾像其他女人那样，为了一包盐巴，打扮得漂漂亮亮去赶集。我每天都觉得自己在虚度岁月，除了生了个娃娃，在照顾你的缝隙里拉扯大，我一件可以纪念的事情也没干。佛祖把你交给我，拍拍手，就走了。如果用道德和宗教、飞鸟和花草的标准来审判我，我问心无愧。可是现在，哪怕全国人民向我学习，我也不想拉扯你的孩子了。我累了，受够了，再也挖不清，挖不清了。呜呜，我真想到拉姆拉措神湖去看看，我的前世，到底造了什么孽！"

5

空气中充满了夏天草原清香馥郁的气息。发草、披碱草、针茅、矮生蒿草、苔草、扁穗草……各有各的风姿，惹人喜爱。一对公牛在抵架，其他的无动于衷，埋头吃草。几只野狗在远处吠叫，还有几只，在青青山坡上咻咻地走着。它们好像在寻找一个能奉献它们忠心和智慧的主人—— 一个可依靠的伴儿。当太阳更烈的时候，它们要么会因为失望，软绵绵地趴在草地上，要么变得凶狠、狂野，相互追逐着环草原赛跑。但是第二天，它们还会满草原游荡，寻找那么一个可以奉献忠心和智慧、可依靠的伴儿。

"拉姆措。"拴牢银铃般的叫声，从身后传来。光听那邈远得仿佛来自另一个世界的充满慵懒、幻想的语调，拉姆措就知道，她压根没听自己讲话。

"嗯，怎么了？"

"娃娃要吃饭了，我也要吃。"

"不要再说娃娃了。你唯一记得的就是你的娃娃。噢，瞧我这嘴！阿姐，你那个女儿，我们漂亮又聪明的外甥女，听说已经上初中二年级了。"

拴牢露出一丝甜美的笑容。

"你给我听着，阿姐拴牢。屎尿胀肚，一定要憋住，及时跑进厕所拉撒……"

对于这个唐僧咒语般的叮嘱，拴牢早已听出两副耳茧。她露出不耐烦的神情，大眼睛变得凶巴巴的。"我不。"她说。这是她每天使用频率最高的一个词。

"你要听话。"拉姆措说，"那样我就带你去工地，给工人们做饭。"

"也给我的娃娃做饭。"拴牢机智地说。

拉姆措犹犹豫豫地站住，忧愁地说："本来我打算给夏工头说，让你帮工人们搬搬砖头，抬抬水泥，跑跑腿什么的，工钱只给别人的一半，或者三分之一、四分之一，嗯，一分不给也行哩，只要让你待在我身边。现在，你大着肚子，我不敢让你干活，也不敢把你带到那里。"

"那咱们回家吧。"拴牢又机智地说。

"回家？回家拿什么给你治病？"

拴牢扭过脖子，望向雪山。

"我还是带你去吧。我羞得很。人家要是看出来，问，她没有男人，怎么大的肚子？我怎么回答？呃……难道我要说，风吹大的？"

"风吹大的！"拴牢说。

"真不害臊！"拉姆措轻蔑道，"就算你不大着肚子，人家肯定也不愿意我带着你这么个累赘上班。你只要拉了屎尿，我哪怕在和面，也得给你清洁。我怕人家嫌脏，连我都不要呢。"

"不要才好呢。"拴牢说。

"你要是像个人样，能够把自己的屎尿顾住，我该多么幸福啊！你知道吗？猪虽然脏，但从来不在窝里拉撒。它的窝永远干燥整洁。你呢？不管肚子里有多少货，全给我拉在裤裆里。你这么磋磨我，难道，你是我生的女儿？"拉姆措越说越生气，声音颤抖，也不讲道理了。她眼睛一眨，几颗眼泪咕噜噜，追逐着滚下两团高原红的美丽脸颊。

拉姆措使劲，把车子往前拉。这次，她盯着地面，小心地避开那些塄坎和小草包。

拉姆措时常觉得孤独。哪怕跟傻姑姐说说话，她也觉得心里舒坦些。从她过门的第二年，男人春夏秋都在西藏打工，冬天回家过年待上一个多月，又像候鸟一样飞走了。多年来，她已经养成了跟傻姑子姐"拉家常"的习惯，哪怕这其实是"自言自语"。以前，为了节省电话费，她和男人很少打电话，如今，家家户户有网络，男人三天两头就打视频过来，看儿子，看她，看拴牢，也看地里的庄稼、草原上的牛羊。但她觉得越来越陌生，越来越没话可说，和他。她恨他没出息，要跑那么远去挣钱。可是有什么办法呢？庄子里那些男人，谁不是回家过个年，就又飞向五湖四海打工了？

她把对生活的无奈和怨气，撒在傻姑姐身上："哎！拴牢拴牢，把你拴牢，有什么用呀！和你连个话都说不上。对牛弹琴，对羊诉苦，还能咩咩几声呢！"

拴牢坐在车子里，舒服得直哼哼。拉姆措弓腰屈膝，每一步都走得很吃力。"说来也不怪你。"她腾出一只手抖抖被太阳和清风逐渐吹干的衣服，接着说，"你阿妈生了六个孩子，都不满足月就夭折了。人们说，那是一种遗传的怪病。你是第七个。你活过了一岁。你父亲给你起名拴牢，想把你牢牢地拴在这个世上，拴在他们身边。可你长到三四岁，他们的心就一点点凉下去了——不是我说你阿妈的坏话，"拉姆措话锋一转，不满地嘟哝道，"就因为那样，她把你惯坏了。自从摊上你，我的手，没有哪一天是干净的！"

拴牢不时看看天空，又看看雪山，但那空洞的眼神，分明表示她什么也没看见。拉姆措回头说："你装吧，你什么都懂。早晚把我累死，你找你阿妈，服侍你和你的野种去。"听了这句话，拴牢拍着车厢，发出强烈抗议的弹舌声。

"我不能眼睁睁看着你受苦受罪。"拉姆措说，"第一次洗你的屎屁股时，我就告诉自己，这是个孽障的女人，你不能嫌弃她、亏待她，你要对得起自己的良心。唵嘛呢叭咪吽，佛祖明证，这些年来每一天，我都是这么说、这么做的。"

"这么说、这么做的！"拴牢跟着说。

6

湛蓝的天空飞过一只雄鹰。拴牢追逐着它，发出惊奇的呐喊声。

"感恩佛祖，我男人健康聪明。"拉姆措说，脸上露出一丝欣慰的微笑。"那时候我和他都在兰州一家火锅店打工，很快就喜欢上了对方。他说他父亲早已去世，只有一个阿妈相依为命，他阿妈把他当宝贝蛋哩。一年后他托媒人来我家提亲，那媒人对我父母家人也是这么说的。我父母听了商量：这家是汉民，和我们娘家离得远，人口也太清闲，丫头过去了没有帮衬，受罪哩。他们婉转地拒绝了他。可我看上了他，死活要嫁给他。我父母拗不过，答应了。过了门，第二天，我见炕上坐着个你，傻吃傻笑。我问男人：这是谁？那家伙说，这是邻居家阿姐。到了晚上，你还坐在炕上傻吃傻笑。我问婆婆：阿妈，这是谁？阿妈说：不瞒你，这是我身上掉下来的肉。我的心一下子就乱了。我想，看这样子，不得一辈子老死在娘家？可有什么办法呀，我已经是你家的人了。我种地放牧，做饭洗衣，不出半年，就把你的屎肚肠摸得比藏医号脉还清楚。一年后，你阿妈见我啥事都上手了，就撂下你和我们这个穷家业，改嫁了。照顾你的重担，完完全全，落到了我一个人的头上。"

她回过头，想看看她的伙伴什么表情，可惜，从她脸上什么也没看到。

"拉姆措。"拴牢说，她追踪的那只雄鹰，飞过雪山，不见了踪影。她扯长脖子，扭着身子再三寻找。天空辽远，什么也没有。她有些懊丧。她说："我饿了，我的娃娃也饿了。"

"吓！你刚吃了四个大油饼！"

拴牢露出吃惊的表情，仿佛弟媳妇在说谎。"我忘了。"她说。

"佛祖啊。"拉姆措苦笑着说，"我也忘了现在你是两张嘴了。你先忍忍。"

"不！"拴牢说，声音干脆利落。

"好吧。我俩赶紧去工地吧。我把脸抹下来，装进裤兜里，去跟夏工头说那句不要脸的话：喂，我来做饭了，我的大姑子姐……

哈，她来陪我了。"

"工地？"

"嗯。"

"哦，我记得，给娃娃做饭。"

"工地在黄金草原最西边，大概还要走两三百米。现在，佛爷，请你下来，走一会儿，我拉不动了。"

拴牢扭着身子，不肯下来。拉姆措温言软语，怎么哄都无效。她只好放下车梁，把她从车上拽下来。总是这样：温情最后演变成暴力。拴牢坐在草地上，蹬着脚后跟哭了一会儿，照例把两只鞋蹬掉了。她一直把这当成一种暗暗的游戏。见拉姆措不理她，她才极不情愿地，把右脚的鞋穿在左脚上，左脚的鞋穿在右脚上，站起来。

拉姆措手搭凉棚，望着不远处的工地。青青草地被机器翻开皮肉，露出深褐色肥沃的泥土和洁白蜷曲的草根。拉姆措心疼，觉得这么一挖，黄金草原就像一个圣洁的少女，突然被玷污了，残缺且令人悲伤。她对拴牢说："等这些楼修出来，草原上就会来很多很多游人，雪山山神们清净惯了，不会喜欢的。"

"不会喜欢的！"拴牢说。

庞大的工程刚开始打地基，那些戴着黄色安全帽的工人们，紧张有序地忙碌着。"哎。"拉姆措有些气馁，"你横草不拿，竖草不拾，带你到工地上闲吃，羞死人哩。"

"羞死人哩！"拴牢说。

"阿姐，你听着，等会儿到了工地，你什么也别说。如果让夏工头知道你是个半脸汉，还大着肚子，我就做不成饭了。来，你先把屎尿拉干净，不然你无羞无耻，到了工地腿子一叉，可就坏了我的大事。"

"我不！"拴牢说，同时双手扯紧布条裤带。

249

拉姆措已经从裤兜里掏出时刻给她准备着的手纸。她温柔地说:"好阿姐,你要懂得羞羞。拉在草原上,草儿会长得更加肥壮。好,蹲下来,拉。"

"我不。"拴牢直视着她,弯腰往后退缩。

"由了你了?来,给我蹲在这儿,拉!"

和千百次一样,这是一场艰苦的生理、心理双重战斗。为了这件事,拉姆措生过多少气,吃过多少苦,流过多少泪,骂过多少脏话呀!通常,逼傻姑姐一次大小便,她要使出浑身解数,没有个把小时,不战斗到精疲力竭,她的冤家绝不肯妥协。这一次,拉姆措见她故伎重演,冲过去边拉扯她的裤子,边忍不住破口大骂:"你这个懒婆娘,你故意磋磨我,把我不当人看待。你是谁?难道你是我生的吗?难道这是我该尽的义务吗?"拴牢张牙舞爪地抵抗,折腾了几下便滚在地上,发出高亢的哭声。这就是一贯的暂时的结局:她用号哭使战争告一回合,再告一回合,直到猝不及防,嘭嘭拉在裤裆里。十三年来,两个女人的这种战争,每天都会上演五六场,包括深沉的夜晚。地狱一样的生活。他阿妈的地狱一样的生活。每当这时,拉姆措总在心里这样痛骂。是的,曾经连听见别人说一个脏字都会脸红一整天的拉姆措,自从当了拴牢的弟媳妇,时常被逼得非要骂出几句脏话才能稍稍解恨。就是这样,拉姆措早已不是当年那个温柔羞涩的拉姆措了。

太阳高悬。再不去工地报到,恐怕那份美好的工作,就是别人的了。拉姆措给拴牢纠正好鞋子,拉起架子车就走。她说:"我要去工地了,我的阿妈,你什么时候拉完,什么时候自己回家。"

回答她的是一阵更加撕心裂肺的号哭声。

拉姆措停住脚步。被自己的眼泪呛得咕嘶嘎嘶的拴牢,紧拽着裤带跟了上来。

7

拉姆措和拴牢，到了工地门口。不知为什么，她觉得自己此时格外孤单、无助。在这块被圈起来的、支离破碎的草地前，一阵阵由大型机器制造出来的刺耳声浪，仿佛是大地因为疼痛而弹响的宇宙琴弦。拉姆措极目远眺，雷帝雪山和比它更高更远的山脊，横亘在空中，被白云和淡蓝色的雾气缭绕，显出令人忧伤的伟岸和沉默。一辆运载钢材的大卡车，鸣着响笛，开进工地。笛声持续。它拉长了空气的旋律，把声波传给每一座山峰、每一只牛羊和每一棵青草。它们接过这声波，用自己的方式给它转一个调儿，又传给另一个事物。拉姆措觉得，这有点像山中女妖所唱出的魔咒。但是，治愈傻姑姐的疾病和对美好生活的渴望推操着她，进了工地大门。

工地的工作正在热火朝天地进行，庄稼汉——工人们的脸都被高原紫外线晒得黑黑的，白眼仁显得格外明亮。他们都穿着统一的蓝工服，上面沾满了灰尘、铁锈、水泥灰和劳动逼出来的汗水。看见进来两个年轻女人，不知是谁，打了一声善意而欢快的口哨，接着是一阵爽朗的笑声。他们大多是县上各村的农民。

拉姆措带着拴牢，进了工人宿舍后面一间小砖房——夏工头的办公室。屋里靠墙放着一张枣红色办公桌，上面摆着一些字纸。阳光透过窗户洒进屋里，光线里数不尽的尘埃在跳舞。一个头发乌黑浓密的脑袋，从那些字纸上抬起来。

"你来啦，拉姆措？"

"来了。"

"这位呢？"

"我大姑子姐。"

夏工头站起身。他穿着一套蓝色工装，体格魁梧、强壮。他看起来和拉姆措同龄，他的鼻梁又高又挺，眼睛如五月的星星。拴牢一动不动，没有发出拉姆措担心的那种痴笑，也没有做出任何令人害羞的动作——只要在陌生人跟前，她总是把拉姆措的嘱咐记得牢牢的，她也有自己的分寸哩。但她是那样惹人注目，夏工头好奇地打量着她。她把衣扣系得紧紧的，看不出什么破绽。她的五官不算精致，但很耐看，尤其吸引人的是她那双天真、安详、熠熠闪光的大眼睛，它们映照出了人类最初的纯洁和那丝由此而生的小小的、隐藏的狡黠。

"她怎么了？"他问拉姆措。他的语气很友好，是问候鼓励，而非轻蔑强迫。

"她这里不太好。"拉姆措指指自己的脑袋，老老实实地回答。

"哦。"夏工头说，"你俩一起来上班？"

"我不能把她独自留在家里，"拉姆措隐去拴牢顾不住屎尿的部分，把她的情况简单交代了几句。

夏工头一直来回看着她俩。他说："没多少女人，愿意照顾这样一个大姑子姐，现代人都太冷漠、太自私，能为别人无私付出的，太少了。"

"她是我男人的阿姐，也就是我的亲人。"拉姆措说。

"可是她……你不觉得厌烦吗？"夏工头不解地问。

"当然，"拉姆措说，"有时候我恨不得丢了她，再也不见她。我曾经那么试过。有一年春天，我跑回娘家，决计再也不回那个家了。你猜她怎么着？连着几天，漫山遍野找我，差点掉下悬崖摔死。从此，我就再也没动过那样的念头。"

"你真是个善良的好女人。"夏工头说，"但你为什么不给她找个婆家？也许会有合适的。"

还没等拉姆措回答，拴牢的布娃娃突然飞过来，打在了他的脸上。

"阿姐，你！"

拉姆措花容失色，急忙把拴牢拉到身后。拴牢挣开她，挑衅地捡起布娃娃，恶狠狠地盯着夏工头不放。男人目瞪口呆。

"她是个半脸汉，请你见谅！"拉姆措脸涨得通红，因为羞愧，满含眼泪。

"她会打人？她也打你吗？"

他的语气是那么温柔和关切，拉姆措不禁伤心起来。"没有。"她说。

"唉，你真不容易。"

两个人沉默了一会儿，拉姆措说："说实话，我怕别人虐待她。她第一个婆家，在她生了一个女儿后，把她赶回了娘家。"

"造孽。"夏工头说，"不过，世上总是好人多。她若有个归宿，对你俩来说都好。"

"嗯。如果真有那么个真心疼爱她、愿意照顾她的人，我会考虑的。"

"如果没有呢？"

"我愿意一辈子照顾她。只要我活着一天，绝不会抛下她。"

"啊，"夏工头动情地望着她，"你是一个了不起的女人！"

他有些激动，拿起一支笔，"笃笃笃"，敲打着桌子。"她会做什么？我会给她一个合适的工资！"

"她……她现在什么也不能干。"

"哦……"显然，夏工头以为自己听错了，"这么结实的身体，什么也不能干？"

"对，什么也不能干。请你允许我带着她，好吗？只要在我身边就好。我的工钱，你给我两千五就行，五百算她的伙食费。我会好好做饭的。"

"行！冲你对傻姑子姐这份情义，我答应你。你的工钱，还是三千，一分不少！"夏工头爽快地说。

拉姆措很高兴，不知为什么，她羞得不敢抬头看他。

"时候不早了，你去和索南吉阿妈准备午饭吧。被褥带来了吗？"

"带来了。"拉姆措轻声说，"我还捡了一袋子引火的牛粪。"

夏工头露出赞许的表情。

他们一起出门。拉姆措问他："索南吉阿妈……她会不会觉得我来抢她的饭碗呢？"

"不会的。你告诉她，她的工钱，也一分不少。"

夏工头说完，转身朝工地走。拉姆措叫住他。

"我想问问，"她疑惑地说，"为什么要在雷帝雪山和黄金草原边上，建这么大的工程？这里这么美……"

夏工头回答道："美是大家的、全世界的。只有让人们发现它的美，欣赏它的美，才能更加积极地保护它的美。"

"可是，也许它不愿意呢？"

"你怎么知道它不愿意？"夏工头笑了。

"我就知道。你只要看看它们的神色，听听它们的声音，就知道，它们可一点也不愿意。"

"哦。"夏工头沉吟一声，举头望向雪山和草原。他的表情渐渐凝重起来。他望了好一会儿，对她说："你去做饭吧，这个问题，咱们以后再讨论！"

拉姆措满心欢喜，这份工作就这么轻易地属于她了。但很快，她觉得一阵悲哀压住了她，她不知道，那是快乐产生的一种奇特效果。

8

厨房在工人宿舍尽头。那是一间红砖房，高高的烟囱让拉姆措觉得温暖、踏实。索南吉阿妈手拿一把锃亮的菜刀，怒形于色，站在厨房门口"迎接"她们。显然，她已经得知有个年轻媳妇来"主厨"的事。她圆脸，矮胖，穿着黄蓝绿相间、绣着红花的外衣，头戴紫红色头巾，一副青海那边土族人打扮。她朝工地门口那座孤零零的小砖房张望，等房前那个白发驼背的老汉颤巍巍在椅子上坐稳，才晃着菜刀说："怎么着？现在，要我把菜刀交给你吗？你看，我把它擦得跟新买的一样。"

拉姆措彬彬有礼地说："阿妈，夏工头给我说的，我来做饭，你给我打下手。"

"我黄土埋到了脖子上，临了，要给你当烧火丫头？"

"阿妈，你别生气，"拉姆措说，"夏工头说了，你的工资，还和以前一样，一分不少。"

一丝笑意爬上索南吉阿妈败菊似的脸。她放下拿刀的胳膊，嘟嘟囔囔走到案板前，把菜刀放到案板上。她试探地看看拉姆措，又看看拴牢，最后目光又回到拉姆措身上。"一分不少，他真那么说的？"

"不信你自己去问。"拉姆措说。

"他这是嫌弃我老啦！"老人放下心来，抱怨又委屈地说。

拉姆措和拴牢走进厨房。拉姆措扫了一眼屋内，只见里面很宽敞，锅碗瓢盆，蔬菜肉类，木柴煤炭，什么都有。案板和灶台的高度，好像专为她设计。她麻利地拿起放在地上的发面大盆，洗干净，倒入面粉和酵母，和好发面，用大锅盖盖住。她把案板上胡乱摆放的调料瓶子归到一个小纸盒，放在炒菜时能随手拿到的地方。然后，她舀起一勺水，倒在案板上，往边玛草锅刷上挤了好些洗洁精，用力刷洗起来。没几下，乌黑的脏水泛着泡沫，顺着案板一角流进泔水桶。

"阿妈，你看，"她善意地说，"你老了，这些活儿干不动了。你给我烧火择菜，打打下手，有什么不好呢？"

"你说得也对，"索南吉阿妈说，"我确实老啦。工人们人糙，嘴可不糙，快把我一个老婆子，嫌惮死了。"她朝门口望望，喃喃道："我老阿爷近来身体不舒坦得很。"

"那个老汉是你老阿爷？"拉姆措问。

"是啊。他收留我时已经五十岁了。佛爷啊，他可真是个好人。"

拉姆措洗干净案板，又开始洗锅台。"什么叫他收留了你？"她问。

"我年轻时受过刺激，"索南吉阿妈说，"我结过一次婚。我过门十年，还没有生养。到医院检查，都说是我的问题，而且治不好。我男人嫌弃我，想再找一个。我也想，我不能耽误人家，让他家绝后呀！可是我爱他，离不开他。后来他勾搭了一个骚货。我心里很苦，不知怎么就疯了。我离开婆家，也没回娘家，糊里糊涂，到处流浪。不知怎么，我来到这里。我被一个独身的汉族老汉收留了。他给我吃，给我穿，还带我到医院看病，慢慢地，我好起来，就和他成了夫妻。如今，已经二十五年啦！"

"老阿爷真是个好人！"拉姆措赞叹道。

拉姆措揭开锅盖，发面已经醒好了。她把面倒在洁净的案板上，放入苏打粉，用力揉起来。索南吉阿妈见状，从水桶里舀起一瓢瓢水，倒了大半锅，坐在小凳上点燃柴火。她俩已然分工，配合得很默契。

拴牢静静地坐在门槛上，看一老一少两个女人干活，一串透明的涎水，从她嘴角流下来，弄湿了前胸。

"她天生这样吗？"索南吉阿妈看看拴牢，问。

于是，拉姆措把拴牢的故事挑挑拣拣，也给她讲了一遍。索南吉阿妈听完，头也不抬地说："孽障倒是孽障，但我和她不同，我当年是真傻真疯了，可是你瞧，她没有。"

拉姆措并不吃惊，好多人都这么说。但听一个曾经真疯真傻的人说出此话，她揉面的手还是不由自主，停住了。

"她是真的……"

"不，她心里明白着呢。"

"你不了解她。她可真……"

"那是因为你爱她，她不傻也乐得装傻。"

"我可不爱她！我恨死她了。"

"你不爱她，她怎么能活到今天？"

"阿妈哟，你说得对。没有我，她连一年都活不到。"

"她几个月了？"

"啊？你说什么？阿妈？"

"她怀着娃娃。几个月了？"

"她……她可没怀娃娃。她肥。你瞧，她肥得像头母猪。她没有怀娃娃。她没有男人，哪来的娃娃？"

"哦，"索南吉阿妈无声地笑了，"没有男人，这倒蹊跷！"

"阿妈，我再说一遍：她肚子里一个小肉疙瘩，都没有！"拉姆措生气地大声嚷道。

"没有就没有吧。日子长着呢。"

拉姆措无话可说了。她抖抖索索，感觉索南吉阿妈在背后偷笑。她的确在偷笑。她笑得喉咙呼呼作响。拴牢被那笑折磨得坐立难安，几欲起身离去，都被拉姆措用眼神制止了。她的眼神满

含抱怨、愤怒、无奈、同情和豁出去面对这一切的勇敢，她知道
拴牢都读懂了。

9

默默揉了一会儿面，拉姆措越发心慌意乱，她对索南吉阿妈
的同情，就在这个过程中消失了一大半。

"夏工头人怎么样？"突然，她大声问道。话一出口，连她自
己也有些惊讶。

"你是说夏川吗？"

"哦。"拉姆措说，在心里默念了一遍这个名字，"他人怎么样？"

"这你还用问我吗？"索南吉阿妈嘲笑道。"如果不是好人，
他能让你带一个吃白饭的半脸汉进来？我敢打赌，他给你的工资
可不低。"

拉姆措脸红了，有些恼怒。这句话好像在暗示她用姿色迷惑
了他。她才不是呢。她不过是对他有些好奇。她觉得自己应该给
她一些颜色看看，不然她倚老卖老，啥话都说得出来。于是她把
擀面杖，在案板上重重一顿。

索南吉阿妈马上心领神会。"他是个大好人。"她语气温柔地
说，"我们老两口的大恩人。他和我老阿爷是一个庄子里的人。他
见我们老两口无儿无女，生活可怜，就把我们带到他的工地上，
好歹有一份收入，还管吃喝。他在哪里包活儿，就把我们带到哪
里。我老阿爷守工地，我做饭。"

"确实是个好人，"拉姆措说，转而又问："什么？你家老阿爷
守工地？"

"嗯。你可别小看他！现在他是不行了，以前可攒劲得很呢，

258

连一块砖都没有丢过。"

拉姆措把占据了大半个案板的面团分成一个个等份小剂子，揉圆，放在木制蒸笼上。索南吉阿妈赶紧拿火棍搅搅柴灰，又添进几根树枝，锅里的水渐渐欢叫着沸腾了。

拉姆措把六屉蒸笼，一层层摞放在大锅上。

一个三十四五岁的工人走进厨房，把浓白的蒸汽冲得四散逸开。他身材高大却显得灵活，一张晒得又黑又焦的方脸，一截很长的黑脖子，一头浓密的黑头发，一双闪烁着迷狂和阴郁的黑眼睛——一句话，他整个人，看起来粗糙而且有力，身上充满了某种令人害怕的邪恶力量。他穿着一件还算干净的蓝工服，没戴安全帽，脚穿一双绿胶鞋。"听说来了个尕新姐，"他说，先看了看拉姆措，又发现了角落里的拴牢，"嚯，两个呢。"他毫不掩饰地，带着惊喜的表情笑了。

索南吉阿妈说："她们可是有男人的人，黑牛。"

"阿妈，你可真没劲，"黑牛说，"但凡我遇见一个女人，别人就告诉我：她可是有主的人。我运气咋这么差呢？"

"你快去上工吧。"索南吉阿妈善意地提醒道。拉姆措没有向他打招呼。

"我这就去。"黑牛说。他的目光上上下下扫过两个年轻女人，好像在评判她们的美丑。他几欲出门，又不舍离去。他讨好地看了拉姆措几眼，没得到好脸，又瞥向拴牢。他的左手慢慢放在胸前，右手抬起，抚摸下巴尖一颗黄豆大的黑痣上长出的几根硬须。他的目光既像在观察她的外表，又像在探询她的灵魂。拴牢被他看得坐立不安，紧张地摇摆着丰腴的身体。黑牛发出轻松的微笑，向她靠近两步。"你到这里来，做什么工作呢？"他用戏谑的口气问道。

"夏工头还没吩咐呢。我们刚到。"拉姆措说。

"她不会说话吗？"

"她只对她看得上的人说。"拉姆措冷冷地说。

黑牛猛然转过身。"她是个半脸汉。一个半脸汉也看不上我吗？我有那么差劲吗？"

拉姆措没有回答。

"你是她什么人？"黑牛像审问犯人一般问道。

"弟媳妇。"

"哦，我说呢。你比她漂亮多了。"

拉姆措气得脸颊通红，她靠着案板，一动不动。拴牢恐惧地望着她，希望得到她的命令。

"你没男人吧？"黑牛转向拴牢，嬉皮笑脸地问道。

"没有。"拴牢轻声说。

"哈哈，我猜也没人要你。"他边说边跨出门槛。

拉姆措看着他走远，问索南吉阿妈："阿妈，这是怎么回事？他怎么能这么无礼？"

索南吉阿妈谨慎地望望窗外，生怕有人偷听。"黑牛是夏川的姑舅弟弟，"她小声说，"是个家贼、无赖。他阿妈去世早，他父亲是个喝酒汉，不管他，全靠夏川帮助，让他在工地上干活。可是你猜怎么着？"拉姆措摇摇头。索南吉阿妈恨恨道："他快把夏川的工地偷空了。什么钢筋水泥、木板砖块，甚至连铁丝也偷。"

"他是怎么偷的？"

"办法可多啦！"索南吉阿妈说完这句话，警惕地看看她，"我可不能告诉你，不然，你学会了，难保也会偷！"

"我才不干那号事！"拉姆措愤然扭过头，撇撇嘴，表示强烈的鄙夷，"你家老阿爷不是守工地的吗？"

"哪里守得住！我家老阿爷年龄大了——"

索南吉阿妈突然意识到自己说漏了嘴，瞪圆了眼睛看着拉姆措：“你不会把我说的话告诉夏川吧？”

“不会的。”拉姆措说。

“你可千万别告诉夏川。我俩跟着他十几年，他知道了心里会不高兴的。”

拉姆措说：“怎么会呢，阿妈？你看我像那种翻是非的人吗？”

索南吉阿妈半信半疑地点点头。“黑牛啥都干得出来，”她接着说，“吃喝嫖赌，还会打人。”

“他会打你们？”

“那倒不会，”索南吉阿妈说，“他没那么坏。不过，你俩倒是要小心些。”

“你说的是，阿妈。”拉姆措说，“我们又没惹他，拴牢只是一个憨女人，他不会对她怎么样吧？”

索南吉阿妈沉默了一会儿。“哎……你不知道，他没媳妇。像他这种好胜的男人，三十几岁了还没有媳妇，对他来说可是个不小的打击。他家里条件不好。二十几万元的彩礼，还要在城里买套房，他哪里拿得起！就算拿得起，他名声不好，也没有姑娘愿意跟他。这两年他的脾气越来越暴了，总是找女人的茬。你应该见过这种没媳妇的男人，裤裆里像钻了一只马蜂，到处乱窜蜇人吧？”

“见过，”拉姆措害羞地说，“我们村里就有好几个拿不起彩礼的光棍汉哩。不过黑牛最好不要欺负我家大姑子姐，我可不答应。再说了，她是个半脸汉，把她惹急了，她也什么都干得出来。”

10

麦香味弥漫了整个厨房。拉姆措揭开锅盖，吹开一缕蒸汽，从馒头的颜色判断出已经完全熟透，就一屉一屉抬出放在案板上。

她把白胖香甜的馒头一个个摆下来，摆花一样放在大竹筛里。拴牢走到竹筛前，手还没碰到馒头尖，就被她一巴掌打了回去。

"不许吃！"她看看索南吉阿妈的脸色，佯装严厉地喝道，"等工人来了一起吃！"

拴牢扭起身子。她把娃娃送到她眼前，表示娃娃饿了。

"那也不准吃。"拉姆措温柔但坚决地说，"况且，你连一根柴都不烧，倒要先吃，不害羞吗？"

"给她吃吧。"索南吉阿妈说，"怪可怜的。不是她要吃，是肚子里的娃娃要吃。"她说到这里，醒过神来，瞥了一眼拉姆措。然后，她拿起两个大馒头，递给拴牢："吃吧，吃吧！这个时候可不能饿着。"

拴牢咬了一口馒头，走出厨房。

索南吉阿妈嘣嘣梆梆，从麻袋里掏出一个个麻皮大洋芋，扔进洗菜盆，刷洗干净，削去麻皮。拉姆措把菜刀往抹布上正反一蹭，拿起一个削好的洋芋，"哗"，一刀两半。

"我叫你俩小心点，是有原因的。"索南吉阿妈说，"一个月前，工地里来了个骚货，夏川让她来厨房，她不，偏要往建筑队男人堆里钻。不出三天，我就看出来了，她把黑牛迷得神魂颠倒，当然，还有其他几个男人。"

拉姆措哼了一声。"漂亮？"她问。

"天下的骚货都那个骚样！"索南吉阿妈说，恨得咬牙切齿。

"她是哪个庄的？"

"黑崖庄。"索南吉阿妈说，"她男人一年四季在外打工，她没人管，是个脱缰的野马、没有鼻圈的耕牛。"

这句话刺痛了拉姆措。她想，照她这么说，我也是个野马耕牛哩！不过，她很羡慕索南吉阿妈，她虽然老，但她的老阿爷，每天陪伴着她哩。

老阿妈对聊这些男女私情很起劲。"离家在外的男女相互勾搭，啧啧，干柴烈火，一碰就着！"

"哦，真的吗？"拉姆措问。她想起了自己的男人。他是个泥瓦匠，常年在西藏拉萨、林芝、山南等地建房盖楼。

"那还有假。"

"真是……不知羞耻！"拉姆措心慌意乱地说。在她的想象中，第一次，她的男人身边也出现了一个索南吉阿妈口中那种骚货。

索南吉阿妈笑了。她总算从她嘴里掏出了一句骂人的话。这样让人畅快、放心。她轻松了许多，说起话来更像一个经历过风雨的洗礼后因为看透一切而显得无所顾忌的老太婆。"你还没见过那个骚货呢。"

拉姆措把切好的肉放进冒烟的油锅里。"嗞！"一阵爆响，索南吉阿妈赶紧往灶洞里添了一根木柴。

"她跟工人们眉来眼去，连夏川都不放过。"

"哦，不会吧？"

"我看见她冲夏川挤眼睛了。夏川可是个好男人。他是瓦工上去的工程师，不用给工人们使脸色、骂脏话，就能带好建筑队。我看见她老是朝他挤眼睛，她也用那种眼神，把黑牛迷得晕头转向。她逮着一个男人，就给他送上媚笑。胆子大的，追着她不放，胆子小的，见了她，怕被吃了一样远远躲开。"

拉姆措翻炒着肉片和洋芋，又往锅里放进干蘑菇、豆芽、豆腐、木耳、白萝卜，还有羊油。烩菜的香气很快就从锅里冲出来了。索南吉阿妈的话让她有些害羞，但她对那个女人很好奇。

索南吉阿妈把火烧到恰到好处，就吃力地站起身，走向门口。"我得叫我老阿爷回屋里去了，风有点凉。"她说完，佝偻着腰走向小砖房。

拉姆措马上就忘了索南吉阿妈口中那个所谓的"骚货"，开始新的工作。她在一大堆腐烂了一半的蔬菜堆中捡出几个茄子和白菜心，准备晚上做凉菜。她是一个好厨娘。她最大的乐趣就是做饭。如果没有拴牢，她也许会成为出色的乡村厨师，婚丧嫁娶，被十里八乡的乡亲们请去做酒席，连一天闲暇也不会有。她会住上好房子，男人也不用每年都去西藏打工，他们会有两三个孩子，日子要多好就有多好。可是拴牢……唉！

现在，手上的工作使她洋溢出单纯、满足的神情。中午的饭菜，她会收获工人们的认可和赞美吗？会的，会的！凡是尝过她厨艺的人，没有一个不竖起大拇指。天哪！那时她会怎么样克制自己的喜悦，不让工人们看出来呀！瞧，工人们建造房子，而她，负责为他们烹饪饭菜。相比伺候傻姑子姐，这是一件多么有意义、有价值的事情！

阳光从天窗洒到案板上，烟雾如梦如幻，仿佛她此刻的思想。拉姆措看看手机，再过半个小时，工人们就要下班了。她想起拴牢，犹豫要不要把她找回来，和工人们一起吃饭。别的她不怕，就怕她在大家开开心心吃饭的时候拉撒。但是她跑丢了怎么办？想到这点，她马上跑了出去。

11

"嘿嘿嘿……"拉姆措听见拴牢的笑声，不像以往那么肆无忌惮，甚至带着一丝娇羞和矜持，从不远处的一大堆石料背后传来。拉姆措知道，她是害怕陌生人，躲在那儿了。可是她笑什么呢？她有些奇怪，走过去探头一瞧，只见拴牢像一个淑女，怀抱布娃娃，乖乖地坐在那里，不过不是独自一人。一个高大、壮实、穿着蓝工服的男人背对着拉姆措，和她坐在一起。拉姆措心里一动，觉得那身影有几分熟悉。她刚想走过去瞧瞧究竟，就听见索南吉阿妈冲她喊：

"喂，拉姆措，给工人们打一锅蛋汤吧！工人们都爱喝！"

她马上跑进厨房，烧火热油，打了一锅浓浓的蛋汤。汤刚滚开，她听见拴牢在用拉了裤子后一贯沮丧、嫌恶、气急败坏的语气喊她："拉姆措，拉姆措！"她慌忙跑出去。一股屎臭味老远就冲她扑来。那个男人已经走了。她的心打鼓一样狂跳着，从厨房舀来一瓢水放在石头上，又打开架子车中还未来得及放在宿舍的包袱，从里面抽出两条又厚又长的塑胶手套，麻利地套在手臂上，命令拴牢弯下腰，几把扯下她的裤子，把水浇在她沾满黄色粪便的肥白屁股上，洗起来。

"你不会告诉夏川，我家老阿爷没看住工地的事吧？"

突然，索南吉阿妈冷峻、低沉的声音从身后传来。拉姆措吓得差点丢了水瓢。

"阿弥陀佛！不会，不会！"

"我也不会告诉他，眼见的这一切。"

两个女人都觉得自己安全了。她俩郑重地交换了眼神。索南吉阿妈朝拴牢响亮地拍了一个空巴掌，大声说："打一顿，美美地打一顿，她这病就好了。她明白得很，我敢打赌，她是个明白人。她欠的，就是一顿饱饱的牛鞭。"她说完，狠狠地瞪了拴牢一眼，进了厨房。

拴牢望着她的背影，脸上露出厌恶的表情。拉姆措说："听见了吗？你这个坏婆娘！你不傻！好多人都说你不傻！你为什么要这么磋磨我？为什么？"

"我……"拴牢说，害羞和委屈占据了她的脸庞，"刚才，我一直使劲憋着，使劲……"

"你憋了多久？"

"树那么高呢。"

"憋住了吗？"

"憋住了。"

"啊！阿姐拴牢，你真棒！你为什么不赶紧去厕所拉了？"

"他坐在我身边不走，拉姆措。"

"你是说，你怕拉在他身边吗？你为此感到害羞吗？"

"嗯，拉姆措。那可真叫人害羞哩。"

"他是谁？"

"唔……他……"

"他是谁?！"

"他的牙齿真白……"

"白你阿妈的头！"拉姆措骂道，同时，"啪！"的一声，右手甩出去，打在拴牢的左颊上。这是十三年来，她第一次"正式"打她。她下手真狠，打得自己的手指都麻麻地疼。拴牢愣住了。几秒钟之内，她就起了惊人的变化，脸上那娇羞的、温柔的表情完全消失了，代之以震惊和愤怒。这样的状态持续了一分钟之久，她才像三四岁的小女孩那样撕心裂肺地哭起来。拉姆措也浑身剧烈抖动着，泪如雨下。

"你知道为一个男人害羞和难怅，"她激烈地控诉道，"也就是说，只要你愿意，你就能憋住，不拉在裤子里。可是你为什么不孽障一下我？你随时拉撒，把你的屎沟子，脸盘一样戳给我，让我一年三百六十五天，天天给你洗擦。谁是半脸汉？我才是真正的半脸汉！你真是个成了精的坏婆娘，坏透了的坏婆娘！"

"啊呜……"委屈和长期以来在拉姆措的关爱下养成的骄悍性格，使拴牢不知如何承受和化解那一巴掌带来的震惊和痛苦，只是一个劲地哭着，哭声震得石头都好像在嗡嗡作响。

"你别哭。"拉姆措怕别人听见，点着两只大拇指恳求道："我打你，是因为我觉得你对我，没有一点同情心。我把你当成我的亲人，亲亲的阿姐！你也要做一个有情有义的人，懂不懂？你可怜我，也是在可怜你自己。你瞧我，一年年地，越来越粗俗了，而你，越来越冷漠了。我不愿意看到这样一个我，这样一个你。"

她说完，食指摁住鼻孔，依次擤掉两包鼻涕，给她穿上干净的裤子。她的包袱里，装了十几条准备随时给她换洗的干净裤子。整个过程中，她强忍着心头狂怒和狂喜交织在一起的难以言明的复杂情感。她感到一种比大地还深、比蓝天还广的冤屈，一种青春错付的愤恨、不甘和遗憾。但这真是一个好兆头。拴牢有救了，她自己，也有救了。

她把地上拴牢的稀黄粪便左铲右铲，盛在铁锹里，抬到厕所里倒掉。

等她回来，泪水已经抹干，语气也变得温柔。"好阿姐，你要是能天天憋住就好了。"她说，"你能做到吗？"

拴牢还在哭。看得出，她也有着同样深广的委屈。

"你能的。"拉姆措说，盯着她的眼睛，"跟我说，你能。"

"不！"拴牢用尽全身力气回答，血红的双眼仇恨地望着她，嘴唇因咽下的怒气而抿得发白。

"这不公平，"拉姆措愤愤道，"平日里，你打我还少吗？我打你一巴掌，好像太岁头上动了土。"

她讨好地，轻轻拍了一下她的肚子，低声问："是不是刚才那个人的？"

"啪！"拴牢冷不丁，也给了她一个耳光。她出手可真重，拉姆措的左脸，就像火铲噌了一下那样火辣辣地疼。

如果不是在工地，不考虑到工人马上就要下班了，拉姆措准会豁出去，和她大干一架。可是不行，这里不是家，也不是自由自在的黄金草原。就让她便宜占尽吧，拉姆措愤愤甚至有些恶毒地想，佛祖有眼哩。

"我再也不会照顾你。"她站起身，嘴唇青紫，声音颤抖而坚定地说："我再也不会给你洗屎沟子，你哪怕把屎当饭吃，把尿当水喝，我也不会照顾你。现在，你回家也好，他阿妈的出门流浪也好，自己看着办，我和你再也没说的。你不光懒，心也坏得很。你吃不得一丝一毫的亏。你的心眼儿比针尖还小。我养条狗，遇到危险，还会替我豁命呢，你像吸血的水蛭一样紧紧吸住我不放，到头来，还对我满腔怨恨。我也不傻。阿妈哟，我也不傻！"

她说完，转身就走。拴牢一下抱住了她的大腿。

"不要，拉姆措。"她眼泪叭嚓地说。

"你比蜥蜴变得还快。"拉姆措说，"一说我不要你了，你就来这套。我再也不相信你，再也不相信！你给我放开！"

她说完，奋力蹬了一下腿。

她又连续踢了几脚，一次比一次用力，一次比一次狠劲。但是拴牢好像长了一双铁臂，把她箍得紧紧的。

"不要扔了我，拉姆措。求你，不要扔了我。"

"我不是王子智美更登，也不是观世音菩萨。"拉姆措说，"因为你，我活成了另外一个人，一个我自己从未设想过的人。我失去的太多了，青春、理想、孩子、美貌……你还想要我怎么样？呜呜，你还想要我怎么样？"

"不要扔了我，拉姆措，呜呜，我会死的。"

"那你告诉我，你肚子里的孩子，是不是刚才那个人的？他是谁？"

紧箍的双手一下松开了。哭声也突然断了。一排整齐的白牙，紧紧咬住了下嘴唇。拉姆措抽身向前，说："好，我不问了。是驴是驹，是瓜是豆，你自己心里清楚。我他阿妈再也不问你了。"

不远处的工地上传来挖掘机驶过的嘭嘭声和铁具碰撞的叮当

268

声，一个嘶哑的男声喊叫道："下工啦，下工啦！"然后是一阵嘈杂的人声和脚步声，朝宿舍和厨房涌来。

12

拉姆措进了厨房，弄出很大的声响，当着索南吉阿妈的面，用洗洁精，把手洗了三遍。索南吉阿妈装作没看见。

她多么后悔，刚才那样粗暴地对待拴牢。那一巴掌，一定伤透了她的心。是的，今天，她终于对她动手了。这是自照顾她以来，她内心冤屈的一次突然爆发。但是仔细想想，这些年里，她内心的善恶往来，从无一瞬休战。不过，善总是占上风，善是唯一的授予，从未失败。只要她对傻姑子姐有一丝不善之念，总会从黄金草原上吹来的雪山清风中捕捉到一丝谴责之辞，那时，她觉得，念再多的玛尼也是枉然。

她有些担心拴牢，担心她因为吃了那一巴掌而想不开。可是，她现在不能去跟自己的冤家道歉。这个错误，她不能那么轻易地承认，助长她的戾气。等等吧，等合适的机会再说。

她这样想着时，门口的阳光突然消失，一个工人拿着一只硕大的不锈钢饭缸，进了厨房。紧接着是第二个，拿着同样的饭盆。第三个、第四个……不一会儿，满地都是打饭的工人。每个人，都带着庄稼人那种淳朴的微笑，打量着拉姆措。

"藏民女人真漂亮！"他们说。拉姆措像刚过门的新媳妇，害羞地低下了头。

索南吉阿妈掌勺，给每个递过来的饭盆盛满烩菜。"学着些。"她对拉姆措说。她不偏不倚，把每个人的盆都舀得满满当当。吃下第一口饭菜的工人，都发出惊喜的赞叹："啊，不错，真香！"

不一会儿，赞美之词溢满了整个厨房。

排在队伍末尾的，是拉姆措庄子里那个半脸汉宝来。他一见拉姆措，又惊又慌又羞，脚蹭着地面，低下了头。

拉姆措心里一动：他真像和拴牢坐在一起的那个身影。

宝来阿妈说，怀他的时候她的肚子比多胎母羊的肚子还大，但生出来，婴儿还没有她一只鞋子长。"羊水淹坏了他的脑子。"这是等她发现儿子不对劲后，自己做出的判断。他只有八九岁的智商，但他长相周正，踏实肯干，是个好农民。因为他是半脸汉，一直娶不上媳妇，一晃，三十几岁了。

索南吉阿妈给他舀了一大盆烩菜，他自己抓了四个馒头摞在上面，小心翼翼地端走了。

过了二十几分钟，他回来，递给索南吉阿妈一只空盆。

"咦，还要吗？"

"嗯。"

煮得下一头大牦牛的铁锅里，香喷喷的烩菜还剩下很多。索南吉阿妈又把他的饭盆舀得满满的。"你比大肚子婆娘还能吃呀，宝来，"她打趣道，"吃吧吃吧，吃肥了才有福气，找个女人过日子。"

宝来最爱听这样的话。他哈哈笑着，端着饭盆，边吃边迈过门槛，朝石头背后走去。

工人们很快吃完饭，陆续去宿舍歇息了，再过个把小时，又得上工了。

黑牛和索南吉阿妈口中的那个骚女人，这时才一前一后进了厨房。女人骨架宽大，丰满，头发染成土黄色，两只眼睛略微上挑，上嘴唇有点短，几乎包不住一口不太整齐的牙齿。她的指甲染成紫色，大红衬衣和黑色紧身裤完美地勾勒出身体曲线，哪个男人看了都会想入非非。"阿妈，还有饭吗？"她问索南吉阿妈，声音尖细，拐着长调。

270

"自己舀吧。"索南吉阿妈没好气地回答。

"每次都给我摆脸子。"女人不满地嘟哝着，揭开锅盖，舀满饭盆。黑牛笑嘻嘻地把自己的饭盆也伸到她面前。"叫阿姐，"她仍旧拉着脸，"不叫阿姐不给舀。"

"阿姐。"黑牛没有一点骨气地叫了一声。女人扑哧一声笑起来，"大声点！"她说。黑牛低眉迅速瞟了一眼拉姆措和索南吉阿妈，声音提高一个分贝，喊道："阿姐！"女人这才满意，把一大勺汤菜，倒进他的盆里。

"放正经些，"索南吉阿妈说，"这里不是牧野田沟！"

女人没有回击，她的目光从拉姆措身上移开，又挪回来。"你是新来的？"她问。

"嗯。"

"哪个庄子的？"

"乔庄。"

"藏民？"

"藏民。"

"叫什么名字？"

"拉姆措。"

"我叫春芽。"

黑牛往嘴里扒着饭，站在那儿凑热闹。"你怎么不出去吃？"春芽说，"没看见我们三个婆娘正在说话吗？"

黑牛不情愿地出去了。

"阿妈，夏工头怎么没来吃饭？"等黑牛靠着那边的砖墙蹲下，春芽问索南吉阿妈。

"我怎么知道。"索南吉阿妈冷冷地回答。

"哦！"春芽吃了一口馒头，坐在一个小凳子上，肥硕的屁股，把凳子整个儿淹没了。

"他应该来吃饭的。"她解释道。

索南吉阿妈说:"要是我见着他,就转告他,你在找他。"

春芽露出狡黠的微笑,在小凳上扭了扭身体:"我只是随便问问……不过,你转告他也好。"

"不要脸!"索南吉阿妈终于发火了,"人家是有媳妇的男人,你也是有男人的女人!你这么骚……"

"我的男人在哪里?"春芽委屈地咬住筷子,"一年到头我都见不着几回!你说我骚,谁知道他在外面怎么样呢?我多么孤独!你知道吗?一年四季,他抛下我出门打工,家里孤零零,只有我和孩子。现在,孩子上了中学,我连个说话的人都没有!我乖乖地等了他十几年,受尽了孤独寂寞……如今,我和别的男人说个话,你也看不惯吗?犯法吗?哼,你这么厉害,还不是因为你老阿爷在你身边,等他不在了……"

"你——"索南吉阿妈怒不可遏,"你会短寿的!我家老阿爷,胃癌晚期,已经不中用了,呜呜,他没了我可怎么活呀!"

拉姆措吃了一惊。春芽也自知理亏,赶忙往嘴里扒拉饭菜。

拉姆措看着她。恍惚中,觉得她是另一个自己。

13

"阿妈,"春芽向索南吉阿妈道歉,"我们小辈不懂事,你不要生气。"

索南吉阿妈哭得更厉害了。拉姆措安慰了一会儿,她才渐渐止住。"等他不在了,"她说,"我就养条狗,陪着我。"

多么悲伤的一句话呀!铅一样的沉默压在了两个年轻女人心口。

过了许久,春芽咬着筷子问拉姆措:"你呢?男人在哪里出门?"

"西藏。"拉姆措答道。

"乡里都是咱们这样的女人，哼，"春芽冷笑一声，"我刚才说的话，是不是都戳在你心上了？"

拉姆措说："我和你不一样。"

"哪里不一样？你不也是来工地上打工吗？"

拉姆措给索南吉阿妈和自己舀了一盆饭，吃起来，不回答。

"哼，瞧你的样子，好像比我高级似的！"

这句话激怒了拉姆措。"是。"她说，"我就是比你高级，我知道什么叫羞耻！"

"哈哈哈……说得好。"索南吉阿妈破涕为笑。她对春芽道："拉姆措可是个好人哩。她把自己的傻姑姐，把屎把尿，照顾了十三年。有谁能……"

"什么？傻姑姐？把屎把尿？"春芽停下筷子，不解地看着她俩。

"没……没有。"索南吉阿妈见自己又说漏了嘴，慌乱愧疚地低下头，恨不得打自己一个嘴巴子。

"就是黑牛说的那个玩布娃娃的傻大姐？她在哪儿？她还要把屎把尿？"春芽像听到了天大的奇闻，双眼放光，来了兴致。

索南吉阿妈改口道："没有这回事，是我老了……"

"你说了不算，阿妈。"她转向拉姆措，"有吗？"

"有！"拉姆措大声回答道，"她在外面，要不要我叫进来让你瞧瞧稀罕？"

"哦。"春芽说，脸上的表情非常复杂，但慢慢被同情和崇敬替代，"这样的事，我还是第一次听说。"

"的确，"索南吉阿妈说，"我也没听说过。"她朝拉姆措竖起两只大拇指。

"今天的饭是你做的吗？拉姆措？"春芽说着，把吃了一半的饭盆放在案板上，再把两只筷子搭在上面。"很……很好吃，可是我吃饱了。"她说。

两股泪水涌上拉姆措的眼眶，但她咕咚一声，咽唾沫一样把它们咽进了肚里。

"没想到你比我还苦。"春芽说，"你很伟大。把她给我，我三天都照顾不了。我没那么高尚。噢，天哪，要是老天爷给我那么一个宝贝，我就把两只手搭到背后去。我不接受，坚决不接受！"

索南吉阿妈说："所以你得给她保密。要是工人们知道了，她会丢了这份工作的。"

春芽点点头，走出厨房，和黑牛一起上班去了。

等他们走远，一老一少两个女人呆呆地站在那里。"拉姆措，我……我老糊涂啦！"索南吉阿妈双手包在结了厚厚一层油垢的围裙里，愧疚地说。

"没什么好隐瞒的，索南吉阿妈。"拉姆措安慰不久前刚和她结成秘密联盟的联手说，"纸里包不住火。这世上，只要不做亏良心的事，没什么可隐瞒的，大不了，我明天辞工回家去。"

"那可怎么好！你找这份工作不容易呀！"

"是不容易。"拉姆措说，"我多想带她到北京的大医院治治呀！现在医学这么发达，说不定就好了。可是，我不能骗夏工头和工人们哪！看吧，如果风声出去，工人们嫌憛，我们就走。"

"是我害了你。"索南吉阿妈拿脏围裙擦擦眼睛。

"不要这么说，阿妈。即便她不说，迟早工人们也会发现的。怪我自己，一心想挣钱。"

索南吉阿妈有些释然了。她在脑海里搜索，有什么能补偿自己的过失。很快她就想到了。她说："春芽把黑牛迷得神魂颠倒，但我看得出来，她还没让黑牛得手，也许她也不是那种完全不要脸的女人。所以，不管你和你傻姑子姐在这里待多久，都得小心点。"

一句话提醒了拉姆措。是的，她得提防着点。她自己不要紧，可是拴牢，怀着身孕，说不定会闹出什么事来。于是她马上出去找拴牢，想给她嘱咐嘱咐。

　　拴牢躺在石头上睡着了。她双手抱着肚子，受了冷落的布娃娃委屈地躺在她身侧。她孕相初露，看起来那么纯洁，那么无辜，那么可怜，那么美丽。她的嘴油晃晃的，布娃娃的嘴也油晃晃的。拉姆措摇醒了她。

　　拴牢懒洋洋地翻着身子，打了好几个哈欠，才睁开眼睛。"哼！"她一见拉姆措，就别过脸去，朝天空翻着白眼。

　　"你还在生气？你这个小气鬼！"

　　"哼！"

　　"刚才谁给你吃的饭？"

　　"哼！"

　　"你不说我也知道。"

　　"哼！"

　　"是不是宝来？"

　　"哼！"

　　拴牢说完，假寐，发出长短不齐的呼吸声。拉姆措又"摇醒"了她。

　　"说，把你肚子弄大的是不是宝来？"

　　拴牢仰面朝天，在阳光下，看着她。她的双眼渐渐开出两朵鲜花。

　　"我说嘛，就是他……"

　　"走开！"突然，拴牢眼里的鲜花枯萎了，代之以两团仇恨的火焰。她粗暴地踹了拉姆措一脚，双手捂脸，哭了起来。

　　拉姆措不知所措。她站在她身边，听她如泣如诉地哭着，自己的眼泪也哗啦啦，流了满脸。

"听着，拴牢，你不说也罢。我想就是那样……如果真是他，我得想想，这事儿该怎么办。"

她知道，从她嘴里撬出那个罪魁祸首，需要时间，需要些巧妙的手段。于是她不再纠结于此，压低声音对她说："阿姐拴牢，别哭了。我知道你心里有难怅。你就是好强，不说出来。你不说也罢，迟早我会知道的。咦，我就奇怪，这么多年来，我把自己的难怅都说给你听，为什么你的难怅，你一句也不给我讲？你白天时常发呆，夜里时常哭泣。你真是个奇怪的婆娘。我多么希望，我俩能像知心的姐妹，说说心里话……"

拴牢继续哭，依旧双手捂着脸。

"我得给你说件事。哎，真不好意思说出口。不过，你也是过来人啦。我讨厌那个黑牛，我知道你也讨厌。索南吉阿妈说了，他的裤裆里像钻了一只马蜂，咱们可得小心点。"她思索了几秒钟，"咱们可能在这儿待不长……管他呢！只要他来惹你，嗯，就是……"她的脸红了，"摸一把或者掐一把，这儿，或者这儿，"她戳戳拴牢小蜜瓜一样的胸部和圆滚滚的屁股，"你就打他，毫不留情地打他。平时，你要尽量躲着他，知道吗？他问什么你都别说。不要一个人到角落里去。记住了吗？拴牢？"

拴牢伤心得无法回答。

14

夕阳给洁白的雪山镀上了一层金红，黄金草原上一片宁静安详。牛羊一队队走在回家的路上。晚风清香，红云变幻着万千形状，每一朵都那么富有情意、潇洒漂亮。拉姆揩手底下忙着晚饭，心里却在进行一次严肃的沉思。她感觉自己无比的孤独。拴牢不肯说出使她怀孕的那个人，让她觉得很懊恼，同时，仿佛有张巨大的黑网罩住了她，无法挣脱，也没人帮忙。她想给男人打电话说说这件事，但又怕他暴跳如雷，赶回来报官，把事情弄大，惹人笑话。还是再等等吧，等拴牢说出那个人是谁，再和他商量怎么办也不迟。

这是一个令人手足无措的日子。啊，一个人要是觉得自己掌握着另一个人的幸福和命运，那他肩负的责任，会压得他喘不过气来。

晚饭熟了。面片、牛肉丁、洋芋蛋、西红柿、菠菜、粉条、干蘑菇拥挤在一起，五颜六色，在大锅里翻滚着波浪。食物的香气让人身心舒畅。工人们来了。他们谈笑风生，秩序打饭，照样对拉姆措的手艺赞不绝口。拴牢仍旧躲在大石头背后，宝来仍旧前后打了两盆。黑牛先来了，春芽最后一个来到。她悄悄问拉姆措："夏工头来过了吗？"拉姆措摇摇头。这也是她关心的问题，她希望他能吃一碗她做的面片，热热的，肚子里多舒服。但是他没来。

春芽皱着眉头，落寞地吃着饭。"你放心，"她对拉姆措说，"你伺候傻姑姐的事儿，我谁也不会告诉。大家都不容易。我不想砸了你的活儿。"拉姆措报以她感激的微笑。

吃完晚饭，洗刷完毕，天色还亮堂堂的。拉姆措和拴牢出了工地大门，在离工地几百米远的地方选一块草地，并肩坐下来，静静看着雪山和天空，感受草原初夏黄昏的静谧和美好。很快就有一只老鼠从高墙深洞的窝里出来遛弯，身后跟着几只小鼠。看见她俩，它并没有惊慌失措，转身逃跑，而是吱吱叫着，转身呼唤它的孩子们。它的这些行为，暴露出它是黄金草原上一只身经百战的老手。拴牢欢喜，嘴里发出爱抚的召唤，它这才率领孩子们钻进鼠窝，动作之快，就像一阵大风瞬间吹走了它们。一些小鸟陆续回巢，它们的家，在黄金草原下边，一山一山的树林里。一些鸟儿明明已经成熟了，但还是一副特别天真的样子，就像拴牢。它们都有一双纯洁、机灵、犹如宝石的眼睛，里面包含了全部的生存智慧和关于天空的哲学。拉姆措知道，每年的任何一个季节或任何一个日子，都有那么几窝幼雏，因为各种原因失去父母而成为恶鸟的美餐，都有那么几对鸟夫妇，因为各种原因失去幼雏而痛不欲生。她曾经见过不少那样的场景。那真叫人难过哩。

"嘿嘿，拉姆措，快看！"拴牢说。拉姆措顺着她的指点望向不远处，只见草丛中，有两只个头几乎一样大的鼠兔，在为领地恶斗。从交手的姿势和力不从心的状态可以看出，它们已经僵持了很久，或许是一整天，或许是一个下午。它们身体的一些部位，都已被对方那两颗尖利的前门牙和同样不可小觑的下牙咬伤，露出鲜红的皮肉。再这样斗下去，结局只有一个：同归于尽。拉姆措抠了一把草土，猛地扔过去。一对敌人吓得不轻，入侵者慌不择路，巢穴主人则急忙钻入洞中。拉姆措说："阿姐拴牢，这两只鼠兔，多像我俩呀。"

拴牢也说："多像我俩呀。"

"我为今天打你道歉。"拉姆措说。

"你再打我，我就去死！"

拉姆措笑了。"阿姐拴牢，"她说，"不管怎样，你要憋住屎尿呀！"

"我憋不住！"

"你憋得住。今天不就憋住了吗？在那个男人身边……"

"我他阿妈……"

"其实你只要用力憋，也能憋住，是吗？"

拴牢脸上露出一丝恼怒的神色。虽然她是个"好演员"，但也有藏不住的时候。

"你为什么要这样？"

"我怕你扔——啊，拉姆措，快看！"

这时，她看见那只逃进洞中的鼠兔小心翼翼地探出脑袋。它机灵地四下张望一番，好像在侦察敌人有没有再度入侵，然后又钻进洞中。她马上大喊大叫起来。

拉姆措感慨地说："阿姐拴牢，你记得吗？那一年冬天来临之前，你帮我修葺房屋的事？"

拴牢一脸茫然。她认真回忆，过了一会儿，脸上露出一抹微笑。

"记得，拉姆措。"她说，整个人变得温柔了。

"连着一个多月，一大清早，我俩就开始工作。我在屋顶上砌草泥，你负责把草泥铲在铁锨上，给我扔上来。你可真笨，不是扔偏了就是扔远了，或者根本扔不上来，害得我在屋顶上干着急。"

"是的，拉姆措。我的手上……大血泡。"

"那是你不会握锨把的缘故。说到底，还是你懒，没有经验。"

"我不懒，拉姆措。"

"好，你不懒。那时干完活儿，你把铁锨擦得亮晶晶的，能照出人脸。早晚，你还帮我做饭。你是个好女人，拴牢。"

"嗯，我是个好女人。"

"你还争着和我钉木板，结果，连着几锤，都砸在自己手上。"

"就是这只手，拉姆措。"

"那叫左手。这边这只，叫作右手。记住了没有？"

"左手，右手……记住了。"

"我教你干这，教你干那，你虽然闹了很多笑话，出了很多岔子，但总算，帮我干了一些活儿。要是没有你，那个冬天，咱们可得挨冻了。"

"是啊，拉姆措，没有我……"

"你记得不？我怎么夸你的？"

"你说：阿姐拴牢，你真能干。你要是一直这么能干，就好了。"

"你是否也记得，我骂你的那些话？"

"不，我什么也不记得了。"

"你真好，阿姐拴牢。你不记仇。"

"你也好，拉姆措。"

"我不好。我一生气就骂你。但是每次骂完，看着你那可怜的样子，我多么后悔，恨不得打自己几个嘴巴子。你恨我吗？阿姐拴牢？"

"不，拉姆措。没有你，我早——"

"别说了！"拉姆措打断她的话，"咱们再不说这个了。那时我俩泥完屋顶，又打碎烤箱的旧炉坯，下河挖来红泥，掺上我俩的碎头发，砌了新炉腔。然后，我用牛粪把它烧干，给它坐上茶壶。噗嘟嘟，水很快就开了。多么暖和。你记得吗？"

"怎么不记得呢。"

"晚上，我俩在烤箱里烤了牛肉、洋芋，还有馍馍。浓浓的香气，差点把屋子抬起来了。哈哈，就是那样，差一点点，就把屋子抬起来了。"

"哈哈，差一点点！"

"你知道我们老家人，怎么赞美火的吗？——生命的影子，神秘的灵魂，有了它的陪伴，我们可以踏实睡觉，不必害怕黑暗中游荡的鬼魂，和它们绵绵不休的絮语。"

"噢，不怕，拉姆措。有你我就不怕。"

"是的，不怕，阿姐拴牢。你看，你有我照料，而我，有你陪伴。"

"嗯，就是那么回事，拉姆措。"

"你一点都不笨，除了憨……"

"我就要生一个娃娃了，拉姆措。"

"别着急，你很快就会生出来的——你告诉我，宝来是不是孩子的父亲？"

拴牢洁白的上牙咬住下嘴唇，望向远处。

15

工地里，除了索南吉阿妈老两口的小宿舍和钢板房的最边上春芽的宿舍，工人们的宿舍都黑乎乎、静悄悄的。拉姆措和拴牢被安排和春芽住在一起。

两个女人抱着铺盖卷进去的时候，春芽正对着一块巴掌大的镜子贴面膜。白色的面膜淌着黏稠的液体，像个可怕的面具，服服帖帖地敷在她的脸上。房间里放着两张高低床，春芽占据了靠右那张的低床，一条红花绿叶的毛毯，散发着乡间女人的审美和气息，一双沾满灰尘的干活儿时穿的布鞋，放在床底，鞋底像男人的一样黑乎乎的。

拉姆措把自己的铺盖放在窗户靠左的高床上，把拴牢的放在低床上，手脚麻利地铺好了它们。拴牢马上躺了下去。

"这就是你那傻姑子姐？"春芽扁着嘴，从面膜后面挤出一句变调的问话。

"是。"拉姆措回答。

"长得挺好看。"春芽说。

拴牢听了这句话，侧过身来，朝她露出高兴的笑容。

"嘻，你看，这就是女人！"春芽被她逗笑了。

"工人们都去哪里了？"拉姆措问。

"有些工人回家了，没回家的，都到大河镇看花儿会去了。"

拴牢仰面躺着，谨慎地拿毯子捂着肚子。她显得困倦、疲乏，软绵绵地散发出一股孕妇特有的气息。

"拉姆措，我饿。"她说。

"我除了巴掌，什么吃的也没有。"拉姆措说，"睡吧。睡着就不饿了。"

"大肚子婆娘就是嘴馋。"春芽边说，边从床底纸箱里取出一包方便面，递给拴牢。

拉姆措和拴牢面面相觑：她怎么也知道拴牢怀孕了呢？

"我听黑牛说她没有男人。"她说。

"嗯……不。"拉姆措猝不及防，不知怎么接茬才好。

"野种？"

拉姆措想了想，说："不。有那么一个人哩。"

"谁？"

"我还不确定。再说，也不能告诉你。"

"揪住了？"

"还没有。"

"可有真凭实据？"

"没有。"

拉姆措说着，爬上自己的床，铺好，躺下。

"挨千刀的，欺负一个半脸汉！"春芽恨恨地说。

拉姆措心里刀扎了一样猛地一疼。"你是说，她是被人欺负的？"她问。

"明摆着嘛！难道你以为她是谈恋爱怀上的？"

"我也说不清楚。"拉姆措喘着气说，"我希望她是谈恋爱怀上的。"

"也有这个可能，"春芽说，"萝卜白菜各有所爱，人家有个秘密爱人，也说不定呢！"

拉姆措微微笑了。

春芽扯下面膜，又往脸上抹了厚厚一层油。她钻进被窝，隔着床板，感叹道："不怪她。她也是个人呀！而且还是个女人。女人需要爱……"

拉姆措咳嗽了几声。一整天的震惊和劳累，使她心力交瘁，只想捂在被窝里，好好静一静。但春芽的好奇心没得到满足，她可不想睡觉。她问拉姆措："这种人，你和她平时，能正常交流吗？"

"唉！"拉姆措深深叹口气，"她也好哩。"她说。

"她好在哪里？"

"多得很……有趣而狡猾。她是我的阿姐，一个伴儿。"

"一个伴儿……"春芽久久地体味着这个词，就像体味一口陌生的白酒。"喂，拴牢，如果有一天，你的弟媳妇扔下你，再也不回来，你怎么办？"她拍拍墙壁，用这种方式告诉拉姆措，她在逗拴牢玩。拉姆措心领神会。她突然一阵心动。她想顺着春芽，治治拴牢憋不住屎尿的毛病。

不费吹灰之力，拴牢领悟了这句话的含义。"为什么？"她警惕地转过头问。

"我是说，你是个累赘。也许她今晚就溜出去，再也不让你知道她的下落。对吧，拉姆措？"

"这要看她能不能顾住屎尿。"拉姆措附和道，"如果再憋不住，那可说不准。"

"你走了再也不会回来吧？拉姆措？我猜一定是那样。"

"她不会那样！"没等拉姆措回答，拴牢像陷进大人骗局的三岁小孩一样焦急而坚定地捶着床头叫起来，"她不会那样！她不是坏人！她不会扔下我！"

春芽观察着拴牢的反应，将这种看不见的胜利向前推进："她会走的，如果你再拉在裤子里，她一定会走的。到那时，看你怎么办吧。"

"呜呜……她不会走的，她不会扔下我！"

"瞧把你急的。听着，如果不是她嫁给了你兄弟，你俩连根毛都沾不上。她对你，一点责任和义务都没有。"

拴牢什么都听懂了。她不安地扯着一头披散的长发，哭了。春芽不由可怜起她来，安慰道："这只是有可能，也许拉姆措不会那样的。"

这个假设，对拴牢来说，实在太可怕了。虽然十三年来，拉姆措曾无数次说过类似的话，但她知道，那只是她气急了吓唬吓唬自己而已，她绝不会扔下她走掉。但这样的话从别人嘴里说出来，而且在远离家的陌生地方说出来，含义就不一样了。它有可能是真的。极有可能是真的。

"你看她会……扔下我走吗？"过了许久，拴牢把捂着脸的双手挪下一截，只露出一对大眼睛，可怜巴巴地问春芽。她的眼睛里流露的，不完全是困惑、迷惘和惊觉，还有深深的恐惧。

"这你得问她。"春芽因为恶作剧收到期待的效果而兴奋得双颊通红。

"你说，你走不走？"拴牢抬头，盯着拉姆措的床板，极不情愿放低姿态但又无可奈何，同时充满恼怒和担忧地问道。

"你要是从今晚起能憋住，我就不走。如果憋不住，我他阿妈再也不回来。"这一次，拉姆措的语气沉重而缓慢，听了叫人绝望。

"你不会的。"拴牢从这语气里听出了危险，她哭了，"你不会走，你不会丢下我，永远也不会。"

"逼急了谁都会一走了之。再说，生死离合，一切都很正常。"拉姆措说，"我和你，你和我，我们和这个有情世界，迟早都会分离。唵嘛呢叭咪吽！迟早。"

这段话是如此伤感，拴牢哭得更凶了。那声音里，自尊、顽强、轻蔑、挑战、屈服、无助的色彩一个个闪现。"不！"她扭着身子抗议。因为担忧，她的嘴角和眼睛涌起了层层皱纹。"我俩不会分离，不会！"

"只要你能顾住屎尿，我就不走。"

"我真的……"拴牢哀求地辩解说。

"你做得到。"拉姆措面朝墙壁，冷冷地说。她感激这张高低床，可以避免看见此时拴牢那因痛苦而扭曲的脸。

"我做……做不到！"

"你做不到，我他阿妈明天一早就走，再也不回来。"

拴牢突然崩溃了。她牙齿咬得咯咯响，疯狂地把头撞向墙壁。春芽害怕了，忙起来拉住她："不会的，她吓唬你呢。她如果要走，我就用绳子把她捆起来！"

拴牢的哭声戛然而止。"你说什么？"她说，表情瞬间镇定。她下了床，挑衅地走到她的床前，怒问道："你要捆她？你要打她？"

春芽缩着身子往里靠了靠。她试图把事情掰过来："没有，我只是开个玩笑。这一切都是个玩笑。我才不会捆她。你们之间的那些屎尿，关我屁事……啊，拉姆措！"

她的头部挨了重重一拳。拉姆措一骨碌爬起来，对拴牢拍了几个空巴掌。拴牢捏着拳头，退到墙角，鼻子里发出轻蔑的哼哼。她虎视眈眈地盯着春芽良久，见对方蒙头在被子里不敢出来，才悻悻地爬上床躺下。"谁也不能打她。"她抱怨道。

"我的老天！"春芽从被子里探出头，长吁一口气，"我明天就去找夏工头，我可不敢跟一个半脸汉住在一起，我的老命要紧。"

拉姆措躺下，心里涌起一阵阵温暖和感动。她想，阿姐拴牢，这个半脸汉，原来也像亲姐妹一样爱护着她哩。

16

春芽唉声叹气："唉，我看你俩这么要好，实在有些嫉妒。要是有个人，能这样爱护我，就好了。你孤独吗，拉姆措？"

"为什么问这个？"

"因为我孤独、寂寞，就像一个人独自生活在沙漠里一样。"

"哦。我和你不同。你也看见啦，平日里我有拴牢做伴。我还有自己的儿子、男人、牛羊、庄稼……"

"吓，你虚伪。"春芽说，"你和我一样，我光看看你的背影，就知道你和我一样。"

"嗯，说实话，我也孤独、寂寞，不骗你，就是那样。"

"这还差不多。"春芽说，"人要面对真实的自己。每个人，或多或少都会遭受这种感情的考验。比如黑牛。我觉得他挺可怜的。一个爱他的人也没有。他就像一只迷路的蚂蚁。一个人总得有个伴儿。我敢打赌，只要他有个伴儿，就不会那么迷茫，那么坏了。你说是不是？"

"我不能确定，那是他的品质还是因为缺乏爱。"拉姆措说。

"缺乏爱。"春芽说，"就因为没个爱他的人，他才成了那个样子。你不要以为我勾搭他。我不过是可怜他，想开导开导他。想想吧，他孤零零地一个人。他的本性不坏，男人嘛，好面子，不愿和别人说心里话。我们的男人虽然在外面，但我们总归和孩子在一起。他只能一个人待着。有些事情，他也许自个儿琢磨来琢磨去，但没人告诉他，是对是错。有些感情，他压在心底，没人可以倾诉。他连拴牢这样的伴儿也没有。兴许拴牢，有时候还能给你点儿什么建议。当他真的偷偷摸摸干了坏事，为了不被发现，他只好藏着掖着，这条路，也就越走越远，越走越黑了。"

拉姆措理解春芽的每句话。她理解那种孤独和无助。她也理解她最后那句话是什么意思。她说："黑牛的确得有个女人做伴了。但孤独寂寞，不是做坏事的借口呀！"

"你也知道了？"

"阿妈呀，我什么也不知道！"

"要是他为了攒钱娶媳妇呢？"

"那也不该！"

"你听说了没有？麻池湾一个老汉，因为没钱给儿子娶媳妇，前天夜里，上吊死了。"

"啊！"

"拴牢措不会扔下我，跑掉的。"拴牢用凄恻的声音，来安抚她自己。

"不会的，阿姐拴牢。"拉姆措抚摸着咚咚狂跳的心口说，"跑的话我早跑了。"

"你瞧，她也害怕孤独。"春芽说。

"你说的是真的吗？那个老汉……"

"怎么不是真的！我们队里有人是他家亲戚，昨天送葬去了。"

两个人都不说话了。只剩下拴牢在那里喃喃自语："拉姆措不会扔下我的……"

"不妨告诉你吧，"过了好一会儿，春芽打破沉默，"我现在一点都不爱我的男人，一点也不。以前是爱的，可是常年离别，冲淡了感情。这些年我多么孤独，不论在家里还是在外面。我的心，始终空空落落，没有着地处……"

此刻，拉姆措的视线从高床平视过去，落在黑乎乎的窗外。"那真糟糕。"她同情地说，感同身受。

"我只和男人们开开玩笑，从来没有做过对不起他的事……"

"你是个好心肠。"拉姆措说，"我一见你就看出来了。不过，你也够花骚，嘿嘿……"

"我是花骚，你是闷骚。"春芽反驳道，"别以为我不知道你喜欢夏工头。"

拉姆措的心怦然一跳。"你胡说！"她否认道。

"什么都逃不过我的眼睛。"春芽来了精神，得意地说，"你的心也空落落的。"

"你胡说什么呀！"

"我可一句也没胡说。"春芽用嘲讽的语气说，"我见过好些女人，身在婚姻里，脑子里却藏着一个叫爱的鬼东西，也许男人也是。可是呀，得到的没几个，得到的，没有几个有好下场。"

"你懂得这么多，"拉姆措说，"为什么还明目张胆，到处打问夏工头？"

"和你暗地里喜欢他，一样呗。"

拉姆措转过身，不再说什么了。

夜色深沉。工人们还没回来，四周连声狗叫都没有。

春芽沉入了梦乡。

"拉姆措，拉姆措。"下床传来拴牢轻声而羞涩的呼唤，"只要我憋……憋住，你就不会扔下我跑掉，是吗？"

"就是那样，阿姐拴牢。只要你能憋住。"

"我会憋住，再也不拉裤子了。"

"我相信你会的。你是我攒劲的好阿姐。"

"我一直在使劲憋……"拴牢说，牙齿咬得咯咯响，"现在我就去厕所！"

"你等等，我陪你去！"拉姆措猴子似的翻下床。

"啊！你快点！拉姆措！我快憋不住了！"

"我来了！走，快走！"

还没等拉姆措拉开门，拴牢就浑身一抖，叉开双腿，哗哗拉在了裤子里。

"唵嘛呢叭咪吽！"拉姆措叫道，"你不是说你憋住了吗？你……"

"我……"拴牢撅着屎屁股，站在那里绝望地号啕大哭，惊醒了春芽。

"怎么了？"她带着睡眠被打搅的恼怒迷糊地问，随即清醒地喊道，"天哪！臭死了！哪里来的屎味？"

拉姆措顾不上回答。她拽着拴牢出门，用早已准备好的清水，在月光下洗干净她的屁股。

"呜呜……拉姆措，我死了算了！"

"你再敢说一句这样的话，我就打掉你他阿妈的大牙。这是一个好兆头，再过一段时间，相信我，你会好起来的。"

"会好起来吗？呜呜……你没骗我吧，拉姆措？"

"没骗你，好阿姐。凡事都有个过程，你相信我，你很快就会变成一个干干净净的仙女。"

"嗯，干干净净的仙女，拉姆措。我要变成一个干干净净的仙女！"

她俩进了宿舍。春芽缩在被窝里，连一根头发也看不到。很快，她又睡着了。

拉姆措思虑沉沉，翻来覆去睡不着。她轻轻下床，披上衣服，想出门，在夜空下坐一会儿。

"啊，拉姆措！你要去哪儿？"拴牢起身叫道。

"怎么了？"

"拉姆措，好拉姆措，不要扔下我，一个人跑掉。"拴牢说着，伸出手臂，带着极度担忧和恐惧的表情抓紧了拉姆措的右手。她的恳求和眼泪，刺痛了拉姆措的心。她暗暗自责，为什么要顺着春芽，那么吓唬她。她替她掖好被子，像母亲哄孩子一样温柔地说道："怎么会呢，阿姐拴牢。我永远不会扔下你，永远。我向你保证。我只是出去透透气。你睡吧，睡吧，做个好梦。"

17

　　夜空广袤，万籁俱寂。无数星星清澈，低垂，眨着活泼的眼睛。雷帝雪山在不远处显出伟岸的轮廓。明亮的月光如一块巨大的银色绸缎，覆盖在散发着清香气息的黄金草原上。拉姆措深吸一口气，觉得自己的心胸，舒展开阔了很多。夏工头。她想起他。事实上她一整天都在想他。为什么想他？她害羞而自责地想道。她是有男人的女人，不是一个水性杨花的女人，为什么会对一个自己男人之外的男人动心？啊，我这是怎么了？她扪心自问。当春芽无所顾忌地流露她对他的爱慕和牵挂时，她竟暗暗有些吃醋。她希望明天能见到他，后天也能见到他，大后天，每天……她希望他能尝尝自己做的饭菜，她希望能用一餐清香，洗去他的疲惫，温暖他的胃腹。这是她能做的唯一报答，也是她作为女人，一个羞涩的秘密。她不知道，他打动她心的，是他的善良、沉稳、大气，还是男女间那种特殊而微妙的感觉。是的，她的爱情都给了自己的男人，那个候鸟一样、为了生活而来去有时的男人。虽然她和他一年只相处短暂一个多月的时间，但剩下的十一个月，牵挂和相思何尝不是一种慰藉，一种生活和前进的动力！但是，她对夏工头，从第一眼瞧见，就埋下了心动的种子——这个年龄特有的心动与欣赏，或许还包含一缕深深的、被压抑的激情。

　　"愿佛祖保佑他！"拉姆措这样祈祷着，在门前坐下。她的习惯性的沉思，从他身上滑开去，如一片片花瓣，一枚枚树叶那样展开，每一片，每一枚，都包含着事物本身的秘密，宇宙最中心的思想。可是奇怪，在那么多花叶中，她竟然深深联想到了死亡。是的，死亡，那令人肃然起敬的万事万物永恒的归宿。啊，为什么会想到它？拉姆措打了一个冷战。她由此感到莫名的不安。这不安犹如一泓平静湖水中的涟漪，渐渐扩大，直到把她重重包围。

她努力想想别的，分散思绪。她最容易想起的那个人，湖里的鱼一样游进了她的脑海。那就是她的傻姑子姐拴牢。她真是一个奇迹，奥妙难测。拉姆措想。她和她一起生活了十几年，但好像从来没有真正了解过她。也许像她那样的人，有一套属于自己的生存法则，一个属于自己的精神世界。她傻吗？她认真地想。也许有时候傻，有时候不傻。也许一点都不傻。也许在她眼里，自己才是个傻瓜呢。我恨她吗？她很快给出了答案。"不。"她响亮地自答，"一点也不。月亮作证，我一点也不恨她。既然佛祖让我们成为姐妹，成为相依为命的伴儿，一定有其中的道理。也许她前世，无怨无悔地照料过我，也许她前世，是我的兄弟姐妹，甚或是我的父母。"她这样说着，热泪盈眶，"今世换我来报答她。她是一个孽障人，我要好好对待她。"

她松松肩膀，心里好受多了。她又想到傻姑姐的身孕。她一个半脸汉，不明不白怀了孩子，天知道发生了什么！所有的苦，她都埋在心里，独自承受。既然这个小生命已经孕育，那就欢欢喜喜迎接他。有了这个孩子，也许拴牢的病情会有所好转。她的孩子也是她拉姆措的孩子，她会像疼爱自己的孩子一样疼他、爱他，绝不亏待他。如果拴牢拒不交代孩子的父亲是谁，那她就全心全意，当孩子的大阿妈，和拴牢一起，用两个母亲的爱，养育他；如果孩子的父亲是宝来，她会想办法，把她嫁给他。想到这里，她仿佛看见，他们一家三口其乐融融生活在一起的样子。她鼻子一酸，微笑着双手合十放在胸前：啊，佛祖清明，让这一切有个圆满的结局！

刮来一阵急促的夜风。那风像个急脚信使，匆匆穿过她的身体，向草原纵深处刮去，仿佛要去给雷帝雪山报告什么讯息。风声平息后，"叮，咚……"不远处的工地围墙边，传来奇怪刺耳的声音。拉姆措是这样一个女人：在长期和傻姑姐生活的日子里，她习惯于从平静的反响着回音的安谧的屋子里倾听拴牢脚步的声音。那些脚步声有时健壮而兴旺，有时慵懒而犹疑，有时坚定而匀称，有时慌乱而野性……她会根据她的脚步声，判断她的心情以及是否拉了裤子，好做出相应的措施。所以，当她听到刚才金属那特有的尖锐、刺耳声音时，就感觉到了一种隐秘的危险。她有些害怕，正准备回屋，突然想起索南吉阿妈说的黑牛偷盗的话，不由停住了脚步。今晚工人们还没回工地，是不是他，趁机偷盗？她记得，今天来了一车钢材。在她如此踟蹰时，又传来一阵窸窣声。这一回，那声音似有若无，仿佛是地下恶魔发出的轻轻叹息。吹过夜空的一丝微风，也混合在里面，冲淡了它的些许戾气。她想，夏工头对她和拴牢那么好，她不能就这么走开，听任他——如果真是他在偷盗的话——偷走工地上的财物。这么想着，尽管平时在夜里，她每见了路上一个黑影，都会吓得倒退，但她还是勇敢地深入夜色，循着声音悄然走去。

黑夜很难穿透。当拉姆措踩着工地上特有的碎砖碎石小心翼翼地走去时，"叮，咚……"，围墙边的声音越来越清晰。拉姆措仔细辨析，没错，正是钢材落地的声音。好像有人把它从地上抬起，运用娴熟的技巧，尽量使它不发出刺耳的声音，落到墙外蓬勃的草地上。墙那边是另外一个世界。在那个世界里，罪恶在欢笑，唱着嘶哑的胜利的歌曲。拉姆措不敢再往前，她蹲在地上，捡起几个小石子，连续扔过去，以示警告。

果然，那些声音在第三个小石头落地后戛然而止。星月闪耀中，她依稀看见一个人影一闪，不见了。拉姆措长舒一口气，感觉就像自己驱走了潜入成熟的庄稼地里那黑魆魆的乌鸦群一样欣慰。她正准备离开，突然，一个魔鬼般的黑影冲过来，犹如饿虎扑食，把她重重地压在身下。

一股浓重的汗臭味，一副钢铁般沉重、火焰般热烈的躯体。她被按住双手，动弹不得。

"拴牢！拴牢！救……"

一只大手死死堵住了她的嘴巴。"再喊我就掐死你！"那正是黑牛的声音。

拉姆措剧烈地扭动着身体。"我一见你就喜欢上了。你他妈真美。啊，女人！海绵一样柔软的女人！要命的女人！"他在她耳边狂乱地说着，嘴巴在她脸上乱亲乱拱，过了一会儿，才放开捂着她嘴巴的那只手，去解裤腰带。拉姆措立即喊道："拴牢，救命！拴……"

她的嘴巴又被堵上了。夜是那么沉寂。拉姆措用尽全身力气，踢着双腿。黑牛于是使劲，把她的双腿箍铁一样，牢牢箍进自己腿下。突然，世界仿佛沉进深渊，拉姆措感受到了那滚烫丑恶的东西。她想，阿妈呀，我完了！

"拉姆措，拉姆措！"就在这时，拴牢仿佛从天而降。她手持什么重物，没有丝毫犹豫，"嘣！嘣！"砸在黑牛的身上。黑牛呻吟了一声，挣扎着爬起身，裤带一紧，和拴牢扭打起来。他照着女人的要命部位，又踢又打，很快，拴牢像麻袋一样沉重地倒在了地上。拉姆措爬起身，发疯地寻找可以攻击的东西，但地上除了小石子，什么也没有。于是她对着黑牛一阵踢打和抓挠……然而黑牛视作真正敌人的是坏了他好事的拴牢。他力大如牛。他把拉姆措推翻在地，拉姆措后脑勺着地，差点晕过去。他捡起那块重物，对着拴牢砸下去，重重砸在她的胸脯和肚子上……拴牢很快就没了动静。他鬼魂一样潜入夜色，不见了。

拉姆措吓傻了。一切发生得如此之快，如此惊心动魄，她因为强烈的惊吓而忘记了喊叫。她挣扎着爬起来一看，她的傻姑子姐拴牢，蜷着身子抱紧了肚子，一声不响，躺在血泊中。

"阿姐拴牢！啊，不！唵嘛呢叭咪吽！阿姐拴牢，你醒醒！"

"拉姆措，他伤……伤到你了吗？"

"没有，好阿姐，没有！你呢？你怎么样？啊，血，这么多的血！"

"拉姆措，好……好拉姆措，不要扔……扔下我，一个人……跑……跑掉……"

18

清晨的雷帝雪山和黄金草原，都是庄严而寂静的。雷帝雪山的白色雪衣，又增加了厚度。它使秋天的天空更加高远，更加湛蓝，也更加清冷。朝霞取道群峰峰峦，给无穷牧野染上了玫瑰金般的色彩。不久，朝阳将从东山升起，把温暖的阳光洒向人间。

这是金秋十月下旬。黄金草原上的草都结了籽，变得谦逊、沉稳，不像盛夏那么招摇显摆了。牛羊肥壮，皮毛光亮。屠夫们用大卡车运载它们，金色的草地凌乱不堪。这草原上的生灵，在它们生命最壮美的时节被送往城市，以满足广大市民爱好纯正大自然的口味。人们都在挖掘、采收和储备各种果实，在第一场霜降到来之前。

拉姆措赶着一群牛羊出门，开始一天艰苦而富有诗意的工作。在走出村子最后一片树林时，她听到一些鸟儿在林中杂乱地叫着，——呔呦，呔呦，呔呦，——嗖，嗖，嗖，——噗唻呃，噗唻呃，噗唻呃……拉姆措抬头望去，看见老柳树枝上，一群花彩莺雀，像打翻的颜料盒，令人眼花缭乱地翻飞，鸣叫着，好像在商量一件部落大事，或者举集体之力，对抗某种强大的力量和

294

悲剧性事件的发生。突然，一只死去的花彩莺雀，直端端的从树上掉下来，"啪"一声砸在地上，引起其他雀儿的惊惧、骚动和悲泣。拉姆措不忍看那只鸟，急忙走开。走了几米远，她回转身，看见几十只花彩莺雀，团团围在死去的同伴跟前，哀鸣，跳跃，轮流用尖喙啄它僵硬的尸体，仿佛在命令、哀求它起来。等它们终于认识到一切徒劳无益后，仍然久久不肯离去。

　　牛羊自去吃草，拉姆措步履迟缓，来到雪山小河边。雨季早已过去，河水缩小了宽度，降低了深度，平缓稳重，做好了结冰的准备。它在期待冬天的到来，好平静地淌上几个月。秋风拂过它光滑的表面，直到吹皱那远处活的水波。看这绸缎似的河流在清晨的霞晖下闪耀，真是太光辉灿烂了。一些牛羊靠近它，两条前蹄伸进水里，低头痛饮，嘴巴发出响亮的吸水、咽水的声音。河水像哺乳的母亲一样温柔安静地任凭它们吸吮。拉姆措坐在河边，孤零零，落寞寞。她的心绪，多少还沉浸在失眠的昨夜那无尽的哀思里。牛羊散去吃草后，她仍坐着，双目微闭，给她疲累闷疼的头脑一点儿理性的休息。这是一个非常清冷的秋晨，凭她的经验，今晚可能会降下一层细霜。以往，太阳月亮，雨雪风霜，大自然不可描绘的赐予和恩惠，都会给她提供生命享用不尽的健康与欢乐，但是这五个月来，大自然也仿佛感受到了她的悲痛而黯然失色：太阳不再炽烈，游风随时停脚发出悲叹，雨水减少，树叶早早开始枯黄飘零。尽管如此，在她眼里，一切事物都称心如意，唯独她自己，比一座山峰、一棵老树、一只昆虫、一条溪流还要孤独。是的，傻姑子姐拴牢死了，她的生活，迈进了曾经不止一次向往过的全新历程。可是为什么，她那么难过，那么凄凉，那么无助，那么迷茫？好像这一辈子也不会有快乐了。她问过度母和菩萨，问过天空和云朵，问过雪山和草原，但都没有得到回答。

她沉思良久，听到有人在不远处唱歌，那音调低沉悠长、凄凉哀婉，好像在描述她此时的心情。她睁开眼睛，努力撇开使她忧伤的人事，去安排今天的家务和工作。放牧，做早饭，去乡医院，给肚子里的胎儿做个检查，然后跟着从西藏归来、打算再也不出远门谋生的男人去地里挖那盖着泥土被子，像一群姐妹一样紧紧拥抱在一起的洋芋。虽然她这么想着，而且还不由自主地设计着，可是她对这些事，已经不大关心了。她从怀里取出一个新蒸的馒头，揉碎，撒给草丛中的昆虫们。做这件事的时候她的脸上浮现出动人的笑容，但馒头渣撒完，那笑容也消失了。

化肥袋子就在手里，她却迟迟不肯去捡牛粪。她觉得日子好难挨，一分一秒都成百上千倍地延长、放大，令她深陷其中，无所适从。她想，如果阿姐拴牢在，俺嘛呢叭咪吽，该多好呀！多好呀！只要她在，不论日子多么艰难，每一天都是春天。

歌声悠扬，催她沉睡的官能起来工作。这时朝霞向四方轻盈地散开，太阳出来了，雷帝雪山和黄金草原随之披上一道道明亮的光辉，像一件多彩的嫁衣。高原的秋风在她脸上和身上簌簌而过，又被旷野赋予声声低沉的叹息和怒吼，扬长而去。她站起来，感受到了腹中胎儿有力的蠕动。半年前，另一个女人也在这里，有过和她一样的生命感受。现在她不在了，为了救她，永远离开了她，离开了这个世界。虽然凶手已经得到应有的惩罚，但她心里还是余恨袅袅，无法释怀——啊，她是多么爱她，她又是多么爱她呀！好比亲亲的、亲亲的姐妹，又胜过亲亲的、亲亲的姐妹。

她俯下身，往化肥袋子里扔进一坨风干的牛粪。牛粪的清香，让她想起曾经在这里燃烧过的那堆火焰。如今，它熄灭了，熄灭了……好像从来没有燃烧过，好像某些人的生命，来去匆匆凄凄，没有留下一丝痕迹。她知道，再过三年、五年，或者更长的时间，她一定会在亲情的温暖和大自然的抚慰中，重新找到最甜蜜、最动人的快乐，但她更知道，那仍然是残缺的，浸透了思念、自责、遗憾与哀伤的。

歌声又飘过来，仿佛在唱：

"拉姆措，好拉姆措，不要扔下我，一个人跑掉。"

中篇小说，发表于《民族文学》2020年第12期。荣获首届梁晓声青年文学奖（2021年）。

图书在版编目（CIP）数据

寻找央金拉姆 / 何延华著. -- 北京：作家出版社，
2023.8

ISBN 978-7-5212-2278-4

Ⅰ.①寻… Ⅱ.①何… Ⅲ.①中篇小说 – 小说集 –
中国– 当代 Ⅳ.①I247.5

中国国家版本馆CIP数据核字（2023）第063163号

寻找央金拉姆

作　　者：何延华
责任编辑：李　雯　夏宁竹
装帧设计：北京镜海工作室
出版发行：作家出版社有限公司
社　　址：北京农展馆南里10号　　邮　　编：100125
电话传真：86-10-65067186（发行中心及邮购部）
　　　　　86-10-65004079（总编室）
E-mail:zuojia@zuojia.net.cn
http://www.zuojiachubanshe.com
印　　刷：河北京平诚乾印刷有限公司
成品尺寸：145×210
字　　数：195千
印　　张：10
版　　次：2023年8月第1版
印　　次：2023年8月第1次印刷
ISBN　978-7-5212-2278-4
定　　价：42.00元
